U0109936

新聞工作者
與媒體組織的互動

張文強・著

感謝每位參與本書討論
在工作場域中努力工作、持續追尋自我的朋友們
謝謝你們

序

到達這裡，已經走一段日子了。剩下這個難寫的「序」。而現在，像是結束一段旅行前的複雜心情，習慣性地後悔與自責。後悔旅程中的某一段，沒有用更細膩的方式去感受 1919 年那個落雪冬夜，卡夫卡走在布拉格那條長巷中的黑白心情。後悔旅程中的某一天，沒有更為勇敢地行走巴塞隆納街頭，寫實觀察西班牙人的熱鬧語言互動行為。或者，只是自責沒能在那個充滿紫色空氣的南法小鎮，買回薰衣草口味的玩具熊。我在想，如果當時有著更多細膩、更多勇敢，旅程會更深刻。

過去幾年，盡了最大力量完成這本書，但也在寫「序」的同時，有著結束旅行前的後悔、不安與自責，知道自己在許多地方處理得不夠細膩、不夠勇敢，以致論述得不夠深刻、不夠有層次感。這點，請參與本書討論的實務工作者原諒，我應該有做得更好的空間，也請讀者包涵。

這本書是至少八年的長期觀察結果，研究台灣新聞工作者如何與媒體組織互動。或者換個方式說明，這本書是在描述當下新聞工作者在組織內的真實生活，只是隨著時間，在相同主軸下，焦點有著些許變異與延展。

本書最初的企圖是在論述組織如何控制個人，而個人又可以如何回應組織控制，期待藉由重新處理新聞工作自主這個古典問題，幫助實務工作者找到更多能動性空間。只不過，就在這八年期間，台灣媒體產業出現某種重要的轉向，促成觀察焦點的挪動，也豐富了本書論述。我們開始發現，在當下這個經濟不景氣，參雜專業道德出現後現代式解離的年代，各種因素讓新聞工作者進入一種以生

存為主的工作心態，然後，新聞專業與其標示的工作自主問題似乎愈來愈被邊緣化，相對地，新聞工作者則愈來愈需要面對工作意義與自我認同這組存在價值問題。

本書藉由長期比對觀察，看到這種轉向。只是就在這種轉向幫忙完成本書的當下，我們也更為深刻地了解到，本書是在書寫新聞工作者的生活，但對研究對象來說，卻是真真實實生活在本書描述場景中的人，赤裸與寫實地接受轉向影響，時代愈來愈艱困。八年前，我們大致還可以從研究對象身上整體感受一種新聞做為專業的驕傲、自信或理所當然，只是隨著時間，這種驕傲、自信與理所當然逐漸消失不見，生存問題迫使他們做出許多妥協，出現某種無力氛圍。許多新聞工作者就只是持續工作著，新聞只是一種工作而已，不再關切新聞專業與工作自主。

當然，這是選擇問題，真實世界終究有著現實考量，實務工作者不太可能只管理想，不顧生存，因此，在社會對新聞工作失望的同時，似乎也需要有著某種感同身受的體諒。不過，這也並不表示實務工作者都是如此，或就只能如此，只能消極度日。相對來說，我們便主張，即使是在這個不好、灰暗的年代，如果主體意識與自我超越還是重要的，那麼，存在價值終究是需要處理，或比過去更需要處理的問題。這如同一種在組織內部的自我追尋，在灰暗年代的自我追尋。知道工作的意義，知道自己是誰，才比較清楚自己應該要如何走下去，也才比較有熱情與理由走下去。

事實上，本書也的確發現，有些實務工作者的確在追尋，只是追尋的有些辛苦，然後讓我有著感動與感同身受。或者說，愈到結尾，身為作者的我，愈是感受本書不只是在討論新聞工作者的能動性與主體性，相對地，它彷彿是在訴說許多當代人都會碰到的共同問題。例如，在管理主義盛行的大學場域，研究者似乎就遭遇類似問題。至少對於本書作者來說，在這樣一個需要考量各種現實因素，

傳統認同崩解的後現代場景，如何做為一個研究者便也不再是那麼的理所當然。而且愈是這幾年，我是誰？研究與教書工作的意義在哪裡？這類的問題也不時浮現心中。因此，就在本書觀看到數個卡夫卡身影，在當下新聞場域中孤獨行走，努力追尋自我的同時，自身似乎也面臨相同困境。

　　卡夫卡身影雖然有些孤獨，但我卻也相信，這可以是積極作為的開始，在某種殘忍成分之中，讓自己更去面對自己的存在價值，然後更積極找到自己的熱情、自己想要的樣子、做出屬於自己的作品。雖然這段過程可能是辛苦的，但卻是需要堅持的。幾位研究對象便在持續堅持，有人堅持得更令我感動。而這讓我有更多信心，也更期待，本書可以促動更多實務工作者思索這些問題，然後在各自實務場域成為行動者，爭取自己的能動性，勇敢找到屬於自己的意義。當然包含我自己在內，也需要找到屬於自己的研究意義。不過，一位研究對象提醒我要交代另一種可能性，他說，也許是我們這些人想得太多了，自找罪受，或怨氣太重。

　　這本書的書寫過程，是種自我追尋，也因此，其中同樣參雜了許多不得不然的現實因素，與自己莫名的堅持。2000 年到 2005 年，我採用隔年申請方式，共執行了三次國科會研究案。不過就在第三次國科會研究案結束，約 2006 年三月，決定並且也實際展開本書撰寫沒多久之後，便意外接了系主任一職，在不適應與不上手中，又緊接著處理起近年大學工作的重頭戲，也就是接受系所評鑑工作。然後在每天持續書寫過程中，回過頭竟然發現，兩年過去了。而自己對於研究的某些堅持與固執，也讓這兩年走得慢。

　　簡單來說，在動筆之初，經過再三思索，為充份呼應長期研究過程中的轉折，以及新的觀察發現，決定採用重新書寫的方式，撰寫這書。於是我將過去發表在《新聞學研究》七十三期與八十四期的兩篇文章，《媒介組織內部權力運作與新聞工作自主：封建采邑內的權力

控制與反抗》與《新聞工作的常規樣貌：平淡與熱情的對峙》放在新的論述架構中，打散重新思考，進入本書不同位置，形成完整論述。並且在 2005 年第三次國科會研究結束之後，帶著自己的某種固執，以及某些不得不然的現實因素，幾乎在著手書寫本書的同時，獨自進行了一波後續研究，在不需要繳交正式結案報告的狀態下，探討第三次國科會研究所觀看到的新問題。於 2006 年開始以「黃金年代的消逝：新聞工作者自我認同與工作意義的轉變」為主軸，看了新的文獻，做了許多觀察，做了許多訪問。感謝許多實務工作者沒拿到訪談費用，反而積極給予的各項幫助，然後，也許因為直接書寫的刺激，這段期間反而有著更多的生產力與觀察，最終，完成這本書。

　　也就是說，這本書可以看成是過去八年的總結，其中包含前面五年共三次的正式國科會研究案，與最近一波自行研究的研究結果。最近一波的研究，雖然沒有如同之前國科會研究留下正式紀錄，但對本書來說，卻是深刻與豐富的，也是更為重要的關鍵。或者，就在我決定直接書寫本書，直接呈現完整研究結果的決定下，這本書除了前面兩篇《新聞學研究》文章的影子，也同時藏著其他幾篇可以獨立發表的文章。這段過程是種選擇，選擇把行政與教書之外時間，全部放到這本書上；選擇用這種自認較為浪漫，或者不得不然的方式自己做研究；選擇用這種方式直接呈現整個研究結果，保持論述完整性。

　　這種選擇的代價是讓我少了幾段應有的旅程，或少了幾篇發表文章。可是，書寫到最後，卻也愛上這段文字旅程，在其中，感受到研究的浪漫、興奮，當然還有挫折。這是段精彩旅程。最後，在類似結束一段精彩旅行前的複雜心情，需要感謝許多人。

　　感謝每位參與本書討論的研究對象們，謝謝你們的幫助，有你們，這本書才能完成，也再次為自己能力有限，無法更細緻論述各位生活而感到抱歉。感謝輔仁大學提供一個浪漫的研究環境，讓我可以用自己的方式展開自己的追尋，完成本書。感謝輔大新傳系所有同事

容忍我的某些固執，在我擔任系主任至今給予最多的空間與協助。感謝《新聞學研究》與《中華傳播學刊》編輯委員與諸位評審給予的意見，讓我獲益良多，更直接幫助本書內容的建構。感謝一直以來在學習路上給予幫助的師長們，謝謝你們。感謝國科會給予的實質幫助。當然，還有我的家人，容忍我這段期間某種形式的安靜。感謝我的好朋友，實質與精神上的鼓勵，愈後面愈讓我銘記在心。感謝秀威資訊科技股份有限公司的幫助，沒有你們專業的幫助，這本書無法如期出版。最後，我期待這本書具有作品精神，請各位先進不吝指教，謝謝大家。

張文強　謹識

2008 年 11 月 26 日

目　次

第一章　問題與立場

　　一直以來，新聞學這套專業論述為當代社會形塑了許多共識，定義新聞是什麼，並詳細描繪出新聞工作者的理想圖像。大多數學者、社會大眾，乃至部分新聞工作者都願意相信，新聞工作必須依靠獨立自主的個人，按照專業意理與標準從事工作。新聞是種被社會賦予特殊期待的行業，不應該只是為了賺錢而已。

　　不過，對許多實務工作者來說，專業圖像卻始終是個理想。因為在當代產業結構與生產方式安排下，新聞是在媒體組織內部分工完成，而個人更得依靠組織取得薪水，所以如同其他行業，組織對個人總有著無法迴避的影響（Ettema, Whitney & Wackman, 1987; Hirsch, 1977; Shoemaker & Reese, 1991）。它提供工作必要資源，同時約束與控制了個人行為，也因此，即便做為專業，新聞工作者的自由度似乎不應該被高估。在新聞產製現實情境中，他們終究不是自由主體，無法自主決定新聞要如何做，也很難自主決定是否要抗拒來自組織的控制，往往有著身不由己的無奈（McNair, 1998）。或者說，好的新聞工作者除了專業技術，更需要倫理能力，處理組織帶來的兩難困境（Gardner, Csikszentmihalyi & Damon, 2001）。

　　這種安排形成一種難以迴避的結構性因素，深深影響新聞工作的實踐過程，以致學者與專業工作者經常會在實務世界發現，並且抱怨，主導新聞工作的是媒體組織，而不是新聞專業。也因此，該如何與所屬媒體組織互動，以維護工作自主，為自己爭取更多空間，便成為新聞工作者需要積極面對的課題。而專業道德式微、自我認同紛亂的後現代社會（Gergen, 1991；Lyotard, 1984；Rosenau，1992），更讓這種結構性因素帶來深層、意外的影響力。當新聞工作者為了謀生，

赤裸裸地面對組織要求時，媒體組織將不只是影響工作自主而已，對照專業帶來的正面社會期待，來自媒體組織的諸多作為更會為個人製造出許多矛盾掙扎，直接牽動新聞工作的個人認同與存在意義這組基本問題。

因此，倘若我們採用某種較為務實的立場，充分理解媒體組織在當代新聞產製結構中的必要位置，並且同意即便是專業工作者也需要承擔謀生壓力。那麼，我們對新聞工作的研究，便應該正視組織存在這個事實，需要深入了解個人如何與組織互動，才能藉此務實地論述新聞工作及其困境，也才能務實地尋找擴展個人自主空間的方式，尋找真正屬於個人的自我認同與存在價值。

而本書便在積極回應這組問題。我們將論述，在組織這個必要實務情境限制下，做為組織一分子的現代新聞工作者，如何與組織互動。媒體組織是如何約束控制他們，會對他們與他們的工作產生什麼影響，而新聞工作者又用何種反抗或存活策略回應組織。最終，面對社會期待的拉扯，又是如何建立屬於自己的認同與工作意義，以做好自己的工作。我們試圖挑戰新聞工作者做為組織人的宿命，在組織場域內，追尋更多工作自主與能動性空間、屬於個人的存在價值與熱情，然後看到更多自我超越與突破的可能性。

壹、新聞做為一種被期待的工作

一、新聞成為專業

如果我們順著 Schudson（1978）的詮釋，快速回顧新聞專業化歷史可以發現，雖然美國報業有著政黨傳統，對於民主政治扮演重要角色，但十九世紀中期，便士報出現，之後報團興起，以及因各報團

競爭產生的羶色腥新聞，便充分透露這種行業的商業特質和魅力。報業雖然逐步擺脫政黨與政治勢力影響，卻也在同時間落入商業經營模式，成為追求利潤的私人企業，開始如同其他產業依循起資本主義邏輯。也就是說，在報團以羶色腥新聞滿足大眾口味，把商業特性發揮得淋漓盡致之際（Murry, 1965／漆敬堯譯，1992），新聞專業概念並不存在於十九世紀末的美國報業。對當時投身新聞工作的人來說，新聞只是各式行業之一，並非專業。而這種資本主義基本邏輯延續至今，商業法則繼續主宰新聞產業，包含後續出現的廣播、電視等產業。甚至它發展得更為精緻，用更細膩的方式操作著，出現所謂市場導向新聞學之類的學術說法（McManus, 1994）。

　　不過，歷史的發展也非如此單純，或者這段歷史重要的地方在於它引發專業思維，改變了新聞工作的可能樣貌，也從此為新聞工作帶來難以逃脫的宿命。在十九世紀末，報業轉型、記者成為正式職業的情境下，配合黃色新聞氾濫誘發的反思，實務界與學界像是共同著手，逐步發展出此行業的專業概念。《紐約時報》、《華盛頓郵報》以及相關大學科系出現（李瞻，1993；Adam, 2001），便象徵當時大家正合力於商業法則之外，創造一種新工作方式。客觀中立、追求事實逐漸變成熟為人知的美式新聞工作原則（Chalaby, 1996；Fuller, 1996；Mirando, 2001；Schudson, 2001）和職業規範，然後影響新聞工作的社會認同。而之後報業社會責任論與調查性新聞報導的出現，則讓媒體背負起監督社會、服務社會的使命。

　　置身此種氛圍，新聞工作者也被期待應該懷抱專業理念，公正客觀地報導新聞，對政府提出針砭。無論是抱持中立型意理或參與型意理（Johnstone, Slawski & Bowman, 1972），理當成為專業工作者。而新聞工作自主更在此過程中，成為專業論述的核心課題，廣為歐美新聞產業接受。第四權、無冕王，或公共場域等概念，都在在指出新聞工作者應獨立自主地完成工作，不受外力影響，並且以此為基礎，扮

演好服務公眾的責任。當然，除去這些抽象層次較高的概念原則，新聞專業論述亦包含相對應的技術層次作法，說明專業新聞該如何做。

直至今日，新聞專業論述已發展成細膩的論述體系。大多數人都會同意，這套論述在主流學術世界成功運作，從應然面設定了許多工作標準與理想角色認同。然後試圖透過諸如新聞系教育、新聞相關書籍，以及專業團體，不斷地進行指導或規訓（Lester, 1995），好讓專業標準深耕於每位新聞工作者心中，並依此從事每日工作。只不過有意思的是，學術與實務界相互質疑、批評的頻率，卻也另類展現出這套被稱為「理論」的論述，在當今實務世界似乎欠缺決定性的力量。或者，也正是這套專業論述讓媒體在資本主義社會中出現雙重特性與困境。一方面媒體不折不扣地是種可在市場上自由交易的商品，同樣得追求利潤，否則便得面對倒閉關門的危機（Koch, 1991）；但另一方面做為社會公器的特性，卻也讓它們無法如同其他企業一般，在資本主義社會中盡情追求利潤（Fink, 1995）。專業羈絆著媒體與新聞工作者。

二、是專業，更是社會期待的行業

不過，就在主張新聞是一種專業的同時，我們似乎習慣從規訓或教導的概念，看待新聞專業論述所具有的影響力，假定專業可以、也應該直接規範新聞工作者的個人行為。整個專業化過程就像是在執行一套完整的規訓計畫，只要個人有意願配合，便能學會並加以落實，而新聞產業也將在專業的凝聚下，形成一種內驅力，自我規訓與鞭策，達成新聞做為專業的理想。

不可否認地，新聞專業的確具有規訓效用，它的確塑造了若干堅信專業的新聞工作者，只是於此同時，我們似乎也無法否認，對於為數更多的實務工作者而言，許多現實因素都將折衝與抵銷專業

論述的影響力，以致預期中的規訓力量並無法貫徹到行為層次。他們熟悉專業內容，能夠琅琅上口，但實際作為卻未能遵循專業原則。因此，學者經常感嘆實務界追求利潤法則，以致新聞專業無法發揮影響力，相對地，實務工作者也抱怨新聞專業的不切實際。

基本上，這種狀況反映專業論述於當代社會的整體危機，在所謂專業道德崩解的後現代社會（Lyotard, 1984；Rosenau, 1992），以及媒體激烈競爭的當代情境，也許專業論述的規訓力量本來就不似過去強大。不過規訓未能徹底，並不表示專業論述沒有存在價值，或不具影響力，只是需要換種方式重新觀看它的力量。而呼應這種說法，我們於研究過程便發現，新聞專業論述在學術世界成功後，也同時從學院向外擴散，形成一種「社會版」的論述。這種社會版雖然失之於簡單，但卻也廣泛影響社會大眾對於新聞工作的期待，然後為新聞工作者帶來壓力。

也就是說，除了直接進行規訓，專業論述的影響力還會透過社會期待展現，甚至在當代社會，其力量可能更大於前者。它們先是為新聞工作在社會大眾心中正面塑造出「專業」的形象，需要符合某些高標準的社會認可，然後於他們達不到標準時提出批判，藉此迂迴地對新聞工作者產生心理層面的壓力。在這種狀態下，儘管記者不信奉新聞專業，但某天，某位麵攤老闆娘、計程車司機對新聞工作的不屑，卻讓他們謹記在心。而這便真實發生在本書研究對象身上。

其實不用多加描述，從大量相關文本，包含學術作品、讀者投書，甚至新聞報導本身可以發現，相較於其他行業，社會大眾的確更為關心新聞媒體，對新聞工作也有更多的社會期待。而這些社會期待也並非只是空談，會對新聞工作者產生壓力，影響他們看待自我與新聞工作的方式，進一步決定工作作為，有關自我形成的理論便說明了這種迂迴式的影響力。

Mead（1934）與後續學者（Holstein & Gubrium, 2000；Lester, 1984）便主張，我們看待自我的方式，深受別人看待我們的方式影響，並非完

全由自己決定。或者，我們得考量他人期待，才能決定該在眾人面前呈現何種自我形象，持續進行印象整飭。所以，當社會大眾有所期待，且常以批評質疑形式表達時，對新聞工作者個人而言，社會大眾便在扮演「他人」的角色，而社會期待則透露這些「他人」看待新聞工作的方式。即便到最後，由於老闆、主管等其他重要他人影響，使社會期待無法獨自導引工作行為，但在此過程中，專業論述已不自覺形塑出一種十分寫實的社會期待與壓力。除非新聞工作者可以完全不理會社會看法，否則他們或多或少、或迎合或反對，都得回應這些高標準的期待。也因此，專業論述雖然沒能直接規訓個人行為，卻也換個方式為新聞工作者帶來相當的心理壓力，至少會擔心社會將如何看待他以及他的工作作為。

　　在這種狀態下，專業兩字代表的不只是既定工作意理、標準與技術，更代表新聞不同於一般行業，是受社會大眾矚目、充滿社會期待的工作。這些社會期待將影響新聞工作者，讓他們感受到壓力、矛盾與掙扎。

貳、在實踐場域，做為組織雇員的原罪與困境

　　社會期待連結了新聞工作的正面形象，但同樣的社會期待，也預告了新聞工作者在當下實務世界的困境。因為靠組織討生活的他們，即便願意認同新聞專業，想要符合社會期待，卻有著做為組織雇員的原罪與困境。媒體組織經常成為他們不得不屈從的壓力來源。

一、為組織工作的事實：受限於組織的個人

　　事實上，自從工業革命，企業開始主導社會的生產活動之後，組織便是工作生活的重心，如何在工作中與組織互動，也成為當代人必要面對的問題（Noon & Blyton, 1997；Watson, 1993）。不過，無論是

否意識到組織介入個人生活這個事實，個人受雇於組織、受限於組織，因組織感到無奈，是當代社會的普遍現象，發生於各行各業，也是許多暢銷書討論的課題。

從企業角度來看，企業與雇員之間保持一種市場交易關係，他們提供薪水，從勞動市場購買最適當的人力（Douma & Schreuder, 1992），再透過工作流程標準化、組織文化等方法，設法管理、控制或規訓每位雇員，使其行為符合組織目標與要求（Johnson & Gill, 1993；Townley, 1994）。在資本主義邏輯內，這種像是默契的交易關係，讓組織取得控制雇員行為的合法性。為了交易生活所需薪水，靠企業謀生的個人，雖然並非總是無條件地服從，但大部分狀況都得考量組織目標完成工作，以確保工作機會。

因此，當現代媒體與其他行業一樣，同樣是以企業方式經營，新聞工作者便無可避免地具有雇員角色（Tunstall, 1972），得接受老闆管理，然後成為組織化個人，得在工作時充分顧及組織目標，而組織也會以不同形式、深淺不一地控制新聞工作者（Hirsch, 1977; Shoemaker & Reese, 1991）。

也就是說，一直以來，組織介入個人工作的現象，並非新聞工作所獨有，而是遍存於各行各業，例如食品加工業、高科技等產業都面臨這種問題。只是在一般行業，影響的可能只是勞動條件，或出現異化問題，但對新聞這種強調工作自主性或專業理想的行業，組織與個人的關係則很容易因此被凸顯，甚至被對立起來。新聞產業如此，又或者在管理主義盛行的當代大學（Delanty, 2001），同樣強調自主性的老師，也面對類似問題。

二、組織目標與新聞專業理想的衝突

組織本身有著不同目標，目標間會相互衝突，也與組織決策等行為有關（Cybert & March, 1963）。只是就新聞產業而言，事情似乎更為

複雜，因為它還得面對組織目標與專業要求間的相互衝突。這種衝突像是新聞產業特色的一部分，已成為當代媒體難解的問題（Gallagher, 1982），並進一步拉扯著靠組織工作的個人，使其陷入組織雇員困境之中。因此，新聞工作者比其他產業員工更需要學會如何與組織互動，建立個人工作意義。

　　基本上，儘管在資本主義遊戲規則中，利潤與專業並非不能兼顧，或者事實也顯示，現今仍存在專業考量的媒體。但不可否認地，利潤是當下媒體組織的重要目標，引導出許多商業化作為，放棄原先專業對新聞內容的判斷標準（Bogart, 1995；Underwood, 1993）。特別是在類似台灣激烈競爭的產業環境中，利潤做為組織目標的比重愈來愈高，媒體也愈來愈不諱言於利潤的追求，加入了商人思維。在這種脈絡下，為了收視率、發行量，媒體會訂定許多策略要求新聞工作者遵循，諸如增加八卦新聞量，使用情境模擬方式報導新聞，為了搶快、搶獨家而忽略新聞查證。有時甚至因為想要更直接地獲取利潤，大量接受置入性行銷或編業合作等新聞處理方式。

　　純就市場法則來看，這些策略只要不違法，便有其合法性，有些甚至會被認定是成功的策略。但麻煩的是，新聞做為專業的要求，以及由此而來的社會期待，卻讓媒體很難明目張膽地追求利潤，得承受一定社會壓力。當然，除了幾乎成為唯一考量的利潤目標外，藉由掌控新聞內容以獲取政治利益，或服務特定意識型態，依然是老闆經營媒體的可能原因與目標（Tunstall, 1972）。在台灣，從選舉之類的關鍵個案，還是可推敲出媒體組織的政治考量。

　　不過無論如何，這些象徵私人利益的目標，整體來說都與專業要求、社會期待相牴觸，違反了新聞專業目標。因此，支持新聞專業的學者便經常批判媒體，以及採用這些作法的新聞工作者，感嘆市場導向下的新聞專業墮落。但對身處市場叢林法則的媒體經營者，甚至靠媒體謀生的實務工作者而言，學者並不了解真實世界的殘酷。因此，雙方相

互不服、相互質疑，諸如「新聞工作者不長進」、「學者只會批評，有本事就來做做看」之類批評，更是檯面上的事情。這些相互質疑呼應了當代媒體的特性與兩難，也深層地展現兩種論述觀點的對立。

在這裡，我們不做優劣對錯的討論，但想藉此表達本書的某種後現代式立場。我們主張，因為目標決定了論述方式與工作策略，所以站在建構理想專業的立場，學者專家對現狀的批評自有其正當性。但也因相同邏輯，一旦企業是以利潤做為目標，其工作策略自然會有所差異，而他們也應有著屬於自己的立場。企業與專業是用兩套不同遊戲規則來看待新聞，應該有著各自的合法性。

當然，媒體該不該以利潤做為目標，是個可以討論、也值得討論的大哉問，而本書更非想要否定新聞專業的存在價值。只是同樣站在讓新聞工作更好的立場，我們主張想要解決新聞工作困境，需要整體的後現代式觀點（Lyotard, 1984）。硬是將企業與專業這兩套遊戲規則相互比較，或只想著將專業標準套用於實務世界，似乎總有著合法性的擔憂，在技術層面，也會因情境不同而顯得扞格不入。不同遊戲應該相互尊重與了解，因此如前所述，本書試圖換種立場與策略，想要透過關注組織存在這個既定事實，更為積極、更為務實地尋找那些擴展個人自主空間的方式。

三、組織雇員的寫實困境

媒體組織對自身目標的追求，為自己帶來許多社會批評與質疑，但對本書而言更重要的是，這更讓新聞工作者有著做為組織雇員的無奈與困境。因為就在專業論述試圖直接透過規訓，或迂迴藉由社會期待發揮影響力的同時，現實狀況卻通常是，靠媒體為生的新聞工作者，需要配合組織目標，不得不向組織靠攏。不過這裡先簡單提醒，這並不表示個人只有順從，理論上還是存在反抗的可能，只不過多數是局部、迂迴的策略，很難徹底拋棄組織所給予的工作要求。

　　例如，新聞工作者應該都了解且被教導，新聞需詳細查證之後再發稿，以免傷及新聞當事人，這是專業技術、新聞道德，更是社會對新聞工作的期待。但在實務世界，對同時身為組織雇員的實務工作者來說，即便他們同意這項專業目標，也想迎合社會期待，可是一旦所屬媒體為拚獨家新聞，見獵心喜地要求記者急著發出新聞，他們往往也只能配合組織要求，久而久之，這種行為便成為常規慣例。然後當這種慣例成為整個產業的集體工作常規，共同為拚獨家、搶時間而忽略查證，那麼除選擇完全退出新聞圈外，對於離不開的人來說，為了薪水，便得需要不同程度地背離新聞專業，向組織目標靠攏。

　　當然，組織雇員的困境並非總來自組織刻意安排，有部分是源自既定生產方式本身的技術性限制。因為身為組織生產分工的一分子，為集體完成新聞產製，個人必須遵循設定好的生產流程與工作方式，且承受某些實務工作中的不完美。例如，即便記者懂得查證的重要性，但每天產製流程必然出現的截稿時間，便是重要、不得不遵循的現實因素。若再加上某些新聞事件遍尋不著當事人、消息來源說謊等，都會讓新聞在查證有瑕疵的狀況下出手；同樣地，這也讓新聞工作者有著無法實踐專業的無奈，間接地向組織靠攏。

　　新聞工作者的確得配合媒體組織要求或工作流程，但這種靠攏過程也非毫無猶豫的，社會期待便會在靠攏過程中對許多人產生心理壓力。對於那些深刻認同新聞專業的人來說，除非選擇辭職，否則內化的專業標準與社會期待會用力拉扯他們，感到為五斗米而折腰的無奈。對那些認同不強的工作者而言，雖然拉扯不劇烈，但是除非可以完全不在意外在評價，否則做個好記者的社會期待，還是會對他們產生壓力，得因此進行一些自我說服或自我調適的動作。例如透過中和（neutralization）策略（Sykes & Matza, 1957），以削減自我認同的矛盾、衝突，或建立新認同。

　　也就是說，在實務世界，組織雇員的身分構成新聞工作者的困境，他們不只要配合組織要求，還得考慮社會期待。或者說，按專業標準做

事的理想，不只讓實務工作者需要積極處理工作自主這個古典問題，還會因為雇員角色讓專業理想破碎，而得面對工作意義與自我認同困境。

最後，這裡並不在於幫實務工作者脫罪，因為很多時候，新聞工作者的確可議，他們可能懶惰，可能只會順著常規做事，而導致新聞處理缺失。在某些案例中，如果他們願意在查證策略上做出調整，即便時間不充裕，還是可以改變諸如腳尾飯、瀝青鴨之類的烏龍新聞。

本書真正想要主張的是，如果我們同意身為雇員的困境，而且如果連學術工作者本身也無法自外於此邏輯，例如近年來研究者也需要依照組織要求，追求研究產量。那麼，新聞工作者習慣接受組織指令，或者做出某些不符合專業標準的行為，便不應該再被簡單解釋為個人失職與墮落，或視為缺乏堅持專業的勇氣與膽識，這些行為需要用更謹慎的方式加以解釋，因為很多時候它們是出自實務工作中的無奈。也因此，我們主張，有關個人如何與組織互動的討論十分重要，如此才能充分回應新聞工作者做為組織雇員的困境，也才能更為務實地提出讓新聞產業更好的策略。

參、黃金年代消失後的場景與困境

如果說台灣新聞產業曾有過黃金年代，那麼，它現在似乎已弔詭地消失在資本主義市場邏輯中。黃金年代的消失，緊縮了台灣媒體環境，而不景氣的媒體環境又從根本緊縮了個人的工作空間，導致新聞工作者更加依附媒體組織，自主性降低，然後又因為夾在各種社會負面評價，以及後現代情境之中，進一步出現以往所沒有的自我認同與工作意義的困境。這種不好的年代，強化了本書的合法性與必要性，我們更需要研究個人與組織互動，正面回應組織這個新聞產製的實務情境，藉以找尋更多個人空間。

一、商業邏輯成為結構基底

在過去，台灣媒體是建立在媒體管制政策之上的產業。管制政策與其代表的政治操控力量，傷害了媒體做為社會公器的角色（林麗雲，2008；鄭瑞城等著，1993），更形成一種結構性力量，特別約束著政治相關新聞的工作自主。不過在政治目的之外，這種管制政策卻也具有經濟學上的意義，它像是人為設下的產業進入障礙（Besanko, Dranove & Shanley, 1996），保障既有媒體持續占有市場，不受新進競爭者威脅。因此，管制政策雖然傷害言論自由與市場公平競爭原則，但它也意外且弔詭地在政治逐漸開放，媒體管制解除前後，以傳統三大報與電視老三台為主體，創造出一個落於利潤層面意義的媒體黃金年代。如果我們願意暫時擱置管制帶來的整體不公平，可以發現在當時，只要不違反政治正確原則，在利潤無虞甚至豐厚下，媒體反而可以勻挪出空間給新聞專業，成就某種由經濟驅動的短暫專業時代。有些新聞工作者便藉由迴避政治新聞，做為爭取個人工作自主空間的策略。

只是隨著新競爭者紛紛加入媒體市場，台灣整體產業環境變差，直接衝擊且降低了媒體經營利潤。從報禁解除彼時，大量報社出現，需要大量新聞工作者，到當下報紙發行份數下降，《自立晚報》、《民生報》、《中時晚報》關門。從電視老三台時代，給予員工優渥薪水與年終獎金，到當下電視台需要依靠置入性行銷賺取利潤。媒體陸續結束營業、整體薪資結構調降、年終獎金大幅縮水，到大量採用編業合作與置入性行銷，這些經常發生，已不再能算是個案的事實，在在寫實反應出台灣媒體不再處於利潤的黃金年代。然後為了收視率與發行份數的競爭，市場邏輯更具體地轉換成市場導向新聞學，甚至是置入性行銷，相較於政治力量，更為全面、細緻地影響新聞工作。

黃金年代消失，影響的不只是經營者利益與新聞專業運作空間，對本書、對新聞工作來說，更重要的是，即便不做新聞專業層次考量，

許多為回應市場法則所做的判斷與作為，都業已衝擊到新聞工作者的基本工作機會。面對這種事實，新聞工作者可以勇敢選擇罷工，甚至辭職等手段，回應工作條件下降這個事實，只是整體不景氣，大幅降低了個人可運用籌碼，當個人仍需有份工作，便往往無法如此灑脫，不得不去接受組織安排。然後如同一般人的經驗，即便不滿意組織某些作為，卻因為擔心丟工作、找不到新工作而投鼠忌器，需要配合組織作為，在循環中感到無奈。這種困境與無奈隱含著社會學意義，在不好年代，「結構」影響力增加，個人能動性相對發生變化。

有關結構與能動性是社會學重要課題，Giddens（1984）與Bourdieu（1980／1990）便有許多精彩討論。廣義來說，本書也是在討論這個古典問題，新聞工作者要如何與媒體組織互動，爭取自己與工作的空間。不過，在接下來幾章的討論之前，這裡要先簡短說明，雖然本書主張在不好年代，「結構」力量增加，並不表示我們認為結構力量會強大到讓個人完全缺乏能動性。原則上，組織像是種結構，會引導、甚至決定個人行為，可是個人也並非只有順從一途，許多狀況是個人放棄了能動性，以致組織力量相對變得十分強大。而且，組織與個人的關係可以是細膩地互動，在互動中，有著不少回應組織作為的能動性。

不過無論如何，無論結構力量出現怎樣的改變，新聞工作者又感受多少無奈，如果我們認為個人的基本能動性，以及新聞工作自主依然重要，那麼，在不好的年代，我們似乎也更有必要進入組織情境，了解個人與組織的關係。也因此，本書將在結構力量相對增加的當下，回到實務情境，說明組織如何約束控制新聞工作者，而新聞工作者又是如何因應，在反抗或存活的拿捏間，藉以尋找個人工作空間。不過除此之外，有關組織與個人互動還涉及另一組更終極的問題，也就是在不好年代，新聞工作者的自我認同與工作意義問題。

二、從社會期待的工作到「髒工作」

　　媒體為了追逐利潤，採用的市場導向工作策略，不只是影響了個人工作自主這個基本問題，配合後現代社會缺乏單一自我認同的特性（Gergen, 1991），更讓身為組織雇員的新聞工作者，於黃金年代消失過程中，有著工作意義與自我認同困境。

　　在強烈渴望利潤的台灣媒體情境中，不尊重新聞當事人、侵犯隱私、跟蹤偷拍的採訪方式；使用模擬情節、誇張電視鏡面的呈現方式；追求獨家，新聞搶快而疏於查證工作，再加上選舉開票灌水、置入性行銷，這些都是當下台灣媒體慣用的工作策略（林元輝，2006；林照真，2004；陳炳宏，2005；陳國明，2004）。雖然，我們很難得知這些策略究竟能幫忙媒體增加多少收視率與發行量，但幾乎可以確定的是，它們以及由此產生的若干離譜新聞事件，已成為學者與社會大眾批判的對象。原本應是備受社會期待的新聞工作，於當下失去了大家的期待，並且反過來展露一種不良的社會形象。甚至誇張點，成為社會學所指稱的「髒工作」（Davis, 1984; Hughes, 1962），有著不榮譽的色彩。

　　這種轉變不只意味新聞工作整體形象的改變，更直接衝擊著那些替組織工作的新聞工作者。面對社會地位下降，以及嚴峻的社會批評、責難，甚至厭惡，被貼上負面標籤，被稱為狗仔、社會亂源的新聞工作者，在必須承擔生活壓力而無法選擇退出的狀況下，經常陷入某種沮喪、無力情緒。因此，除了前述工作自主問題外，身處組織這種新聞產製實務情境，有些人會因為對於自身工作的茫然，或者困擾於該如何回應社會期待，紛紛以不同程度感受到自我認同問題，並得設法尋找或合理化工作的意義。

　　而後現代社會的專業與道德崩解、自我認同多樣化，甚至被解構，更複雜化了問題，讓問題更加茫然。當專業道德這類大論述不再如以往得到推崇，合法性遭受各方挑戰；當自我概念開始裂解，多種可能同時

紛雜並存，做為組織雇員，又得承擔社會期待的新聞工作者，將逐漸體會到，他們再也無法如同過去可以藉由專業論述取得一種標準且安全的角色認同。當下社會存在著許多論述，在交錯各自現實無奈之後，彼此相互衝擊，讓部分新聞工作者出現自我認同的麻煩或困境。他們可能掙扎於不同的自我可能性中，矛盾、不知如何是好，或者乾脆放棄追問。而新聞工作的意義也相應出現變化，過去專業帶來的榮耀，不再是從事新聞工作意義的唯一來源。面對這種狀況，雖然茫然無力也是種回應策略，不過，更積極的方式也許是，設法找尋新聞工作對於自己的意義。

　　當然，透過類似復興新聞專業的作為，例如要求新聞工作者重新具有反叛精神（林照真，2006）；重新思考新聞學概念，調整新聞教育（Macdonald, 2006），是解決問題的方式，設法回頭重建專業角色的自我認同，以及新聞工作的專業意義。不過，基於前面討論，另一種更為務實，或許也更為根本的方法是，承認現代社會處在某種傳統道德、權威、標準不再的失重狀態（Giddens, 1984），然後回到媒體組織這股壓力源頭，讓每個人去思考這份工作對自己的意義究竟是什麼？自己又要做怎樣的新聞工作者？

　　也因此，本書在論述個人如何與組織互動，結構與能動性這組基本關係後，將進一步說明當代新聞工作者是如何看待自己，從事這份工作的意義又在哪裡。我們企圖透過這種自我追問與探索，做為一種務實的解放策略，讓新聞工作者在組織架構起的當下工作情境，不只是感到缺乏自主空間或感到茫然，而能夠靠自己力量有效擺脫組織宿命，找到屬於自己的自在空間與存在意義。

三、本書章節概述

　　傳統上，新聞專業論述對於組織與個人關係的討論，通常習慣從新聞專業立場出發，將組織視為傷害工作自主，應該被排除的重

要變項。這種作法雖然持續維護了新聞專業理想，但似乎也不自覺地將組織與個人對立起來，進入結構與能動性的二分困境。在二分引導下，研究者看到的往往是組織對個人的干預，或者個人無法抵擋組織控制，然後整體忽略了組織與個人之間可能存在的複雜細膩互動關係。而另一類屬於媒體管理研究（Lacy, Sohn & Wicks, 1993；Willis &Willis, 1993），則只是將管理理論帶入媒體產業，也未能於充分考量新聞工作特性後，再對組織與個人互動多做著墨。

　　然而，基於前面討論，本書將選擇不同於過去的論述位置與主軸。我們主張回到實務的組織情境，研究新聞工作者與媒體組織的互動，以正面回應當代新聞工作的實務困境。本書將針對台灣新聞產業進行論述，討論組織如何約束、控制新聞工作者，而新聞工作者又是如何因應，在反抗或生存的拿捏間，尋找個人工作空間。最後，特別是在黃金年代不再、專業論述失勢的當代，新聞工作者又是如何看待自我與這份工作的意義。我們期待本書論述能夠促成新聞工作者反思的可能，做為在當代組織生活現實下，自我追尋的起點。

　　不過，再次說明的是，我們強調組織的實務重要性，並不代表結構因素大到無以復加，而這種將個人放回組織情境的研究基調，更不代表本書揚棄新聞專業論述的價值。相反地，我們是想透過這種轉向進行更為務實的觀察，換種方式回應新聞工作自主這個長久以來的老問題，用不致過度理想與道德化的方式，在實務世界尋找新聞工作的意義、自我認同與存在價值。

　　本書在上述立場上展開論述，於第一章介紹完研究問題與立場後，第二章將說明本書的研究與論述策略，這部分屬於研究方法層面討論，也是本書長期對於研究方法的反思結果。第三章與第四章整體勾勒台灣新聞媒體的封建特性，做為後續討論個人與組織互動的論述基礎。第三章主要描述台灣媒體如何透過慣例與人治形成封建性格，而老闆又是如何利用管理階層進行分封，形成實質的封建體系；第

四章則說明庇護與效忠這組社會關係，如何維繫封建體系的基本運作秩序，在下屬承認，並且效忠於老闆與主管的事實基礎上，成為重要的組織控制機制。第五章與第六章則討論組織另外的兩種控制機制。第五章說明權力這種傳統工具的運作方式，除了透過直接「權力行使」外，它們平日也隱藏在組織制度與生產流程中，施展「權力控制」功能；第六章說明常規的形成，以及組織如何涉入，以致實務工作者於順著常規工作的同時，自願接受起組織控制，然後也使得控制不再只是強加在個人身上的力量，開始與被控制者的自願配合有關。第七章則在論述完組織控制機制後，整體討論個人回應組織控制的方式，並且提出平民式抗拒策略概念，描述台灣新聞工作者回應組織控制的實際策略。第八章與第九章則在個人與組織互動的主軸上，配合當下新聞產業的整體困境，再更為轉向個人層次的討論。第八章說明當下不景氣的台灣新聞產業，如何形成生存壓力，使得個人用更為保守的方式與組織互動；第九章則說明在生存壓力下，工作意義與自我認同這組困境的出現，它們如何在工作自主這個古典問題之外，成為實務工作者需要面對的當代大哉問。最後，第十章則總結前面各章論述，嘗試提出當代新聞工作者在組織內部持續追尋自我，進行自我超越的建議。

第二章　論述方法

　　做為學術研究，本書在研究方法與論述策略層面，主張一種研究做為論述建構的過程。這種建構是以研究者對於研究問題的反思為主體（張文強，2004），同時比對相關理論文獻，以及經驗資料，不斷精緻化理論論述的動態過程。因此，本書偏向建構立場，而非傳統實證主義的客觀立場。

　　這種主張是我們在研究執行過程中，對研究方法持續反思的結果。我們深刻體會當代方法論對實證研究的種種反思與質疑，然後發展出本書整體研究與論述策略，包含書寫方式。所以，本章亦可視做這段期間的研究產物，描述我們在方法論層面的看法。

　　接下來，第一節將先簡單描繪本書論述的發展脈絡，做為背景鋪陳。配合有關主流研究方法的再思考，第二節接續說明研究做為論述建構過程的主張，這部分討論也同時涉及「精緻度」此一衡量論述品質的標準。隨後，在效度做為一種技藝概念下，第三節則說明本書採用的經驗資料蒐集方式，如何藉此追求多樣、有效度的經驗資料，因為經驗資料品質將直接影響本書論述品質。最後則總結於本書實踐價值的討論，說明如何對實務工作做出貢獻。

壹、本書的論述演變脈絡

　　過去八年來，本書作者對於「新聞工作者如何與組織互動」這問題有著濃厚研究興趣。因此，配合三波國科會研究逐步開展，以及之後一波自行進行的研究，完成了本書論述。基本上，前三波研究雖因國科會規定有著各自執行期間，但之於本書，總共四波的研究卻有著

連貫的論述脈絡，整體而言，彼此相互關聯。同時，我們對研究問題的反思與觀察，也未因個別研究結案而暫停。

八年期間，我們持續閱讀文獻理論，持續保持田野觀察精神，以深度訪談為中心向外蒐集各種經驗資料。四波研究階段性地整合進入整體論述，在各自時間點，分別回答前階段醞釀的問題，同時延伸出新研究觀察。因此，經歷幾次重要轉向與各種持續修正，我們對研究問題有著愈來愈清晰的理解，整體論述主軸、層次與內容也逐步精緻化。最終，藉由書寫本書進行最後回合的反思，並完成本書論述。

這整個過程正好因應本書主張，研究做為一種論述建構的過程。但在詳細說明這種主張之前，我們將透過四次重要轉向，交代本書論述的建構脈絡。這四次轉向像是初步例證，說明本書論述是經由不斷反思完成的。另外，所謂的轉向並不代表我們拋棄過去價值，或是站在二元對立位置進行研究，相反地，本書並未否定過去，更主張跳脫二元對立思維，因此，轉向指涉的是我們針對過去進行修正與延伸的企圖，嘗試用更多元、更精緻的方式觀看老問題。

一、回到實務情境進行觀察

2000 年的〈新聞媒介組織內部權力來源、運作方式對新聞工作之影響：一個有關中國式權力關係的本土探討〉（計畫編號 NSC 89-2412-H-030-016），是第一個研究計畫，也是本書論述正式的起點。當時，我們有興趣於新聞室控制這個老問題，但卻也隱約感受傳統專業論述因為對專業的堅持與自信，以致處理類似實務困境時，其觀察與所提策略，例如內部新聞自主、編輯室公約等（涂建豐，1996a；何榮幸，1998），往往有著實踐層次的限制與無力。或者說，本書尊敬新聞專業論述理想與建議，但卻也主張，這些理想與建議似乎過於純粹，忽略真實世界是寫實的，新聞工作是發生在組織內的，而新聞工作者則是依賴組織謀生。

因此，我們試著在研究初期做出轉向，嘗試改用更為正視實務情境的立場，承認組織做為實務工作必要條件這個事實，然後再論述組織是如何控制個人，個人又會如何反抗組織。隨著文獻閱讀、深度訪談，我們愈加掌握這種轉向的合理性，也確立以「回到實務情境」做為接續整體論述的基調。我們並不否認專業論述的價值，但主張透過回到實務情境的基調，配合某種後現代式精神，減輕專業論述在解決實務問題時的過度自信與主導地位。在理想與道德化策略外，用更務實的方式了解與回應新聞工作實務困境。

二、從「權力」轉向「互動」

除確定本書論述基調，隨著此波研究進入後段，論述脈絡出現另一次重要的轉向。我們逐漸體會到，即便我們採用不同權力觀點，做出較以往研究更為細膩的組織內部觀察，但援用權力進行觀察這個動作，還是會無意地凸顯個人與組織間的對立關係，形成控制與反抗在組織內部到處流竄的景象。我們的經驗資料顯示，權力的確是研究工作自主不可或缺的角度，卻得小心某種「泛權力化」的解釋習慣。因為，並非所有組織現象都適合，或需要權力角度的解釋，個人面對組織時，也不只有權力帶來的工作自主困境而已。

為了避免觀察與反思視野被窄化，進入泛權力化的解釋，我們整體調整論述主軸，從權力角度回到「互動」這個更廣泛、中性的概念，試圖勻挪出更多觀察空間，研究個人與組織之間的關係。我們主張，從新聞工作者角度來看，個人與組織存在於更廣義、中性的「互動」概念中，個人持續與組織互動，互動連結了雙方。理論上，雙方可能相互限制，也可能相互支持；雙方可能對立，也可能平和，甚至幫襯。在新論述主軸中，權力被收納進更廣義的互動概念，是互動的一種重要構面或特殊形式，而種類不一的控制與反抗，則象徵著雙方互動的

事實。或者說,轉向互動概念容許在權力之外,掌握更多觀察個人與組織關係的可能性。我們便因此發現常規的重要性,它有效嫁接起組織與個人,經常保持雙方處於平和狀態。

　　更多的文獻閱讀與經驗資料,同樣幫忙確立了這次轉向。至此,我們將論述焦點從原本關注的「控制與反抗」,擴大並轉移成「新聞工作者如何與組織互動」。而為了因應論述完整性,我們也從秩序角度說明權力如何做為一種控制機制,幫助台灣媒體維持運作時需要的秩序。也就是說,原先關注的權力問題,在本書中相對調整為整體論述的一個構面,然後於此架構下,工作自主困境不再只有權力觀點的解釋,而是變成雙方互動過程中,組織對個人工作方式的一種限制。最後,也因為這次轉向,本書提出封建采邑概念,做為論述個人與組織互動的整體基礎,當然,也是處理新聞工作自主這個老問題的基礎。我們主張,媒體組織是個大型互動場域,除權力這個不可忽視的界面,新聞工作者也靠著庇護與效忠、常規等機制,與媒體組織保持互動,同時也將自己限制於組織之中。從組織角度來說,則是透過這三種控制機制,維持運作時應有的秩序,讓新聞工作者接受控制,達成組織設定的目標。

三、從「組織」適度轉向「個人」

　　隨著對權力、控制與秩序的了解,這個有關權力的研究還有另一貢獻,也就是我們逐漸體認到,傳統新聞專業論述在討論新聞室控制等問題時,或許部分出於維護專業倫理的理由,其關注焦點通常放在媒體組織如何控制新聞工作者。除了要求新聞工作者要勇敢維護專業之外,個人在相關討論中像是隱身起來,並不受重視。這類似古典權力研究,重視權力控制者與權力策略的討論,被控制者及其可能的回應作為則經常被忽略。

　　但組織具有控制力量,並不表示個人沒有反抗能力,或缺乏反抗策略,Foucault(1980)便充分回應了這問題。同時,倘若從互動角度來

看，不只是反抗策略，個人可以用來回應組織，甚至反過來利用組織的方式很多，只是過去研究觀察焦點似乎未及於此。因此，應和著前述互動轉向，整個論述重心也從組織往個人層面移動一些，以利對個人進行更多的觀察與描述，回應在互動概念下，個人可能具有的新位置。

主張適度轉向個人的另一個原因在於，雖然組織控制是長久以來的困擾，也引起學術與實務界的共同關注，但新聞工作不夠自主或不夠專業，不見得都直接源自組織控制。這個研究後期的觀察便似乎透露，在實務操作情境，很多時候是新聞工作者困住了自己，而常規是困住自己的重要因素。因此，我們藉由適度向個人來回應與了解這個問題。

2002 年接續進行的〈新聞媒介組織內的工作常規與新聞工作：一個從知識與組織角度的重新探討〉（計畫編號 NSC 91-2412-H-030-006），便延續這個脈絡，試著轉折到個人的常規使用之上。這個研究除了回應互動主軸，發現個人與組織經常在常規層面發生互動，展現平和、甚至若有似無的關係。經驗資料更顯示，在組織內順著常規做事，讓新聞工作者不自覺地習慣安穩，習慣跟隨組織設定的軌跡。因此，他們不僅喪失抗拒組織控制、堅持新聞專業的動機，更磨去了自我超越的熱情。也就是說，個人為常規困住有著兩層意義，其一是常規困住了工作自主性，無法達成新聞專業論述的期待；其二，在更廣泛層次上，常規困住了自我，無法進行自我超越，新聞工作最終成為一種工作而已。

當然，常規困住個人，但組織對新聞工作者的控制依然存在，並不意味著消失不見。

四、從工作自主轉向工作意義與自我認同

就在勾勒常規如何困住個人的過程中，我們一方面感受到常規帶來的某種無力感，另一方面則在這種無力感中發現，新聞工作者似乎因此失去主體意識，只是持續工作而不去追問自己是誰。特別是在台

灣新聞產業從事激烈商業競爭，新聞專業逐漸失去光環的環境中，對於得依靠組織工作的新聞工作者而言，除了繼續確保工作機會，「如何看待自己」也成為追求工作自主之外，另一個重要、需要追問的問題。因為我們很難期待每日茫然工作，或受困各種矛盾自我認同來源，不知如何是好的人，會堅持新聞專業與新聞自主。

因此，經歷過去幾年的觀察反思，2004 年〈新聞工作者自我看待方式與工作策略的互動：一個有關自我超越與建立個人工作風格的研究〉（計畫編號 NSC 93-2412-H-030-002），做出了如此轉向。在新聞工作者如何與組織互動這個核心問題下，我們將研究焦點再向個人層次移動些，嘗試探尋新聞工作者如何看待自己。然而隨著這波研究的進行，我們更是實際經歷了台灣媒體環境愈來愈糟的過程，新聞工作者遭遇愈來愈嚴重的生存困境與社會批評，當新聞成為研究對象口中的謀生工作，只是為了賺錢；當新聞成為社會批評的「髒工作」，這些都嚴屬指向新聞工作意義與新聞工作者自我認同的重大改變。因此於2006 年，我們又以〈黃金年代的消失：新聞工作者自我認同與工作意義的轉變〉為主題，自行進行第四波研究，嘗試藉由當下與過去的對比，更為細緻分析這組問題，並為過去研究做個暫時性的結尾。

隨著研究，我們也愈有信心於這波轉向的決定。我們彷彿看到，在專業道德崩解的當代社會，不景氣緊繃了個人對於媒體組織的依賴，新聞工作者或曾經歷過專業期待的矛盾掙扎，或從開始就只是在做一份差事，他們對新聞似乎已沒有太多激情的想像與期許。在無奈構築起的現實態勢下，一旦做為組織雇員的新聞工作者，不問工作意義，不問自己是誰，只是依照常規配合組織目標做事，新聞專業就像是緣木求魚的目標。更重要地，當新聞工作者成為新聞生產機器，不僅無法成為社會期待的專業工作者，甚至在最基本的自我實踐層次，也無法找尋到屬於自己的角色認同、工作意義，以及建立起自我風格。而這些似乎也成為在當代媒體情境中，新聞工作者需要處理的終極問題。

　　總結來說，以上四次主要轉向大致交代了本書論述的發展脈絡，並說明最終書寫成的本書論述，是以研究者反思為主體，藉由經驗資料與過去文獻幫助，不斷精緻化後的產物，而非只是用經驗資料印證既有理論。我們期待這樣的方法可以更有創意、更務實地觀察新聞工作者與媒介組織的互動。

貳、研究做為一種不斷反思的論述建構過程

　　雖然，有關方法論的討論爭辯並非本書重點。不過隨著研究執行過程，我們卻也充分體會到主流研究方法存在的若干問題，為回應這些問題，本書在方法論層次，逐漸發展出一套論述建構的觀點。而上一節有關論述脈絡演變的說明，便初步呈現了這套觀點的實踐作法。

　　整體來說，本書主張研究是一種論述建構過程，是在研究者不斷反思的動態基礎上，進行理論厚描，最終建構出具有精緻度的論述。我們藉此強調研究者於研究執行過程中的主體位置，而非只是在設計方法，然後利用蒐集來的經驗資料確認既有理論，或單純描述所觀察現象而已。同時在這種主張下，「精緻度」也相對應地成為衡量論述品質的重要標準，而另一個標準則在於下節即將討論的「效度」。

一、缺乏對話的研究

　　熟悉方法論的人應該都會同意，實證主義者強調客觀觀察、經驗證據、建立通則的特性（Hughes, 1990；Ziman, 1984），他們講求信度與效度，依循一定研究方法步驟，於最終確證或否證研究結果是否符合原先預期。此外，熟悉方法論的人應該也會同意，實證主義曾是強勢方法論典範，主導社會相關領域的學術研究，而且直至

今日仍有不容忽視的影響力。只是隨著批判理論、女性主義、後現代等理論挑戰（Blaikie, 1993；Smith, 1998），於各種批評與回應之間，研究者有了更多元豐富的方法論選擇，可站位於不同立場進行研究。

在這個時間點，我們很難、也無意於論斷實證主義的功過。不過，我們也的確主張，實證主義雖然帶來不少建設性觀念，但它的客觀假定、確證或否證觀念，以及對研究方法技術的重視，容易引領出某種工具理性迷思。特別當實證主義跟隨時間自然遭遇形式主義的僵化問題，研究者僵化看待這些概念與技術的心態，讓他們像是在自己的研究之中消了音。研究者缺乏應有的主體位置，與經驗資料和理論文獻間，缺少必要且深入的反思對話，以致研究論述經常缺乏精緻度，只是在確證既有理論或簡單描述現象。當然，形式主義問題也會出現在其他類型研究之上，例如女性主義、批判理論，導致類似結果，論述缺少精緻度。

缺乏對話的狀態出現於經驗資料層次。強調客觀原則的實證主義，雖然透過區分發現的脈絡（context of discovery）與辯證的脈絡（context of justification），允許研究者可在提問時加入個人想像與立場，但無論如何，隨後的驗證階段，還是要求依循客觀原則，取得與分析經驗資料，然後做出客觀結論（Diesing, 1991；Longino, 1990）。再配合確證與否證概念來看，經驗資料的目的通常是在檢驗所援用理論，或由此推導的研究假設是否正確。當實證主義主張讓經驗資料自己說話，客觀呈現事實，那麼研究者與經驗資料間的對話便顯得多餘、或不應該，因為這可能損害一貫的客觀立場。

相對地，缺乏對話也出現在文獻理論的使用上。當研究者缺乏問題意識，只習慣從自己熟悉的典範提問、熟悉的理論切入（鍾蔚文，2002；Kuhn, 1970），然後進行理論確證；或只是想替手邊研究找到某個理論，以符合學術研究要求，僵化形式主義的推波助瀾，很容易讓理論成為一種形式要件。對只在意理論確證的研究者來

說，如何與理論進行有意義對話，如何藉由文獻持續、多次深化自己對研究問題的理解反思，並不是需要關心的問題。甚至，也忽略了即便是在實證研究中，理論文獻亦具有釐清研究問題、推導研究假設的基本功能。

二、缺乏研究者主體性

這種缺乏對話的前提，反應在研究者身上，展現的是缺乏主體性的現象。研究者過分執著於研究方法設計，甚至僵化使用研究方法，經常意味著方法技術反過來主導整個研究，而非為研究者所用（Kaplan, 1964），加上客觀原則的強大影響，以致研究者對於研究現象的觀察與反思，無形中被邊緣化，很少被提及，或者還會被視為主觀涉入，是不允許的行為。倘若再大膽借用激進的異化觀點解釋這種現象，過度強調客觀、研究方法技術等作為，往往讓研究者不是在解決自己提出的問題，而只是在從事方法設計工作，然後符合 Kuhn（1970）描述常規科學的樣態特徵，研究成為在特定典範內，挪用、確認或延伸既有理論的工作。而缺乏主體性的現象最後更具體總結於論文書寫過程，研究者得依照標準格式完成研究報告的書寫，認為這種書寫文類是科學的、客觀的，整體忽略學術研究可能只是由特定規則與語彙文類所組成（Bazerman, 1987；Maingueneau, 2002）。

缺乏對話不只影響研究者，亦會反應在研究論述策略層次，導致許多論述缺乏厚描精緻度。在這裡，我們並不否認理論確證形式研究的合法性，它適用、也回答了許多重要研究問題。但我們卻也主張，當部分研究者就只是順著確證概念，依照已成為慣例的步驟執行研究，在做完經驗資料分析，確認理論假設是否正確後，整個研究幾乎也同時結束於此。這種習慣阻絕了研究者不斷來回於經驗資料、文獻理論之間，進行更多番對話的機會。單一研究內部缺乏

對話，且經常缺乏後續研究實質延伸相關思考的狀況，讓實證主義很難達成理論建構的最終目的，單一研究內容也會略形單薄。

　　或者換個說法，在許多方法論主張研究社會現象需要「詮釋」，而非客觀「發現」的狀況下（Diesing, 1991；Schwandt, 2000；Slife & Williams, 1995），因為社會現象不是客觀存在，所以如何藉由厚描現象以進行建構論述，要比確證既有理論來得更為切合實際。只是即便研究者逐漸有此體認，但客觀原則加上形式主義，也都像是無法一下擺脫的沉重包袱，讓他們無法大膽在經驗資料與文獻理論間來回穿梭，以致錯失藉由豐富對話，刺激反思研究問題的能量。而最終寫成的研究論述，也經常只停留於現象描述狀態，無法厚描出隱藏的深層結構，整體論述更因此缺乏深度與層次感。

　　最後，再次回到形式主義問題。我們想要提出的是，即便某些研究反對實證主義原則，也不強調理論確證，但形式主義卻同樣讓他們落入類似狀態，以至於這些採用非實證立場的研究，往往只像是替換了手邊個案，然後不脫既定理論立場地進行研究觀察，同樣未能完成理論厚描的工作。因此，本書在方法論層次的主張，雖是以主流實證主義做為討論對象，卻也指涉那些可能出現形式主義傾向的各類型研究，包含本書作者的研究在內。

三、對話、反思與精緻的論述

　　本書並非全盤否定實證主義，例如講求經驗證據等原則，對本書便有重要啟示。只是我們同時主張，於研究過程中排除個人主觀涉入，並不表示同時排除研究者的反思與觀察。研究也不應該只是確證理論的工作，形式化地運用經驗資料與文獻理論。上一節，我們便透過四次主要轉向，初步說明本書是透過不斷反思，逐漸建構出來的論述作品。當然，我們期待這作品具有一定的論述精緻度。

　　不過相對地，本書雖然採用建構立場，接受同一現象可以建構出不同版本的論述，而多樣詮釋與聲音的出現也的確挑戰了所謂的權威與權威解釋，但這並不表示我們認為研究論述不再能夠捕捉真實世界樣貌（Denzin & Lincoln, 2000），只是研究者與被研究者合作寫下的暫時性文本，只能用來說明研究彼時彼刻的狀況，激進到將研究視為一種文學或故事（Atkinson, 1990；Clifford & Marcus, 1986；Van Maanen, 1988）。或者這也不表示整個論述建構過程是隨心所欲的，根本不考量論述品質問題。

　　我們主張的論述建構的確呼應詮釋本質，但這並不表示詮釋可以任意進行，或僅止於現象的表面。我們主張即便是文學作品，即便是詮釋，仍有層次與品質差異，而本書便企圖做到有深度層次的詮釋。也因此，我們強調一種研究的厚描精神（Becker, 1996），以提出精緻化的論述，而這種過程建立於研究者深刻反思基礎之上，需要研究者、經驗資料、理論文獻三者持續對話才能完成，藉由對話找到不同聲音。然後透過經驗資料與理論文獻共同投入，讓最終建構的論述得到一定佐證支撐，而不只是研究者天馬行空地各說各話。雖然最後書寫成的文本無法當成標準與權威解釋，但應該因此有著精緻度，具有論述邏輯與層次感，整體回應我們對於論述品質的主張。

　　在執行作法上，我們持續進行兩種主要比對。即，經驗資料間的相互比對，以及經驗資料與理論文獻的比對，藉此抽絲剝繭地掌握若干重要共相與殊相，然後這些比對將共同與研究者進行對話，幫助釐清、批判、詰問研究者對研究問題的當下看法。整個過程是動態的，不斷交叉進行，在長期研究過程中，不斷回到反思基礎，刺激出更多觀點。藉由一次次厚描，一次次地更加精緻化前階段思考，促使最終書寫成的論述，具有論述邏輯與層次感的深度，細膩勾勒出隱藏於現象面下的深層結構與理論意義，而非只是單純進行現象描述而已。

　　舉例來說，在之前提及的權力研究中，我們得到許多有關權力控制的訪談描述，然後透過資料間比對，逐步探尋到一個重要共相，即，大多數研究對象明白表示，媒體組織內部並不常見粗暴直接的控制。基本上，研究至此，便大致確認了研究當初對於新聞室控制的預先假設，不過整個研究並未因此而停止。而且有意思的是，幾乎也就在同時間，我們從訪談回答中模糊感受到某種陰柔迂迴控制的影子。為進一步掌握陰柔控制這模糊感覺，我們回到更多權力相關文獻，藉由Foucault的理論，重新調整出規訓式的組織控制圖像。然後，隨著略微調整後的訪談問題，更多訪談資料間的比對，以及資料與理論的比對，大致發現，台灣媒體組織控制特徵有異於科層制度描述，的確接近規訓式權力觀點，而且勾勒出新聞室內的規訓控制特色與方式。

　　不過再一次地，我們在比對過程中還是發現，規訓觀點無法妥善解釋某些訪談資料，例如某些研究對象不約而同地抱怨老闆如何大小眼，有些則羨慕或嫉妒紅牌記者如何擁有特權，或者另一群記者描述所屬報社內，不同主管嚴苛不一的管理標準。因此，我們一方面使用「接近」而非「符合」來描述觀察結果；另一方面則繼續回到論述建構過程，透過老闆的大小眼，某些研究對象對組織的極度忠誠，配合規訓概念的架構，最終建構出封建采邑的概念，呈現出封建組織內，權力控制的結構、抗拒的可能性等構面。

　　所以總結前面討論，本書論述是反思的、建構的，我們主張，從對話、反思、厚描產生具精緻度的論述。這種方法論層次的主張，部分應和著過去方法論文獻，例如紮根理論（Glaser & Strauss, 1967）同樣挑戰實證主義，強調研究者的理論敏感度，強調好理論需要經驗資料相互比對，才會逐漸浮現出來。而質化研究也從詮釋角度主張，研究社會現象在於了解的過程，涉及研究者對於現象的反思、詮釋與建構。

　　因此，本書採用的論述策略並非完全原創；或者，這種論述策略是對過去主流研究方式的部分反動。整體來說，我們主張的是一種研

究方法上的文藝復興，適度回到研究者主體性，對於社會現象的深刻觀察、反思與厚描，不需過分拘泥於研究方法設定的步驟，但整體論述卻又有一定精緻度與合理性。不過得再次澄清，我們了解研究具有詮釋成分，所謂的道理與邏輯也是透過論述而存在（Brown, 1987），是一種事後語言修辭的結果，但本書並未藉此進入一種極端相對主義位置，主張涉及修辭行為的研究論述，只是某種言語堆砌出的故事（朱元鴻，2000）。本書試圖讓研究者在自己研究中重新具有發言位置，而非僅是在做理論確認或現象描述的工作。同時，整個建構過程雖然沒有遵循傳統信度與效度觀點，但我們仍然重視論述深度與品質。

參、經驗資料的品質：「效度」層面的考量

經驗資料在本書論述策略中，扮演著重要位置。為了刺激研究者反思、精緻化研究論述，持續且多樣的經驗資料來源，才能符合本書研究方法原則。不過，也就在本書以深度訪談為主軸，並嘗試掌握田野觀察精神，找尋多樣化經驗資料的同時，即便本書強調反思與建構，或者傾向詮釋立場，我們依然需要效度概念處理經驗資料品質問題，因為經驗資料品質將直接影響整體論述的品質。只是，為因應整體論述立場，以及有關效度概念的討論，我們強調的是廣義效度概念，而非傳統實證主義的效度定義。

一、效度：研究者對於研究過程的持續後設反思

實證主義習慣用效度概念判斷研究的好壞。就傳統而言，效度指涉的是一種測量問題，即研究概念與其操作化工具間的對稱程度（Angoff, 1988；Messick, 1988），藉此回應實證研究客觀發現外在真

實的主張。然而隨著其他方法論的質疑與挑戰，多次來回攻防改變了效度的定義（Kvale, 1995），不只是種類增加，效度也逐漸從原來的測量問題，轉變成為整個研究方法設計是否足以有效回答研究問題這個更廣義的層次。

可是儘管有著如此轉變，對傾向建構與詮釋立場的本書來說，效度仍是個弔詭的概念。一方面，我們雖然主張傳統效度概念過分單薄，不足以完整代表研究品質問題，但另一方面卻也無法忽略研究過程需要一定可信賴性，並且能夠有效探討到所欲探討的問題。特別因為本書不似實證主義研究，可以依靠標準化工具，檢驗或宣稱研究是否具有效度。所以在面對持續且複雜的經驗資料來源時，我們更需要對論述負責，確保經驗資料蒐集策略，以及反思與厚描過程是有效圍繞著研究主軸，在可信賴與合理範圍內進行。而非放任可能的錯誤，絲毫沒有採用任何效度方面作為。

基於前述各種考量，本書就實務操作主張，研究類似藝匠工作，每個環節需要留心犯錯，需要技巧或策略才能達成一定品質（Kvale, 1996；Seale, 1999）。但又因為好策略需要跟隨情境做出調整，否則同樣容易成為教條，所以我們更進一步主張，在具體策略之外，研究者需要如同各領域專家具有後設能力，監控研究過程執行，隨時警覺陷阱，調整策略（Glaser & Chi, 1988），而非只是工具式地設計與使用方法，與自己的研究異化。

效度除了是技巧與策略，整體來說，更是一種研究者對研究方法的後設反思能力。或者反過來說，有關效度的技巧與策略，需要在後設思考下才得以更充分運作。因此，在討論本書具體策略之前，我們特別強調效度做為後設反思的整體心態。在各個研究階段，研究者應隨時留意當下作法是否足以有效回應研究主題，是否可能犯錯。例如，文獻蒐集與閱讀時，得隨時考量文獻的廣度、是否偏執等問題。如果我們依循慣例從新聞學領域蒐集文獻，當時便可能無法觸及

Foucault 的權力觀點，有關媒體組織控制的討論便也不可能周全，至少會少了一種重要的觀察方式。或者倘若本書後來利用 Foucault 理論進行觀察時，未能觀照經驗資料與文獻理論間的異狀，封建采邑概念亦可能難以成形。

在說明效度這種整體心態後，接下來將搭配前面提及的論述精緻度，共同以品質概念說明本書的經驗資料蒐集策略。不過在此之前，我們將先說明本書對於深度訪談這種資料蒐集策略的反思看法，因為深度訪談是本書主要經驗資料來源，這部分討論會影響有關論述品質的說明。

二、訪談的詮釋與自我展演本質

傳統上，研究者習慣將訪談視為一種一問一答的過程。他們假定研究對象是被動的，只要研究者提問正確，盡可能降低訪談過程各種干擾，如研究者個人觀點、不當問問題方式，就能完整且真實地取得研究對象回答（Converse & Schuman, 1974；Hyman et al., 1975），然後可以客觀且直接引用這些回答，描述或確證原先的理論。但本書長期訪談經驗卻發現，訪談回答是建立在詮釋基礎之上，同時涉及自我展演行為，使得我們用需要另一種方式看待深度訪談與訪談資料，保持一定的反思與後設警覺，而非不加質疑就直接使用。

（一）訪談過程中的詮釋

我們主張，訪談並不是客觀的資訊蒐集過程，本質上，它是種詮釋行為。在詮釋概念下，研究對象對於現象的描述，會受到個人角色位置、特殊經驗等詮釋資源影響（Holstein & Gubrium, 1995），以致建構出屬於自己版本的回答內容。例如我們在訪談中便幾次遭遇，受訪記者抱怨編輯台主管太強勢或太商業化，並援用過去個案，說明某則

特定新聞是依長官想法做的，或者某則新聞根本不會去做，因為做了也沒用，長官不會要。但有意思的是，同公司主管受訪時卻會反過來指陳，他們忙到沒有時間，哪有時間管記者。或者為此感到無辜，認為他們對那則新聞根本沒有好惡，是記者沒有膽量、沒有能力，隨便找理由搪塞做不出好新聞的事實。

這種對比凸顯出，研究對象往往不是被動回答問題，客觀描述現象，而是從自己習慣的角度，詮釋與建構自己的回答（Holstein & Gubrium, 1997）。因此，這些回答很難、也不應該用實證研究的對錯標準進行論斷。在這種狀態下，我們需要充分理解詮釋的特質，允許詮釋過程總是配合個人立場，以及存在著不精確性。然後在方法論層次進行轉換，從客觀主義轉移出，以促成深入且多樣化的詮釋內容，做為訪談設計的主要考量。當然還包含了效度的基本要求。

不過除此外，如果我們接續進入訪談是互動的觀點（Rapley, 2001），將會發現詮釋並非只是受訪者的事，而且問題也更形複雜，因為訪談不只是受訪者個人的詮釋獨白，更是場研究者共同參與其中的意義建構過程。Holstein 與 Gubrium（1997）也在詮釋基礎上主張，訪談是種互動。受訪者對於問題的回答，是受訪者在與訪問者當下互動過程中，共同詮釋、共同建構出的社會意義，而非一問一答之後的結果（Manning, 1967；Mishler, 1986）。訪問者如何設定研究問題的焦點、如何設定受訪者該用何種角色回答問題，以及問問題的方式，都會引導受訪者對現象的詮釋。

如果順著這種基調，再將焦點移往研究者，我們更可發現，研究者不只是影響研究對象詮釋的因素，他們本身便也是詮釋者。於訪談問答之間，臨場詮釋研究對象回答，形成接續提問，以及對訪談內容的整體心像。同時，詮釋也延伸進入事後分析，以致最終建構出的論述，是研究者詮釋各種經驗資料的結果。其中，訪談資料部分是研究者對研究對象回答的詮釋，但受訪回答卻又是研究對象本身對於研究

現象的詮釋（Geertz, 1973）。在這種狀態下，或者由於研究對象不見得知道自己行為的意義；或者他們只能提出一般性與表面的解釋，所以研究者需要詮釋研究對象對於自己行為的詮釋，透過訪談資料間，以及訪談資料與理論間的比對，詮釋出更深層的結構，而非直接接受研究對象詮釋。也因此，研究本身便是個詮釋過程，只是應該是種有品質的詮釋過程。

在此架構下，研究者本身所扮演的角色任務，變成是論述品質策略的一部分。他們不再是單純提問、客觀分析資料的人，而是研究現象與經驗資料的詮釋者，需要具有前述方法論上的後設警覺，對整個詮釋過程負責，監控訪談過程。忽略這點，讓研究對象單方承擔起論述品質，並不公平，至於如何扮演訪談者角色，後續將會有進一步討論。

（二）訪談回答與訪談中的自我展演

除了轉向詮釋角度，本書進一步主張，訪談過程也可能涉及一種前台的「自我展演」現象。由於訪談本身便是種特殊社會情境（Briggs, 1986），所以受訪者反應不一定會貼近於平日想法，甚至在回答某些問題時，會有意無意地進行自我形象的展演或維護。而這裡的「自我展演」借用 Goffman（1959）的概念，它經常自然發生於日常生活，指涉個人會在台前展現特定行為，以便在和觀眾互動過程中，取得定義自己的主導權。同時，這裡使用「展演」這個字眼亦沒有負面評價的意味。

我們訪談經驗顯示，訪談當下並不只是研究者取得客觀資料的場合，它更是互動場域，也可能是個自我展演的場域（Denzin, 2001；Dillard, 1982），透過語言的展演本質，選擇合乎規範的話語展演自己（Rapley, 2001）。研究對象彷彿置身在有訪問者做為觀眾的前台，面對特定問題，會出現某些語言層次的自我展演。而看似帶有評價關係的訪談位置，例如本書作者的新聞學者身分，促使研究對象敏感於這種自我展演。一位研究對象便於訪談結束後的閒聊過程中無意間表

示，因為錄音的關係，所以他剛才說的內容比較保守，也與閒聊時不同。形諸在外，他們可能會以某些回答內容，或展演出社會期待的「好」新聞工作者樣子，或展現自己想要傳達的特定自我形象。而這也類似實證研究發現，研究對象會在研究過程中展現合乎社會預期的行為（Singleton, Straits, Straits & McAllister, 1988）。

　　舉例來說，兩位受訪的電視主播，便在多個訪談時間點，說明自己不排斥、甚至喜歡跑新聞，認為跑新聞的生活比較刺激，而好主播也應該要有跑新聞的經歷。但矛盾與弔詭的是，就在他們陳述這項理想主播條件的同時，本書取得的若干後台經驗資料卻顯示出相反的蛛絲馬跡，他們埋怨被主管要求去跑新聞，或被同業認為只想著做主播，跑新聞不認真。面對所謂新聞學者的訪問，這兩位年輕主播便像是在進行自我展演，避免傳遞出自己只想做主播，卻沒有採訪能力的形象。不過，除這兩位外，其他受訪主播接受本書訪問時，多半也有類似反應，只是策略可能不同。例如，有人特別強調坐上主播位置的因緣際會過程，不是強求與爭取而來的；有人則強調其短暫記者生涯中的某次採訪經歷，藉此迴避他們只想做主播的外在批評，或沖淡他們只能播報新聞、缺乏採訪能力的形象，避免被別人定義成漂亮俊美的讀稿機。

　　我們透過這些例子可以了解，面對研究者，研究對象很少能夠放空自己，成為單純的問題回答者。他們不僅是詮釋者，而且對於特定問題的詮釋回答，更有意無意地包含了自我形象的展演成分。經驗資料中相互矛盾資訊，便弔詭地藉由不完美的自我展演，揭露自我展演的存在事實。不過需要再次提醒的是，這種研究對象的自我展演並不是特殊現象，也不代表他們總是說謊，如前所述，Goffman（1959）便早已論述過這種遍存於日常生活的現象，而且由於這種自我展演並非總是刻意的行為，有些已被常規化，成為個人生活一部分，以致自然影響到研究對象對於問題的詮釋。也就是說，許多展演是自然發生在訪談對話中，本身便屬於詮釋的一部分。

因此，總結前面討論，我們主張，在排除過度展演與刻意欺騙之後，研究對象回答內容應被視為個人對研究問題所做的詮釋，需被充分尊重。不過相對地，本書也非原文照錄地接受研究對象說法。因為同樣基於訪談資料的詮釋本質，以及自我展演成分，我們主張，這種訪談資料使用方式可能失之純真，易被研究對象有意或無意地誤導。同時，原文照錄很容易讓研究者慣性地停留在現象描述層次，忽略回答背後的深層意義結構，失去進行厚描、促成反思的機會。

而為了因應這種虛實交錯的複雜狀況，本書更為謹慎地處理訪談資料。我們一方面主張，研究者有義務透過廣義效度策略，排除基本事實的欺騙，以維持經驗資料可信賴度；另一方面，則需要在隨時警覺的整體心態下，回到本書詮釋與建構的整體立場，透過多樣化的詮釋資料，配合文獻理論，共同刺激研究者反思，增加論述的精緻度。

三、以訪談為主軸的經驗資料蒐集策略

為處理複雜的研究問題，並考量到若干無法迴避之現實因素之後，諸如無法全職進行參與觀察。本書以深度訪談為主軸策略，然後延伸進入類似田野觀察的外圍策略，多重方法式、廣義且彈性地蒐集有用的經驗資料（Arksey & Knight, 1999；Denzin & Lincoln, 2000），在效度做為研究技藝的概念下，整體施作原則在於保持研究過程中的後設警覺，同時，為配合本書詮釋與建構本質，設法蒐集多樣化的詮釋可能。

（一）積極式的訪問

呼應訪談做為一種詮釋與互動過程，我們主張，傳統抽離訪談情境，客觀提問的方式並不切合實際，或者只能用來取得簡單事實資訊。詮釋與互動本質便共同標示著，訪問者參與對話是無可迴避，且

必要的動作,很難置身事外。在充分體會這種狀態後,配合本書強調的論述建構過程,我們採用積極式的訪談策略,設法於訪談過程中,促使研究對象回到生活經驗,建構自己的回答,然後整體取得深入、多樣化詮釋資料(Holstein & Gubrium, 1997),而非只是發問,取得研究對象說法如此而已。

在八年研究期間,本書借助於三波國科會研究機會,以及第三波國科會研究結束之後,自行進行的研究,共正式訪談了 45 位報社社與 26 位電視新聞工作者,以此做為經驗資料的主軸來源。71 位研究對象主要來自《聯合報》、《聯合晚報》、《中國時報》、《中時晚報》、《自由時報》、《民生報》、《勁報》、《自立晚報》、《蘋果日報》、《民視》、《台視》、《中視》、《華視》、《公共電視》、《東森》、《中天》、《三立》、《TVBS》、《大愛》。若考量到每位研究對象的複雜職場轉換經歷,研究對象服務過的媒體幾乎包括台灣主要媒體,包含多家已關門歇業的媒體,例如《台灣日報》、《中央日報》、《環球電視台》、《華衛電視台》等。

因本書研究期間,接受訪談的新聞工作者或短暫或永久離開新聞行業,不易精確計算年資,倘若依照四波訪談時段做為大致時間區分點,2000 年到 2001 年期間的研究對象工作年資,15 年以上有三位,10 到 15 年六位,5 到 10 年九位,5 年以下,五位。2002 年到 2003 年的研究期間對象,15 年以上有六位,10 到 15 年八位,5 到 10 年六位,5 年以下,二位。2004 年到 2005 年的研究對象,15 年以上有二位,10 到 15 年九位,5 到 10 年三位,5 年以下,四位。2006 年以後,除訪問過去研究對象外,新增訪問者,15 年以上三位,10 年到 15 年三位,5 年到 10 年二位。職位包含新聞部門主管、記者、編輯、主播。幾乎包含所有路線,例如政治、經濟、市政、生活、娛樂、休閒、藝文與地方記者。

就整體施作方式來說,首先,本書以理論抽樣原則挑選研究對象。在不同論述階段,依照當下研究問題的理論關鍵要素,例如年資、

組織內部位置、主跑路線、是否曾在老三台工作過，關照不同社會位置與生活經驗，企圖藉此創造足以提供多樣化詮釋的訪談基礎。而掌握研究對象背景亦是必要動作，訪問前，為求盡力了解研究對象，我們蒐集相關資料，例如其報導作品、個人網站等，然後依照個人狀況分別調整與擬定訪問大綱。

隨後，研究者親自訪談 71 位研究對象，每次訪談時間約二至三小時，全程錄音與重點筆記，之後全文過錄。由於我們將訪談視為一種互動過程，而非單純的問答，因此研究者親自訪談可以掌握研究對象各項反應，以及突發臨場狀況。一方面機動調整訪談方式與問題，另一方面這些反應與臨場狀況亦是訪談文字記錄之外，有價值的觀察資料來源。更重要地，親自訪談讓研究者與每個訪談個案之間有著一手連結，以獲取臨場感受。這種臨場感受有利於增加資料分析與論述建構過程的理論敏感度，以進行更深刻的反思。

在實際訪談作為層次，我們嘗試多種訪談策略，以取得深入、多樣化，甚至矛盾回答的可能，促使研究對象建構屬於自己對訪談問題的詮釋回答。例如，透過不同方式提問促使研究對象轉換位置，從不同角度思考相同的訪談問題；鼓勵研究對象從各自生活經驗，延伸相關討論主題，並給予自己的想法（De Vault, 1990）；用較為寬鬆節奏，給予研究者較多時間自由論述。同時，我們盡量做到具體提問，讓研究對象以親身案例做為回答的實際參考點，具體描述他們的做法，並延伸出相關看法。避免因為提問方式過於抽象，導致研究對象回應以應然面答案。當然，訪談亦重視當下追問，針對關鍵問題，在不同時間點，以不同方式追問。

整個訪談是在個人化訪談大綱做為結構下，盡可能於對話聊天氛圍中進行，允許即興修改提問方式與內容，也允許研究對象適度離題。我們訪談經驗是，依照訪談大綱一路到底地進行訪問，雖然較有效率，卻容易讓雙方都缺少思考機會。相對地，適度鬆散、重複的訪

談結構，雖然看似缺乏效率，但一方面有助於替研究對象臨場創造出更多反思與詮釋空間；另一方面也能夠幫助研究者臨場思索研究對象回答內容，於第一時間進行初步資料比對與反思，然後透過比對其他個案與理論文獻，提出更為深入的追問，或澄清研究對象回答內容。因此在取捨之下，我們選擇較無效率的施作方式，遇到第一次訪談時間不足時，進行第二次約訪，或進行多次後續補訪。

同時，配合研究者對關鍵問題的自我揭露，我們嘗試在對話氛圍中，創造一種互信的共享情境，促成研究對象相對自我揭露的意願（Douglas, 1985）。而研究者自我揭露的描述，也有助研究對象重新理解訪談重心，或改換發言角度進行另種詮釋。當然，自我揭露時機與次數，也有過度引導研究對象回答的可能，所以就執行策略而言，我們以先大致將預定問題問完，然後於研究後段，才逐步放入自我揭露，與研究對象就若干關鍵問題再次進行討論。例如在討論工作常規困境時，我們對於自身教書常規的自我揭露，便經常誘發研究對象另一波的回答。

整體來說，為回應訪談的詮釋與互動本質，本書試圖透過上述積極訪談作為，以帶引出研究對象更多、更深入詮釋。不過，在關注經驗資料深度與多樣性的同時，我們也同時間關注廣義效度問題，以此做為平衡拉力，減少積極訪問可能帶來的過度詮釋、前台自我展演，或故意欺騙情形。因此我們如同前述，一方面利用較為鬆散訪談結構，於訪談當時便積極保持方法論上的後設警覺，針對特定回答進行追問，或事後嘗試進行查證；另一方面則透過即將討論的外圍策略，以及資料間相互比對，盡可能排除事實性錯誤。同時，更重要地，我們強調經驗資料多樣化的重要性，特別關切異例或矛盾訊息（Seale, 1999），藉此避免研究者只看到，或只採用符合特定偏好的回答，並且減低因為引用社會位置雷同研究對象的回答，帶來以偏概全、過度推論的機率。

最後，積極訪談作為積極回應本書對研究者主體位置的整體重視，研究者不再只是客觀蒐集、分析與呈現資料的人，而是在反思基礎上建構論述。也因為是詮釋與建構，所以我們更需要保持對研究對象詮釋的尊重，容許詮釋所包含的個人成分或模糊空間。我們充分尊重、聆聽與思索研究對象的詮釋回答，但也不曾停止必要的質疑與比對。

（二）經驗資料的外圍策略

本書以深度訪談做為主軸策略，取得有用的大量經驗資料。不過，異於深度訪談的主流認知，我們主張，訪談情境本身便製造了個前台場景，讓研究對象做出程度不一的自我展演，可能影響經驗資料品質問題。為因應這種特性，同時更為整體呼應本書強調透過反思進行論述建構，以及質化研究廣泛蒐集研究資料的原則（LeCompte & Preissle, 1994），我們在以深度訪談做為主要資料來源之外，大膽帶入廣義的田野研究精神進行觀察，做為投入長期論述建構的外圍參考資料，藉以提供更多刺激，增加我們研究反思的深度與廣度。

在這樣原則下，本書從正式訪談向外延伸，約從 2003 年起，加入田野研究精神的長期觀察。我們大致與十位研究對象於正式訪談結束之後，保持經常性互動，藉由電子郵件、網路即時通、電話聯絡、當面互動等機會，從正式訪談向外延伸至日常場合的觀察。觀察他們如何做新聞、如何與組織互動、如何與其他新聞工作者互動，並且與他們討論特定新聞事件處理方式、進行特定主體的小型訪問。或者透過他們引介其他新聞工作者，例如導播、攝影記者，進行數次特定主題的小型訪談，而這部分訪談對象並不包含於前述 71 位正式訪談的研究對象名單之中。在研究對象知道研究者計畫撰寫本書，並不斷予以協助之下，我們經常就特定現象進行延伸討論，藉此取得實務工作者的觀點，並回頭檢證我們的原先想法。同時，本書也

普遍蒐集台灣實務工作者所撰寫之書籍、建立之個人部落格,以及報紙對特定媒體事件與新聞工作者之報導。這些文字紀錄具有重要研究價值(Atkinson & Coffey, 1997),可以透過比對深度訪談與觀察資料,共同投入研究者對於問題的反思。

　　就本書來說,在長期研究過程中,這些落於正式訪談之外的經驗資料,一方面被用做外圍參考資料,幫忙本書掌握更多詮釋可能性,用多樣化方式不斷刺激研究者進行理論厚描,逐步精緻化本書論述;另一方面它們發生在真實世界,因此具有的後場特性,能夠產生整體效度上的拉力。透過比對深度訪談這項主軸策略所收集的資料,增加在方法論上所需的後設警覺,謹慎運用自我展演中存有爭議的部分。

　　不過,雖然本節集中討論經驗資料的品質策略,但整個論述建構過程除了需要經驗資料做為證據支撐外,理論文獻也具有不可忽略的重要力量。例如,前面提及 Foucault 理論與封建采邑概念的相互關係,便說明了理論文獻的證據功能。在封建采邑概念建立之初,相關文獻幫忙確定了組織內部權力可以直接粗暴,但也可以同時具有陰柔形式,或非成文特性,然後本書才得以有信心進行接續的理論厚描,而不至於都只是憑空想像。也就是說,在經驗資料與理論文獻同時作用下,本書論述逐漸建構完成,並且期待它具有必要的精緻度,且符合廣義效度的要求。

肆、合法性與實踐的考量

　　本書強調回到實務的組織情境,研究新聞工作者如何與媒體組織互動,以正面回應當代新聞工作的實務困境。也因此,在考量論述品質問題之後,這裡將回到實踐價值問題,總結有關研究方法的討論。

我們除了重視論述本身的精緻度與效度外，更期待本書對實務工作有所貢獻，而不是只學術作品而已。

一、學術合法性的再思考

傳統上，無論是試圖提出具體策略，解決實務工作問題，亦或像是批判研究，期待提出政略綱領，幫助個人從既定社會結構中解放出來（Guba & Lincoln, 1994；Rosenberg, 1995），我們似乎都習慣假設，學術世界產製的理論知識具有指引真實生活的功能。這種狀態應和大學企圖取得知識產製主導權的當代場景（Spink, 2001；Whitley, 1995），或者類似 Boguslaw 與 Vickers（1977）對實證研究的觀察，當代知識生產工作似乎有著排他性，只有經訓練過的學者才能從事研究。整體來說，學者擁有知識生產的合法性，然後將成果教導於大眾。

然而，以後現代理論為主的研究挑戰了這種觀點。基於對客觀真實、大論述的質疑（Dickens & Fontana, 1994；Rosenau, 1992；Scheurich, 1997），或有關常人生活理論的觀察（Furnham, 1988；Gergen & Semin, 1990），有些學者開始主張，學術理論只是各種知識論述形式之一，而一般人也有生產知識論述的能力。例如不可否認地，新聞工作者便依各自實務需求，創造出屬於自己的經驗知識。雖然這些經驗知識不具備學術理論的形式要件，但卻有效地幫忙他們完成工作，解決工作問題，也同樣可以傳遞給別人。

這種轉變質疑了學術合法性問題，而實務工作者成為具有產生知識能力的主體，更直接帶引出一個重要的研究務實問題。即，強調回到實務情境的本書，面對可以自行生產知識的實務工作者，本書除了做為學術作品外，對新聞工作有何種價值？要如何才能具有實踐效果？在新聞工作領域，理論與實務的緊張關係，特別凸顯這個問題的重要性。它對應著合法性問題、研究論述的價值，同時，涉及了研究者與被研究者間的關係。

二、研究者與研究對象的對等尊重關係

近年來，方法論學者開始關注於研究者角色，或者研究者與被研究者之間的關係（Christians, 2000；Jordan, 2006；Somekh, 2006；Tracy, 2002）。而且就在實證研究習慣將研究對象當成「被」研究者，只想從他們身上取得所需經驗資料的同時，研究對象對於現象的個人詮釋，在整個研究過程似乎未能得到充分尊重。

表面來看，過去作法迎合了實證原則，只要方法正確，研究者就能客觀取得正確資料，但實際上，這種習慣卻也深層意含著一種不對等的權力關係。即，研究者主導與界定了問題切入角度，而研究對象則是在研究者設定的理論框架下，或被觀察、或被動提供答案，然後整個研究像是在形式客觀的幫助下，讓人忽略研究者的主導力量。因此，對於那些缺乏對話精神的深度訪談而言，研究對象能做的往往只是順著研究者規劃方向做出回答。或者對女性主義研究來說（Harding, 1986），在實證研究的客觀形式下，研究者更是帶著諸如男性等主流位置，不自覺地界定研究問題、設計訪問問題，及進行觀察。雖然他們並非惡意或刻意展現權力，但研究對象在這種狀態下，往往成為被利用的客體，其真實聲音與想法通常不被聽見。

然而回到對話、詮釋與建構的概念架構，本書主張，研究者與被研究者間應該盡力保持某種平等、類似夥伴關係，而非具客觀形式，卻由研究者主控的樣貌。在整個研究過程中，研究者應該充分尊重與考量研究對象的聲音，與他們共同討論相關現象的詮釋方式，而非只是想要從他們身上蒐集資料而已（Tracy, 2002）。我們承認在論述建構過程中，研究者無可避免地需要做出詮釋，或者也不應該放棄詮釋權力，因為研究者有責任厚描出訪談資料的深層意義，但也因此，需要更為謹慎、避免直接武斷地詮釋研究對象回答，不應該忽略他們同樣具有詮釋自己生活行為的權力。

在此原則下，本書於訪談過程一方面留給研究對象更多空間，發表自己對研究問題的詮釋，另一方面藉由充分訪談對話，了解研究對象看法，讓研究者得以進一步綜合、延伸研究對象的詮釋，當然也包含異議的可能性。整個過程尊重每位研究對象的詮釋權力，研究者也得隨時有自覺地挑戰自己的詮釋。

最後，理論上，因為研究者具有較多的社會學式訓練，以及能夠透過執行研究掌握更為多樣的觀點，再配合反思與概念化能力，所以相較於研究對象或一般人，研究者理論上也更具有厚描出現象背後深層結構的機會，讓最終創造的研究論述不只是建立在單一個人詮釋之上的結果，也不僅是對於現象的一般描述，而具有一定品質、層次與精緻度。

三、研究做為促進實務反思的工具

進一步，我們主張的對等尊重關係將延伸至研究結束之後。基本上，我們期待本書對新聞實務工作有實質幫助，但是當實務工作者本身便具有知識生產能力，且足以解決工作問題時，研究者便很難再單方面宣稱自己占據權威指導者的位置，無論是想具體改進實務工作方式，或解放新聞工作者。

或者說，後現代情境更是直接顛覆了權威的合法性。因此，這裡指稱的「幫助」是建立在研究者與實務工作者合作之上，先藉由實務工作者的合作，厚描分析他們在媒體組織內所面臨的困境，然後組合出一組超越現狀與結構的線索，藉此再回過頭促成實務工作者進行反思，察覺這些平日不會思索的困境與其背後的深層結構。最後再由實務工作者接手，於本書提供的線索上，依照各自情境，演繹、增生與發展出屬於自己的解題策略（張文強，2004）。換種說法，本書論述撰寫完成後，並不意味本書的終結。我們主張，在研究者厚描相關結

構，並提出解題線索之後，實務工作者擁有自行運用本書研究結果的權力，他們可以選擇毫無實際作為，但更可以積極找尋自己解決問題的策略，由自己完成解放的功能。當然，我們期待後者的發生。

　　總結來說，本書是詮釋與建構的，雖然我們並不期待放諸四海的解釋能力，但卻堅持它應該成為具有品質，與實踐潛能的地方知識。我們透過對話、反思、厚描，嘗試在學術理論層次，建構出精緻化的理論論述。在實踐層次，則與實務工作者合作，期待本書做為促進實務反思的工具，讓他們可以在各自媒體組織實務情境中，停下腳步進行反思，自行尋找與創造解放的可能性，而非總想從學術脈絡中，尋找解放的具體策略，但卻又不停感受理論與實務差距的挫折。

　　最後，本書寫作策略同樣是建立在詮釋與建構基礎之上。而整個寫作過程更是個具體反思機制，促使研究者反覆與經驗資料、文獻理論對話，再次精煉我們對研究問題的思考。不過需要提醒兩點，其一，本書需要透過語言進行書寫，但真實現象通常不似語言描述來得涇渭分明，至少不是二元對立的。因此接下來在閱讀本書時，不宜帶有過多二元對立的解讀方式，以免誤解某些關鍵概念，也誤以為真實世界是二分的。其二，或許更重要的是，之於研究者而言，透過研究所取得的觀察資料將成為發表的學術文本，可以成就研究者事業。但對被研究者來說，他們配合研究揭露的卻是自己的真實生活，若被辨識出來，不只有著研究倫理問題（Richardson, 1996），也可能實際傷害他們的工作機會或組織內部的人際關係。

　　而過去八年，本書基於研究對象對於研究者的信任，取得大量經驗資料，其中涉及許多研究對象對其服務媒體或特定個人之大量評論，直接指稱人名、組織、事件的真實案例。我們經常遭遇研究對象於回答問題之間突然猶豫起來，然後要求保密匿名，不直接引述，以免被猜到是誰。而且不可否認的是，台灣新聞工作場域並不大，即便匿名，但採用傳統直接引述方式寫作，仍有讓研究對象曝光的可能

性，幾位研究對象更用自身閱讀研究文章經驗，指出某篇研究文章直接引述的對象為何人，然後做出意想不到的聯想與評論。在這種狀態下，為避免本書有傷害到任何研究對象的可能，以及基於研究信任，我們承諾以不直接引述為原則，對於研究對象身分嚴格保密，因此本書最終書寫也同樣注意保護與保密問題（Kvale, 1996）。

在本書強調透過反思，有層次進行理論論述建構，而非確認既有理論的主調上，我們嘗試回到諸如 Tuchman（1978）與 Goffman（1959）等傳統社會學研究的書寫方式，將觀察到的經驗資料充分融合於整體論述之中，直接展現觀察與分析後的結論。這種書寫策略將犧牲部分因直接引述帶來閱讀時的真實感，也需要花費更多時間進行資料處理，但我們卻也在實際書寫過程中體會並且發現，這種呼應研究需要反覆對話、進行有層次理論論述的再現方式，不只同樣可以表達本書觀察結果，更在不做原文照錄的自我限制下，促使我們進行更多次、更深刻的個案間比對，厚描出訪談內容背後的深層結構。

第三章　活在封建采邑中

　　本書強調回到實務情境，觀察新聞工作者與媒體組織如何互動，並且回應新聞工作的實務困境。因此，媒體組織這個場域便成為首要描述的對象，而隨著研究，我們逐漸感受與勾勒出台灣媒體的封建樣貌。

　　基本上，做為新聞產製真實場域，台灣媒體的確具備科層形式，若干科層要件也的確影響新聞工作。只不過我們卻也在組織實質運作過程中發現，科層概念巧妙地出現意義轉換與挪用，不再適宜完全從原意加以觀察解釋。整體來說，台灣媒體像是具有科層形式外衣，參雜若干科層特性，但卻實質屬於封建內涵的實體。新聞工作者像是活在封建采邑中，有著各自歸屬的封建領地與層級，然後於制度鬆散與人治基礎上，配合庇護與效忠這種關係，持續與主管、下屬，或者老闆互動。

　　我們主張，封建特性實質架構起台灣新聞工作者與媒體組織的互動，忽略這種特性，無論是研究者或實務工作者，都很容易受到科層組織刻板印象的影響，誤解個人與組織互動的方式，也誇大與僵化了組織規約個人的結構性力量。所以接下來，本書將分兩章說明台灣媒體的封建特性。本章先論述封建場域如何在人治基礎上完成，下章則進一步論述庇護與效忠這組社會關係，如何維繫個人與組織的互動。

壹、媒體組織的機械科層外貌

　　如同第一章所述，當現代新聞如同其他產業一樣，是以分工方式集體完成，組織便有其存在之必要性。這種狀態形成資本主義社會中的雇傭關係，員工受限於老闆，同時來自勞動市場的勞動替代可能

性，更讓個人得面對可能失去工作的威脅。所以儘管對於主張新聞專業的學者來說，組織的存在像是個干擾變項，影響新聞專業運作，應該設法加以阻絕。但對實務工作者而言，組織卻是他們真實生活的一部分，彼此互動會影響個人能動性、勞動條件、工作滿意度，甚至是自我認同的形成。因此，有關新聞工作者如何與媒體組織互動的討論，不應該只落於新聞專業層次，還需要回到更為基本、屬於一般勞動條件的層次進行考量。另外，組織雖然會對個人產生影響，但我們主張以中性立場加以處理，避免因為不自覺從負面與倫理角度切入，偏差了對組織的觀察，過度採用以權力為基礎的思考模式。

在這種基礎上，本章將論述組織可以如何構形，又如何出現機械科層的樣貌，然後深入討論台灣新聞媒體的封建特性。我們主張，這組問題的探索，將有助於重新思考解決實務困境的方式。

一、組織如何構形

回溯十九世紀，甚至更早的報業，不只經營樣態與現今不同，其組織規模亦不似現今這麼龐大。在當時，「報紙」是定期出刊的印刷品，經營政論內容或商業資訊，而非提供新聞的專業媒體，更沒有記者正式編制（Schudson, 1978）。「報社」像是印刷工坊，印刷、發行、編輯等產製工作，通常由少數人共同合作完成（Turow, 1992）。不過，1830 年代大眾化報業興起，改變了這種情形。報社在原先印刷工坊基礎上，因為人數規模擴大與生產分工更細，開始順著大多數產業歷經的發展方向，形成科層組織（Engwall, 1978）。之後一直延續至今，連同廣播與電視在內，成為傳播產業採用的基本組織架構方式。

然而對於新聞專業來說，這段歷史意味的不只是報業規模的擴大，更為重要的意義或許是在報社規模快速擴大過程中，因為新聞專業尚未形成，以至於剛成為正式行業的記者與編輯未能掌握改變契

機，然後等到新聞專業取得合法性之後，這種與製造業大同小異的組織架構業已發展成熟。

因此時至今日，這種組織架構方式如同一般產業，在意的是如何增加生產效率與降低交易成本等基本經濟考量（Besanko, Dranove & Shanley, 1996；Dietrich, 1994），而不是反應以新聞工作者做為媒體主體的理想，相關制度也並非依照專業標準所設計。在機械科層中，新聞採訪編輯只是產製分工的一環而已，需要與業務等其他部門協調搭配，以及接受來自主管的命令。除非有來自高層的特殊關愛，給予特殊權力，否則它們終究不是獨立運作的部門，而這也根本構成當代新聞缺乏工作自主的結構性因素。

然而，從組織理論來看，這種耳熟能詳，被稱為機械科層的組織構形，並非組織唯一的選擇，或者理論上，組織也應該配合產業情境，發展屬於各自適用的組織構形（Daft, 1992；Mintzberg, 1979）。因為組織構形不只會影響效率，也會影響許多個人與組織互動層面，包含工作自主性。而在 Mintzberg 提出的理論基礎之上（Mintzberg, 1979, 1989；李仁芳，1993），大致有以下六種基本的組織構形。

（一）簡單結構構形（The simple structure）：

基本上，許多企業草創之初或前述十九世紀報紙，便曾經歷或屬於這種組織構形。它適合規模較小、生產技術不複雜的組織使用，由老闆主控負責決策，將生產活動粗略分工，對員工進行直接監督。但相對地，組織內部溝通也可能較為密集順暢。

（二）機械科層構形（The machine bureaucracy）：

隨著企業規模擴大，組織分工複雜化，機械科層構形開始出現，例如，《聯合報》、《蘋果日報》等便屬於這種組織構形。其中，決策權力依然集中在老闆或高階主管，但中階主管的出現，適度分擔了日益

複雜的管理控制工作。而生產工作流程的標準化，則產生了各種員工需要遵循的工作制度。同時，組織更按照生產分工區分成不同部門，每位員工在各自科層位置上，依個人角色任務與職權，共同完成組織目標，而這也是一般認知的科層或官僚組織。

（三）事業部化構形（The divisionalized form）：

當企業開始多角化，將由各事業部，即子公司負責本身業務，然後於事業部之上再成立總管理處，負責整體發展策略，資源分配的工作。聯合報系便是一個事業部構形，它設有一個總管理處，《聯合報》、《經濟日報》則是不同事業體，採用機械科層架構組織，負責各自報紙生產。就組織理論而言，總管理處可以採用集權方式控制每個事業部，也可以用分權方式讓事業部成為準自主性組織。

（四）專業科層構形（The professional bureaucracy）：

律師事務所、醫院屬於專業科層構形。理論上，與機械科層不同的是，這類組織工作成員事先受過專業技能訓練，具有高獨立性。在專業構形中，組織雖然具有管理層級，形成科層樣貌，但具有專業能力的成員才是組織運作的真實主體。他們依照專業知識從事工作，管理者只負責必要的協調工作，很少進行控制督導。或者說，實際權力分散在專業成員身上，因此個人得以保有較高自主性，而業務、行政等部門則屬於支援單位，同樣不會干預專業工作與判斷。

（五）暫時組織構形（The adhocracy）：

對於某些環境快速變動的產業，由於每次工作都需要面對不同情境，所以較好的方式是由專家們組成暫時構形，以團隊方式解決當下問題。在這類組織中，專家一方面因專長分屬不同部門；另一方面又依特定任務需求，被指派到暫時性的專案小組中，待完成任務後，再

回到各自部門。而老闆或高階管理者的工作不在監控，只是在做對外聯絡、組織形象工作而已，專家才是重心。一般來說，電影製作產業、廣告公司便存在這種類型組織。

（六）傳道式構形（The missionary）：

在某些組織形成過程中，意識型態扮演主要角色，教會的形成便是如此，組織成員浸染在意識型態之中。因此，在傳道式構形中，管理階層並不重要，組織成員不需要外在控制，便會因為社會化結果，依照內化的使命、意識型態、工作規範，自發性地完成各自工作。

總結以上有關組織構形的分類討論，我們可以發現，如同研究發現專業工作並不適合科層組織（Benveniste, 1987），理論上，專業構形可能更為適合強調工作自主、具有時間壓力的新聞產業。因為在專業構形中，新聞工作者是組織的主體，能夠依照專業訓練自主完成工作，也可以藉由專業原則協調解決工作過程中的各種衝突，減少管理者進行控制管理的機會。只是當我們從理想狀態回到現實世界，不可否認地，台灣媒體卻也還是如同國外媒體，沿襲著教科書觀察描述（Engwall, 1978），採用了機械科層構形，進行新聞產製必要的命令控制與功能分工，然後配合事業部構形組成各個媒體集團。或者說，自從十九世界採用機械科層以後，新聞工作似乎便錯過成為專業構形的契機，難以回頭。然後在資本主義社會，這種組織架構原則，相當現實地決定了新聞專業與組織利潤，以及新聞工作者與媒體組織之間相互衝突的宿命，同時也進一步形塑個人在組織內部會被層層控制，得依照制度按部就班完成工作的僵硬印象。

二、機械科層的宿命

組織與個人發生衝突是個組織理論的古典問題（March & Simon, 1958；Selznick, 1948），也是正常現象，只是對於身處機械科層的新

聞工作來說，問題卻更為複雜。基本上，與其他行業員工一樣，新聞工作者同樣需要處理個人利益與組織目標的相互衝突，例如不願意因為地方中心縮編而被裁員、不願意接受採訪路線調動等。但除此之外，他們經常也被擠壓於自我想法、專業期待與組織利益的相互糾纏之間，連帶產生該如何與媒體組織互動的實務問題，以及進一步的自我認同困境。

　　整體來說，雖然員工受雇於組織，需要配合組織目標，但這並不保證兩者總是相安無事，組織與個人之間總是會發生衝突。所幸，在以資本主義邏輯做為共同協商背景下，透過召募員工時選擇目標相近的員工，或以金錢為交易基礎，只要薪水、工時等工作條件談得攏（March & Simon, 1958），可以解決部分問題。

　　不過，對於追求效率、利用分工集體完成工作的機械科層而言，為了更加確保員工盡力達成組織目標，會在前述方法之外，更為整體性地採用各種制度設計，關注於控制管理問題。或者，科層組織本身的設計目的與原則便在於有效進行控制管理。它們同時強調水平與垂直分工，並形成制度（Dunsire,1978），將個人放置到不同組織部門與位階，再依據角色分工與職權執行各自任務，最後由各階主管分別督導控制。只是如此設計雖有利於達成組織目標，但卻也在管理控制過程中，產生致命的結構性影響力，形成新聞專業的困境。在機械科層組織內部，新聞工作者需要承受垂直與水平兩股影響力量，連帶壓縮了讓新聞工作自主空間。

　　就垂直層面來說，管理階層的存在便意味著一種由上而下的權力控制作為（Fayol, 1949）。老闆會藉由任命總編輯等關鍵位置管理者，執行他的編輯政策，或以解雇、調職，直接控制特定員工行為。而整個組織理論上也會依循各階管理層級與位置，分別賦予主管職權，依照制度監督控制屬下，藉此執行組織目標。也因此相對地，在第一線從事新聞工作，職級較低的新聞工作者，便得接受與執行來自上面的

命令。機械科層的這種安排，強化了他們做為組織成員的身分，他們不再只是新聞工作者，更是組織分工的一分子，需要完成組織目標。

因此，除非老闆設定的組織目標與專業論述一致，否則新聞工作者將類似一般科層組織內的勞工，會在各階主管管理控制之下產製新聞，然後達成組織的利潤目標或特殊政治目的，而非如同新聞專業論述的預設，可以做個依照新聞專業行事的自主主體。這種狀態充分反應在選舉新聞的處理方式上，它不只會對於那些與老闆立場不一、藍皮綠骨或綠皮藍骨記者產生心理壓力，更重要地，對那些想要堅守中立立場的新聞工作者來說，老闆政治立場也造就了他們的無奈，以及想要與組織對抗的宿命。

就水平層面來說，即便當代報業或有線電視新聞台，是以新聞做為主要產出商品，但在機械科層設計中，編輯部卻只是眾多部門之一（戴國良，2006），得與發行、業務等部門配合，才能完成每日新聞產製的任務。而這也使得依循新聞專業的編輯部，與其他依照商業邏輯運作的部門，有著不同的部門目標與文化，特別是業務部。因此，在科層組織的水平分工制度下，編輯部不只要承受管理階層的壓力，更容易與業務等部門產生衝突（Krieg, 1987; Underwood, 1993），然後需要由高層管理者決定哪個部門勝出。

為了避免業務部門影響新聞作業，新聞專業的理想作法是主張兩者獨立操作，甚至主張由編輯部門主導整個媒體運作。例如《紐約時報》便在老闆支持下，宣稱編輯部門的獨立性（Diamond, 1994／林添貴譯，1995），或者回想台灣媒體發展過程，倘若我們可以暫且不論政治勢力或強或弱的干預，這種編業分離的理想或許曾在台灣媒體黃金年代短暫出現過。因為當時發行量大、收視率高，加上老闆尚未成為標準商人，使得編輯部門大致可以與業務部門分離，維持獨立運作。只不過一旦進入當下激烈追求利潤的媒體環境，經常出現的狀況卻是業務部要求編輯部配合，進行置入性行銷

或業配新聞（林照真，2005；劉惠苓，2005）。甚至隨著研究長期進行，我們發現愈來愈多因為業務部門怕惹惱廣告主，而要求新聞部門淡化、抽掉某些負面新聞的例子。比對資深新聞工作者對於黃金時代的自信與懷舊，這更也凸顯出科層組織內部水平影響過程。

三、有關機械科層的刻板想像

　　基本上，雖然有些研究對象會暗地運用小技巧與主管唱反調，有人在過去曾努力堅持新聞專業原則，但整體而言，從「有意見要先與直屬長官報告，不應該越級上報」、「需要透過長官，與其他路線記者或業務部協調」這些普遍出現在訪問中的話語，配合部分研究對象直接以科層或官僚體系做出形容，我們發現，研究對象對於媒體組織的描述與想像，呼應前述組織理論分析結果。他們心中所想像的媒體組織，具有機械科層特徵。

　　只是這種對於機械科層的想像，容易讓人進入一種整體被控制的氛圍。包裹機械科層的資本主義情境，特別在不景氣狀態下，更強化、甚至形成某種投鼠忌器式的「自我恐嚇」。因此許多實務工作者，特別是本書研究後期的研究對象，像是進入社會學描述的結構與能動性困境（Giddens, 1984），在描述自己如何與組織互動時，他們通常只是抱怨，強調自己不可能改變什麼，因為組織是科層，而科層是僵化的、控制的，加上自己又必須顧飯碗，所以聽命行事就好。

　　不過，儘管實務工作者如此認定，但仔細觀察組織內部的實質互動，卻顯現出許多不符合機械科層的矛盾訊息，而且個人也並非完全缺乏能動性。例如主管換人後，工作方式與標準馬上跟著改變；同一報社內的兩個採訪路線小組，管理鬆緊度明顯不同；某些紅人可以直達天聽上傳意見，並享受不同待遇。當然，這些矛盾訊息可以從科層制度只是「理想型」（Clegg, 1990），總會有所歧異與不完美的角度加

以解釋。但隨著異例逐漸增加，我們也終究體會到，這種解釋並無法幫助本書釐清媒體組織的實際運作過程，以及個人究竟該如何與組織互動。在反覆回頭分析這些矛盾資訊之後，我們借用心理學的基模概念解釋這個現象，然後統整各種異例，提出封建概念。

基模理論主張（Rumelhart & Ortony, 1977），每個人心中存在著許多概念的基模，會影響資訊處理與判斷，而每個基模連結許多相關事實，內容可能因人而異，但也可能因為相同背景或文化，使得內容極為類似，像是有標準成分。我們發現，對研究對象來說，科層便像是個人擁有的眾多基模之一，而且因為這個社會學用語已被普遍使用，被許多人用來描述當代企業的特徵，因此，他們對於科層的描述，普遍與「制度」、「分層管理」、「僵化」、「會綁住個人」，這些源自學術定義的標準內容連結。不過更重要的是，基模並不只是個人對於各項概念的記憶，它更會積極介入與引導資訊處理（Fiske & Taylor, 1991）。所以研究對象在理解與描述組織的同時，並非白紙般單純，而是會利用已有科層基模為基礎，比對自己在組織內的遭遇，整合各種聽聞線索，然後形成有關組織的想像。在研究對象沒有、也無暇細究每個經驗的狀態下，科層基模引導他們看出組織的機械科層特徵，或者反過來，簡化或漏看了組織中矛盾訊息。

當然，科層基模導引出的組織想像並非全然虛構，當代媒體組織的確具有科層特徵，只是透過研究，我們卻有意思地觀察到，媒體組織的確造成新聞工作者的結構困境，但這種結構困境卻往往是經由想像放大之後的結果。當研究對象以科層基模理解自己與組織的互動，基模產生的刻板印象效果，容易讓他們認定自己只是個小螺絲釘，在科層組織內，需要依制度分工聽從主管命令，主張自己不可能具能動性。也因此，在研究對象陳述自己無力改變任何東西的過程中，我們除了感受到研究對象散發的怨氣，更感受到某種挫折與無力氛圍，特別是對於非黃金年代的實務工作者，挑戰組織像是挑戰巨人，是徒勞無

功的。以至於到最後，無論是否出於自願，他們在組織聽從主管命令，放棄了能動性，形成自己與組織合作，自己控制自己的狀態。

而這種基模導引過程也影響有關媒體組織的研究觀察，一旦研究者順著研究對象回答，接受媒體組織做為機械科層的看法，在基模引導下，研究者也同樣容易就此框限住自己對於組織實際互動的想像，缺乏更為細緻的觀察與解釋。我們發現，即便組織具有科層形式，也未必表示它們如同想像般僵化。科層的確形成一種分工結構，硬是把不同員工分別安插在裡面，然後配合相對應的制度，讓人感受到組織結構的龐大、僵化與不可挑戰性。但相關刻板印象終究也簡化了研究者對於組織，以及組織內部互動的想像。例如忽略規則終究是可以被詮釋的，可以隨著詮釋展現不同彈性與意義（Clegg, 1975；Garfinkel, 1967）；或者如同 March 與 Simon（1958）主張，過度強調科層概念，往往會忽視組織內部的動機與學習行為，造成分析上的盲點。

也因此，我們主張換個方式、更為貼近地觀察媒體組織內的互動，而本書便也透過研究發現，台灣媒體組織雖然具有科層外貌，但實質上卻像是以封建方式運作，混雜了父權或人治成分。隨著這種隱喻的轉換，我們重新檢視了個人與組織的互動。

貳、封建場域內的人治與慣例

我們從研究過程中逐步感受到，將台灣媒體理所當然地視為科層組織，似乎是種錯誤假設，雖然它們具有機械科層外形，但互動核心卻是建立在封建關係之上，這種分離傾向打破一般人對於組織的習慣想像。

我們發現，台灣媒體並非科層制度明確的現代化企業，實質上，更像是有著君主威嚴，參雜科層分工，建立在人治基礎上封建采邑。

在封建場域內，老闆並非總是粗暴、集權地統治自己的王國，而是透過分層效忠原則，將個人意志隨各階管理者逐層擴散出去，而各階主管則是以效忠換取了必要庇護與上級信任，然後配合詮釋規則與常規的權力，在各自領地內統治下屬。

這種封建運作方式展現華人特色，也讓信任傳統專業論述、不自覺將組織視為科層的新聞工作者得做出若干調整，才能有效找到因應或抗拒組織的方式。不過需要提醒的是，這種封建特性不完全等同於有關華人家族企業的傳統想像，我們主張，台灣媒體雖然建立在人治基礎上，有著父權、關係、忠誠等傳統華人社會特性（楊國樞，2005），但不可否認地，它們終究參雜著若干科層特性，並由此帶入若干制度化影響。同時，由於新聞工作所具有的專業特性，讓媒體經常被置放在社會監看，特別是學者監看之中，所以新聞專業論述以及因此衍生的社會期待，像是組織外在的規約力量，設下投鼠忌器的壓力，然後連同科層力量，多少牽制了媒體老闆過度使用父權的可能，也影響新聞工作者需要遵循某些規則底線，不能我行我素地依照人情法則從事自己的工作。

台灣媒體實質建立在封建性格之上，然後形塑出個人與組織互動的基礎，而本章接下來便分成兩部分說明台灣媒體的封建特性，首先描述封建組織依慣例與人治運作的特色，其次說明領主如何經營管理自己的領地。

一、制度的鬆散與虛設

一般來說，我們習慣將強調科層制度的現代西方企業，與展現父權、人際關係的家族企業劃分開來，對比說明兩者差異。不過，這種最初或許是基於論述方便的作法，卻很容易讓後續研究掉入二分法的陷阱，忽略即便是現代機械科層組織，老闆依舊可以利用賞罰達成權力控

制目標（Findlay & Newton, 1998；Townley, 1998）。因此，西方媒體同樣會有報老闆干涉新聞工作的疑慮，而非全然依照制度行事（Coleridge, 1994）。相對地，傳統華人企業雖然有著濃厚父權特色（陳其南，1986；黃光國，1988；鄭伯壎，1995b），但也有若干科層規則做為調節。也就是說，傳統認定的法治與人治觀念並非相互排斥，可以混合存在於組織內部。而本書對於台灣媒體組織的觀察，便充分體認這種特色。

我們發現，強調企業化經營的台灣媒體，儘管可以拿出清楚的組織架構圖，研究對象也了解自己在組織架構圖中的位置、每天需要固定面對哪些組織成員，但這並不足以代表台灣媒體就是標準科層組織，會按照標準科層方式運作。基本上，明確管理位階與部門分工，命令可以由上而下執行，的確是科層的必備要件，但除此之外，制度，與依照制度行事的心態，是另一項定義科層組織的重要關鍵（Downs, 1967；Pugh et al., 1963；Thompson, 1980），而這似乎也正是台灣媒體想要做為現代化科層組織所缺乏的部分。

透過訪談實務工作者，以及分析我們盡力取得、經常被各家媒體視為管制物品的員工手冊與其他相關規範，結果顯示，台灣媒體雖然具有科層形式與若干制度，可是這些制度通常屬於基本行政程序，記載的多半是請假、出差、員工福利等規定。另外兩類同樣有制度化可能，且直接涉及權力控制的部分，包含升遷、獎懲、績效評估標準，以及與新聞產製流程相關的處理準則，卻經常付之闕如；或者有，但也僅是一些過度抽象的原則。

然而更有意思的是，倘若回到員工角度，絕大多數實務工作者根本不知所屬組織究竟有何規範。因此，面對相關研究問題詢問時，大部分研究對象，包含幾位已在當下公司服務十數年的研究對象，回答不知道、不清楚公司究竟有沒有這些規範，或者承認印象中有拿到過，但根本沒看，早就不知道放到哪去了。而研究對象的這些反應更是雪上加霜地透露出，即便組織有明文規定，卻也只是形同具文。也

因此，對台灣媒體而言，科層意味的通常是媒體內部有著管理位階，而非依制度行事。它們實質上是制度鬆散的組織，依靠慣例與口語傳統，展現出封建特質，並未真正成為具有現代性的企業。

分析造成這種情形的原因，除了如同過去研究主張（陳介玄、高承恕，1991；黃秉德，1997；鄭伯壎，1995b），中國式組織管理本身即是以父權與人際關係為主，正式制度與規定並不重要外，假如更為貼近實際新聞工作進行觀察，還會發現以下兩個主要原因。

（一）新聞工作的結構模糊本質

新聞工作是結構模糊（ill-structure）、以變動為常態的工作（Chung, Tsang, Chen & Chen, 1998），要求他們有固定制度與工作方式，以及固定衡量工作品質的標準，藉以形成獎懲明文規定，似乎有著一定困難度。研究對象便也應和這種觀點表示，想要效法其他產業撰寫工作描述書（job description），要求他們按表操課，同時做為獎懲升遷依據的作法，幾近乎是緣木求魚。

理論上，編採手冊應該具有類似工作描述書的功能，而部分媒體在過去也的確編寫了編採手冊，姑且不論編寫目的為何、包含多少形式主義的成分，但就實際展現出的東西進行分析，幾乎盡是應然面原則，例如「畫面不可以太血腥」等。這讓採訪手冊像是教科書般，只記載了新聞採訪應然面原則，也過分粗略，幾乎沒有實用功能。

或者《聯合報》於1998年，由社內資深同仁聯合撰寫的改版《聯合報編採手冊》（聯合報編輯部，1998），雖然分別依照不同路線與簡單例子說明，試圖用較為詳細的方式描述工作規則，也是本書蒐集到內容最多，且公開陳列於大學圖書館之編採手冊。但綜觀其〈採訪寫作篇〉，諸如「路線上例行採訪，盡可能勤跑，不要只靠電話」、「突發事件、事故災難，應立刻趕赴現場採訪。到現場的好處是，可能發掘更多的新聞故事，而在寫作時，可以呈現臨場感，新聞立體鋪陳，

增加可讀性」（頁 8），仍屬於原則性十足的東西。或者「首長的機要與司機等量齊觀」（頁 35）、「採訪司法新聞，如果不是學法律出身，建議好好翻閱六法全書」（頁 59）、「報導新技術與新藥時，不能光提好處，還要將適應症、副作用與禁忌寫出，否則形同廣告，也可能因為讀者誤用而吃上官司」（頁 46），也被研究對象認定只對初來乍到的新記者有點幫助。或者，即便不看這些原則，他們從實際跑線經驗、與其他媒體資深記者互動中，也可以學會，而且更具臨場感。

　　這種新聞工作流程難被文字化的狀態，也連帶影響評估工作表現的制度化程度。我們可以發現，雖然媒體訂有獎懲相關制度，試圖以此規範員工行為，但除了遲到早退、新聞帶遲交等標準較為明確，或者有些媒體發展記點制、依年資加重處罰制度。另一部分有關獎懲的關鍵內容，即，何事要被懲罰、何事要被獎勵，卻顯得原則性十足。例如「新聞處理品質出色」、「重大新聞處理缺失」、「影響播出品質」等，這些出自有線電視新聞台內規，有關獎懲規範的文字紀錄，便只籠統陳述了一些原則，但對於何謂品質出色、何謂重大缺失，卻未清楚說明與定義。雖然受訪主管表示，獎懲還得搭配採訪手冊等內規進行之，不過弔詭的是，回到前述的採訪手冊，其內容也是原則性與應然性十足，以致同樣是新聞播報出錯，大部分狀況不會受到懲罰，但某位主播便可能基於社會壓力，而被以「影響播出品質」進行懲處。

　　也就是說，在這種狀態下，無論是產製流程或獎賞懲罰，終究都涉及老闆與主管對於既定寬鬆規範的詮釋。實務工作者並無法透過明確制度規範，了解分寸尺度，同時具有彈性的慣例與口語傳遞方式，便也成為工作時的重要傳統，以及組織內部司法制度的重要依據。

（二）新聞工作者的文人與白領性格

　　除了新聞工作的複雜與變動本質是造成制度鬆散的原因，但或許更值得注意的是，為何部分媒體訂有相關規範，實務工作者卻往往不

在意這些東西。如前所述，我們實際發現，幾乎沒有研究對象，包含主管在內，可以弄清楚所屬媒體究竟有無規範、有哪些規範。或者少數研究對象表示，媒體曾發給過員工手冊或編採手冊，不過他們卻沒仔細看過，然後早就不知道把手冊放到哪裡去了。這種狀態讓原本已不被重視的制度規範更形同虛設，而再細部分析，造成這種現象的根本原因，或許即是出於研究對象對於自身的描述。

如同幾位資深實務工作者表示，過去的新聞工作者往往有著濃厚文人性格，自認是知識份子或白領階級，因此，他們不但不願意加入工會，也不太在意，甚至有些輕蔑組織訂定的制度規範，認為自己會自律，這呼應著記者較少參與工會的事實（林富美，2002）。或者，大部分研究對象自認且自信靠專業就可以完成工作，甚至做得比組織要求更好，所以不需要組織過分操心，以免文字規範形成拘束。

我們發現，特別是在過去，當然也包含現在，研究對象不會因為缺乏制度而感到沒有保障，有人更會把新聞回報等基於工作協調的規定，明白視為報社沒事找事做，不信任他們專業知識與自主能力的舉動。或者部分研究對象並未思考如此深入，但他們通常也自認只要跟著別人做便不會太糟糕，自然不需要標準工作流程幫助與約束，懲罰規則也不會落在他們身上。而缺乏制度，不需要拘泥於各種制度的彈性工作方式，也正是吸引他們進入這個行業的原因。

然後相對地，擁有新聞工作經驗的主管，也多半不重視制度的管理功能。老主管在過去習慣用文人方式看待屬下，主張刑不上士大夫；較年輕的主管則認為新聞工作者是白領、是專業，應該可以自律，因此除非屬下犯了大錯，他們多半不曾查閱媒體的處罰制度，針對日常新聞處理犯錯，不是不進行實質懲罰，便是依照自己對於規則的詮釋，做出口頭告誡，之後便也作罷。當然，不能否認的是，主管不進行實質處罰，不單只是因為自己的文人性格，或尊重屬下的文人性格與白領專業，其間通常還參雜了鄉愿或單純善良的原因。我們便發現

不少例子，即便主管發現某位屬下採訪時收取不當禮物、在節目開播前遲到，他們也不願意指出這種嚴重影響新聞專業與職場倫理的行為。因為他們不願意在組織中被視為壞人，不願意被同僚屬下視為嚴苛的酷吏，或者不想因此害人丟工作。一位研究對象便承認自己鄉愿，不想得罪人，然後經常為屬下出錯而生悶氣。

因此，整體來說，即便當下新聞工作者自我認同已有所改變，自視為文人或知識份子成分降低，但過去這種制度鬆散的狀態卻也默默維持至今，幾乎未有太多改變，且已成為台灣媒體產業特色與組織運作習慣。不但老闆與主管不在意缺乏制度，基層工作者也習慣在不清楚組織有何規定的狀況下從事每天工作，大量依靠發生在自己或別人身上的經驗慣例，逐漸摸索出主管對新聞工作的特定要求，以及對規範詮釋的寬鬆程度。直到某則新聞處理出現重大差錯，誤觸某些重大組織禁忌後，才接到長官轉來高層關切的內容，或者才被進行懲罰。

最後，以上兩個原因落在當下媒體情境，不只讓制度鬆散的情形變得更為普遍，也顯得更為惡化。我們發現，傳統老三台或三大報，或諸如公、黨營媒體等，在過去經濟條件好的狀況下，它們相對訂定了較為完整的制度規定，除了行政相關規範外，還包含明確公開的敘薪等級、員工福利等制度。最為著名的或許是聯合報系（彭明輝，2001），雖然部分員工因此認為自己像是公務員，但他們卻也可以期待在組織內的穩定性與工作前景。

不過，隨著這幾年媒體產業變化、經營權易主，更重要的是經濟不景氣，包含敘薪等級在內的各種規範，開始出現年久失修的問題。或以簡單行政公告方式，便宜行事地通知員工變更規定，如增加編輯每天編輯版面數量、增加上班打卡規定、或減少某項福利制度等。若再考量類似中視、中廣經營權易主的現實狀況，更常見的情形是，過去規定根本被束之高閣，荒廢在那裡，形同虛設。然後在不知道是否會有新規定或制度的狀態下，經歷過去榮景、習慣於

制度鬆散的研究對象，**繼續在缺乏制度的組織內工作**。只是在他們懷舊與感慨的同時，制度鬆散的意義似乎也微妙轉變，它不再代表對文人的尊重。反過來，研究對象開始慢慢感受到缺乏制度導致的不安全感，工作標準會隨老闆喜好而改變，甚至還要擔心因為是老員工領較高薪水會被資遣。而荒廢的獎懲升遷制度，也讓做為主管的他們只能用帶心的方式管理員工，抱怨員工難帶。

二、慣例與人治

組織制度鬆散與虛設的問題，連帶對應著兩個關聯現象，一是慣例成為組織運作的重要依據，一是父權式人治成為控制、協調或統治的基礎。而這些特色進一步支撐起台灣媒體的封建本質，然後細部架構出組織內部的實質互動關係。

（一）慣例

延續前面討論，如果組織制度具有司法功能，規範與仲裁個人在組織的行為，那麼台灣媒體類似歷史學者 Bloch（1962／談谷錚譯，1995）描述的歐洲封建社會，依靠的是經驗慣例累積的習慣法與口語傳統，而不是成文法規。

Bloch 透過史料分析發現，中世紀的歐洲封建時期，雖然存在若干古羅馬遺留下來的法律文集，但實際上卻因為社會普遍缺乏文字能力，造成查閱不便，或者因為缺乏印刷技術，無法廣泛流傳這些法律文集，使得它們像是被悄悄遺忘，形同具文。在當時，成文法並不重要，書面文字也不是法律基礎，所謂的法律與相關仲裁是依據口語形式傳遞的規則。同時，慣例在其中扮演起重要角色。即便某項經常被引用的規則出自過去法律典籍，但它們通常卻是透過與其有關的慣例才被民眾與司法人員熟知，而非依靠對於原典原籍的記憶。或者隨時

間發展，社會需求也創造與增添出大量新的慣例，補充原來規則，甚至新慣例根本取代原來規則。慣例、口語傳統，以及由此建立的習慣法是封建歐洲法律制度的基礎。

這種依賴習慣法的特徵，也像是時空錯置地出現在台灣媒體組織之中。如同前述，倘若姑且不論組織制度規範的詳細程度，台灣媒體雖然存在著若干成文法式的規則規範，但有意思的是，這些規範如同古羅馬時期遺留下的法律典籍，只是在放那裡，並不受重視。整體來說，觀察實務工作者與組織互動過程，我們似乎可以發現一種有趣景緻，在強調企業化經營、有著科層媒體外貌的媒體組織內部，充滿的盡是慣例與口語形式規則。這種特徵讓規則的詮釋變得很重要（Clegg, 1975），也為老闆與主管營造出更大施展權力的空間，然後在新聞做為專業的概念下，直接影響了實務工作者的工作自主，以及與媒體組織的互動方式。

媒體老闆政黨立場對新聞工作的影響，便是最好的說明例子。基本上，老闆支持哪個政黨，甚至喜好相同政黨中的哪位候選人，並不會清楚形諸於文字，因為這違反社會對於媒體中立的期待。甚至查閱年代久遠、很少人閱讀的採訪手冊中，也有相反的記載，主張新聞報導要客觀，不能有立場。但不必諱言地，台灣媒體工作者還是很了解老闆的政治立場，老闆與高層主管在某次選舉過程中，對特定候選人的新聞處理方式、自己或同事誤踩地雷惹來的嚴重麻煩，都會形成一個個重要慣例，然後配合上主管依循過去重要慣例的耳提面命，進一步成為組織內部的習慣法。因此，不需要明文制度規範怎麼做，實務工作者同樣會依照組織期待方向做事，不致犯規。若不幸犯規，主管也有慣例做為懲罰依據，藉此，老闆同樣可以達成控制言論走向的目的，甚至控制的方式更有效率、更為細膩、更為隱諱。

不過，相較於 Bloch（1962／談谷錚譯，1995）描述的封建社會，慣例不只是習慣法的基礎，可以對員工進行外在、事後的獎懲。更重

要的是，重要慣例加上個人經驗的補充印證，將在個人心中集結成工作常規，形成一套套處理政治新聞的特定方式，有意無意地迎合老闆政治傾向。這種落實在實務操作中的迎合作為，一方面讓常規像是自動導航設備，引導實務工作者用特定方式完成某類新聞，不至於因為與組織衝突而事後遭受程度不一的懲罰；另一方面則讓常規成為實務工作者心中的自我裁判法，產生內在、事前的自我約束力。同時，因為習慣法與工作常規的建立通常基於習慣法則，而非理性分析或討論的結果，所以通常只要有著幾個經由老闆認定、讚許或負面懲罰的慣例，便可能在組織內部形成集體工作常規與習慣法，然後讓實務工作者過度自我恐嚇。而受到這種自我約束的影響，個人經常會喪失自我能動性，這部分將在本書後半段討論。

也因此，整體來說，主導媒體組織運作的規則，無論是指從外在規範個人的習慣法，或從內在引導工作方式的工作常規，皆像是組織成員於摸索前進過程中共同踩出來的路，讓之後處理類似問題時，不需要組織明文規範，便可以依循既有慣例，踩踏得更為安穩、更有效率，也不會觸碰到組織禁忌。藉此，台灣媒體組織在缺乏相關制度，或形同具文的狀況下，同樣可以管得住員工，配合實務工作者的自我約束，以及接下來將討論的庇護與效忠關係，共同維繫組織基本運作，甚至進行更為嚴密的控制。

（二）人治

就實務工作而言，我們同意研究對象的解釋，因為新聞工作需要面對不同情境，是複雜、變動與模糊的，很難形成明文制度。而這種特性相對加深了實務工作對於習慣法與工作常規的依賴，以取得工作時必要的彈性。不過，取得這種彈性也並非是毫無代價的。理論上，依靠慣例形成習慣法與工作常規，會為媒體組織創造若干彈性，迴避掉科層組織的制度僵化問題。但不可否認地，它們也於同時間造成台

灣媒體缺乏科層組織所應具備的制度化條件，以致未能如同現代組織般，產生一個強調理性決策，去個人化，依制度規定行事的情境（Gephart, 1996）。也因此，台灣媒體不但無法藉由制度節制老闆與主管作為，反而讓私人權力混雜在科層位置中暗暗施展，成為人治的封建組織，而基層工作者也得相對混淆著面對老闆與科層帶來的雙重壓力。

我們發現，當工作規定是以常規形式出現，獎懲依據的是習慣法，雖然可以為新聞工作者帶來若干彈性，不必僵化在規定制度之中，但卻也讓組織規定的詮釋與執行程度出現因人而異的情形，而老闆與主管也正可藉此施展權力，達成個人目標。所以，新聞部門高層主管換人會帶動工作常規調整，例如編輯每天得多開一次原先沒有的新聞檢討會、改變編採會議的出席成員、增加新聞播出影帶的審查機制；組長換人則影響每週是否召開小組會議、新聞回報制度等規定的執行程度。或者，諸如新聞標題、電視鏡面出現錯字要罰錢、禁止使用 MSN 與別台記者互通新聞線索這類硬性的規定，也通常在老闆與主管大發雷霆，嚴厲執行一陣子之後，隨著不再注意這事而無疾而終，錯字再度出現、MSN 再度成為與他台記者的溝通利器。再或者，高層主管更換後，編輯室內的紅人也會有所不同，若干主管空降進入，打破原先的升遷默契，採訪路線也會隨之搬風。

在這種情形下，台灣媒體是由「人」主導制度與常規的詮釋與執行，而非是由制度規範「人」的行為，含糊不清、時常改變的制度非但無法形成一致標準，同時規約老闆、主管與基層工作者，反而會留下許多運作空間，回頭幫襯老闆與主管行使權力，於平時默默影響新聞走向，在必要或重大時刻，則藉由對模糊規定的詮釋，做出不利於新聞工作者的決策。例如在《聯合報》開除徐瑞希的案例中，老闆便遭類似指控，干預新聞工作自主（田習如，1998；楊汝椿，1996）。或者同樣出現新聞播報錯誤，但特定主播卻會因為社會輿論，而被以「影響播出品質」做出懲罰，但何謂「影響播出品質」則有賴主管認定。

　　也就是說，這種取決於人，由慣例引導常規與習慣法的作法，雖然同時給予實務工作者工作彈性，免除依規定作事的僵化印象，但相較之下，老闆似乎從中取得更多彈性與利益，意味人治有著更多發揮空間。透過建立新慣例，以及用自己方式詮釋既有規定，讓許多組織規定於悄然之間被老闆改變，或朝他設定的方向前進。例如本書研究期間所觀察，編輯每日編輯版面數量的增加、取消供應晚餐或者其他福利制度，甚至以經營困難為由，減少或取消獨家新聞獎金等，通常都是在沒有太多討論的狀況下，老闆與主管藉由網路公告或口頭告知，就變更了既有規定。而且重要地，即便這些變更直接收縮了勞動條件，卻沒有招致太多注意與反抗，或者基層員工縱有無奈，也因一直以來習慣，甚至滿意於制度模糊的狀態，而忽略反抗的可能性。

　　這種人治情形也發生在新聞編採政策的改變之上，惡化了對新聞專業理想的侵犯。台灣媒體從過去強調編業分離，到當下習慣於編業合作，便顯示老闆利用重大慣例，幾乎在不知不覺中，逐步改變了新聞處理的根本性原則。我們可以發現，在過去，傳統老三台與三大報，甚至只要是具規模的媒體，通常都遵守新聞部門不受業務單位或廣告主影響的原則，這落實於媒體運作之中，老闆也遵守此原則經營媒體。例如《聯合報編採手冊》（1998：42）便清楚記載「撰稿小心，勿淪為商業宣傳。廣告新聞化絕對避免。」，而資深研究對象也應和這種說法。當時雖有政治力量使然，以致難以全面宣稱工作自主性，但研究對象幾乎不曾碰過業務部門涉入新聞處理的情形。在他們的描述中，新聞部門不只與業務部門相互獨立，甚至凌駕之上，而且從當下回溯過去，研究對象更驕傲與感謝於老闆當時的堅持。

　　我們了解這種堅持與產業景氣有部分關係，當時的老闆可以不擔心利潤問題。因此隨著媒體產業需要面對更多利潤考量，從報社嘗試自辦藝術展覽活動，到承攬政府大型企業置入性行銷專案，保

障新聞曝光次數，到最後成為經常性出現的業配新聞，幾次重大慣例出現，終究改變了媒體整體新聞政策，以及對編業分離的堅持。這段被人稱之為新聞專業墮落的過程，彰顯出以往堅持建立在人治基礎之上的脆弱。

就企業經營理論來看，企業經營者有權決定企業政策走向，或者即便是科層組織，制度規則也並非是僵化不動，但以上由老闆主導整體政策，以及細部獎懲標準與產製流程因人而異的狀態，從不同角度顯示台灣媒體的人治特性。除了制度模糊給予主管詮釋與執行空間，於平日施展權力，缺乏明文制度的實質平衡，更讓許多既有政策與制度規定在悄然間完成改變，而「人」在其中亦具有關鍵決定力量。配合新聞工作者本身對於制度的不在意，不只讓當下新聞工作實際作法，與編採手冊、員工手冊記載原則脫勾，新聞工作者更像是被放置在鍋中加溫的青蛙，因為組織制度鬆散提供的彈性假象，慢慢習慣溫度、習慣改變，等到回過頭才發現，在他們沒有充分意識到嚴重性，以及缺乏反抗的狀態下，老闆已透過幾個慣例、幾個行政公告、幾個口語命令，輕易改變了組織規則。

參、領地的分封與經營

除了制度鬆散與人治特性，讓身為擁有者的老闆，可以在必要時改變既有政策與規定，依照個人意願統治自己王國，搭配科層組織原本便具有的垂直管理階層，台灣媒體的封建特性亦展現於逐層向下分封的領地。在平日，老闆便是透過分封主管掌握整個媒體，而這些主管只要不過度違逆老闆與上級主管，配合同樣的制度鬆散與人治特性，他們可以用帶有個人風格的方式管理各自領地。因此，儘管領地各有不同，但卻層層構築起整個封建組織。

一、透過管理階層進行分封

就科層組織來說，經過分工後的生產活動，需要有專門機制負責協調工作，以確保分工後的任務可以有效率地重新整合起來（Douma & Schreuder, 1992；Gulick, 1996），而各階主管位置之所以出現，便是落於協調與控制的原因。例如總統大選等大型新聞專題，各組組長、採訪中心主任就得肩負起組內與組間的協調工作，很難任由記者單兵作戰。採訪中心主管也需要考量休假、出差、工作量，甚至於哪幾位文字與攝影記者互看不順眼等，在數十組記者間排出每週搭配班表，避免採訪中心一團混亂。再或者理論上，業配新聞也涉及業務與新聞兩部門主管的協調，在每天至多可以播出幾則等大原則下，雙方主管還是需要針對特定個案進行討論，決定是否放入黃金新聞時段播出、新聞的切入角度、是否要出動衛星直播車進行現場轉播等，純就協調工作來說，主管位置是當代產製模式必要的設計，是中性的。

（一）分封主管

不過在組織內部，除了協調之外，控制似乎是更重要，也更為人熟知的主管功能（Hickson & McCullough, 1980；Mintzberg, 1973）。當員工人數增加，老闆不再可能親自監控每位員工的行動，或親自監控需要付出極大成本，管理工作便也出現垂直分工的必要，促使管理層級的出現（Johnson & Gill, 1993）。開始由各級中階主管分別代為管理控制，確保轄下員工不會偷懶，並會遵守組織要求，達成組織目標。

只是科層組織的管理層級分工設計，還需要搭配制度規範這項機制才能完整與正常運作。在這種狀態下，制度規範是老闆與主管的管理工具，規範約束了員工，但相對地，它們也同樣具有約束老闆與管理者的力量，讓老闆與管理者的行為有所依據與節制。可是這種標準

狀態似乎終究不適用於台灣媒體，前述組織制度鬆散的特色，便一方面意味著台灣媒體並未達到科層組織的制度化標準，另一方面則讓媒體老闆可以迴避實質制約，不依照制度做事。

也就是說，倘若科層組織體現的是某種現代化精神（Clegg, 1990；Ray & Reed , 1994），那麼台灣媒體組織則像是尚未進入現代化的封建實體。老闆並非依照制度管理企業，而是如同君主般統治自己的王國，任命符合自己意念的高階主管做為代理人，利用薪水等經濟條件，交換他們的效忠，然後在組織內部貫徹自己意志。而受封的高階主管基於效忠動機與功利因素驅使（Jackall, 1988；Westwood, 1997），多半會主動迎合上意，猜想老闆想要些什麼，以換取老闆持續青睞，並且按照相同邏輯，回過頭在受封采邑內培養自己人與中階主管班底。透過任命或向高層推薦次級主管，以及手中掌握的考績、升遷，甚至開除權力，穩定與壯大自己在組織內的地位。

這種分層效忠又逐層建立班底的情形，在組織原先科層架構之上，疊構出一個逐步向下的分封體系，國王統治諸侯，諸侯又各有騎士。如同那些無法嚴密控制自己領土的中世紀國王，得讓出部分權益給諸侯，並且提供必要庇護，利用諸侯代為管理領土，媒體老闆基於難以事必躬親的現實需求，也利用了類似手段管理整個媒體組織。

因為商業組織終究是建立於經濟邏輯之上，所以，老闆只要利用自己擁有的絕對經濟優勢，通常便能掌控高階主管，不必擔心他們造反。然後在向下分封過程中，一手掌握最終聘用員工的經濟權力，另一手適度給予主管管理各自領地的權力，理論上便能從高階主管出發，向下控制各階主管，乃至控制整體組織。這種封建方式形成台灣媒體實質運作場域，老闆可以省下緊盯每位員工的心力，解決無法親自管控組織各個層面的窘境，同時，他們不需要動用可能激發強烈對抗的集權式統治，便能以較柔軟的方式統治整個王國。

（二）貫徹老闆意志

當然，王國統治的集權程度，最終仍取決於老闆權力意志與看待新聞工作方式。例如，傳記中描述的聯合報系創辦人王惕吾（王惕吾，1991；王麗美，1994），從文人角度看待新聞工作，強調專業地位，以及當時相對採用編業分離的作法，的確在扣除政治考量之外，給予新聞工作者相當自主的空間。受訪的《聯合報》資深工作者便懷念那段時間，只要無關政治、不觸碰老闆特殊禁忌，他們幾乎都明白表示自己未曾被關切過，平日都是自己找新聞、處理新聞，更可以規劃深入的新聞專題。

或者，當下具有濃厚商業色彩的老闆，則從相反角度對比出老闆最終擁有的權力。他們親自收縮了勞工基本工作條件，以經濟不景氣，節省成本為由，強勢整併、資遣員工；制定遇缺不補政策，迫使工作量增加；不斷強調公司盈餘不足，以收視率而非新聞品質評估工作績效。老闆藉由這些動作宣告經營走向與新聞走向，於高階主管幫忙下，嚴密執行賺錢意旨，明顯收縮新聞工作自主空間。

因此，在觀察新聞產製幕後過程中，我們便發現，相較於過去，當下高階主管接受到更多來自老闆壓力，更為頻繁與赤裸地執行市場導向新聞學，而非依照專業原則判斷新聞。接連發現的案例顯示，在老闆節省成本，要求組織進行裁員整併的簡單要求下，高階主管便得扮演起黑臉，並且找到實際可行的裁員或整併策略。或者，老闆的賺錢意旨也讓高階主管像是忘卻專業原則的一群人，不用老闆命令，就會逕行要求不得播出某些新聞，只因這些新聞報導了大客戶的負面消息。甚至透過電話或內部即時訊息系統，通知副控室的編輯或製作人，硬生生地撤下某則剛剛才播出過、正準備再次播出的新聞。若再加上置入性行銷、編業合作這些早已成為常態的新聞處理手法，以上種種都共同意味當代媒體老闆的意志，以及把新聞當成商品的看法，貫徹於整個封建王國內，而抱持新聞專業想法的實務工作者也愈感無力，但面對當下管理方式，通常也只有抱怨，缺乏具體行動。

二、領地的個人化

透過釋放部分利益與提供經濟庇護，老闆得以利用各階主管代為執行其意志，以封建方式管理整個組織。對主管來說，在執行老闆與上級主管意志，進行效忠的同時，他們像是取得領地的諸侯，可以、也需要進行領地個人化，建立起屬於自己領地的秩序。這種領地個人化的動作，一方面具有宣示主權效果，向下屬宣告自己做為主管的身分。另一方面透過各自經營領地的績效，爭取更上層樓的機會，而這也形成了不同領地間的競合關係。

（一）展現個人差異

首先，如同老闆決定整個王國的集權統治程度，身為諸侯的主管也將決定各自領地管控的鬆緊程度。從研究對象對於各自主管的描述、不同研究對象對同一主管的描述，特別是總編輯、地方特派員更換前後的觀察，我們不難印證領地個人化的事實。在相同媒體內，雖然大部分主管在管理作為上無為而治，但多少還是有著程度差異，部分主管便被批評權力慾望太高，或對下屬過度不放心，總愛盯著下屬作事，讓人感到不舒服。

這種管控鬆緊程度各自不同的狀況並不特殊。事實上，權力集中與權力分散本來便是當代組織的兩種策略選擇（Simon, Kozmetsky, Guetzkow & Tyndall, 1954），或者說即便是科層組織主管也會有著領導風格差異，然後影響管理的集權程度。只是台灣媒體制度鬆散、人治等特色，讓集權與分權不再只是關於管理策略的單純選擇，同時也放大了個人領導風格的影響力，甚至造成現象本質的改變。管控鬆緊差異意味著領主可以決定各自領地的管理方式，進一步影響著老闆、主管與員工的互動關係。

然而領地個人化不只是決定領地管控的鬆緊程度而已，我們發現，領地個人化更是種設法將組織規定轉換成個人版本的過程，甚至於最終形成內規。主管們試圖透過這種轉換讓自己成為實質上的領主，並宣告自己

做為領主的位置，然後用自己方式掌控領地，擁有自己的班底，不再只是照章行事的老闆代理人。或者至少透過這種個人化動作，感受自己做為領主，擁有領地的快感，在屬下效忠自己的同時，願意繼續為老闆效忠。

而這種領地個人化之所以能夠進行，主要是受惠於封建組織的制度鬆散，老闆與上級主管的信任或默許。主管通常可以藉由詮釋規則的空間，於一定範圍內決定規則的執行程度與執行方式。同時，配合自己被授予的職權，如提報獎懲、打考績、人員調動，乃至於排班表、誰應該出國出差，在大方向符合上級要求下，以各自方式實質統治領地。例如在報社要求記者每天進行新聞回報的規定下，主管們對這規定便有著各自的執行方式，有些主管按表操課，時間一到就與記者聯絡，例行性詢問幾個問題就結束通話；有些主管則是等待記者打回報社，有時記者沒回報新聞也無所謂；有些主管則是一天數通電話，隨時與組內記者聯絡，並進行清楚的新聞指示。

或者，在組織整體設定的休假原則下，主管們會有著各自排休假方式。有些主管讓下屬自己填寫輪休表，他做最後整理；有些不只讓員工自己填寫，甚至讓員工自行協調，除非發生無法協調情形，否則他幾乎不管事；有些則在象徵性詢問員工意見後，仍由自己主導排休假，以至於經常出現大家都不滿意的情形。不過姑且不論主管是否會刻意與惡意利用排休假整人，排休假這個動作便宣告了領主的權力。而休假究竟要怎麼排，例如是主管強力主導，或是交由下屬自己協調；是否資深優先、已婚優先或是先選先贏；誰做晚班、誰可以休週日；是否允許私下換班，這些規則則更進一步意味每位主管會依照自己的邏輯與習慣，將領地個人化，用自己的方式進行管理，因此下屬需要習慣領主的方式，聽命與效忠於他。

（二）新領主與領地重整

領地個人化過程在新任主管接位時特別明顯，因為新主管的關係，進一步展現領地重整的狀態。我們便發現，新主管上任後，幾乎都會

有意無意地改變原有管理方式，重新整理領地。例如一位高層長官上任後，便改變過去多年來該台主播的宣傳原則；在幾波人事調動中，將過去被冷凍多時的員工歸建，也架空某些主管；改變過去休假與積假規定。

另一位新任特派員則改變上任主管以新聞為主、業務為輔的管理方式，轉而在許多場合強調業務的重要，要大家共體時艱配合業務。在每月固定會議上，表揚一位記者能夠取得與報社政治立場相左的競選廣告，或因注意到某候選人未在該報刊登廣告，而期待熟識這位候選人的記者可以出面幫忙拉廣告。他也熱衷找記者與地方官員吃飯應酬，積極拉攏關係，企圖增加政府標案與業配新聞業績。相對之下，前任特派員雖然面對同樣的業務壓力，但仍採取新聞導向，強調該中心還是採訪單位，而非業務單位。也因此，他會緊盯新聞品質，主動關心新聞處理方式，尊重記者意願決定是否要去跑業配新聞。

從領地個人化的動作來看，這種新舊管理方式的轉變不只是簡單人事調動，或直接造成記者的業務壓力，更象徵新主管對於領地的整理。新主管一方面藉此標示著自己做為新領主的身分，另一方面，或許更重要的是，他們同樣利用老闆信任與詮釋規則的空間，將接手的領地更新成自己想要的樣子。以新任特派員的個案為例，他持續進行的業務取向作為，便意味著領地重整不僅僅是新官上任三把火的短期作為，更是種有意義的深層轉換。隨著「我們這個中心變成廣告部門分支單位」的批評，新任特派員終究建立起屬於自己領地的秩序。而另一位高層主管也在調整公司體質過程中，逐漸收編了某些員工，建立起自己領地內的信任與遊戲規則。

（三）受控制的領主

基本上，在領地重整過程中，主管藉由領地個人化，滿足了他們做為主管的成就動機，然後也以自己經營領地的績效，實際爭取在組織內更上層樓的機會，甚至經營自己對外關係，讓外界看到自己的能力。

不過需要注意的是，領地個人化並不代表主管能夠脫離上級或老闆，獨立控制自己領地。我們發現，無論老闆與上級主管是有鑑於領主個人才能、對自己的忠誠度，或諸如親戚等獨特社會關係才對領主產生信任（鄭伯壎，2001），也無論因此形成的信任有多強大，領主之所以為領主，終究是源自老闆或上級主管的拔擢。當他們不再被信任，便會遭遇冷凍的命運，而相關敏感的實例也出現在本書研究過程中。

老闆的確需要主管幫忙管理組織，所以他們提供主管必要庇護，並適當給予統治領地的權力，以此做為誘因換取領主效忠，但這並不表示他是毫無條件的釋放權力，這有違封建基本原則。老闆分封的主管至少要忠於他，最好能夠有著領地經營的績效。相對地，如同 Breed（1955）發現，員工會感謝老闆雇用與拔擢，掛念著升遷可能性，或者由於領地個人化終究是種因人治與父權而來的權力，不但沒有受到制度保障，更會因為老闆欲收回權力而有中止危機。本書便發現因為排班方式有違上級偏好，而被暫時冷凍的例子。

因此我們主張，無論主管是用何種方式排班，是以新聞導向或業務導向管理領地，他們終究不太可能違逆老闆意志，主管需要持續效忠，以持續獲得信任與授權，避免領地被收回。而在老闆收放之間，在領主揣摩上意之下，領地個人化交纏於複雜、動態的社會關係中。

三、領地的經營

在我們描述的封建體系內，領地個人化不只代表主管擁有一塊屬於自己的領地，理論上他也需要「經營」這塊領地，只是這裡的經營帶有程度不一無為而治的策略色彩，而非傳統管理學討論的那麼理性、那麼具有管理企圖。

就分封的初始動機來看，主管本來就有管理好領地的義務，不過，領地經營也有關於對屬下的義務、自我實踐的成就，以及主管個人的未來利益。或者更複雜地，受封為領主的主管不僅得替老闆經營好自己的

領地，向上關照老闆利益，另一方面，領主的身分理論上也讓他們需要為下屬負責，維護下屬工作權益，不然便可能面對反彈，影響自己領地的穩定度，以及更上層樓的機會。也因此，在台灣新聞產業中，主管成為維護新聞工作自主的關鍵之一，部分研究對象便表示好主管需要有擔當，當新聞工作者遭受外力干涉時，主管需要選擇為其擋下壓力。

　　這種身為領主的擔當，無論是為了維護新聞專業理想，或是單純保護下屬基本權益，整體意味著向下關照的重要性。當他們基於單純效忠或個人利益，過分關注與高層關係時，便可能無法替下屬抵擋壓力，反而成為幫兇。

（一）向上關照與向下關照

　　主管因受封而取得領地，所以需要向上關照，滿足老闆與上級的期待，這充分反映在媒體主管的揣摩上意之上。最基本地，研究資料便顯示，不必老闆事事指示，各階主管們便懂得在各場合要求記者做的新聞帶要好看，斤斤計較於百分之一的收視率；也知道要猜測老闆政治立場，了解老闆人脈，避免誤報老闆好友的負面新聞；猜測老闆喜愛哪位主播，然後不用交代便給他更多時段與節目。這些傳統被解釋成老闆對新聞專業負面控制的作為，從封建概念來看更像是封建王國中的效忠行為，是主管穩定與經營自己領地的最基本層面。然後行有餘力，再透過領導自己領地成員取得獨家新聞、贏取獎項、避免屬下新聞處理不當而招來官司，主管可以藉此回報上級，以工作能力持續贏得青睞，期待在各個領地競爭中，取得再上層樓的機會。

　　當然，每位主管揣摩上意的程度不盡相同，我們的確發現某些主管沒有權力慾望，並不汲汲於揣摩上意。基本上，只要不嚴重得罪上級與老闆、不出大錯，科層制度在這裡會發揮若干功用，給予簡單卻必要的保護，可以坐穩現在位置。不過本書也發現，有些具有企圖心的主管則會積極經營上級關係，只是常引人非議的是，他

們經常繞過能力表現這項管道，試圖藉由經營關係取得信任。因此積極揣摩上意、主動迎合或大做老闆的正面新聞；藉由舊有的師生關係創造出新的主管部屬關係；刻意與主管身邊紅人稱兄道弟，在關鍵時刻期待能夠代為舉薦。

不過，即便是這些被研究對象批評為「看上不看下」、只顧揣摩上意或經營關係的主管，終究有著下屬，以至於多少需要進入向下關照層次。而無論是基於需要屬下效忠的功利需求，或單純出於善意的父權好意，在這種封建場域內，最簡單的向下關照便落在平日對下屬行為的睜一隻眼與閉一隻眼之間。例如記者未依規定開手機，導致需要支援時找不到人；記者與主編上班遲到，甚至根本因為睡過頭而未上班；主編能力不足，經常下錯標題、剪錯帶子。針對這些行為，主管們通常不會依規定議處，也不會向上層報告，即便有些主管會給予指責與警告，或私下抱怨某位員工，但整體來說，他們還是避免與下屬直接發生衝突，至少維持領地的表面和諧。

不可諱言地，許多主管對於領地的經營僅到這層次。因為主管同樣有著下屬身分，而下屬對主管的依賴往往大於主管對於下屬的依賴（鄭伯壎，2001），特別在封建組織內，上級終究掌握了各種工作資源、升遷機會，以及雇用與開除這個殺手鐧，所以對於主管，尤其是那些有強烈升遷動機的主管來說，侍奉上級可能遠比經營下屬來得重要。倘若再加上新聞工作者自視為文人，以及部分主管形容自己鄉愿的原因，許多主管向上照顧好上級需求後，往往便是利用自己位置進行威權、簡單、直覺式的領導，只要屬下不出大亂子即可，而非如同管理理論描述，會講究細膩管理策略。

也因此我們發現，無論是那些平日便不太干涉屬下如何處理新聞的主管，或者是那些在工作上極為要求，被形容成嘮嘮叨叨，甚至被指嚴苛的主管，一旦從工作要求進入犯錯懲罰這個領地經營的基本層面，兩者之間似乎經常性地脫了勾，與人為善。主管們可能

會在工作過程上有所要求，用言語指責下屬，但有意思的是，他們卻很少針對指責的內容具體發展出管理作為。也就是說，如果不算主管在工作上的囉囉嗦嗦、頤指氣使，事實上，研究對象也說不出來除了兇，這些主管到底有什麼管理作為。因此經常發生的狀況是，只要他們不怕被主管嘮叨，臉皮厚一點，或根本把話當耳邊風，主編還是經常下錯標題、寫錯字，記者還是經常漏新聞、抄報紙，不到新聞現場，因為心情不好躲在家中睡覺不出門採訪。

　　然而相對回到下屬立場也發現，做人下屬的研究對象似乎也習慣這種狀態，他們會抱怨主管看上不看下、缺乏能力，抱怨主管囉囉嗦嗦，但大部分時間仍聽從了主管指揮，藉以交換偶爾犯點小錯以及形式自由的空間。這種簡單的領地經營，與傳統管理學教科書對領導策略的重視程度差異甚大，不過配合接下來即將討論的庇護與效忠關係，卻相當實際地架構出台灣媒體平日的穩定運作，形成一種彼此抱怨，平日卻也相安無事的表面和諧。在領地經營策略上，特別是在懲罰這個基本層面，則是展現一種平日無為而治的有意思狀態。雖然在不同領地，無為而治的原因不盡相同，部分是源自領主是好好先生；部分是因為領主不知如何去管；部分是因為鄉愿不想得罪人。

　　當然，也有主管用心經營自己的領地，或在某些特殊時刻，例如更高位置出缺，主管會特別用心經營領地以展現績效。

（二）無為而治與領主風範

　　整體來說，在工作要求與犯錯懲罰脫勾，平日策略上無為而治的氛圍下，借助個人風範的展現，以及對於下屬的保護，主管能夠較為深入經營領地。前者像是風行草偃，讓下屬自願接受領導，後者則多少帶有交換意味，但兩者都促進領地向心力，與主管的領導績效。不過需要稍加說明的是，多數主管平日不施予積極管理作為的狀態，並不表示他們沒有做主管的權力慾望與想像。相對地，有些人積極展現

想要做主管的企圖，只是我們將「想做主管」與「會不會做主管」區分開來，兩者並不相同。

回到風範問題。我們發現在無為而治狀態下，主管個人的正直操守、工作能力（Mayer, Davis & Schoorman, 1995），以及對工作的態度，將影響下屬對於主管的信任與信服程度，願意接受主管帶領。訪談資料便反覆發現，主管個人工作能力是帶不帶得動員工的重要關鍵。我們最常、也最直接聽到的，便是研究對象抱怨主管沒跑過自己的路線，根本無法提供新聞建議，甚至亂指揮調度，然後在幾次疲於奔命之後，根本不信服與聽從主管的新聞判斷。

另外，對於新聞工作來說，正直操守這項被歸類成德行領導的主要成分（鄭伯壎，1995a），在原先便具有的道德意涵之外，更延伸入專業層面的意義。主管憑藉著個人的操守修養、對專業的執著取得下屬的認同，因此缺乏這些德性的主管通常也得不到尊敬與認同。例如我們便發現，當地方特派員只是為了個人升遷，甚至個人副業經營，而汲汲於地方官員與企業家應酬，要求記者陪同吃飯時，他的操守便會遭受部分研究對象看不起，然後無心聽從他的調度。

除能力與正直外，主管對於工作的態度也是讓員工信服與認同的因素。例如在颱風天或選舉新聞的特殊壓力下，主管是否以身作則跟隨屬下一同加班，甚至更早到新聞現場，將是重要指標。我們便實際發現，一位電視台中階主管儘管已經十分資深，但她仍親自參與節目操作，而非如同許多研究對象形容自己主管只會「出一張嘴」，如此讓她得到下屬更多的信服與認同，也叫得動下屬做事。

在大部分主管平日幾乎不動用實質懲罰、接近無為而治的領地經營氛圍中，主管個人風範這種不像管理作為的作為，如同風行草偃般，有著向下關照的力量，讓下屬自願接受領導，自願付出，自我要求。不過相對於此，主管對於屬下的保護，則具有較多的交換色彩，雖然這種保護可能出於真誠，也可能是基於策略考量，但它們的確更積極地換取了下屬的效忠，回過頭幫助主管經營領地。

（三）保護下屬與保護領地

　　我們發現，在同樣沒有硬性規定下，主管有著保護領地內員工的需要，雖然不是每位主管都會這麼做。具有主管身分的研究對象便多少有著為自己屬下出頭的經驗，他們與其他主管溝通，甚至爭執，只是因為對方屬下踩到自己屬下的線，或那位主管在合作過程中責罵了自己屬下。「他不要動到我的人，我的人輪不到他管，要罵我自己罵」這樣的話語，描述了主管對自己下屬與領地的維護。又或者曾發生一個案例，一位研究對象的屬下，因為工作態度終於惹火高層主管，高層主管要求立刻開除這名員工。不過考量該員工為已有年紀之資深員工，即便我們研究對象了解該員工的確有工作態度問題，她終究還是硬著頭皮，代為向憤怒的高層主管求情，以取消其主管職務的方式取代開除，保住這位小主管工作機會。類似保護員工的情形，配合她所強調公平與溝通的管理方式，這位主管經營出該領地員工向心力，相對於其他部門，很少發生離職的情形。

　　這種保護與進一步的擔當，無論出於善意父權，或者策略性運用，幾乎是所有研究對象期待的好主管特質。在發生多次廣告客戶威脅不得播出某些負面新聞之後，一位受訪電視新聞工作者便明白表達對主管的失望，她氣憤表示這些新聞不是不能撤，也了解這些新聞會影響公司利益，但其主管與業務部門協商時只會退讓，一味要求記者與主編配合，不為他們出頭，讓她覺得新聞部的人像是個台語的「俗仔」，根本不受尊重。

　　基本上，我們從訪談過程與事後觀察可以確認，這位研究對象對於主管缺乏擔當的批評，重點並不在於指出主管缺乏新聞專業堅持，也不是想說明自己多麼堅持新聞專業，因為這位研究對象本身亦是依照新聞要好看、收視率原則處理新聞。對她來說，儘管體諒主管需要經營領地，但卻也認為他們的主管在爭取自己業績的同時，只知妥協，並沒有努力維護屬下。也因此她抱怨，並且表示自己要換個角度看待工作，不想再如過去那麼效忠主管，那麼為組織賣命。

　　總結來說，台灣老闆聰明地挪用了科層組織的部分特性，一方面迴避掉標準科層組織可能為自己設下的制度性限制；另一方面則透過向下分封，層層構築起一個他能掌控、可收可放，但又不至於被稱做集權的封建體系。然後在封建體系內，受封主管理論上有著個人化自己領地的空間，可以用自己方式經營領地。只是進入各個領地之後，除了口頭指責與威脅，或者冷凍特定個案，他們通常不會發展太多具體的管理作為。因此下屬只要忍受部分主管的嘮嘮叨叨，通常便不需要過分擔心會因為違反主管設下的管理作為而丟飯碗。

　　這種平日沒有積極施予太多管理作為的現狀，讓大部分領地內部平日保持若即若離的互動關係。不過，這並不表示台灣媒體沒有權力控制問題，或者鬆散到缺乏互動秩序，畢竟封建體系終究是建立在老闆意志之上，或者組織運作終究也還是需要秩序。而回應封建特性，主管個人風範與對下屬的保護，會在庇護與效忠這組概念下進一步發酵，讓若即若離的領地展現異於科層組織與集權體系的運作秩序。

第四章　封建采邑內的庇護與效忠

組織運作與互動總是需要建立某些秩序，消極地，避免進入失控狀態；積極地，則在於完成組織目標。對封建組織來說，這同樣是無法迴避的問題，甚至由於整個封建組織由不同領地組成，所以要如何在適度分權、保持領地自主性的狀態下，同步整合不同領地，維持整體運作秩序，更是重要問題。

一般而言，權力是回應組織如何維繫秩序的習慣性答案，甚至不做他想，順著這種脈絡觀察，集權統治老闆便是秩序的來源。相對地，科層組織本身則是一個龐大控制機制，只是權力被分散到各個組織位階與制度規定之中，藉此建立必要秩序，完成生產工作（Dunsire, 1978；Hassard, 1993）。

當然，權力的確具有維持組織秩序的功能，我們也實際發現，就封建性格濃厚的台灣媒體而言，權力同樣重要，甚至相較於過去，近年來台灣媒體因為經濟不景氣，展現出更為父權式的管理特徵。但無論如何，庇護與效忠卻扮演著另一種關鍵角色，它廣義解釋了封建場域內的實際互動，在主管與部屬間建構了某種社會關係，然後用較為柔軟平淡的方式輕拉著各個組織成員，以至於經常缺乏實質管理作為的封建組織，平日也可以穩定運作，不會過度鬆散。

或者說在平日，庇護與效忠這組社會關係巧妙分擔了權力控制的責任與風險，用權力以外的方式維持組織秩序。同時，它更意味超越經濟與權力兩個傳統角度，帶引出從社會關係層次觀察個人與組織互動的必要性。而我們也主張，換到這個角度，將可能看到更多的互動細節。

壹、社會關係的控制功能

　　一般來說，在資本主義的設計安排下，個人與組織間經常被視為一種經濟交換關係，員工為了取得薪水，販賣自己的勞力與技術給雇主，然後契約式地定義了雙方行為，雙方各取所需（Koza & Thoenig, 2003）。而科層組織似乎讓這些契約關係更發揮得淋漓盡致，透過制度約束老闆、主管與員工的行為。

　　不過就實務層面來看，基於協調生產分工的必要，以及組織終究是由一群人集結而成，有著人類社會本來就有的偷懶自私行為，因此管理工作的最基本意義便落於有效管理這些行為，找到最有效率的生產分工方式（Taylor, 1996）。再加上除了偷懶與自私，每位員工終究還有著不同動機、需求與行為，會與組織目標利益相衝突，而員工間又有會相互競合，造成組織內部的權力遊戲（Morgan, 1986），種種都促使老闆更加需要控制或宰制員工，從經濟交換發展出必要的權力關係。透過權力，老闆得以控制員工，組織也得以維持穩定運作。

　　基本上，台灣媒體並未逃脫基本的經濟交換關係，也無可避免地存在著權力關係。不過我們卻也有意思地發現，這兩種關係並不足以完美解釋台灣媒體組織運作的秩序特性。一方面它們難以說明為何許多研究對象配合組織的程度，遠超過經濟交換關係設定的標準。例如新聞工作者為何會主動加班、不計較休假以致大量積假，甚至在所屬媒體犯下重大新聞錯誤，承受大量社會壓力時，展現集體向心力，願意努力承擔後果，設法爭回流失的報份或收視率。另一方面，這兩種關係也難以妥善解釋為何在缺乏管理作為的日常狀態下，大部分新聞工作者仍然可以各就各位、穩定運作，甚至運作得不錯。

　　這些無法妥善解釋的狀況凸顯出，研究者可能有著轉換觀察主軸的必要。而我們順著封建特性進行觀察的同時，也發現台灣媒體組織內部在經濟與權力控制關係之外，還存在著建立於庇護與效忠之上的社會關係，這種社會關係維繫了組織運作的秩序。

一、Burawoy 的觀點

　　Burawoy（1979, 1985）這位重要社會學者的研究，便呼應主軸轉換的必要。雖然他不是以封建組織為觀察重點，但卻像是在提醒大家，經濟、權力以外的討論是重要，且有意義的。透過工廠實地觀察，Burawoy 主張有關勞動過程的分析，除了討論從原料到成品間的經濟意義，或論述剝削這種權力控制關係，更需要關注「生產時的關係」（relations in production）的討論。「生產時的關係」是指生產過程中，勞工與勞工間、勞工與主管間的關係，屬於社會關係層次的討論。他分析引擎製造工人的勞動過程發現，資本家會透過計件制等生產設計，將整個生產過程導引成一種趕工遊戲。不過更重要的是，在工廠內部，透過勞工之間的彼此掩飾、競爭、支援，以及主管監督、放水與善意幫助，整體構成一種複雜的「生產時的關係」。然後在這種關係幫忙下，於勞工間形成集體參與、相繼投入趕工遊戲的共識，產生自願性順服。

　　換言之，勞工並非純粹基於經濟理由，例如害怕失業而接受資本家與管理者擺布，也不是因為資本家威嚇就不敢反抗。老闆得以控制員工、組織能夠順暢運作，同時涉及強迫（coercion）與同意（consent）兩股力量。他們除了利用強迫方式控制勞工，剝削其剩餘價值，更會利用「生產時的關係」做為製造同意的機制，讓勞工甘願接受資本家設下的制度與管理，掩飾得來不易的剩餘價值，而這也才是勞工努力工作的原因。

　　Burawoy 的觀察對本書來說有著重大意義，他跨出 Braverman（1974）經濟決定論傾向的做法，揭露超越經濟與權力控制關係進行組織研究的可能性。而我們在研究過程中也有類似心得發現，配合封建概念的討論，便也看到庇護與效忠這組社會關係的重要性，它穩定了台灣媒體組織運作的秩序。

　　這裡，回到組織互動與運作秩序問題。我們發現，於當代新聞產製模式安排下，做為自由人的新聞工作者，理論上是透過販賣自

己勞力的方式，與組織維持了經濟連帶，然後接受組織相關安排。本書研究對象便明瞭這種經濟交換關係，知道要用勞力換取薪水，同時契約式地接受組織安排。只不過組織終究是由人組成，而且即便是專業，新聞工作者也有個人動機與目標，也會自私偷懶，因此他們可能會與組織目標相衝突，更麻煩的是違背老闆意志，在這種狀況下，組織內部開始出現權力關係，老闆會想要控制員工，員工則會想要增取自己的利益。

只是除了從經濟關係到權力控制這條思考路徑，經濟關係的結合也促成組織內部的社會關係，而在具有封建性格的台灣媒體，庇護與效忠便扮演著如此角色。基本上我們發現，新聞工作者之所以願意接受組織管理，就像是封建時期的農民，期待領主提供必要庇護。不過在當代雇傭關係中，除了上節基於特殊情境對於下屬的保護之外，整體來說，老闆與主管提供的是經濟上的庇護，例如薪水與升遷機會，而不是庇護人身安全。相對地，新聞工作者得程度不一地向老闆與直屬領主效忠，藉以順利取得必要，甚至是更多的庇護。

基本上，這種庇護與效忠類似一種發生在台灣媒體組織內部的生產時的關係，裡面涉及新聞工作者與主管的互動方式，使得新聞工作者自願順服於老闆、自願接受組織安排、配合組織從事新聞生產，忘記剩餘價值問題。不過對本書而言，更重要的是它們回應了組織秩序問題，老闆、主管與員工間不只有著經濟與權力連結，庇護與效忠更形成一種社會關係，讓新聞工作者與媒體組織結合得更緊密，具有穩定組織運作與互動的功能。也因此，傳統關切的新聞工作自主不再只是老闆的非法權力控制問題，可能轉換成一種自願配合的效忠問題。

二、人際信任、秩序與社會關係

進一步來看，庇護與效忠這組社會關係之所以能夠發揮穩定組織互動的功能，主要是來自於領主與屬下之間藉此建立了相互人際

信任，領主不需緊迫盯人，屬下便會依默契做事，當然領主也需要盡到庇護的責任。

（一）科層組織的信任問題

事實上，信任是社會學討論的主題，例如 Giddens（1984）便在論述當代西方社會如何透過機構化方式建立信任，減少人際互動過程中的風險與不確定性。或者，部分組織理論學者（Grey & Garsten, 2001；Kipnis, 1996；Mishra, 1996）討論組織秩序如何形成時，也將人際信任視為一種重要機制，老闆與員工藉由人際信任建立起穩定、可預測的互動秩序，為雙方行為進行定向，需要符合預期與義務。不過整體來說，或許因為 Weber（1946）的科層組織理論太過深刻，經常讓人忽略正式組織內部也存在著非正式團體，正式職權關係之外則存在著社會關係，會影響成員互動（Blau & Scott, 1962），然後導致組織內部的人際信任問題較少被學者討論，像是個不存在的議題（Grey & Garsten, 2001）。

在此回到秩序的角度進行觀察。基本上，組織需要保持成員行為的可預測性，減少複雜與不確定程度，藉此將組織維繫在秩序狀態，不致分崩離析。而科層組織解決這個問題的方式是透過對理性與制度化控制的強調（Bolman & Deal, 1991；Downs, 1967；Thompson, 1980），假定個人會跟隨組織規則行事，以此營造出一個可以預測個人行為的環境。當每位組織成員都依正式規則做事，主管與員工間便能夠預測彼此行為，因此人際信任問題並不重要。或者更精準的說法是，科層組織還是存在著信任問題，只是它利用的是制度信任（Luhmann, 1979），而非一般認知的人際信任。這種制度信任駐紮在各種標準化制度與規則之中，組織事先設定好它們，從外在對行為產生規約力量，也對不遵守者產生恐嚇效果，以至於不需要再額外費心處理人際信任問題。

　　然而，這種用正式規則取代或化解信任問題的方式，往往會因為科層組織的不完美而出現失誤。例如對於所謂的後科層組織來說（Clegg, 1990；Heckscher, 1994），當組織面對的是複雜、不確定的決策情境，需要給予專業工作者大量彈性；當組織不再具有完整定義的垂直層級、升遷管道與控制系統，但同樣得維持組織運作秩序之際，傳統科層組織採用的控制方式便顯得僵化、不再適用，人際信任也接手扮演起重要角色。老闆、主管與員工間需要透過人際信任相互預測對方行為，維持起組織互動秩序。

（二）信任與新聞工作

　　而人際信任被大致區分成計算、經驗知識與認同基礎三種類型（Lewicki & Bunker, 1996）。計算基礎的人際信任發生在大部分關係發展的初期，雙方是透過計算信任對方之後的好壞處，然後決定是否產生信任行為。經驗知識基礎的人際信任則是隨著時間累積，雙方基於對彼此的理解、過去經驗，決定是否要保持信任。最後，當雙方更加理解彼此，開始認同對方的需求、選擇與偏好，於是形成認同基礎的人際信任。也就是說，隨著時間，雙方可以不需要事事計算，便相信對方會按照既定方向做事。

　　從這裡再次回到本書論述脈絡，不可否認地，對於台灣新聞媒體來說，人際信任是維持組織運作的關鍵因素，雖然它經常只是輕拉著組織成員，用若即若離，但迄今依舊有效的方式，維持組織運作所需的秩序。如同前述，新聞工作因應情境變化的特質，讓其工作內容與過程難以被標準化，因此即便新聞媒體可以模仿科層組織形式，安排垂直管理階層，但本質上卻難以達到制度化控制的理想。因應這種後科層組織特性，主管必須適度信任下屬才不至於事必躬親，卻又事倍功半。或者說，當制度信任不可行，為了減少彼此行為的不確定性，人際信任便相對重要起來。

　　我們實際發現，可靠、有工作能力的工作團隊，讓媒體主管相對輕鬆不少。在透過過去互動累積的經驗基礎之上，主管信任這些下屬，也同時給予較大的空間，不太擔心無法預測其行為，因此信任與放任經常同時存在。當然，並非所有人都值得信任，具有主管位階的研究對象便會抱怨某位或某幾位下屬能力不佳、缺乏工作態度，以致經常錯下令人啼笑皆非的標題，或是直接剪去新聞帶尾端，以符合縮短新聞播出帶秒數的要求。主管抱怨這些下屬不值得信任，在他們當班時，自己會被「操到死」、「所有事情都要自己看過才放心」。不過麻煩的是，在台灣媒體內部，這種不值得信任的問題像是形成一種困境，因為制度控制窒礙難行，直接指揮又可能引發干預新聞自主的疑慮，主管如同處於進退維谷之間，除了期待得到可靠、有能力的下屬外，似乎沒有別的方式可以解決問題。

　　新聞工作特性凸顯出人際信任的重要，而台灣媒體的封建特性更進一步將它放置在庇護與效忠這組社會關係中。不過在進入庇護與效忠的討論之前，這裡要先說明的是，我們並沒有將台灣媒體等同於想像中的傳統家族企業，認為老闆、主管與屬下之間有著完全信任。畢竟，經濟關係還是讓新聞工作者與媒體組織間帶有功利色彩，信任不可避免地有著計算成分，更有可能被打破。或者對於不少年輕記者而言，也正是因為以自我為中心，以至於在主管抱怨他們缺乏合作精神、偷懶、動不動就離職的狀況下，他們與組織間保持更為工具性的關係，缺乏基本信任，造成封建組織崩解的危機。

三、從工作關係延伸到日常生活的關係

　　整體來說，出於華人社會特色，特別是過去黃金年代的媒體，主要是透過庇護與效忠這組社會關係，在老闆、主管與新聞工作者之間，發展出相較於科層組織更為穩定、進入知識或認同基礎的人際信任模式。

不過，對組織運作來說更為重要的是，庇護與效忠不只是增加老闆與下屬間的信任，更會因為信任與權力一樣具有協調組織成員互動的功能（Bachmann, 2003），以致庇護與效忠，以及權力兩者巧妙搭配出台灣媒體組織運作的必要機制。老闆除了在必要時動用父權，維護組織不致過度脫離個人意志外，在平日便是透過庇護與效忠控制組織運作。

因此我們實際觀察發現，一旦主管掌握下屬工作習慣與能力，而部屬又信服於主管個人風範與對屬下的保護，庇護與效忠所形成的社會關係，便能讓雙方行為開始具有預測性，可以預測對方要做什麼，也了解自己應該做什麼，不該做什麼，如此維繫起組織互動秩序。多位研究對象便描述，在長期合作取得主管信任之後，主管後來根本就不管他。相對地，一位主管也透過長期合作，開始信任一位特定編輯的能力，在這位編輯當班時，她可以較為輕鬆工作，不需要事必躬親，可是一旦該編輯請假，她便需要費心緊盯每則新聞的標題製作、鏡面呈現，以免出錯。

然而庇護與效忠不只是作用於工作層面的信任，或工具性機制而已，其社會關係本質也可能會在兩造間形成情感依靠。例如上述主管便在此過程中，對此位編輯有著特別照顧與較多的私下互動。另外或許更有意思的是，庇護與效忠也會順著社會關係本質延伸到生活層次，形成情感式的人際信任，然後回過頭幫襯工作關係與工作信任。或者說，這類似鄭伯壎（1995a）分析華人企業領導方式所指出的仁慈領導，主管會特別照顧下屬，在困難時伸出援手幫忙。我們便也發現，在某種善意父權基礎之上，有些老闆或主管會在工作之外，主動關心下屬的感情生活，想要幫忙做媒，親自出面或私下請託第三者幫忙解決困擾下屬已久的感情問題；體諒特定下屬因房貸或其他經濟壓力導致的過度兼差行為，甚至主動幫忙介紹兼差機會。

反過來，下屬也會回應主管善意，或主動表達工作之外的更多效忠。例如我們便實際發現，受主管幫助的研究對象會表達感恩，

會在訪談中多次感念知遇之恩。有人則是因為信服主管，效忠他們，而會自願幫主管做些私事，例如教導主管如何寫論文，應付在職班的期末報告；幫主管的小孩留下演唱會的海報或公關票。這裡姑且不論善意父權是否意味過多干涉，引起「雞婆」的回應，而下屬是否又會被其他人稱做「狗腿」、「拍馬屁」，但這些互動行為意味著老闆、主管與下屬從原先工作互動，進入私人領域的關心與照顧，發展出更為親近的人際關係。

就差序格局概念來看（費孝通，1948），華人社會像是水波漣漪般，從中心的自我出發，向外標示出關係的遠近親疏，不同遠近親疏有著不同互動原則。因此，隨著從工作到生活的過程，主管與下屬逐步進入差序格局的內圈，進展成熟人、有些個案甚至接近家人的關係。然後這種關係模式會回過頭回饋於工作之中，當彼此再從生活回到工作時，強化了彼此信任程度。不過這種轉變除了強化了人際信任程度，也關聯到人際信任本質的改變。

楊國樞（1993）將華人人際關係分成三類，生人、熟人與家人。家人關係講的是責任，並不期待對方做出對等回報。熟人關係講的是人情，以雙方過去儲存的人情做為基礎，用自己覺得合適的方式互動，但人情的賒欠終有限度，通常也會期待對方有所回報，不可能無限度的付出，但也不會事事計較公平。生人之間則是依照當場利害情形行事，會計算與計較彼此得失再決定行為方式。

而黃光國（1991）則將人際關係分成三類，情感性關係、混合性關係、工具性關係。情感性的人際互動，例如家人，是依循需求法則，在各自有需要的時候從對方取得資源，反之則在對方有需求時做出付出，彼此較不存在計算與要求回報的心態。工具性關係則是依照公平法則，雙方會計算彼此得失，注意交換時的對等與公平性，不願吃虧。而典型混合性關係是熟人關係，依循的是人情法則，會有欠人情，拉關係等行為出現。

　　這些理論意味著，當庇護與效忠在生活層面，發展出熟人，甚至類似家人關係，也將連帶改變老闆、主管與員工間的互動法則，彼此不再是單純的工具性關係，而至少成為混合性關係，依照人情法則進行人際互動，然後混合性關係將會溢回工作層面，改變工作時的信任本質。組織成員平日將不再去斤斤計較於當下付出與回收的比例，而會留下更多空間，允許互動過程中儲存或積欠對方人情，然後在需要時刻跳出來挺對方，或被對方挺。也因為人情法則的緣故，除了下屬的工作能力與表現之外，下屬也會因為與主管的關係程度、付出的忠誠，而被信任。

　　然而這裡需要說明的是，雖然不可否認，前述諸種原因讓媒體組織依賴人際信任，而庇護與效忠又經常帶引出混合性關係的人情法則，但這並不表示組織成員被緊緊拉在一起，整體呈現出團結緊密或壓迫沉重的氛圍。我們主張，相較於工具關係，混合性與情感性關係是一種人際互動本質的差異，而非只是指涉互動量的差異。所以我們經常發現，即便部分研究對象已成為其主管的熟人、自己人，利用人情法則互動，但雙方還是保持著某種若有似無的關係，不至於每天緊緊黏在一起，或如想像中需要與長官應酬。他們可能在主管需要、甚至落難時站出來，犧牲自己時間幫忙趕出新聞帶，甚至暫時放棄某些工作原則，幫他在消息來源與高層面前做面子，願意出席某場記者會、飯局，或寫置入性行銷的新聞。

　　不過無論如何，並非所有組織成員都喜歡被侵入生活層次，也不保證在生活層次的互動一定會進入熟人關係，或者即便進入熟人關係，熟識程度也不盡相同。加上華人性格、文人個性與鄉愿心態的共同作用、相互抵消，我們發現在台灣媒體無法制度化每項操作細節，而經常性進行父權控制又恐違反社會期待，引發下屬反抗的狀態下，庇護與效忠這種社會關係最終形成一種淡淡，卻關鍵的組織互動整體基調，將組織成員輕輕拉在一起，展現出平日若即若離，但需要時可

以找到動員對象的組織樣貌。而這也解釋了台灣媒體經常無為而治，卻也可以穩定運作的現狀。所以，即便我們常見某些研究對象總是不按規定進行每日新聞回報，主管也明知他們有時是故意不接手機；或者兩位像是沒有固定上班時間的資深研究對象，經常撐到最後一刻才把新聞特稿或專題製作出來，主管也不會擔心新聞會開天窗，也放心於他們所寫的特稿或製作的新聞專題內容，不必擔憂內容會得罪老闆。

　　總結來看，在我們描述的封建場域內，庇護與效忠，像是從經濟基礎所延伸出的社會關係，然後有些弔詭地，一方面如同 Reed（2001）所指，由於信任具有類似權力的功能，足以產生穩定的互動秩序，因此即便庇護與效忠並非權力機制，而是社會關係，但卻也帶有控制意涵，能夠藉由人際信任維繫起組織秩序。當然，信任不只存在於垂直關係，也存在於員工與員工間。相對地，另一方面，這組社會關係也同時提醒我們觀察組織互動的新角度，在真實世界，個人與組織間終究不只具有經濟連帶，個人亦不只是因為被權力控制才聽命於組織，庇護與效忠便標示出一種重要的社會關係，穩定且巧妙地維繫住雙方平日的互動。

　　也因此，庇護與效忠將本書觀察主軸從經濟連帶進一步導入生活連帶，從權力關係轉變到社會關係的觀察分析。而接下來，我們便將更為深入庇護與效忠這組社會關係，論述情感式與策略式兩種成分，以及在組織內部與專業效忠的互動關係。

貳、領地的庇護與效忠

　　庇護與效忠建立起台灣媒體運作必要的信任，在第三章討論過領地經營與庇護之後，這裡將繼續討論效忠問題。整體來說，我們在研究過程中發現，對於擁有經濟權力的老闆而言，效忠遠比庇護

受到關注，而且因為權力終究向老闆這邊傾斜，所以下屬分配到多少庇護與資源，通常取決於他們付出多少效忠。然後在封建組織內部，這種不對稱本質終究導致效忠被轉換成一種控制機制，指向組織運作秩序的形成與維護。

不過效忠並非是不求回報的行為，即便權力失衡、不對等，庇護與效忠像其他社會關係一樣，同樣帶有互惠成分，透過互惠建立起信任（Gouldner, 1960；Reed, 2001）。畢竟，領主與屬下間之所以產生關係，主要還是建立在後者的經濟需求，或功利動機之上，而非如同家族成員一般，是由血緣促成的情感性關係。所以，無論雙方關係發展到多麼緊密，例如發展出家臣，甚至家人關係，我們觀察到的屬下對領主的效忠，混合了工具與情感成分，只是每人混合的比例不盡相同，或比例可能隨時調整。

也因此，在我們描述的封建組織中，效忠是種對於組織、老闆或主管的付出與服從，它可以出於情感成分連帶，但經濟交換本質也讓效忠可以成為策略性行為，為了換取更多庇護，有著濃厚工具性、利己成分。而隨著社會與媒體產業情境的轉換，這些年效忠的本質也出現變化，愈加帶有工具與策略性成份。

一、效忠的情感成分

（一）情感驅動的效忠行為

華人企業對「班底」或「自己人」的運用（鄭伯壎，1995b；陳介玄，2001），便是組織效忠的具體例證。自己人與班底除了在老闆周圍，亦分散在組織內部各領主身邊，然後在強調內團體、關係的文化脈絡下（何友暉、陳淑娟、趙志裕，1991；黃光國，1991；鄭伯壎、劉怡君，1995），他們以效忠換取經濟庇護、升遷機會，甚至特權。我們透過實際觀察不難發現，研究對象經常生動描述老闆與主管身邊總會有紅人、

班底、自己人，甚或小人。無論哪種稱呼，這些人的特徵在於與他們的領主同聲共氣，以領主的標準為標準，然後享有特權。當然，也因此有人會積極與總編輯，或總編輯的班底打關係，想要藉此進入核心圈。

不過，自己人與班底只是較為明顯的例子，研究過程更是整體發現，對組織的效忠可能發生於所有人身上。如同前述，透過互動交往與人際信任發展，便可能使得原本工具性的雇傭關係或上司下屬關係，開始出現更為親密互動，有著更多情感性關係（楊宜音，2001），也因此促成研究對象做出情感成分的效忠行為，他們不見得察覺自己對於組織與領主的依賴，但卻會超越工具性關係需要做的事。或者情感成分的效忠也反映在員工犧牲自我利益，配合組織與領主的過程中，而我們也不難發現相關例子。這些研究對象因為信服於自己的主管，而願意在自己一貫堅持的新聞專業原則上暫時做出妥協，對某位與主管友好的新聞人物手下留情；願意去寫帶有人情公關性質的新聞，以回應主管不經意洩露出的難色、委婉請託，主動避免主管為難；在主管升遷關鍵時刻特別賣力工作，藉此幫助他在高層面前有更好的表現。整體來說，這些研究對象期待自己的報社、電視台新聞可以領先別台，或者像他們說的，不要讓自己的主管丟臉，讓他在更高層長官面前難做人。

在效忠驅動下，特別是情感成分效忠，老闆與主管不太需要運用權力，員工便願意從內心犧牲自己利益配合組織利益，因此制度規範成為一種最低的參考標準或道德準則，而台灣媒體也藉此填補起缺乏制度規範的空隙，老闆與主管不需擔心下屬過分逾矩，甚至可以相信他們在關鍵時刻會有特別付出。相對地，下屬則交換來信任與形式自由，因為會自我要求，所以平日只要不太離譜，他們通常被允許靠默契便宜行事。因此，不需要直接控制，組織同樣有著秩序。當然，對於組織的效忠程度並非每個人都一樣，這牽涉到策略性效忠問題，或者封建崩解的可能性。

（二）效忠與規訓

　　進一步來看，也因為效忠有助於組織管理與控制，所以我們發現，台灣媒體試圖建立員工對組織忠誠，然後或有意或無意地利用它們，合法化組織在工作過程中的優先位置。效忠默默成為一種精巧的控制機制，配合組織其他管理措施，更精緻地規訓新聞工作者，省去許多麻煩與衝突。例如聯合報系社刊或與創辦人有關書籍（王惕吾，1991；王麗美，1994），描述與其他成員一起篳路藍縷的奮鬥過程，強調「一家人」、「團體作戰」，加上早期較高的薪資福利水準、不輕易裁員等配套措施，便像是透過父權善意與庇護，建立組織忠誠的策略，讓員工發展出自己人的認同感，減少衝突機會。我們在訪談過程中便發現，部分資深員工對自己的組織有著高度忠誠，會基於組織利益責難特定記者未配合報社活動報導相關新聞，認為報社辦的各項展覽，記者應該捧場多報導。

　　除了老闆會使用忠誠做為規訓機制外，主管也可能利用這種方式規訓領地的員工。不過我們必須強調，使用忠誠做為規訓機制的行為，可能是夾雜著善意父權的結果，不應該總是被解釋成刻意的計算。我們發現，華人意味濃厚的父權概念或家長式領導（鄭伯壎、周麗方與樊景立，2000）並未在台灣媒體內部消失，而且很多時候，它默默主導了許多管理行為。舉例來說，主管在倒扁紅潮時，身先士卒與下屬一起在新聞現場工作，而非躲在冷氣房中下指令；在下屬都想休假的日子自願上班，而非要求某位員工上班，這些令下屬滿意的作為便可以從善意父權角度解釋。如果再對比他們平日言談與行為，例如，在晚上花自己時間幫新進記者上課、要求下屬在聽完演講後寫心得報告、主動介入下屬感情生活，想要幫他重上生活軌道等。我們似乎可以感受到，這些行為一方面意味著主管不放心下屬能力，但夾在不想責怪，也不想放下不管之間，只好親力親為，設法幫他們成長，另一方面則像是出於慈父照顧子女的善意，願意多花更多時間，或犧牲自己，盡力成全下屬。

　　然後，雖然下屬還是會有抱怨，或透露主管擔心太多、管太多，但這些善意父權，搭配上長時間相處下來，下屬對於父權苦心的了解與尊重，主管整體換取了下屬的效忠，也規訓了他們。在這種狀態下，主管是否故意以忠誠做為規訓策略，似乎便不再重要，雙方像是進入一種你情我願的境界。在你情我願之中，下屬自願在工作中考量組織目標與利益，減少老闆粗暴使用權力的機會，也掩飾了生產過程中的剝削與權力運作痕跡。這種自我管理將組織保持在穩定狀態，建立起某種依組織目標完成工作的默契。

　　最後，效忠的副作用也影響到新聞工作自主這個重要問題。我們發現，很多時候，新聞工作自主遭受威脅不見得是組織逼迫，或主管濫用權力所導致，而是這種效忠的規訓結果。效忠讓下屬主動配合組織或主管，放棄自己能動性，或者說，效忠的意念壓過了對新聞專業的堅持，以至於他們不在意新聞工作自主，並將自己放在第二位。甚至因為效忠建立的是一種長期關係，具有延續性，因此即便研究對象已不在原來老闆麾下工作，他們仍會特別關照過去老闆請託的公關新聞，或者在處理過去老闆負面新聞時也會特別小心。

二、效忠的策略性成分

（一）策略運用效忠

　　當部分研究對象，特別是資深工作者，讓效忠進入骨子裡，自願配合組織與領主的同時，我們也發現，對其他人來說，效忠卻包含較多的策略性成分，例如想要藉此更上層樓。或者換種說法，因為工作所建立的關係終究涉及經濟交換本質，而非如同家人血緣般親密，所以工作上的效忠很難是無止境地付出，多少包含工具性成分，然後有人更進一步地策略性使用，達成各自目的。

　　對於領主與下屬來說，庇護與效忠同時具有情感與工具性成分，只是混合比例不盡相同。有些老闆與領主便會參雜著善意父權，策略性地使用庇護概念，他們有意識地關心下屬工作與感情生活；有事沒事地偶爾送小禮物、請大家吃小點心、多給幾天假、帶著下屬一起轉換工作，甚至在下屬轉換工作後，請新老闆代為照顧。基本上，敏感的研究對象會看出背後的策略成分，指稱他們心機重，但在沒有必要撕破臉的狀況下，這些施惠動作的確也在真真假假中，建立起下屬對他的效忠關係。不過，除了老闆與主管可以策略性使用忠誠，達成規訓功能，效忠也可以做為下屬的策略工具。雖然因為權力不對等，讓他們在使用時得特別小心，不要露出太多破綻，或太過粗糙。

　　事實上，歐洲中世紀的封建關係就包含工具性成分，Bloch（1962／談谷錚譯，1995）分析史料後指稱，當時許多原本自由的人是因為想要獲得身體安全的庇護，才會主動效忠某位領主，成為他的佃農，而騎士更換效忠對象也並非異例。或者，更為違背一般人認知的是，當時也會出現一位騎士效忠兩個以上的主人的情形，藉此為自己取得更多利益。而這種侍奉二主的情形，便像是用更為清楚的方式透露出效忠的策略性成分。反映在台灣媒體，我們的確發現有些研究對象真誠懷念過去主管，對於新任主管不適應，言談間充滿懷疑與不信任，但相對地，也有員工在老闆與主管更迭時，迅速地策略性轉換效忠對象。呼應研究對象描述，這部分員工翻臉如翻書一樣，看到之前效忠對象逐漸在競逐總編輯等高位過程中失勢，也快速見風轉舵，開始與他疏遠，與別人親近、拉關係。

　　或者我們也發現，研究對象會將某些效忠行為規劃在表面層次，讓某些效忠進入情感成分，而且是種有意識、有技巧的行為，能在訪談時交代談論它們。舉例來說，不只一位研究對象表示自己對於某些主管感到不舒服，認為他們根本沒有新聞調度能力，尸位素餐，或女性研究對象也指出特定主管喜歡毛手毛腳。但有意思的

是，相對於其他選擇表面互動、能不理會就不理的下屬來說，這些研究對象在與自己不喜歡的主管合作時，除了表現出尊重長官權責這種基本態度外，還是相當聽命其新聞調度，也還是在工作中談笑風生，甚至奉承與迎合主管。然後在自嘲自己很會「演」，或在幾位同事互損對方「很假」、「假親切」的過程中，他們展現一種工作上的策略性忠誠，不至於跟自己過不去。

（二）情感成分與策略成分的混合作用

基本上，這種世態炎涼或趨炎附勢的辦公室政治可能發生在每個職業場域，批判也並非這裡的目的，只是我們想要指出，如同中世紀歐洲的效忠行為，效忠可以是工具性的。對這些研究對象而言，或者更好的說法是，對大部分有所求、想要升遷的研究對象，聽命與迎合領主的行為通常不單是由鄉愿個性所導致，其間更包含了濃厚的輸誠意味。對應日常生活經驗，我們主張，如同大多數人很難不忮不求，做為雇員的新聞工作者往往也會因為有所求，部分年輕記者想要上主播台、中階主管想要在實力相當的同儕之中更上層樓，於是會選擇利用效忠做為策略工具，適時在主管面前表演出忠誠的樣子，然後整體經營出本書後半將會討論的表演氛圍。

不過需要說明的是，我們雖然在研究過程中的確發現有些人會表演過頭，但這不意味所有研究對象都不真誠，比較他們與其他主管、同事的互動，還是可以看出其真誠本質。或者說，如同效忠不只是無條件付出，乾淨純粹的情感連帶，策略性效忠並非如此地赤裸與絕對，我們主張，有關效忠問題的討論也許回到混合比例角度可能比較適當。

事實上，我們長期研究便發現，出於人性，經過長時間相處互動之後，效忠的情感性成分與工具成分經常會攪在一起。我們便觀察到幾位與老闆相處多年的研究對象，在言談間陳述自己知道老闆對自己好，是因為想要用較低薪水留住他們，避免跳槽；或期待他們做為稱

職家臣,自願做更多事。相對地,他們大多數時候也會表演出好下屬的樣子,想要繼續坐穩現在的位置,獲得不錯的薪水。不過有意思的是,即便這些研究對象知道領主與自己是策略性使用效忠,但於言談間,卻很難再去區分哪些部分是情感效忠,哪些是策略效忠。因此,他們面對高薪挖角還是選擇不跳槽,在老闆出現財務危機時還是選擇相挺,也還是在繼續向朋友埋怨之間,完成老闆交代的任務。於虛虛實實間,他們與老闆終究有著情感依賴。

因此,我們主張整體來說,連同必要的庇護,效忠可以真誠,也可以策略。在夾雜著策略與情感成分的同時,主管與下屬共同使用效忠,前者或有意或無意地進行規訓,後者則或真誠或策略地效忠領主。效忠在平日將組織成員黏在一起,維持不致散去的特性,在自己認為必要時,則選擇放棄關係,不至於如同血緣關係無法割捨。

三、專業效忠在組織內部的弔詭位置

在我們描述的封建組織內部,配合庇護,下屬的效忠維持起組織運作的基本秩序。不過就在本書分析封建場域如何運作的同時,卻也發現一種有趣現象,即,除了對組織與領主效忠外,新聞工作者還可能對新聞專業效忠。如果進一步延伸規訓概念,這種專業效忠透露某種弔詭特性,它一方面反映傳統新聞學的憂慮,專業效忠會與組織效忠相互衝突,使受雇於組織的新聞工作者處於兩難狀態。另一方面,雖然相對於組織效忠來說,專業效忠經常是一種拉力,讓媒體需要花費更多時間處理新聞專業產生的影響,但它卻也可能被組織巧妙轉換,成為規訓員工的機制,然後共同造成當代新聞專業自主的困境。

Mintzberg(1979)在分析組織構形時發現,對於醫生等專業團體,因為其工作內容極為複雜、臨場變動,很難被標準化,所以傳統由老闆直接控制,或將工作流程標準化以進行制度控制的方式,有其運作

困難度。然而即便如此，組織運作終究還是得做出基本的分工協調，在這種狀況下，經由長期訓練而產生的專業能力，便成為組織成員間的主要分工協調機制。當醫師們都具有足夠醫學專業，便可以依專業知識解決手邊醫療個案，必要時也可以用共通的醫學專業進行分工協調，藉此在個人工作彈性與分工協調間取得平衡。

　　基本上，Mintzberg 的觀察適合放在新聞產業中，如果我們暫且跳脫新聞可否稱為專業的爭論將可以發現，新聞工作本質是臨場的、複雜的，這讓他們同樣需要工作彈性，而老闆直接控制與工作流程標準化，會限制第一線新聞工作者用更好方式解決問題的可能性。因此理論上，專業，是幫助協調媒體組織分工的重要工具。不過對新聞工作來說，專業將不只是知識能力的問題，還包含另一層屬於道德與理想成分的意義，例如，第四權或公共場域概念都指向新聞工作的某種神聖性，做為社會良心的特質，而這種道德成分意義更加凸顯出，新聞工作者應該獨立自主地完成工作。

　　在這裡回到本書討論的基調，因為在當代社會，新聞工作是以企業方式經營，導致忠於新聞專業的個人，將面對做為組織雇員與做為新聞工作者的雙重壓力，反過來對媒體而言，忠於專業的員工通常會被認為意見較多，增加協調管理新聞工作者的困難度。因此一般來說，專業效忠與組織效忠似乎呈現衝突狀態，相互削弱。然而就在我們初步呼應這種觀點的同時，整個研究似乎也觀察到一種更為細部、弔詭，但有意思的景象，兩種效忠可能同時存在於個人身上，而且很多時候專業效忠反而會被組織巧妙地轉化成規訓機制。

　　事實上，專業組織如醫院，或有濃厚意識型態的宗教團體，為解決有效管理卻又不致過度干涉工作自主的問題，便會發展出一套與傳統組織控制不同的管理機制（Løwendahl, 1997）。在形式上，組織會減少對個人執行工作時的干預，但卻實質退居幕後，反客為主地利用成員對於專業規則與意識型態的效忠，讓他們自我規訓與管理（Barker,

1993；Deetz, 1998）。而這種設計便出現在媒體組織，台灣媒體除了利用對組織與領主的忠誠維繫必要秩序，進行規訓之外，也會有意無意地使用到專業忠誠的某些部分，強化新聞工作者管理自我的動機與能力，填補制度鬆散或無法過度使用權力所造成的組織空隙。

　　我們發現，新聞專業論述不只是一些簡單的應然面工作規則，它一旦被信奉便具有進一步自我規範的力量，在實然面告訴信奉者要做什麼、不要做什麼，又要如何做。資深研究對象便表示，即使在過去，報社沒有明文規定，主管也未明白要求，他們也會在處理爭議新聞事件時，自發地平衡報導、注意查證，然後在截稿時間前交出新聞稿。這些源自新聞專業要求的自發性行為，有很多正好可被組織挪用，讓主管不需親自協調、控制與管理每個細節，便能暗地透過新聞工作者遵守新聞專業的習性，有默契、有效率的完成工作，也能在新聞工作者對於正確性、查證、平衡報導的在意下，不會發生重大新聞錯誤，惹來當事人的反彈、法律訴訟。

　　因此，適度透過新聞專業，媒體組織不但表面維持了新聞工作不受限制的形式，更實質達成管理工作講求效率、預防怠惰的基本要求。而且不只於此，新聞專業更像是建立了一種工作高標準，讓新聞工作者受自尊心與理想驅使，不管怎樣都會為自身榮譽、維持新聞專業理想跑新聞。例如在資深記者撰寫的相關書籍中，除了可以看到他們擔憂商業化對新聞專業的戕害外，從林照真（2006）願意花大量時間在調查性新聞報導，何榮幸（2006）與《中國時報》國會小組記者，願意於立法院休會期間主動規劃專題新聞這些例子，我們可以感受到新聞專業在他們身上產生理想性。對於新聞工作的理想，讓他們願意從事某些需要花很多時間，已不算是份內工作的新聞報導。

　　或者，我們的研究對象，特別是資深新聞工作者也表示，如果他們今天漏了獨家新聞，就算報社沒有責備，明天一定想辦法補一條回來。他們強調新聞是種榮譽感、自尊心，需要自我管理的工作，要自

發地進修、勤跑新聞，要對得起自己的專業。這種榮譽感與理想性共同幫襯了新聞專業的規訓能力，配合上對於組織的效忠，媒體可以雙管齊下地控制新聞工作者，讓他們不自覺地依循組織方向，不需要監控便會努力完成每天新聞。

　　所以整體來說，即使新聞專業的某些部分是組織無法利用的，例如，它對新聞工作自主的強調便讓媒體頭疼，但媒體還是可以順勢操作這種策略，至少降低偷懶發生的機率，甚至取得更佳品質的新聞，同時在共通的專業默契下，協調組織運作，減少干預新聞自主的風險。不過也不可否認地，雖然媒體組織可以挪用專業忠誠，做為維持組織運作的機制，但對比當下媒體重視商業邏輯遠勝於新聞專業，以及年輕新聞工作者從事新聞工作的意義改變（林富美，2006），我們發現，專業效忠所能發揮的影響力似乎逐漸下降中，有關這點將於下節進一步討論。

參、封建的危機或質變

　　就在我們勾勒出台灣媒體整體封建性格的同時，透過長期研究的累積與對比觀察，我們似乎也看到封建體系透露出某種鬆散危機，或者說正處在質變過程。雖然這種危機或質變需要繼續觀察，才能做出更細部的描述與回應。但至目前為止，我們發現它之所以發生，大致來自封建本身特性、外部環境轉變與新聞工作者效忠心態轉變。

一、封建本質的缺失

　　基本上，封建制度本身便存在著鬆散與改變的可能。這種逐層向下，賦予領主管理領地的封建體系，將整個組織劃分成大大小小的領

地，交由領主代為管理，然後領主個人成為領地經營的關鍵。不過如同前述，台灣媒體將工作要求與獎懲措施脫勾，靠庇護與效忠維持組織秩序的作法，雖然保留給新聞工作者某些形式自由，但似乎也注定面對人性基本考驗。下屬是否願意努力付出，而非得過且過；領主又是否能頂得住來自整體環境壓力，繼續維持等量的庇護，都將影響封建體系的運作好壞，當任何一方改變庇護與效忠關係，都將造成封建體系鬆散與質變的可能。

（一）缺乏管理作為的領地

如果我們拿管理書籍提到的成功企業或管理理論，做為某種比較範本，似乎能夠輕易看出台灣媒體主管不重視，或不擅長管理作為的特質，整個組織像是處在鬆散的邊緣，當新聞工作者缺乏自我要求，便可能出現大問題。不過需要稍加說明，這種對比的目的並不在於主張管理理論是正確的，進入管理主義迷思；或認為其他產業都做得很好，唯獨台灣媒體產業有問題，我們真正的企圖是藉此提醒台灣媒體缺乏積極管理作為的現狀。

原則上，在領主成為領地經營關鍵的封建組織內，因為不像科層組織主管有明確制度做為奧援，所以封建領主雖然擁有更大的權力彈性，但做為領主，特別是想做一位好領主，似乎也更為辛苦。理論上，他們更需要適當管理作為，才能回應存在於組織內部的分工協調基本需求。不過對照主管位置與下屬位置研究對象的談話可以發現，媒體場域展現的事實卻經常與期待相反。如前所述，或出於鄉愿、或出於華人對於和諧關係的追求（楊國樞，2005；Westwood, 1997）、或出於對待文人的尊重，這些理由共同支撐起平日無為而治的管理狀況。即便部分主管在工作上會有比較多的要求、較為囉嗦與直接的語言，但由於缺乏制度配合、很少進行懲處，所以要求終究只是要求，有些下屬只是嫌囉嗦，卻經常還是我行我素。

　　然而透過進一步追問，我們卻也有意思地發現，部分主管表示自己不是不知道管理的重要，只是不知道該如何管理，或直接表明他們就是不懂如何管人。在並未施予積極管理作為的同時，整體夾雜「做了主管後，才學著去做主管」的成分。某位主管便說明她是在土法煉鋼多年後，才慢慢掌握到帶領員工的訣竅，然後有一天才從某本管理學教科書中發現，原來自己的作法好像也有理論基礎，感嘆多走了許多冤枉路。只是在這位主管的正向例子之外，更多案例帶有失望與無奈成分，她們是在學做主管過程中，才發現與感慨自己不適合主管位置。一位資深報社記者便在好不容易熬到主管位置後，才發現管人很難，帶不動年輕記者，然後自願要求降回原先記者的位置，讓第二資深的記者做主管。另一位研究對象則用輕快語氣描述當時調離主管現職，改任類似幕僚位置時的輕鬆心情，然後當她之後逼不得已再度回鍋做直線主管時，又展現某種無力與無奈，還是用同樣好心腸面對下屬，很不好意思地請託下屬加班，每天忙著開會之餘，組織內部的種種問題還是放在那邊。

　　當然這並不表示新聞工作者都沒有權力慾望，我們便也實際發現，很多研究對象想做主管，雖然程度不盡相同。一旦遇到特派員、採訪主任出缺時，會有很多人爭取，也有人因為升官的人不是自己而生氣，抱怨主管不公平，甚至離職。也就是說，如同一般企業員工想要升遷，新聞工作者也會想要獲得肯定，想要更高位置，不過我們想要表達的是，想做主管是一回事，但如何管理、是否能做好主管則是另一回事。然後麻煩的是，缺乏管理作為將使得員工自我約束變得更重要，一旦員工自利與偷懶起來，整個領地將因此顯得缺乏效率，也造成新聞品質的衰退。

（二）不太會管理的領主

　　其實，需要在工作中獲得肯定，與感慨自己不適合行政工作，並不相衝突，同時都涉及新聞工作者生涯規劃這個老問題。在資深記者

制度愈來愈徒具形式，不再具有原先理想尊崇地位的當下，資深新聞工作者不是選擇轉業謀求生涯發展，便是接受組織安排走向主管這條路，然後因為前面提及的各種因素，自然遭遇經營管理領地的困境。部分研究對象談論到此問題時便強調，自己也許懂得如何做個好記者，但好記者不一定是好主管，或表示習慣自由工作的自己，根本不知道如何管人。也因此，他們成為領主，卻不清楚該如何管理領地。

　　一位研究對象便自信地描述她如何掌握觀眾口味，編排製作出電視新聞，但卻相對無奈地表示，她真的不會管人，也幾乎不管人，必要管人時往往讓她為難與生氣。像排班表這項少數非做不可的管理工作，便被形容成是自己一輩子的懲罰，面對下屬有著各自不同的休假理由與堅持，因為狠不下心來用明文制度或父權權力做事，所以經常是看著電腦修修改改，不知道該怎麼做。

　　也因此整體來說，本書觀察的大部分主管，或研究對象對於自己主管的描述，主管面對下屬時多半有著類似困境，缺乏明確管理作為與管理意識。平日，他們盡量不施予管理作為，大同小異的無為而治，然後包裹著本能式管理方式。必要時，好脾氣的主管邊生悶氣邊排班表，一再請好說話的同事幫忙上班，愧疚連連；性急主管則沒好氣的指揮，不顧下屬是否有正當理由或唉聲連連，然後無論是好心或性急，這種本能式的管理多少帶給他們麻煩。對性急主管來說，他們本能性地囉嗦、冷嘲熱諷、大聲罵人，但在避完風頭、事過境遷之後，下屬依然我行我素，只是徒增罵名。或者反過來，好心主管不疾言厲色，但在不懂管人狀況下，讓下屬得寸進尺，感到內傷。

　　這種狀況整體凸顯出台灣媒體的脆弱性。理論上，庇護與效忠需要某種人性善良面做為支持，當領主努力做出風範，必要時出面庇護下屬，相對地，下屬回以效忠，如此才可以維持領地的穩定運作，本能式的管理也能發揮一定效果。只是一旦反過來，當主管本身缺乏能力與風範，只想討好上面不顧下屬，或者當下屬只是追求自身利益，

根本缺乏效忠意願，這時無論主管是好好先生，或喜歡利用位置職權隨性決定事情，領地雖然維持在不致散去的狀況，但大家各做各的，很難產生實質績效，處在鬆散邊緣。而近年來，台灣媒體產業愈來愈赤裸地競爭，則進一步將台灣媒體推往鬆散的邊緣。

二、黃金年代消失與經濟底限的壓力

本書雖然將焦點放在組織場域，觀察個人與組織的互動，但我們也了解組織運作很難獨立於整體環境之外，無論是主動積極發展回應策略，或被動隨波逐流，組織終究會隨外在環境因素做出調整改變。而經過長期研究，本書第一章提出黃金年代消失的概念，便是整體觀察台灣媒體產業變化的回應。黃金年代的出現與消失，象徵一種由經濟驅動，決定新聞專業運作空間大小的現象，同時這種經濟驅動似乎也逐漸改變了庇護與效忠關係，讓封建組織顯露出某些鬆散或者質變的徵兆。

多位曾在電視老三台待過的新聞工作者，便從自身經驗描述民國七十年代到八十年代中期電視新聞擁有的風光歲月，對照台灣媒體發展過程可以發現，雖然在解嚴前後，電視新聞還是擔心政治力量干預，但政治新聞以外的部分，卻有些意外地維持了一定專業自主性。業務部幾乎不曾找上門，他們依照專業原則追蹤部會政策、做系列調查報導，然後贏得採訪對象、同業、主管與老闆的尊重。

因此，倘若可以暫且不管媒體管制帶來的各種不公平，以及政治力量干預新聞工作自主這些罪惡，我們似乎得承認在某種變相，甚至病態基礎上，於管制解除前後，政治力量鬆綁的過渡時期，以往管制政策所形成的市場進入障礙，創造台灣媒體產業利潤上的黃金年代，然後反諷地，整體不公平意外造就了某些專業運作空間。當然，這裡並非讚揚媒體管制政策，或者這些專業空間最終也還給

市場競爭，但我們的確想要透過這種觀察主張，至少在台灣這個資本主義社會中，新聞專業並非獨立存在，而是由經濟條件驅動的事實，因此黃金年代的消失也意味著新聞工作自主的收回與邊緣化。不過這部分討論將於後面進行，這裡先回到利潤、老闆善意，以及庇護與效忠這三組概念的交互關係上。

除了利潤與新聞工作自主的退卻，黃金年代消失其實也整體透露出台灣封建組織逐步鬆散或質變的可能。我們發現，在封建本質的台灣媒體內，足夠的利潤，加上老闆的「善意」，決定了新聞專業的實踐程度。或者更精準的說法是，足夠利潤加上老闆善意，決定了新聞工作者在封建組織內所擁有的工作空間。因此在黃金年代，無虞的利潤，加上下屬效忠所形成的自我規訓與自我要求，老闆的善意才有可能慷慨表達，並保留給工作者更多工作空間。可是一旦台灣媒體開始割喉競爭，情況則發生反轉，為了生存，老闆會收起原先的善意，要求新聞工作者按照利潤法則做事，而這種改變會進一步透過向下分封，影響各層領主對下屬的要求，整體收縮起員工的工作空間。

換句話說，善意需要以經濟做為後盾才能展現，員工也才會有較寬廣的工作空間。因此面對經濟危機，老闆一方面會設法增加利潤來源，利用羶色腥新聞衝高報份與收視率，依賴業配新聞與編業合作增加額外收入，然後如同眾所周知地傷害到新聞專業。另一方面則會想辦法減低成本，緊縮員工薪水與福利，不過這些作為除了意味勞動條件下降與剝削外，更像是宣告雙方將回到經濟交換關係進行互動，然後暗自改變了封建組織所依賴的庇護與效忠關係。

理論上，如同前述，封建組織依賴庇護與效忠，通常是長期互動發展出的社會關係，其間混雜著情感成分，或者需要情感成分支援，否則它將無異於純粹的經濟交換關係。老闆與下屬間主要是依靠人情法則行事，甚至對於更親密的組合而言，有著擬似家人的關係，而人情法則與家人關係都依靠雙方的善意，願意信任對方，不斤斤計較。

因此，當封建組織面臨經濟危機，老闆因成本考量選擇向工具性關係靠攏，偏離人情法則的互動方式，將挑戰庇護與效忠關係。我們發現，隨著組織發動的裁員、優退優離、取消「馬上獎」、減少出差等各項津貼，增加編輯每天編版數量，一次次勞動條件降低，也一次次喪失原有的庇護與救援功能，並且影響研究對象對於老闆善意的認知，然後反過來，下屬也將增加雙方互動時的工具性關係比例。

在這種狀態下，台灣媒體不僅是黃金年代已過，封建體系似乎也因此正處於某種鬆散或質變過程中。整體來說，封建像是在太平時期才淋漓盡致發揮的體質，利潤與老闆善意，加上員工效忠，整體維持媒體經營效率，也兼顧了新聞專業。不過一旦面對外在環境劇烈改變，控制與權力策略也勢必需要做出調整，變得更為集權。這展現在早年的政治新聞路線，也反應在當下割喉競爭的媒體場域，當封建遭遇經濟危機，老闆開始更為集權、更工具性地與員工互動。對於經歷這段過程的研究對象來說，在以歷史做為景深的狀態下，他們普遍有著抱怨與失落感，認為報社變了，現在只會想要剝削員工，占員工便宜，卻不再像過去照顧員工。有位研究對象更私下形容這種對待員工方式的改變，像是「狡兔死，走狗烹；飛鳥盡，良弓藏」。他們幫報社打下輝煌戰功，但到後來卻被如此對待，因此於行為層次，研究對象也開始進入工具性關係，比過去更在意放假天數、是否準時休假、工作是否過量等。

三、專業忠誠、組織忠誠與自利成分的消長

資本主義邏輯不只影響媒體經營方式，讓老闆像是壞人般傷害新聞專業，它其實也進入一般新聞工作者心中，引領他們使用更為工具性或更為自私的方式，從事新聞工作，與組織互動。這種日益增加的工具性與自私成分，不只降低了新聞工作者對於新聞專業的效忠，也逐

漸改變了他們的組織效忠成份。而且無論這種改變是程度上的差異，或本質上的轉換，重要的是，配合封建組織的鬆散本質，以及黃金年代消失這項殘酷外在力量，它們最終共同作用於庇護與效忠關係上，造成封建體系鬆散與質變可能，隱約朝向一種自利式封建性格轉變。

（一）策略成份與自利成分的增加

封建體系建立在庇護與效忠這組的社會關係之上，提供老闆、主管與下屬互動時必要的互惠信任，然而隨著黃金年代消失，情況似乎也有所改變。在研究對象眼中，老闆種種減少庇護的作為，都像是在耗損長久建立的情感性關係，以致我們很難期待耗損中的情感關係，能夠單方面撐起下屬對於組織的忠誠。同時，在許多資深新聞工作者感嘆組織變了，失望與無奈之際，我們也發現，經濟壓力不只影響媒體老闆，亦有意無意地影響到新聞工作者，他們或被動改用工具性方式對待組織，或主動接受了資本主義邏輯，工具性與自私地看待工作，當然更可能的情形是混雜著兩者。研究對象開始強調個人利益，開始對組織有所怨懟，雖然他們無法直接對抗組織，沒法與組織談判，但整體來說，他們跑新聞不再像以前熱情，也不願意像以前一樣對組織效忠，開始選擇為自己工作。

這種狀況最為具體地展現在那些具有「革命情感」的研究對象身上。我們發現某些電視台與報社的創台員工，或者那些與特定主管合作打拚很久的下屬，經常有著共同的集體記憶，在他們談論草創時期如何邊摸索邊跑新聞，如何在九二一大地震中克服各種技術問題，順利傳回新聞畫面，種種有關筆路藍縷過程的描述，夾雜著對自己與組織的驕傲。然後，長久下來革命情感與組織忠誠也油然而升，會主動將組織利益放在前面，效忠中有著濃厚的情感連帶與成分。不過隨著這些年，老闆提供庇護愈來愈少，愈來愈利潤導向，並且眼看組織老化卻沒見到高層提出相對應作為，研究對象言談間

充滿對公司的擔憂、無奈，甚至是不滿。倘若再遇到老闆換人，無論是新一代繼承人，或是賣斷後的新買主，因為與新任老闆幾乎沒有革命情感聯繫，在感受物換星移、榮景不再的同時，他們也開始像是保護自己般，調整自己對組織的付出，展現與過去的反差。開始放下工作去休假、不再因為考量公司人手不夠而自願加班、期待加薪與更高位置，或愈來愈不想管事，想過自己的生活。雖然他們在工具性轉變期間，一時間仍有些割捨不下，反反覆覆。

相對於另一群較資淺的員工，一方面因為他們本來就與組織缺乏長時間互動，緊縮甚至缺乏的情感連帶，難以發展出黏度很高的組織忠誠，取而代之的是策略性效忠。二方面，資淺員工中又有許多年紀較輕的新聞工作者，而年輕工作者本身不太在意倫理忠誠，有著較高的自我中心主義（Twenge, 2006／曾寶瑩譯，2007），充分展現出資本主義邏輯中利己與工具交換的一面。所以我們在研究過程中發現，有人會因為某位長官對新聞有所要求、說話語氣較為嚴厲而想要跳槽。因為想要找到做主播的機會，薪水多兩、三千元，主管不唸人的工作環境，而在不同媒體間轉換，一家換過一家，最後離開新聞業。再或者資深新聞工作者也感慨年輕工作者心中只想著放假、想著自己，過年時只顧著搶好的休假時段，沒顧到其他人要上多少班，也沒想過這樣對公司好不好，公司是否有充分人力可以排班，會不會影響整體新聞品質。

我們發現，如果與資深工作者相比較，訪談過程中，年輕記者的確普遍表露出對於可否準時休假或工時問題的在意，卻很少主動談及新聞專業這回事，也幾乎不曾提及組織忠誠問題。然而在這裡，我們並非想要藉此批評年輕記者，因為過度效忠組織，弄到自己都不休假也許是一種極端的價值選擇，或者主張過往記者都以專業為職志，也過分矯情，更不切實際。許多老三台或傳統三大報的新聞工作者其實也早已轉換跑道，利用記者經歷培養的人脈，進入公關產業，甚至大型企業做

高級經理人,追求更高的薪水,而非堅守新聞行業。也有不少老記者為了生涯規劃,更多收入,跳槽做專職名嘴,然後上綜藝節目通告。再或者當下媒體便是由資深新聞工作者操作,大量羶色腥、違反專業的新聞便是他們操刀或允許的,而他們對老闆也經常是策略性效忠。

(二)組織效忠與專業效忠的同時式微

回到封建的鬆散與質變,我們真正想要說明的是,無論員工是基於對自己的保護,在老闆減少庇護作為之際,想要為自己取得較公平的位置;或是因為自身便不在意外在規範,習慣從自己角度處理事情,整體來看,專業效忠與組織效忠似乎在同時間內退卻,填補上來的是對於自身利益的在意。因此研究對象愈來愈不在意新聞專業,以及與組織間的關係,策略成分愈來愈高。就專業效忠來看,新聞工作者對於專業的輕忽,造成類似周政保黑道影帶事件、瀝青鴨新聞不斷出現。由於專業效忠無法發揮力量,封建組織像是少了一道原本應有的規訓力量,使當事人與所屬媒體需要疲於奔命於事後救火工作,嚴重傷害組織經營效率。

就組織效忠而言,若引用「家庭」這個隱喻來看,雖然封建不像家庭概念那麼強調擬似血緣般的情感連帶,但如同《聯合報》式「家庭」的式微,便意味著帶有情感關係的互動模式逐步消失,而這也同樣反映在庇護與效忠的關係中。我們發現,當下媒體不是不再如過去般強調「家庭」、「一家人」,便是只想利用「家庭」的正面修辭力量進行論述,在某些公開場合期待新聞工作者像一家人一起打拚。不過,也就在老闆與主管一邊減少對下屬照顧,一邊強調一家人的同時,這種規訓企圖顯得諷刺與弔詭。

也因此,這種規訓容易被人看穿招數,在從陰謀變成陽謀過程中,加上所欲規訓的員工也不再像過去投入情感,或是有自覺、策略地反過來利用它,使得家庭隱喻力量大打折扣。一位聯合報系研究對

象便感慨表示，過去他們報社被認為最具團體戰力，也自詡為家庭、一家人，但近年來很多的作為也讓老員工寒心，偶爾聽到一家人的概念反而感到某種世態炎涼，報社只是拿「一家人」要求他們付出更多，但對他們來說，現今重點是能否繼續保有工作機會，而不再是家人有多麼和樂、多有向心力。

因此總結來說，當老闆因為黃金年代不再，逐步收縮起所提供的庇護，而新聞工作者也或主動或被動地改用工具性關係和組織互動，庇護與效忠這組概念便隨之出現不小的變化，至少是從原先雙方帶有情感與互惠的關係，變成從個人立場出發，工具性、策略性意味濃厚。然後因為情感成分逐步散去，或根本無法形成情感連帶，新聞工作者如同在彼此失去互動秩序的封建組織內工作，台灣媒體也因此進入鬆散危機，需要重新找到組織運作秩序的方式。

因應這種狀況，當下組織多半採用更為集權方式處理秩序問題，回收原先給予封建成員的空間。不過透過長期觀察，我們主張這種因應作法似乎有些便宜行事，只是從原先較自主的封建轉換成強勢集權封建，權力較為集中，但根本人治本質並未發生根本改變。台灣媒體依舊缺乏制度與制度化精神，然後在更為粗糙與赤裸的集權過程中，逐步傷害庇護與效忠這種重要社會關係基礎。

當然，理論上，集權封建也的確是有效維持組織運作的方式之一，不過在缺乏深入思考，無法從員工角度妥善建立秩序的狀況下，當下只強調收回權力，沒有配套方案的集權作法，往往是種粗糙運作，可以暫時救急，但長期來看，卻惡化了員工的不信任，讓組織面對更加鬆散的危機。另外，完全回歸資本主義邏輯，如同其他成功產業，透過制度化採用經濟交換關係也可能是一種作法，只是對於還需要兼顧社會期待的新聞媒體來說，這種作法總有著若干忌諱與不妥。因此如何在庇護與效忠概念轉變之下，重新建立新秩序是項重要且重大工程，不過這需要更多時間進行觀察與建立。

第五章　控制的企圖與形式

　　台灣媒體依靠庇護與效忠處理基本秩序問題，並不代表組織內部不存在著權力控制現象。相反地，因為組織是由人集合而成，而不同組織成員通常又有各自的目標與慾望，所以彼此間的權力遊戲似乎是個無法逃脫的現實問題（Mintzberg, 1983）。權力總存在於組織，也是分析組織內部互動時不可忽略的構面。過去研究（蘇菁村，1995）便發現，台灣媒體老闆與主管會動用權力處理問題，然後傷害了新聞工作自主與基本工作權。

　　基本上，本書呼應過去研究發現，老闆與主管會動用權力處理問題。不過重點是，就在我們逐步勾勒權力運作痕跡的同時，也愈來愈清楚以往研究的權力視野範圍，以及它的侷限，因而主張換個角度，重新看待權力所指涉的現象。我們主張，權力除了會在某些關鍵或特殊時刻啟動，直接粗暴地展示，它更會用不同形式滲透於日常生活之中，更為全面地影響新聞工作，而且面對組織平日控制，個人也並非毫無反抗的可能。

　　也就是說，本書指涉的權力是一種發生於日常生活中的現象，普遍滲透於個人與組織的互動過程中，然後順著這種看法，相對應地做出兩項相關修正。首先，就組織如何維繫運作秩序而言，我們主張「控制」是比「權力」更好的概念，或者至少應該強調權力的控制本質。權力的確存在，但本書試圖將它放置在控制概念之下，視為控制的一項構面。事實上，組織是藉由不同機制控制員工，維繫起組織運作必要的秩序，而非單靠權力而已，因此，我們應該避免誤認權力是老闆與主管控制員工的唯一工具與方式。

其次，我們主張從「互動」角度觀察個人與組織平日間的關係。權力這項被大眾廣泛接受與習慣的角度，經常不自覺地凸顯出組織面的力量，然後導引大家看到一個宰制與被宰制的二分場域。因此，新聞工作者早已忘記、放棄或感嘆於自己的能動性，忘記自己是與組織處於互動狀態，於一來一往間還是有著回應的可能性，而非單方面地被控制。忘記互動狀態，將反過來導致他們更為順從於組織控制，或者只看到自己被綁住，看不到回應控制的策略。

也因此，本書討論權力問題，但卻試圖把它放回互動主軸進行討論，觀察權力如何成為一種組織控制機制，然後配合庇護與效忠這組社會關係，以及第六章即將討論的工作常規，共同維持起組織運作的必要秩序。而本章便集中焦點於組織內部的權力控制，首先將詳細討論新聞工作與權力控制的關係，隨後實際說明台灣媒體組織內部的權力運作痕跡，以及權力特性。

壹、新聞工作、權力與控制

對新聞工作而言，權力似乎是個帶有負面意味的字詞，經常和干預新聞工作自主同時出現。在新聞專業論述中，如何避免組織內部權力，特別是報老闆權力非法干預新聞工作自主，也始終是個理論與實務界共同關注的核心問題。可是之於現狀，堅持新聞專業的學者與工作者經常是沮喪的，即便相關的理論性批評不曾間斷，也提出諸如編輯室公約、成立工會，以及《台灣新聞記者協會》（涂建豐，1996a，1996b；何榮幸，1996）等策略，但對這個實務工作中的老問題卻顯得無可奈何。

當然，造成這種情形的可能原因很多，例如，有可能是台灣媒體老闆行事過於粗暴、新聞工作者努力不夠，更可歸入資本主義宿

命，不過就在傳統因應策略顯得黔驢技窮之際，隨著研究開展，我們也警覺到另一種源自根本的可能性，或許問題是出在一直被用來做為立論基礎的新聞專業論述本身。

也就是說，由於傳統論述看待權力的方式可能過於單純或侷限，以致在我們習慣性透過這套論述討論新聞工作時，簡化了原先複雜的權力問題，看偏方向、找錯藥方，造成應對策略失靈。而過去研究似乎也因為缺乏從後設層次反思傳統論述的基本假設，只在既有立場上重複類似論點與做法，或者在重複同時讓它更為激烈，因此難以在實務場域走出困境，且有愈來愈偏執的傾向。

而本章便嘗試回應這種困境，在互動主軸下，將權力控制視為一種實務場域內的必要工作條件，同時強調權力是種生活現象，從個人與組織互動角度重新思考新聞工作、權力與控制間的關係。

一、新聞專業的憂慮

隨著十九世紀末對於黃色新聞氾濫的反思，以及新聞工作成為正式行業（Johnstone, Slawski & Bowman, 1976；Schudson,1978），實務與學術圈彷彿開始著手一套新計畫，為新聞工作建構出屬於追求事實、客觀的專業原則（Mirando, 2001；Ryan, 2001）。透過時間累積，這些原則逐漸形成龐大的專業論述，其中包含技術層面做法，例如寫作與查證的各種原則，以及應然面，屬於倫理道德的規則，例如什麼是好新聞、好記者、好媒體。整套論述像是在指引新聞專業與工作自主的理想（Kovach & Rosenstiel, 2001），並由此衍生出相對應策略，期望消解各種操控新聞工作的力量。紀慧君（2002）便利用規訓與紀律概念分析新聞教科書，主張教科書書寫的專業原則，如同新聞工作自己為自己的立法，用來區分好記者與壞記者，然後透過其中倫理的強制性，監視、規訓與威脅成員不要成為反面案例。

　　不過事與願違，經歷幾次轉折直至今日，新聞專業並未成為實務場域主流，徹底完成規訓使命。基本上，這套論述雖然是由早期新聞專業人士創造，然後集體加在後進身上的力量；雖然它因著倫理道德成分而具有擬似法律般的約束本質，但於同時間，它卻也因為倫理道德需要訴求於個人意願的本質，在沒有具體罰則的狀態下，很容易進入某種實踐困境。

　　專業論述對堅定信奉者的確形成規訓力量，但對於不信奉者來說，是否能準時放假、是否有加薪機會、主管是否囉嗦嘮叨、是否能上主播台，往往才是他們關心的事，至於新聞專業則只像是「印在教科書上的文字」。或者這部分研究對象通常也說不出新聞專業的細部內容，只能在訪談時重複客觀與中立這組原則，至於如何中立與客觀則說不太出來。再或者，對於更多數處於兩者之間的研究對象而言，專業論述通常成為語言修辭，並未進入實踐層次，或是行有餘力才會兼顧的事。如同一位資深報社記者表示，在過去信奉新聞專業跑出好新聞，可能會得到「馬上獎」之類的實質獎勵，至少會有口頭讚賞，並贏得同業敬重，但當下媒體環境改變，信奉專業不會帶來什麼好處，所以大家都顯得意興闌珊。這種狀態讓媒體被資本主義邏輯控制，而新聞專業也更加憂慮新聞工作者被所屬組織控制。

　　當然，這套論述也並非毫無作用，一方面如同第一章所述，它廣泛形成的社會預期，讓新聞工作者多少仍需要在意外界觀感。另一方面，我們也隨著研究過程逐漸體會到需要將認知與實踐層次分開討論。在資本主義情境，新聞專業論述雖然難以具體實踐，但它卻影響許多新聞工作者的思考，部分研究對象便是因此面對程度不一的掙扎。例如在實際採訪寫作過程中，他們會凸顯，甚至刻意強調外籍配偶新聞中的故事性，以吸引讀者、達成想像中的主管要求，但的確也有人於同時間順著新聞專業論述思考，覺得這種方式醜化了採訪對象，根本沒有發揮媒體應有的功能，然後感到無可奈何與心理掙扎。

　　也就是說，新聞專業的規訓力量雖然未及於行為層次，但的確影響了部分新聞工作者的思考。同時對從事研究工作的我們來說，更需要注意的是，發展至今的新聞專業論述像是具有典範效果，反過來規訓或框限了研究者的思考，讓研究者習慣依循新聞專業論述的基本假設去研究媒體現象、提出批評與建議，而其中便涉及到與本書有關，權力與新聞工作自主這組重要問題。

　　事實上，如同其他論述都會有著時代背景、論述位置，以及一些隱而未見的基本假設，新聞專業論述亦有意無意地從新聞工作者立場，應和主流的古典權力觀點，憂慮新聞工作者會被所屬組織，特別是老闆控制。這種將權力視為少數資源，集中在老闆等特定人士手中的古典觀點，涉及甲乙兩造關係，甲方被認為具有克服乙方抵抗的能力或力量，可以改變其行為，達成自己的目的（Bruins, 1999；Dahl, 1957；Emerson, 1962；Salancik & Pfeffer, 1977）。也因此，新聞專業論述在處理組織與個人關係時，經常帶有上對下、對抗與統治意味。

　　配合以新聞工作者為建構中心的論述立場，專業論述一方面將組織內部的權力現象單純化，凸顯老闆做為最大，甚至唯一影響工作自主的權力角色，相對之下，忽略了組織內部權力運作的複雜性。例如忽略在實踐場域，主管做為實際操盤者所擁有的權力，對新聞工作的直接影響；也忽視員工具有相對權力的可能性，至少能夠進行反抗（Mechanic, 1962；Pfeffer, 1981）。另一方面，個人與組織之間，工作自主與老闆權力之間，很容易被導引至對立關係，新聞工作者被比喻成執行上級命令的軍官（李金銓，1983），在資本主義利潤邏輯中，是接受命令、被控制的（Gallagher, 1982；Goldsmiths Media Group, 2000；Murdock, 1982）。即便新聞工作者有反抗意願，但新聞專業論述與古典權力邏輯，卻也框限住反抗策略的想像範圍，通常是利用編輯室公約、組工會等方式，企圖訴求於專業倫理、內部新聞自由，直

接與老闆粗暴權力對抗（何榮幸，1998；林佳和，1996；徐國淦，1997；翁秀琪，1992），藉此回應權力擁有者。不然便是徹底退卻，聽從老闆要求，除此之外似乎沒有其他選擇。

不過如同預期，當老闆在意利潤勝過於專業倫理，這種硬碰硬的對抗策略不是遭遇老闆的不理不睬，虛與委蛇，便是招來更粗暴的反擊。例如自立報系於民國八十三年，為避免新老闆干預編輯政策，一度強勢仿效德國報業推動的「編輯室公約」，便不了了之（涂建豐，1996a）。而台灣媒體工會也在老闆不支持，新聞工作者不熱衷的狀況下，於組織縮減勞動條件、裁員、經營權易主，甚至關門結束營業的關鍵時刻，所能發揮的功能有限（林富美，2002），兩位有工會經驗的研究對象便對這種狀況感到無力與沮喪。面對組織與老闆，他們不斷在類似循環中敗下陣來，受困其中，離新聞自主愈來愈遙遠，新聞專業也愈來愈憂慮新聞工作者被組織所控制。

整體來說，這些經歷百年累積琢磨的新聞專業論述，雖然成就了一個值得讚美、繼續追求的烏托邦，但需要注意的是，它的論述立場可能同時鈍化了學者與實務工作者對組織內部權力細膩運作的觀察，容易單純地認為在組織內，權力屬於老闆，以倫理為基礎的直接對抗是僅有策略。而且更麻煩地，現實世界連番挫折，讓這套論述愈加像是自我編織的理想國，缺乏自我質疑與挑戰，與媒體組織好像總處在不友善狀態。基本上，在這裡我們並非反對與否定新聞專業論述，只是想要主張面對這種狀況，新聞工作自主不但有被誤解與誇大的可能，同時在缺乏反思之下，這套原意美好、本想幫忙建立新聞專業的計畫，極有可能反過來困住研究者與實務工作者的創意與想像，忘記新聞工作者與媒體組織間可能存在其他關係形式，以及可能還有其他解決權力控制的方式。所以新聞工作者不只被組織與老闆控制，也被他們所支持的新聞專業論述所控制。

二、組織與權力概念的再思考

　　如果暫且從新聞專業理想國回到世俗層次，從組織角度看問題，或許會發現新聞專業的憂慮雖然有其事實基礎，但理論上，組織內部的新聞工作者卻可能不如想像中總是被宰制，權力也不見得只有負面成分，只為老闆所有。組織理論提供了初步反思的機會，有助我們從後設層面解構個人與組織如何互動，看到權力與反抗權力策略的其他可能性。

　　基本上，傳統新聞專業論述在努力建構新聞成為專業過程中，往往不自覺地從個人角度出發，假定實務工作者站在獨立自主的位置，只要裝配好專業能力與倫理道德之後，便能成為好的新聞工作者。因此，相關討論不是將媒體組織與權力角色邊緣化，只在意該如何訓練與增進個人工作能力，便是從新聞倫理觀點，把它們視為需要排除的負面障礙，藉此維持獨立自主不受侵犯。在這種架構下，個人與組織是相互獨立的，缺乏雙方互動的描述與觀察。

（一）組織概念的再思考

　　然而如果我們回到組織運作的現實層次卻會發現，傳統新聞論述雖然看到了事實，但卻只是事實的某些構面，且過度從專業倫理的負面角度解讀組織權力。從組織理論來看（Hatch, 1997；Johnson & Gill, 1993；Kotter, 1977；Simon, Kozmetsky, Guetzkow & Tyndall, 1954），由於複雜的新聞工作需要多人分工完成，所以與其他產業一樣，組織有其積極存在的必要性。同時，當組織規模大到需要垂直與水平分工，管理階層與其他協力部門的出現也自有其合法性。在這種現實狀態下，個人與組織之間是互動的，雙方相互依賴、利用、合作或者對立，而非各自獨立。新聞工作者從事工作時，是鑲嵌在組織情境之中，然後與組織以及組織成員持續發生互動，而持續互動又增加鑲嵌的融合程度，使個人採用的工作方式總參雜著組織成分。也因此我們主

張，純就理論來看，新聞專業論述的確塑造了某種理想的工作方式，但卻也於同時間理想化了個人存在的形式。忽略了無論願不願意，個人終究是鑲嵌在組織之中，需要與組織互動，而非獨立存在，獨立工作。或在現實世界中，獨立存在幾乎是不可能的任務。

　　基於這種立場，我們主張以往相關研究需要重新放回組織內部進行討論，或者說，過去有關媒體組織的研究似乎到了某種轉型時刻，應該嘗試進入後設層次，調整個人與組織關係的假設。以互動做為觀察主軸，用更為中性、細膩的方式處理組織與新聞工作者的關係，而非再將組織與個人看做兩個獨立，甚至必然對立的變項，如此才能更貼近真實世界，不致過分流於理想與道德化。同時，從互動主軸分析傳統新聞自主問題，組織、老闆、管理者的出現也將不再被視為絕對罪惡，而是成為一種新聞工作中的必要條件限制。我們承認他們的存在，也了解他們展現的負面影響，但卻也小心不致因為古典權力觀點，與部分濫用權力的案例，而誇大與類推其負面效果，忽視組織存在的必要與合法性，以及互動過程中的其他可能性。

（二）權力概念的再思考

　　再就組織內部權力運作而言，組織理論的確發現權力會對工作者產生宰制效果，只不過這些大多數同樣抱持古典權力觀點的理論，卻提醒著權力不應該被化約為老闆擁有物。在他們看來，組織是權力遊戲場域，因為每個人擁有的權力資源不同，所以權力大小、施展與反抗方式也不盡相同（Ashforth & Mael, 1998；Mechanic, 1962；Mintzberg, 1983；Pfeffer, 1992）。或者 Burawoy（1979）也提醒宰制概念的侷限，組織內部並非只有老闆透過宰制進行剝削的權力運作痕跡，事實上，整個組織是個政治與意識型態場域。權力並非只是單向與粗暴的，老闆、管理者與員工會透過「生產時的關係」盡力各取所需，然後展開複雜的權力政治運作。老闆可能透過意識形態的塑造，掩飾剝削事

實，權力施展是間接的；面對權力，員工亦是有抵抗、不合作、合縱連橫，甚至有反過來利用權力的能力。他們在一定程度內，具有回應權力的可能，而非只是被動接受權力宰制。

近年來，部分從 Foucault 理論切入，或帶有後現代色彩的組織研究（Gephart, 1996；Knights & McCabe, 1999；McKinlay & Starkey, 1998a；Parker, 1992），更進一步觀察到權力複雜運作的痕跡。他們適切點出權力不只是集中在少數人身上，進行上對下、公開、粗暴壓迫的資源。權力應該是四散的、運作可以是細膩陰柔的，或者說，組織內的宰制是動態過程，而非上層施予權力，下級順從的單向控制關係（Leflaive, 1996）。老闆會透過各種方式，例如，績效考評方式、升遷制度、團隊合作機制，精巧地施展權力，但相對地，員工也自會發展精巧的抗拒策略，迴避直接反抗帶來的挫折。同時，權力在組織內部也不一定只有負面功能，也可以成為一種生產協調機制，有利於生產效率。

也就是說，這些來自組織領域的討論初步印證，傳統新聞專業論述有關組織與權力的假設有其視野範圍與侷限，是應該被挑戰的。雖然組織內的權力的確會影響新聞工作，但似乎並不如大多數人想像的那麼單純與負面，我們不宜受到以往論述假設引導，忽視權力在老闆與員工間微妙細膩的動態過程。或者也不宜因為過度聚焦在權力現象之上，以致將所有互動行為都朝權力方向加以解釋。如同我們長期研究的發現，有些人經常陷入某種與權力有關的被迫害妄想情節，認為老闆與主管只會亂下命令，想把新聞做成他們要的樣子，而自己則是缺乏權力資源、沒有反抗能力的個體，然後在整個想像與推論過程中，忽略了事實可能另有解釋。例如所謂的命令，可能是主管在編採會議時基於職責所在做的必要追問，以確保某則黑心商品爆料新聞的消息來源沒有問題，不是亂踢爆，被人欺騙與利用。或所謂的命令是主管善意想要教導記者，竊盜新聞的處理不能驟下結論，隨意引用商家說法便指涉某人是小偷，以免傷害

當事人，甚至招來官司。再或者只是因為這位主管為人小心謹慎，凡事總會多問兩句，而沒有非要大家都接受他的想法不可。

　　當然，在主管身分研究對象表明下屬有所誤會，自己沒有使用權力意圖的同時，我們也不否認有些主管的確會亂用權力，或者前段討論目的也並非在於批評研究對象無的放矢。我們是想要藉此提醒，當新聞工作者過度順著古典權力觀點進行詮釋，可能會過度凸顯權力負面特質，把組織想像成權力構築的牢籠，然後因為認為自己是弱勢者，而弱勢者缺乏資源、無力反抗，最終自己困住自己。相對地，學者也很容易因此以權力角度解釋個人與組織互動行為，也容易困在既定反抗策略之中，忽略新的回應權力方式。

　　在既有論述具有實質困境下，我們主張大膽跨出既有論述，一方面重新定位組織角色，將它視為中性限制，需要新聞工作者積極面對；另一方面則重新反思權力的定義，試圖捕捉其細膩流動痕跡，並從互動角度進行觀察，以發現更多因應組織控制策略的可能性。

三、權力做為控制的一個構面

　　基於前面對於權力概念的提醒與轉向外，本書在互動主軸下，進一步從控制與秩序角度討論權力問題，整體論述台灣封建組織平日如何控制新聞工作者，維持組織運作秩序，而權力做為控制機制的一部分，又是如何運作。藉由類似 Foucault（1982）追問權力如何運作，而非是什麼的做法，回應個人與組織如何互動，又如何被組織束縛，這組本書關心的基本問題。

（一）正視權力與工作條件改變的關聯性

　　出於對新聞工作自主這項初衷的維護，以及古典觀點將權力視為兩造之間的事情，新聞專業論述似乎特別關切老闆和老闆代理人，與

新聞工作者間的權力衝撞現象。這種關切雖然描述了媒體組織內部權力運作的部分事實，但卻不是全部，仔細來看，至少有兩點需要重新被檢視與強調。

首先，傳統新聞專業論述與研究基於初衷，似乎習慣將焦點放在權力如何傷害新聞工作自主這個層面，不過我們透過研究卻也發現，在實務場域，權力對於工作權與工作條件的傷害似乎更為直接與基本，特別是在非黃金年代，甚至被視為生存問題。本書研究對象對於權力如何改變工作條件的在意程度，便遠大於對新聞工作自主的改變，而且愈是這幾年，他們在回應相關問題時，回答愈是落於老闆與主管是否又不准他們應有的休假、是否又突然增加工作量、是否又被減薪、是否會被調線、裁員，是否可以找到新工作等。然後因為擔憂老闆與主管動用權力改變這些工作條件，而讓他們投鼠忌器，需要聽從上級命令，不敢造次。至於新聞工作自主則像是反過來，成為工作條件的一部分。

對大部分人來說，工作條件是生計與生活的現實問題，而工作自主則是理想問題，是附屬、行有餘力才做、必要時可以犧牲，甚至是可有可無的。幾位研究對象便表示「先顧肚子，再顧佛祖」，或者研究對象本身便也不是那麼在意新聞專業，例如會在自家電視台新聞時段內，為自己投資飲食店做置入性行銷，因此老闆權力如何影響新聞專業便也不是那麼重要，只要不會影響到自己就好。

也就是說，整體來看，老闆濫用權力造成缺乏工作自主的環境，的確會影響部分研究對象工作滿意度，並帶來第九章將討論的工作意義問題。不過做為雇員，諸如工時、工作權終究才是更為基本與重要的要素，主導他們對於當下權力運作的思考。所以對於主張進入實務場域的本書而言，回到日常生活，同時觀察權力如何影響工作條件，與影響新聞工作自主至少是同等重要的事情。

（二）關注平日工作場域中的「權力控制」問題

其次，我們主張區分「權力行使」與「權力控制」。前者接近傳統對於權力的定義，指涉權力擁有者於特定時刻，透過權力驅動他人，以遂行個人意志的作為；後者則指涉發生於平日工作場域，權力所具有的基本控制功能，大部份時候細膩、默默地維持組織運作秩序的作為，而這也是本章主要的觀察重點。不過需要說明的是，關注平日工作場域中的權力控制，並不表示所有事情都要用權力角度詮釋。本書做此區分的目的是嘗試將研究觀察轉移到平日的權力控制過程，藉以描述台灣媒體如何控制與約束新聞工作者，而非呼應過去研究，只是再次說明特定時刻權力如何被濫用。

基本上，在古典權力觀點描述下，權力像是一種資源，掌握在特定人士手中（Brooke, 1984；Dahl, 1957），只不過我們卻也發現，除了特定權力慾望濃厚的主管，權力擁有者通常不會長時間強勢使用權力。因為組織內部的雇員關係或從屬關係畢竟是建立在經濟交換關係之上，因此長期強勢進行「權力行使」，或惱羞成怒地隨便使用權力，將容易導致下屬集體反彈，或乾脆掛冠求去。而離職率過高影響組織正常運作，對老闆不利；下屬激烈反彈與高流動率也會影響自己在老闆前的形象，然後這些都會對老闆或主管的「權力行使」作為產生某種掣肘效果。也就是說，直接權力行使得冒一定風險，有著副作用，所以我們也不難發現，老闆與主管對於明星記者比較客氣的例子，以免他們一怒之下離職。相對地，當下媒體環境不佳，在研究對象擔心找不到工作的狀況下，老闆與主管也較過去更為強勢。

不過，即便有所節制，老闆與主管終究也未停止行使權力。事實上，在自認為需要的時刻，老闆與主管還是會直接要求抽掉不利於某廣告客戶的新聞。在有升遷機會之際，為了在長官面前展現領導績效，而驟然改變組織過去慣用的工作方式，例如增加開會次數，強烈要求記者撰寫工作日誌，甚至要求員工穿上制服。只是回應第

四章的觀察結果，這些權力作為通常像是放狠話，一段時間後便悄悄無疾而終，因此如同研究對象表示，總之先避避風頭，敷衍了事，隨後也就沒風沒雨。當然，像是裁員、調整工作條件等狀況則是貫徹到底，經常一個口頭命令便改變了現狀，員工似乎只有接受的分。

　　或者換個角度，即便「權力行使」不是無時無刻展現，但這也並不表示員工在大部分時刻是自由的，平日不會遭遇「權力控制」問題。而 Foucault 式組織研究（Burrell, 1998；Knights, 2002）便也從規訓角度提出解釋，他們指出組織內部還是充滿權力痕跡，只不過它們是以迂迴陰謀方式展現。基本上，本書同意規訓概念具相當解釋力，只是隨著我們逐步勾勒庇護與效忠這組社會關係之際，也同時重整出台灣媒體組織內部帶有封建特質的控制圖像。

　　我們主張，從組織角度來看，組織需要維持運作秩序，以免面臨解體危機，只不過相較於權力這個傳統概念，「控制」似乎是個更為全面的動詞，更適合解釋組織秩序的維持。在控制概念下，權力是控制的一種機制，或者說，特定時刻的「權力行使」本身便具有控制功能，可以在特定時刻，用制裁威嚇等方式（French & Raven, 1959；Kipnis, Schmidt & Wilkinson, 1980）強力要求下屬依照組織方向完成工作。只不過，不可否認的是，這個概念難以解釋平日工作中，老闆迂迴陰柔展現權力的事實。因此本書區分出「權力控制」概念，用來指涉組織平日如何發揮權力的控制功能，藉以對比在特殊時刻作用的「權力行使」。然後，庇護與效忠、權力行使與權力控制，以及下節會討論的常規，三者共同搭配起台灣媒體的秩序，形成比想像還要綿密的控制體系，只是有些容易被看到，有些則隱晦。

　　最後，簡單回到語言分類問題。我們的確透過長期研究觀察到以上三項具有控制功能的機制，或者本章也調整了權力的傳統定義，不過這裡想要提醒讀者的是，在理解上述三類控制機制的同時，得避免跟隨語言分類而過度切割了真實世界，誤以為各分類間是乾淨互斥

的。本書提出三組機制雖然分別指涉不同現象，但現象之間是允許交錯重疊，而非涇渭分明的，有時候過度追求操作型定義，反而容易陷入語言切割世界的陷阱之中。

貳、封建組織內的權力展現方式與運作痕跡

回應於前述有關權力概念的說明，我們發現台灣媒體組織內部權力流動是多樣、複雜且細膩的，而呼應權力行使與權力控制觀點，權力的展現方式大致可歸結成以下三類，並非如同主流觀點，組織內部好像只有老闆直接行使權力的痕跡。不過再次提醒的是，基於書寫與閱讀邏輯的清晰度，我們分三類進行說明，但其間混雜交互影響的本質並未因書寫方式而改變。

一、以經濟資源為基礎的老闆權力

在傳統新聞專業論述中，老闆幾乎等同於組織權力的代表，會因為個人利益而濫用權力壓迫新聞工作者，徐瑞希過去被《聯合報》開除事件便被視為不服從老闆，而被老闆粗暴行使權力的案例。新聞專業論述習慣從新聞工作自主角度說明這類案例，描述老闆如何不當行使權力，干預新聞工作自主，並主張努力對抗，維持專業自主（蘇善村，1995）。

基本上，這種將權力集中在老闆身上的假定，不但源自傳統論述以新聞工作優先，想排除所有可能威脅的立場，也應和著古典權力觀點（Smart, 1983），老闆會以財產擁有者身分，在組織內以經濟資源為基礎壟斷權力行使，配合其代理人，即各階主管代為執行其意志，由上而下干預新聞工作者與媒體內容（Hackett, 1991），進行新聞指示、惡意調線、解雇等公開且粗暴的控制。

　　不過，這類指控雖然經常被提出討論（蘇菩村，1995；何榮幸，1996），但我們的觀察卻得到不盡然相同的結果，而且隨著媒體產業景氣變差，似乎也有所轉變。首先本書發現，資深新聞工作者回憶報禁解除前後工作經歷，絕大多數都表示老闆與主管未曾干預過他們的工作，即便少數研究對象引述別人的例子進行說明，可是在追問之後，他們卻也承認這些只是缺乏明確證據的道聽塗說，只是聽來的。這種結果與林淳華（1996）以調查法進行的研究類似，當時新聞工作者似乎認為自己擁有相當自主性。或者如同部分研究對象，特別是約於 2000 年到 2001 年進行的訪問，反過來質疑我們研究不符合研究中立精神，認為學術研究總是假定老闆愛行使權力。他們就個人經驗指出，這種假定與事實不符，如徐瑞希事件只是極少數擦槍走火的個案，在現實生活中，老闆強行干預新聞工作自主並不是個問題，他們的工作是自由的。

　　當然，這種差距有可能是因為研究誤差所造成，但如果回到每日新聞工作進行檢視，這也相對印證前面對於新聞專業論述的批評。由於傳統新聞論述將權力問題聚焦在老闆身上，加上部分個案也太過粗暴，以致在新聞道德幫襯下，大家容易被少數個案吸引，於急忙援用新聞專業論述批評之際，又回過頭以批判結果強化了原有論述正當性。這種邏輯容易讓相信新聞專業的人士，不自覺以預設方向解釋一些原本無關新聞工作自主的事件。例如，透過交叉比對訪談發現，有些單純對不適任員工的懲罰，或因單純職務輪調所做的路線調動，便容易被解釋成對新聞工作者的非法干預。因此，我們不但可能錯估、誇大在真實情境中老闆粗暴行使權力的程度，更會遺漏對其他形式權力運作的觀察。

　　然而無論如何，上述樂觀想法於近年開始出現改變，實務工作者面對的是一個相較於過去，權力行使更為頻繁與赤裸的封建組織。而經濟條件變差像是個關鍵原因，至少是挑明的理由，藉由經濟條件變

差，老闆或被動、或正中下懷地找到「生存」這個理由，愈加不避諱地以利潤做為組織運作原則。相對地，經濟條件變差也讓主管被迫投鼠忌器，或者也乾脆迎合起商業法則，以致我們最常觀察到的是，老闆在上指揮要求利潤，主管代為操刀執行的權力運作方式。高階與中階主管承接起老闆想要賺錢的意念，於第一線新聞操作過程中，以職位為基礎行使權力。而同樣的投鼠忌器也發生在基層新聞工作者身上，在他們有所忌憚或揣摩上意之下，老闆與主管的影響力也相對放大，更可以進行直接要求。

因此，夾雜於揣摩上意與效忠領主之間，我們觀察到較多權力行使的例子。例如我們數次發現，主管直接要求編輯抽掉某則不利於大廣告客戶的新聞，或者老闆更是直接改變勞動條件、執意裁員。不過儘管如此，台灣媒體平日整體呈現的仍是一種封建圖像，而且領主仍是透過語言期待與嘮叨進行控管。雖然期待與嘮叨增加，也有更多直接指示，但幾乎未有研究對象表示自己曾因此遭受嚴厲處罰，相反的是，我們同樣發現許多平日遲到、抄公關稿寫新聞等不遵守規定的實際個案。

最後，儘管老闆粗暴行使權力的情形未如想像中普遍與徹底，或者從規訓權力來看，權力似乎是分散地，但這並不代表它們不存在（Findlay & Newton, 1998），或新聞工作者與所屬組織互動時是自由自在的，相對地，這種情形代表我們有必要跳出傳統權力框框做更近身觀察。而本書便也在逐步勾勒權力如何運作的過程中發現，權力於實際施展時，本質是細膩的、威力與效果是可以遞延、具有生產性的，以及是可以回應或抗拒的。也因此，我們嘗試轉移到權力控制角度，期待藉此更為細膩地勾勒組織內部權力的運作，最終回應個人如何與組織互動問題。在秩序與控制概念之下，權力細膩隱身於不完整的科層制度與生產流程之中，暗暗影響著新聞工作。

二、隱藏在組織制度中的權力控制

　　從控制概念來看，老闆與主管未如想像粗暴行使權力，並沒有讓台灣新聞工作者豁免於權力干涉之外。事實上，透過權力控制機制隱晦在日常生活中發揮力量，組織同樣能夠達成影響組織成員，維持必要運作秩序的目標。反過來說，當控制機制能夠發揮引導力量，形成一種組織與個人的整體偏向，老闆也就可以不必事必躬親，經常性地針對個案進行干預，以避免權力行使的風險。而我們發現，這種權力控制部分便隱身在組織制度之中，即使是台灣媒體鬆散的組織制度，也具有權力控制功能。

　　就權力觀點而言，科層架構不只是因工作需求產生的分工架構，相關制度也不只是單純的管理依據，它們本身就是一種現代社會的新權力控制機制，具有節制或取代傳統組織內部老闆私人權力的功能（Calás, 1993；Hickson & McCullough, 1980；Pfeffer, 1997），當組織相關制度愈完備，老闆愈難以為所欲為。只是完備科層制度雖然成就西方組織的現代性，具有取代個人式獨裁權力的功能，但卻也在無形間使得勞工成為理性生產工具（Hummel, 1994；Thompson, 1980），同時更成為一種新型態的權力控制方式，將勞工放在鐵牢籠進行有效監控（Clegg, 1990；Courpasson, 2000）。

　　這種權力不具有公開、粗暴特質，而是以科層位階為基礎，配合諸如會計、人力資源等制度滲入工作，發揮權力控制功能（Miller & O'Leary, 1987）。Townley（1994）便藉由 Foucault 理論主張，人力資源管理不只是單純的管理作為，更具有全景監獄般全面監控與規訓功能，是種建構社會秩序的機制。Jackson 與 Carter（1998）更主張勞動過程便是馴化過程，其間充滿對差異行為的檢核與控制，而且組織除了會直接在工作能力方面修正員工行為，也會嘗試修正與工作無關的部分，例如管理上廁所次數，藉此產生馴化的員工。

　　Townley（1994）認為人力資源管理從兩個角度規訓員工，一方面它將個人視為需要被分析的客體，透過召募選才、各種工作測驗等機制，讓來自各處的員工變成可以了解、計算與測量的客體，方便進行統治（Hopper & Macintosh, 1998）。然後配合考核、績效評估等機制，將員工分類，比較出每位員工相對於整體的位置，貼上好壞標籤，依此進行獎懲（Townley, 1993），在員工想要得到更高位置的動機下，這些機制便對個人產生了順從的壓力。另一方面 Townley 也主張，部分人力資源管理作為則是將員工視為某種可以了解自己、知道自己需要的主體，然後利用這種特性設計某些機制，進行主體重塑的工作，灌輸正確行為標準。例如全面品質管理策略，便讓員工以主體形式出現，在假設個人具有自我要求與榮譽感，隨時能夠監看自己工作行為的情境下，進行自我調整與提升，藉此達到更完美的生產標準。或者人力資源管理也會透過豐富化工作內容（job enrichment）、績效薪給制、利潤分享制、強調生涯規劃（Grey, 1994；McKinlay, 2002），鼓勵員工追求更好的自我，然後在過程中進行自我規訓，成為更具有生產力的主體。

　　因此，從組織制度做為權力工具角度來看，理論上，強調現代化管理的媒體有機會發展出新的權力機制，由正式科層制度取代老闆，主導新聞工作。只不過如同前面章節所述，台灣媒體的科層化並不徹底，以致組織制度不但無法發揮理想中節制老闆的功能，反而因為封建組織特性，使得老闆權力與組織制度之間相互微妙滲透，反過來發揮控制或規訓員工的功能，成為老闆的權力控制工具。

　　研究對象便表示，很多時候即便他們不信任主管，或明明認為主管要求是錯的，可是在發完牢騷後，還是會基於他們是「長官」，而按照長官要求行事。或者，雖然新聞工作強調時效，可是組織內的指揮調度還是依循組織架構圖標示的職務位置進行，記者對於編輯有意見會透過組長反應；取得其他路線新聞線索時，會透過組長傳

達給別人；高層長官命令多半也是透過中階主管傳達。這些例子或有參雜封建效忠成分，但卻也表現出新聞工作者願意接受這種權力控制安排，甚至讓它們成為工作生活中的一部分，理所當然地聽從長官或領主命令要求。

我們也發現，在封建組織內部，績效考核、獎懲制度、升遷方式雖然粗糙，或只是用口語、慣例等非成文方式進行，但仍具有基本權力控制的功能。吳佩玲（2006）就細膩地指出，組織中誰被視為明星記者，誰被獎賞；誰不聽話，被打入冷宮，便像是對記者的分類，對外展示老闆與主管的偏好，然後透露出必要的規訓意涵。呼應吳佩玲的研究，我們也觀察到，或許老闆與主管並沒有意識到「紅人」、「黑人」具有的公開分類作用，也未充分意識其間的規訓意味，但事實上，他們通常只需要透過與某位記者的熱絡互動、公開表明欣賞其寫作風格，或反過來對某位記者絲毫不理睬、無意間表達不滿與無奈，便會替這些記者公開註記上優等或劣等標籤。然後透過這種非正式獎勵與懲罰作為，老闆與主管不需要明白告訴大家什麼應該做、什麼不應該做，多數新聞工作者就會懂得要做些什麼事情。

再或者更為精細地，以往媒體像是巧妙利用了同事間的相互觀看與監控（McKinlay & Taylor, 1998），以及與對手報記者的競爭關係做為規訓基礎。他們通常只需透過簡單的比報制度，配合「馬上獎」、年終考績、升遷機會，甚至只是透過在電梯口張貼榮譽榜海報，選出每週值得表揚的新聞工作者，便標示出每位員工在組織內部的相對位置，貼上好壞標籤，然後在員工想要向上流動的動機下，發揮規訓控制功能。另外，這種方式也將新聞工作者放在公開監看的壓力下，透過做為專業的自我要求，細緻訴求每位組織成員進行自我檢查與管理，成為老闆與主管心中的好記者，甚至是同業之間的好記者。也因此我們發現，部分基於這個原因，特別是資深報社記者，會於訪談時強調漏新聞是件很丟臉的事，一旦他們發現獨漏了某條大新聞，或讓

對手取得大獨家,自己便會想辦法還報社一條等值的獨家新聞。而也就在記者習慣藉由獨家新聞肯定自我的過程中,他們便也默默接受了組織規訓,不需要組織要求,就會成為自動自發、更具生產力的記者。

因此整體來說,權力隱身在組織制度之中,老闆不需要直接行使權力,便能夠展現權力控制的威力。然後部分出於規訓成功的幫助,部分出於下屬終究對組織有所求,因此在對老闆權力有所忌諱,不敢逃離太遠的狀況下,老闆只需要在特殊個案或有特別需求時,動用權力達成私利即可。平日,則只需提綱挈領地抓到關鍵,任命效忠自己的高層與重要主管,掌握組織制度方向,便可以有效控制員工作為,維持住組織平日運作秩序,達成組織目標。

三、隱藏在生產流程中的權力控制

權力除了由老闆直接擁有,或隱藏在組織制度內,亦會展現在生產流程中,無形影響個人與組織互動,以及新聞工作自主。組織研究便指出(McKinlay & Starkey, 1998b),組織常規與工作流程設計不只是泰勒主義式的生產設計,也是一種權力控制機制,在追求效率之餘讓員工按表操課,成為馴服的個人,不會影響組織運作秩序。

對新聞工作來說,繁瑣工作需要許多常規(Bantz, McCorkle & Baade, 1980)與模式化的生產流程,才能確保不開天窗。因此我們在研究中便不斷發現,即使新聞工作者未曾清楚意會,或只是抱怨常規工作無聊外,諸如路線分派、改稿流程等機制其實正細膩隱晦展現權力,規範新聞工作者該做什麼,什麼又不該做。不過,這種控制力量不一定出自老闆蓄意設計,而有可能是在常規形成過程中,不知不覺融入組織與老闆考量,無心插柳的結果。或者有些屬於新聞產業通用的常規,例如,大同小異的路線分派方式,所展現的便是常規自身對新聞工作的控制,不見得與老闆有關。

細部觀察，報社內的路線或版面分派，便大致規範了每位基層新聞工作者的工作內容與步驟。他們只需要依循各自常規，執行上級命令，完成每天基本編採工作即可，至於新聞調度、規劃等高層次工作，則是主管的責任與權力。然後改稿與核稿流程設計再進一步進行細部微調監控工作，透過它們，報社可以有意無意地修正，並標準化個人工作習慣，讓新聞工作者知道禁忌主題的處理方式，特定字詞如中國、大陸的統一用法，或者所屬媒體集團贊助藝文展出新聞的處理步驟。而在這些設計幫助下，組織不但可以節省生產協調時間，更可以於無形中標準化了新聞工作內容，與媒體要求一致，同樣達成權力控制的目的。

不過，隨著有關生產流程設計的觀察，我們也逐步發現一張重要圖像。這種生產流程分工原則，像是把基層工作者逐一綁在特定位置，然後配合源自對領主的效忠、對於科層位置的順從與慣性，讓他們理所當然地按照組織規劃的劇本完成每天工作，不會有脫軌演出，默默達成組織監控目的。同時，這種做法也在組織運作需要分工的外表下，像是對新聞工作者進行去專業化的動作（deskill）（Braverman, 1974），然後更加依賴組織。

我們在研究中便發現，當下生產流程設計雖然符合組織分工需求，但它卻也造成實務工作者無法掌握每日新聞全貌的情形。編輯通常只能就編輯台分派下來的稿件，依該版工作常規被動、有限度地主導版內新聞下標與版面配置。而記者的工作也只是每天依照路線常規，取得自己路線上的固定新聞，或者在長官規劃指導下，分工完成諸如選戰新聞中的一部分，然後再經過主管改稿後確定新聞內容。如果再加上多做無益，甚至惹人嫌惡，以及下節即將討論個人對於權力的過度想像，我們彷彿觀察到在整個新聞產製過程中，這些看似獨立的基層工作者像是被禁錮在特定範圍，或變成整個生產機器中的一部分。只能在禁錮範圍內，用類似常規重複著每天的

工作，然後逐漸與整個工作異化，成為只會接受與執行高層命令的技術工作者。因為缺乏對新聞的整體規劃與了解，無論被迫、自願或根本沒想過，只好更加依賴組織，接受組織設定的新聞理念，而權力也在此過程中對個人展現更多的控制能力。

　　換言之，傳統工作流程設計不但具有生產層面的功能，更隱含著權力控制功能，一點點地觸動新聞工作者朝組織設定的目標前進。只不過因為習以為常，或已經將這些常規規則內化成專業能力的一部分，使得實務工作者很容易忽略這種權力控制形式對自己工作的影響。如果適度回到 Breed（1955）談的新聞室社會化，這裡也再次挑戰傳統新聞論述對老闆權力行使的過度強調，其實在組織內部，新聞工作者不需要老闆直接控制，便會被隱藏在組織制度與生產機制中的權力包圍，不自覺地被控制、被社會化。同時再配合庇護與效忠，與下章將討論的常規，將更能保證組織運作秩序，個人不會過度偏離組織設定的目標。

參、權力的想像與餘韻

　　透過前面的研究觀察與反思，我們可以發現，傳統新聞專業論述簡化了權力問題，在組織內部，權力至少透過三個層面交織混雜地展現力量。老闆利用經濟資源直接行使權力只是其一，它更隱身於科層制度，巧妙融合在工作流程中，從各方滲入、包圍新聞工作者，持續交互地成為一種工作時的條件限制。

　　然而除了換從控制概念解釋權力運作的細膩複雜，本書也進一步觀察到權力的「生產性」，這種生產性讓權力不只是負面標記，更可以在生產過程中具有積極效果。不過或許更重要的是，就在描繪權力的同時，我們也發現個人詮釋與想像的本質，配合權力效果的遞延性，

讓權力這種發自外在的力量具有餘韻般，持續在個人內心發酵與放大。也因此，權力的舞台不只是在個人身體或行為之上，它可以穿透身體，在個人內心產生餘韻，回過頭影響權力的控制力道。然後因為對於權力做出了過多的想像，以致經常讓自己困在權力想像之中，感受自己的不能動，或以此為理由不去動。

這些研究觀察結果將有助修正傳統權力論述與新聞專業論述，以更為貼近權力運作的真實情形，重建台灣媒體組織內部的權力運作圖像。另外，這也整體呼應我們長期分析觀察後提出的主張，即，有關權力與控制的論述需要回到個人層次才會完整，這涉及到個人能動性與主體性等問題，也正是接下來章節要討論的問題。

一、權力的生產性

在古典權力觀點影響下，權力是一種掌握在少數人手中的資源，具有負面意涵，被用來強迫沒有權力的人接受其意志（Clegg, 1994）。而傳統新聞專業論述似乎也是扣住此一觀點，認為老闆以及老闆的代理人會用權力非法干預新聞工作。當然，我們並不否認這種情形，權力的確做為控制機制，細膩發揮力量，但本書卻也主張權力不盡然都是負面的，它可以具有生產性，同時具有正向與負向功能（李猛，1999；黃結梅，1998；Clegg, 1998；Townley, 1998）。

如同 Mintzberg（1979）主張，組織需要某些機制將分工之後的生產工作整合起來，協調組織成員間的工作互動。我們便發現，權力在新聞產製過程中的整合協調功能，幫忙講求時效性的新聞工作順利完成產製。以一家報社處理美國 911 恐怖事件的新聞為例，在新聞不斷發生、查證困難、又有截稿壓力之際，當時編輯室內最高主管便得利用權力快速做出判斷，隨事件發展不斷重新安排版面，中階主管則配合指揮人力調度，要基層工作者聽命配合。一位受訪

編輯便表示，他當天所有動作都是被別人臨時指派的，例如，臨時去編兩個不是他負責的版面，而且第一個還未完成，便被叫去編第二塊版，並聽從主管要求去找特定新聞照片，雖然他有些搞不清楚狀況。在這種亂成一團的情形下，如果新聞工作者對權力有所質疑，或要堅持自己觀點，新聞產製便可能發生問題。在這裡，權力運作是具有生產性、正面意義的，有效幫助新聞工作完成。

進一步，權力不只會在極端案例中展現生產性，平日工作亦是如此。例如組長依整體新聞走向要求記者做的配合，補訪某些人、與別人併稿，或因版面空間不夠，直接刪改記者所寫新聞等。基本上，這些常見動作可以是基於工作需要所做的調動，缺乏它們，新聞只是一堆零亂資訊。然而在傳統新聞論述引導下，當事人很容易從負面角度解釋這些行為，質疑這是主管迎合老闆政治立場產生的權力濫用。同樣地，這裡並不否認主管的確會濫用權力，只是我們主張不應該因為對於新聞專業的堅持，而漏看了權力可能對新聞工作帶來的正面效果。

二、因想像而無所不在的權力

Foucault 從規訓角度論述權力現象，他對於全景監獄、身體政治的描述，為權力展現出一種細膩、陰柔且無所不在的圖像。整個社會像是在進行細緻控制，透過不斷進行監看、分類、規訓，讓個人被馴服，成為有紀律的身體（Foucault, 1977 / 1979；Hopper & Macintosh, 1998），如果加入抗拒角度，個人身體與行為則像是成為舞台，權力與反抗於此競逐。

基本上，我們研究的確發現，相對於粗暴、公開權力的行使形式，權力會隱身在組織制度與生產流程之中，於平日陰柔控制著新聞工作者。不過需要注意的是，這種呼應規訓概念的場景，並不表示個人缺乏反抗的可能，或全然缺乏自由（Starkey & Hatchuel, 2002；Starkey &

McKinlay, 1998），以至於造成 Foucault 式組織研究經常低估個人能動性的情形（Newton, 1998）。或者說，就在我們根據研究結果勾勒組織內部權力痕跡的同時卻也發現，雖然組織內許多機制具有權力控制功能，權力也可能四散在組織生活之中，但很多時候權力之所以有力道，是因為參雜了個人詮釋與想像的結果，權力因此被放大，然後把自己綁在其中，無法動彈。

這種詮釋、想像，意味著權力不只是從外在強加在個人身上的力量，對部分人來說，它還像是有餘韻般，會從個人身體或行為層次滲透至個人內心，在權力停止施展之後，改以個人內心做為舞台繼續運作著。這種狀態存在著複雜的辯證關係，基本上，權力在個人內心的餘韻大小，往往與外在控制力道有關，當結構力量很大，產生的個人內心餘韻也相對變大，然後在想像的共同作用之下讓人感受窒息壓力，而這也是造成許多當下新聞工作者無力困境的原因之一。不過，如果個人對外在控制不在意或不敏感時，權力也較少在內心產生餘韻，其效果似乎也就容易停止於施展結束之際，較不容易再被自己的想像所強化。也因此，相較於傳統從外在角度分析權力如何控制與規訓個人，完整的權力分析需要回到個人內心層次，了解權力如何以個人內心做為運作舞台。

（一）詮釋與角色位置

如同很多社會現象涉及到行動者的個人詮釋（Gergen & Semin, 1990），我們主張有關權力現象的分析，也得關切詮釋與想像問題。或者，就在我們比對研究對象的言談資料時，便經常發現指控者與被指控者對權力施展事實的陳述並不相同，位置決定了研究對象對於事實的認定與詮釋，下屬位置對事實的描述，通常不同於主管位置的描述。同時，因為詮釋經常建構於虛實之間，經常包含想像的成分，更複雜化了權力的詮釋與想像的問題。

　　一位研究對象便表示，在惡性商業競爭下，公司主管要的都只是收視率，以及那些有張力、有戲劇性、好看的畫面，對新聞真相通常並不在意。因此，做為新聞工作者的他，要做的就只是執行公司命令，而非報導新聞事件的真相。例如，他曾經處理過一則到了現場，才發現沒有火爆衝突畫面的抗爭新聞，不過因為主管指派任務時要求抓住抗爭畫面，配合上主管以往對於類似新聞處理方式的評論、自己與同事被唸的經驗，以及編輯台選稿方式，這些在在都幫助這位研究對象形成心中的想像，認定主管只要求畫面一定要好看，並不在意現場發生了什麼事，然後只要違反規則就會被要求重修新聞帶。所以他在矛盾之中，還是運用熟練的拍攝手法，做出一則有衝突畫面的新聞。他事後深刻反省這則新聞處理方式的問題，因為無法紀錄真相而感受沮喪，對於公司主管命令感到無力與無奈，但經歷過去多次嘗試與多次挫折的他，在無力、無奈中，還是選擇照主管命令做事。

　　不過有意思的是，一位該公司主管對這件事情卻有不同看法，認為其中有所誤會。他同意公司的確要收視率，也承認他們的確要求新聞畫面要好看，而有衝突畫面的新聞也的確好看，但這並不表示他們要求每則新聞都硬是要做出好看的畫面，而不去管抗爭新聞現場真實發生什麼事，或者也不表示記者都要用主管方式做新聞，不能與主管反應或討論。另外，就在許多地方記者抱怨台北編輯台主管不懂新聞現場，只會亂下命令之際，這位主管也指出，很多時候是地方記者誤解公司命令。例如公司的確追求獨家，但這並不表示為了獨家可以不擇手段，隱藏部分資訊不讓編輯台知道。而編輯台的長官命令也並非都不能反駁，如果長官指示有錯，或記者在第一線明知新聞內情不簡單，不向上反應，而且還是以長官喜歡為藉口硬把它做出來，這種做法是不對的。他表示，公司長官在處理新聞時，可能說話直接，可能會追問一兩句，但並不表示他們會濫用權力，只要自己想要的做法，只喜歡順民。

　　基本上，這種對比之後的差異經常出現在研究過程中，而這裡引用上述比對的目的也不在於論斷哪方說法是對的，我們是想要藉此說明，權力經常是種詮釋的結果，其中包含想像成分。某些經過記者詮釋、被當成是命令的話語，對主管來說，可能只是他們基於工作需要所做的任務交付，至於這些話語是否是就等同於不可挑戰的權力命令，則是可以、也需要充分討論的。畢竟不可否認地，在當下新聞產製邏輯中，主管基於職責總是需要規劃新聞、對記者提報新聞做出回應與質疑，也需要負責開稿要記者去跑。因此，當他們提出從批判角度處理民生物資漲價新聞時，並不表示這些主管具有特定政治傾向，就只是想要這些批判政府的東西，不能有別的角度。

　　然後如同部分受訪主管表示，編輯台忙死了，哪有時間想到要去管記者，哪有時間進行新聞干預。或者他們也直言，如果要主管都不說話，那要主管做什麼，而且自己並沒那麼可怕，不會對非我族類進行懲罰。同時實際比對這些主管行為，除了沒好氣的唸幾句，他們通常不太會進行懲罰，有時候只要記者提出理由充分，他們也欣然接受記者的看法。甚至有些主管反而喜歡有想法的人，例如在前面用來進行比對的案例中，該名主管便多次讚美那位記者的新聞做得很好，只是因為雙方缺乏互動，導致記者根本不知道而已。也因如此，就下屬立場來看，他們經常像是對權力做了過多的詮釋，以至於放大權力在實務場域內的比例與強度。

（二）集合名詞與通則鐵律對於權力想像的強化

　　進一步分析下屬位置實務工作者的反應，我們發現，研究對象對於權力的詮釋與想像，也受到常人習慣將事物進行化約的影響，然後得到強化。我們從許多例子中發現，大部分實務工作者習慣將主管化約成集合名詞，然後用「主管」這個刻板印象想像主管們的行事作為動機。而在多數基層工作者只與直屬主管互動的狀態下，集合名詞讓

所有主管成為單一樣貌，特別是遠端的編輯台主管或更高層主管，經常被想像成只會在辦公室下指令、只要自己命令被執行，無法溝通的一群人。這種狀態讓研究對象忽略了主管間可能存在的個體差異，即便直屬主管的確具有濃厚權力慾望，會強制要求新聞處理方向，但並不表示所有主管都是如此。至少，我們便實際發現不少主管在第一時間主動接受下屬意見的例子。

例如，本書一位任職電視編輯台主管的研究對象，曾在編輯會議中，與其他主管共同依慣例同意了一則地方中心提報的貧窮家庭新聞，而記者也緊接著依照「編輯台要的方式」，賺人熱淚、有畫面、有故事性地處理完這則新聞。在這段過程中，彼此沒有太多異議，順著工作常規有默契地完成了工作。不過也就在新聞播出之後，事情出現轉折，這位研究對象接到某報主跑相同縣市的地方記者電話，善意提醒這則新聞與事實有所出入，案主有藉媒體博取社會同情之嫌，而且該縣市社會局業已發出新聞稿說明。因此於隔天，研究對象主動與其他主管討論，並會同記者調整了後續新聞處理方向。最後，這次經驗亦影響該台日後處理類似新聞的方式，他們不再只是關切如何賺人熱淚，也開始更為在意查證相關問題，以及詢問社會局或社福機構觀點。

我們主張，在沒有強大外力要求更正，也沒有被當事人控告的壓力下，這個例子便也顛覆了編輯台主管無法改變，以及貧窮人家新聞就是要這樣做的想像。或者這位主管在回應「主管」總是高高在上，頑固不聽基層記者意見的同時，也利用其他具體例子直言表示，主管們在編輯台工作的確會很急、有時會沒好氣、會酸記者或編輯幾句、甚至會直接下令記者修新聞播出帶，但這並不表示他們全部都是獨裁的、不能忍受不同意見。相對地，她指出至少就她個人來說，如果出現上述狀況，記者在現場應該據實以告，否則便是失職，不應該以主管就是要那樣，不會聽，而不回報。她也表示她知道有些主管的確愛管人，但這並不意味著所有主管都很兇，都是一個樣，不聽他人意見。事實上，配合觀察

這位主管平日與下屬的互動例子，我們發現只要記者或編輯能提出充分理由，她多半能聽從意見，放棄某則新聞，或者換個另角度開稿。只不過重點是，大部分記者或編輯因為擔憂與害怕，而躲那裡不說話，使得主管看不到自己哪裡有問題。另外，除這位主管的例子外，我們也發現其他主管因為接受到外界線索而改變新聞走向的例子。甚至某幾位主管根本被稱為軟弱、對下屬太好，以致叫不動記者或編輯的案例。

也就是說，因為集合名詞終究簡化了主管的意象，所以下屬通常是在不去承認與辨別主管具有個別特色的狀態下，依靠刻板印象完成平日互動，然後因為認為主管都是那樣，而在心中產生某種想像之後的自我約束。不過除此之外，這裡還帶引出另一項相對應的觀察，也就是通則與個案問題。研究對象習慣將主管的工作要求與命令整體視為通則鐵律，想像主管要的就是這麼做新聞，以致讓自己更加綑綁在自己的權力想像之中。然後有關集合名詞與通則鐵律共同形成了個人對於權力的想像，強化了權力的餘韻效果。

我們實際發現，如同記者習慣將新聞歸類，然後用類似常規處理類似個案（Fishman, 1980），不在新聞現場的主管，於時間壓力下，也同樣有其工作常規，因此，他們像是分別依著不同常規公式處理貧窮家庭新聞、抗議新聞或爆料新聞。當然，主管們擁有的常規精細度有所不同，新聞處理層次也不相同。不過無論如何，我們透過這些常規的使用可以發現，主管們並非個案式地逐一處理每則個案，而是用通則方式處理記者提報的每則新聞。因此，他們是常規性地追問手邊這個貧窮家庭究竟哪裡具有故事性，可用來做新聞切入點；直接要求某則現場抗議新聞要有衝突畫面；或者依照新聞要好看的通則要求記者刪減、添加新聞播出帶內容，或做上特效。雖然主管們不見得清楚意會到自己使用通則處理新聞的狀態，但如同前位主管級研究對象的回應，他們了解每則新聞可能是不同的，新聞是可以討論的，記者也應該反應他看到的事情，而非每次都不說，回頭再怪主管。

　　只是同樣不可否認地，當主管慣於利用通則有效率地處理新聞，沒時間逐一分辨每則新聞事件的特性，或只顧著用通則流暢地進行追問，缺乏鼓勵記者表達現場掌握的訊息，一旦這種新聞處理方式成為習慣，記者經歷主管幾次同樣要求後，便也容易認為這些通則是顛撲不破的聖旨，讓他們愈來愈噤聲。實務工作者開始被自己認知的通則鐵律制約，以為主管要的就是那些，沒得商量，或也不想去商量。開始在不太可憐的家庭中找尋可憐場景，用文字與影像強化可憐的印象，根本放棄這貧窮家庭中有大電視機、小孩帶著 MP3 隨身聽去上課的事實，甚至不理會里長與社工人員說法，也不管當地社會局發的聲明稿。最後，實務工作者相信通則鐵律的功用，根本忽略主管也許是可以商量的，也許更喜歡知道新聞現場的相關事實，因為他們也怕新聞會出錯，也怕因此被新聞當事人提起法律告訴。

　　也因此，將主管視為集合名詞，以及誤認通則為鐵律，幫助了研究對象對於權力的想像，然後對自己產生威嚇作用。只是也因為想像成分，所以這裡的權力不是直接作用在個人身體或行為上，而像是以個人內心為舞台產生的效果。當然再次提醒，這種想像通常是程度問題，並非所有人都會進入嚴重自我威嚇狀態。

（三）因權力想像而鞏固的封建組織

　　將主管視為集合名詞，以及將通則視為鐵律，強化了下屬對於權力的想像，然後配合權力具有遞延性的特質，關鍵性地造成權力的餘韻效果，產生更大的控制效果。

1.權力的餘韻效果

　　我們在研究過程中透過不只一個案例發現，即便是在看似以規訓方式施展權力的組織中，老闆的權力並未消失，透過直接賞罰，還是有可能造成鎮壓與制裁效果（Findlay & Newton, 1998）。同時，或許

更重要的是，就在我們觀看到老闆與主管並非經常直接使用權力進行統治的事實中，本書更從許多案例中發現，權力的遞延性效果。老闆與主管可以只是偶爾使用或濫用權力，但偶爾使用的結果卻會向外遞延，造成意想不到的控制效果。

　　某次粗暴行使權力的影響力，不單是作用在當下，或只針對當事人而已，其效果更可能會在時間上與人際間遞延，這種遞延讓下屬在建構想像時，參雜了部分事實基礎，想像得有根據。然後，配合集合名詞與通則鐵律這兩個因素帶來的過度擔憂，共同在大部分人心中造成權力的餘韻，自己恐嚇了自己。不過我們雖然有如此發現，並不意味本書將所有責任全部歸咎於新聞工作者個人，畢竟他們有關權力的想像並非全然無的放矢，也的確有粗暴的老闆與主管存在。同時，我們也沒有權力對這些新聞工作者進行批評苛責，因為擔心個人工作基本權益而自縛手腳的事實，也同樣發生在其他行業。

　　我們發現，權力的粗暴行使通常會有殺雞儆猴的效果，默默溢散到別人身上，然後像是變成封建場域內的習慣法，留下痕跡紀錄，順著時間遞延下去。再加上某些穿鑿附會的詮釋，便造成組織其他成員總是擔心這位行使權力的主管，甚至因為整合幾個案例，形成主管都會濫用權力的印象。因此，訪談中常見的狀況是，一旦談到權力，研究對象會用老闆曾經裁員、曾將某位記者調離現職、自己或同事未依命令改寫新聞慘遭修理的紀錄，認定如果沒有依照主管要的方式去做，自己將會因此受害。再或者，他們也會引用其他媒體案例，用集合名詞的方式認為主管都是一個樣，藉此說明自己的處境。所以《聯合報》開除徐瑞希事件，在本書系列訪談初期被各報記者引用，晚近則是《中時晚報》老闆收手影響工作權等例子。

　　在這種狀態下，我們透過進一步追問可以更清楚看到權力的想像成分與相對應的餘韻效果。研究對象幾乎都會承認，除了自己與直屬主管的互動經驗外，他們對於主管的看法多半是「聽來」的，

很難保證其正確性。他們多半承認自己被修理的次數不多，或是不自覺地用嚴苛標準把嘮叨視為修理，然後在研究追問之下才意會到，即便主管有嘮叨，但卻幾乎不曾真正開罰。或者後來也認同我們研究觀察，同意嘮叨不應該被單一認定成是權力的展現，至少，它也可以被解釋成主管個性的展現，有些主管就是天性叨絮，並沒有強行控制干預的企圖。或是基於職責的善意提醒，以免下屬犯錯。當然，在「聽來」與想像過程中，有些主管也的確經常自以為是，不聽下屬建議。

不過也就在這種虛實之間，我們感受到權力不只是從外而內控制個人行為的力量，權力與反抗也不只是以個人身體做為戰場。相對地，權力像是透過詮釋與想像，在結束施展之後，部分轉以內心做為舞台運作，用這種不被過去研究注意的面向展現餘韻力量。因此在這舞台上，研究對象經常會用過去或別人的例子，想像主管如何因為追求利潤，而只要好看畫面；如何因為個人政治立場，而要求新聞要用力批判政府；想像主管都是不可理喻、不能反駁的，他們於工作時的話語，都是權力命令。或者他們也會用過去或別人例子去想像如果自己不聽話，老闆與主管會如何整自己，自己會如何受到傷害。然後夾雜在諸多有關權力的想像之中，原本單純來自外在、企圖控制個人行為的權力作為，終於在部分人身上產生了餘韻，逐漸轉移成在內心舞台上展演的自我恐嚇。

對這些人來說，有關權力的想像放大了權力的實際影響力，然後在現實考量之下，自願放棄與主管就手邊新聞個案進行討論的機會，也放棄在現實場域中，上行說服主管的機會（李秀珠、遲嫻儒，2004；李秀珠，2007；Chacko, 1990）。因為過度擔憂權力的負面效果，或者總是習以為常地使用權力角度看待自己與組織的互動，以致忘記自己當下面對的或許不是權力困境，而是溝通與人際關係問題。換個角度進行定義，也許會發現主管並非那麼僵化，自己也並非那麼無力與缺乏能動性。

事實上，我們便實際發現，有些記者特別懂得上行溝通技巧，知道何時要陪主管聊聊天，溝通一下手上的案子；摸清楚主管脾氣，懂得何時不要與他爭辯，何時可以得寸進尺，甚至偶爾會在溝通中展現強悍立場；也有記者懂得在填寫新聞報稿單、回報新聞時，特別挑出主管喜愛的重點，包裝自己的新聞。在大部分實務工作者選擇與主管保持距離的同時，這些記者像是透過上述策略將權力問題調整為溝通問題，然後幫助他們把自己的意見傳遞給主管，而且通常會有不錯效果。或者我們更實際發現幾組例子，原本因陌生而對某位主管抱持敬畏的記者，因為某些私人原因開始接觸以後，才知道原來她並不是這麼兇、這麼需要敬畏，是可以溝通的，然後也開始有了工作上的溝通接觸。

2. 權力想像與餘韻構築的場域

再一次地，權力的想像與餘韻不只與個人有關，而本書也並非藉此責備個人，替外在產業環境、媒體企業、老闆或主管卸責。事實上，透過長期比對，我們便進一步發現外在結構與權力餘韻的辯證關係，嚴苛的外在結構會造成較大的權力餘韻，而當下非黃金年代的媒體環境便充分反映這種狀態。當新聞工作者愈來愈體認到現實生存壓力，跳槽機會遠較以往困難，這時只要權力行使一次，通常便會形成相當大的權力餘韻。

因此，本書逐步比對與勾勒出當下這個由權力餘韻造就的封建場域。在當下非黃金年代，更多新聞工作者陷入現實謀生壓力之中，他們想像老闆與主管要什麼，然後就去做什麼，因為想像中的懲罰而不敢或不願異議；他們不像資深新聞工作者對於過去的描述，雖然同樣尊重主管，有時也會妥協，但卻有與主管討論新聞要如何做的勇氣。然後在這種狀態下，個人能動性與主體性將隨之消失，也將退到用生存做為與組織互動的主軸。

　　最後，對於權力的想像雖然會放大權力餘韻的影響力，無形間綁住新聞工作者，但組織卻會因此獲利，藉由權力的餘韻更加確保組織運作秩序的維持，一方面讓個人更加投鼠忌器，不會偏離組織要求太遠，順著主管指示做事。另一方面這種想像也可能以集體形式出現，形成整個組織新聞處理內容的集體偏向。因此，在台灣媒體的封建基礎上，老闆不必事事介入，也不必經常處罰員工，只需要任命效忠自己的高階主管，向他們提醒利潤的重要，或某位政治人物是自己的好朋友，然後配合偶爾的權力展示，造成員工對他具有權力的想像，便自然可以掌握整個媒體的新聞走向。而聰明主管也同樣可以承接這種權力想像，偶爾利用特定案例進行懲罰、口頭威脅，藉此釋放出自己擁有權力的訊息，在威嚇懷柔中，不至於引發下屬反彈，就能管理好自己領地。

　　所以出於效忠、忌諱老闆權力，及基於自己利益所做的揣摩上意，高階主管自然會在編輯會議中以收視率做為取捨新聞的標準，系統性地採用負面手法處理老闆討厭的政治人物新聞。而中階主管則拿著每分鐘收視率對照新聞播出順序表，想要找出是因為播出什麼新聞而造成收視率突然下滑，卻忽略千分之一的收視率可能是隨機造成的，沒有大太意義。或者在工作中的直接反應是，這則新聞播出帶做得不好看、為什麼沒有在第一時間取得畫面、為什麼漏了獨家。至於正確性、新聞的社會意義、是否侵犯隱私，則像是隱身起來，較少出現在對話之中。然後在權力餘韻中，基層新聞工作者於接手這些指示後，很少挑戰主管，也自然採用了類似思考方式與做法。大部分時間都在想著新聞要好看，用辛辣刺激的標題用詞、以事件衝突點與故事性做為書寫新聞的主軸、用戲劇化的情節鋪陳與過音、誇張的現場新聞連線、強調大特寫，破水平，誇張角度的鏡頭運用。

　　在封建組織強調庇護與效忠的基礎上，這種從上到下的過程，像是一種基於對權力想像與想望的控制模式，因為憂心權力干預、

被懲處，或者想望升遷，各層工作者會自行篩選掉不利組織的東西，並且在想像與想望中，經常放棄了上訴的機會，習慣用上級指示處理新聞。然後，想像與想望像是為封建組織在庇護與效忠之外，添加了新的黏著劑，回過頭幫忙與鞏固起封建體系。組織利用個人對於權力的憂心，從個人層面找到服從組織的力量，讓原先的人治基礎可以更為穩固。

第六章　常規做為自我控制機制

　　在台灣封建組織內部，除了庇護與效忠，以及權力機制外，常規是另一種重要控制機制，三者共同維護起組織運作所需的秩序。或者說，隨著本書對於組織如何控制個人的觀察分析，我們逐步體會一項重要事實，即，有關控制的討論不應該只是追問外在力量對個人做了什麼，很多時候，成功控制還涉及被控制者的配合參與，是個人有意無意接受組織引導，或自我放棄的結果。

　　呼應這種事實觀察，我們主張適度翻轉到行動者角度，觀察新聞工作者是如何呼應組織控制的需求。基本上，前章有關權力想像的討論便說明了這種狀況，不過除此之外，常規在平日展現控制功能之際，也同步說明了翻轉的意義，它微妙嫁接起個人與組織，在實務工作者或主動或被動配合的情況下，讓媒體組織得以透過常規進行控制。

　　對本書而言，常規是個複雜概念。簡單來說，它指涉的是經由學習累積，個人用來處理每天工作任務的習慣方式，包含找尋、判斷查證、採訪、寫作、下標題等部分，當然以上各項會再細分，如採訪常規中包含不同類型的問問題方式。從行動者的角度來看，常規一方面為新聞工作者所用，幫忙個人建立起每日工作秩序，不致毫無章法。但另一方面由於常規終究是用來解決工作問題，總得考量組織目標與要求，所以它雖為個人使用，但卻非任由個人決定，常規總包含了組織成分，組織會透過常規引導工作。

　　這種特性促成常規所具有的控制成分，並且有些複雜地展現兩種控制意涵。首先，常規形成時，個人與組織間的相互校準，讓組織得以充分涉入常規之中，然後於日後使用常規工作的同時，直接引導每位實務工作者的新聞處理方式，這形成第一種，也較為直接易懂的控

制意涵。其次，常規形成之後帶來的平淡節奏，讓新聞工作者在安全感與僵化的共同作用下，逐漸形塑出一種自我束縛與自我放棄的態勢，變得只是習慣性跟隨常規前進，不會想要改變。而這種自我束縛與自我放棄，則是以較為隱晦的方式，意味著常規的第二種控制意涵。

　　本章延續前面有關秩序的討論脈絡，在翻轉至行動者角度的同時，將詳細說明常規的控制意義。至於常規平淡節奏造成的另一組重大問題，即，工作熱情消失與新聞工作意義改變，則會於後續章節再行深入論述。不過，由於有經驗的新聞工作者已累積成熟常規，較難密集觀察到常規形成的過程，為強化這方面觀察資料，本書以輔仁大學新聞傳播系實習媒體《生命力》做為補充的參與觀察對象。

　　《生命力》為一報導弱勢團體新聞的網路媒體，學生成員每學期更換，原則上該媒體於學期間每週更新新聞一次。研究者在取得指導老師同意後，以一學期為單位，從 2003 年 2 月至 6 月，以公開研究者的身分，集中觀察每週二的新聞作業程序，包含中午的主編會議、全體記者會議，以及晚間主編群最後改稿與發稿過程，同時也透過該實習媒體建立之網路系統，掌握所有成員平日提報新聞、討論過程與最後出刊之新聞。基本上，《生命力》的實習媒體性質有助於我們從幾近生手的身上，特別是工作不順暢之處，密集觀察常規如何形成。不過需要說明的是，本章主要還是以實務工作者做為研究對象，實習媒體觀察資料是用來進行補強比對，試圖更加精緻化本書對於常規的各項觀察。

　　在簡單做完整體描述之後，本章接下來分三節進行說明。第一節先說明本書對於控制概念，以及結構與能動性的整體看法，然後以此為基礎，分別描述常規帶來兩種控制意義。第二節討論常規如何形成，又如何塑造出個人與組織共謀控制自己的樣態，第三節則討論個人如何在常規中僵化、自我放棄，以致形塑出程式化或自動化的個人。

壹、個人的自我控制：依循常規的軌跡行進

　　一般來說，類似權力概念的使用方式，我們似乎習慣將控制視為一種外力對個人的影響，在傳統新聞專業論述中，組織便扮演了這種外力角色，總是試圖透過不同機制控制新聞工作自主，控制新聞工作者在組織設定的目標軌道上前進。基本上，本書雖然原則同意控制由外而內進行的觀點，但卻也透過研究發現，以往傳播研究對於權力或控制的看法，似乎造成觀察分析時的若干侷限，以至於需要適度翻轉到行動者角度，相關討論才會更為完整，也才更為貼近新聞工作的真實場域。

一、控制概念的適度修正

　　呼應前面有關古典權力的討論，過去與組織控制相關的傳播研究，經常傳達一種由組織向個人進行的線性控制關係。例如研究老闆如何透過下條子、路線調動與開除等方式影響新聞工作者，然後主張新聞工作者應該積極維護新聞專業自主。在這個過程中，媒體組織總在進行控制，而新聞工作者則處於被控制狀態，整體呈現單向且對立的控制關係。

　　然而我們隨著長期研究卻發現，控制的確可以來自組織蓄意安排，但控制關係卻是複雜的，並不容易清楚陳述，至少不是組織控制個人這種單向對立模式。從個人與組織互動角度來看，有關控制的討論需要適度回到個人層次進行論述。控制像是會向人內心延伸，然後不是自己放棄了逃逸機會，便是有些弔詭地，自己反過來與組織共謀綁住了自己。或者說，在實踐場域，控制的單向線性本質背後，經常代表被控制者的自願配合，一旦他們的配合意願所有鬆動，控制關係也將會出現鬆動，甚至瓦解的可能。

　　Burawoy（1979, 1985）有關生產趕工遊戲的觀察，便從理論層面說明了這種情形。在 Burawoy 的描述中，勞工不只是被老闆宰制或剝削剩餘價值的對象，事實上，很多時候是因為他們本身自願參與了組織控制個人的作為，才讓諸如趕工遊戲等機制得以有效率地進行。換個說法，配合「生產時的關係」的運作，在勞工集體投入老闆安排的趕工遊戲，以獲取更多個人利潤的當下，無論他們是否有所自覺，整個投入過程便意味著勞工默認與順從了老闆設定的遊戲規則，甚少提出質疑與挑戰。因為很少有人能夠邊玩遊戲，邊挑戰規則，而且還能把遊戲玩好。所以經常出現的場景是，雖然勞工會在參與過程中耍些小手段，為自己或同事取得更大利益，可是一旦選擇努力參與遊戲，也就代表他們接受組織安排，而且愈是成功的勞工，往往也愈配合投入，成為老闆想要的模範。

　　也因此我們發現，Burawoy 對於老闆如何掩飾剩餘價值，讓勞工自願順從的詳細觀察與論述，其實也凸顯出有效控制作為並非如同傳統想像般，只是藉由權力宰制、由外強加在個人身上的舉動。很多成功控制是使用隱晦手法，讓勞工自願順從與配合，至少，有些控制手段不同於一般權力行使。權力行使可以依靠粗暴方式進行，藉由懲罰壓制勞工反抗意願，但部分控制機制則需要員工配合才能完成。而且這種透過規訓讓員工自我管理的策略（Barker, 1993），或許將會更為成功，不必擔心過度行使權力帶來的負面效果。

　　本書呼應這種看法，並且透過研究觀察主張，組織內部秩序的有效維持，經常需要依靠某種「承認」做為基礎。特別是因為台灣媒體運作並非建立在制度化、機構性的信任關係之上，其封建性格、人際式的信任關係，加深了「承認」的重要性。無論是自願、被動或是默認，個人需要承認組織與組織控制的合法性，才能造就出台灣媒體的穩定運作秩序。否則即便是綿密、粗暴地行使權力，也會出現貌合神離的情形，成為一種不穩定的秩序形式。當然，如果這種「承認」是進一步建立在個人「甘願」基礎上，秩序將更形穩固。

前面第三、四章對於庇護與效忠的描述，便具體反映這種精神。基本上，庇護與效忠具有控制功能，但不適合單純從傳統控制觀點進行說明，因為這種控制機制便是依賴「承認」做為基礎。無論是基於情感性與策略性成分，都需要下屬自願順服於老闆與領主，庇護與效忠才能有效維持其運作，倘若缺乏下屬的承認，便很容易出現貌合神離或陽奉陰違的情形。如同部分研究對象根本不承認自己的主管具有指揮調度能力，或從根本質疑主管只為自己升官而不顧下屬，不具有德行領導的特質（鄭伯壎，1995a），當他們只是因為「他們是主管」而接受指令，庇護與效忠很難順暢運作，封建領地也有鬆散危機。

進一步，「承認」也間接影響了有關新聞工作自主的解釋觀察，新聞工作者承認與順從領主的狀態，讓他們無意間成為新聞工作自主的微形殺手，在新聞工作的實踐過程中，於許多小地方或特定個案，默默且零星地傷害了新聞自主。例如害怕領主在特定新聞人物面前為難，而願意出席某場飯局或記者會，或者在下筆時特別手下留情。

不過，除了庇護與效忠，我們發現常規也具有類似的控制特質，甚至更直接嫁接起組織與個人間的互動。暫且簡單來說，常規控制意味著兩層意義。首先，因為常規是在個人與組織的相互校準過程中形成，所以這種校準便先是意味個人承認組織存在的合法性，然後再進一步將組織要求巧妙地融合進個人工作常規。其次，常規控制意味著個人的放棄，順著常規做事的人，像是程式化與僵化，忘記與放棄了自己所具有的能動性，然後在組織內順著組織設定的軌跡前進，而這兩層面的意義也是本章後續討論重點。

二、結構與能動性的思考

換個角度，控制概念的轉換，其實也代表著結構與能動性關係轉換的可能，而這不但是社會學長久以來關切的根本問題，也是本書勾勒個人與組織互動的重要基礎。為了更清楚鋪陳這組重要關

係，這裡將在常規做為控制機制概念之下，說明本書對於結構與能動性問題的整體看法。

（一）Bourdieu 對於結構與能動性的看法

一直以來，結構與能動性問題困擾著許多社會學學者（Thiétart & Forgues, 1997）。面對社會具有的各種結構，個人究竟是自由的主體，具有個人意識、意志與足夠能動性，或只是依循結構規則設定方向默默前進的客體，是個重要的社會學問題。Bourdeiu（1980 / 1990）與 Giddens（1984）便花不少時間在處理此一問題。以 Bourdieu 為例，他試圖打破二元對立方式，從習癖（habitus）概念進行說明。

Bourdieu 主張個人在真實世界中的實踐作為，終究不能忽視社會的影響力，但這並不表示實踐作為如同其他客觀主義學者的想像一樣，是由固定規則所決定，或是具有結構決定論的單一本質。因為實踐作為總是需要考量當下成分，臨場發展策略，過度重視結構與規則，將會犧牲規則使用時的變化可能性。不過反過來，真實世界中的實踐作為雖然會依情境調整，具有當下成分，但這也並不意味實踐作為完全由個人意志決定，每次都是史無前例的臨場創作。

事實上，實踐作為是有邏輯與模式的，只是對 Bourdieu 來說，關鍵在這些邏輯不同於傳統功能主義認定的「規則」。傳統功能主義認定的規則具有文字特質、共享、普遍性等特色，致使他們假定每個人都得遵循相同規則行事，沒有能動性與差異性，但 Bourdieu 主張的實踐邏輯，卻有著臨場調整的本質，同時存在著個人能動的可能性。而也是基於這個原因，多數研究者發展出來的規則或理論，雖然觀察自實踐作為，卻經常因為在理論建構過程中，忽略實踐時的臨場成分，導致最終形成的理論規則不等同於實踐時的邏輯。當它們被發展成「在那裡」的規則，想要以此直接解釋真實世界時，自然會遭遇許多問題。

整體來說，實踐作為像是受到習癖引導，或者說，在真實的社會生活當中，習癖中介了個人與社會，具有指引個人實踐作為的能力。Bourdieu 認為透過生活經驗與社會化，個人會逐漸累積出某些習癖，然後以此做為感知世界的認知系統，並接受習癖指引行動，不過同樣地，這種指引並非僵硬制約，個人仍有隨情境轉換實踐作為的可能。而社會階級等結構因素便是藉此機會，隨社會化過程進入習癖之中，讓社會結構類似的人具有類似習癖、類似感知世界的方法。所以一群擁有類似社會結構的人，不必跟隨固定規則，也不需有人在幕後協調，便會在類似情境中有著類似作為。進一步，也正因如此，社會外部結構與個人實踐作為之間開始出現某種一致性，讓理論上具有無限臨場可能性的實踐作為，會因為習癖而得到收斂，生產出合乎社會預期的行為。

Bourdieu（1980／1990）像是陳述了一組結構與能動性的新關係，在其中，實踐作為並非完全由行動者個人所決定，還是會受到社會結構影響，但相對地，實踐作為也不是完全接受結構決定論式統治，根本不具能動性。而順著這種觀點回到本書討論，當 Bourdieu 以習癖做為工具，分析社會如何轉嫁或融合至個人，引導個人，卻又不致制約個人的同時，我們透過長期研究也得到類似發現，並且呼應這種有關結構與能動性的說法，我們主張有關個人如何與組織互動，以及組織如何控制個人的討論，也需要避免落入二分法陷阱，而常規在其中扮演關鍵嫁接的功能。

（二）非單向控制關係

事實上，本章前面提及控制關係中的「承認」本質，便像是呼應對於結構與能動性關係的反思，代表一種觀察個人與組織互動的新方式。

在新聞產製的組織場域內，這種「承認」首先意味著個人具有能動性的可能，雖然他們不見得會直接挺身抗拒組織控制，但至少

可以使用不承認或忽視的方式進行回應（Clegg, 1994），影響組織控制的效果。其次，「承認」更深層顛覆了組織與個人間的二分對立關係。連同前面論述過的庇護與效忠，以及即將論述的常規，我們發現，媒體組織的確會設法控制新聞工作者，將他們控制在組織設定方向上，但很多時候這種控制要成功，需要新聞工作者某種形式的自願配合。而也正是這種自願配合讓二元對立關係出現解釋上的困難，控制不再只是來自外在，不再只是來自組織，很多時候混雜著個人成分。

　　例如封建組織之所以能夠正常運作，部分便是受惠於身為下屬的新聞工作者願意效忠領主，願意老闆與領主控制，所以不用特別交代，下屬只需藉由過去經驗，便知道該如何處理某特定政治人物的新聞。另外，常規也具有這種功能，在它成功嫁接起個人與組織，個人習慣於順著常規做事的同時，也意味著新聞工作者開始連同組織共同施力控制住自己，有意或無意地配合組織控制自己的行動。

　　也因此，本書借用對於控制關係的重新理解，主張一種個人與組織互動的新關係形式。在媒體組織內工作的個人，的確受限於組織所代表的結構，不具有完整的能動性，不過這也不代表兩者總是對立的，新聞工作者總是被無辜壓制的。事實上，有異於傳統結構與能動性討論所隱含的標準二分關係，新聞工作者與媒體組織間可以互動共謀，展現你泥中有我，我泥中有你的景象，彼此鑲嵌在一起，但也同時存在相互較勁的可能。而本章即將討論的常規正是種重要鑲嵌機制，它細膩地將組織要求融合在個人工作方式之中，使得新聞工作者雖然具有能動性，可依照個案情境調整工作策略，或在必要時具有反抗或回應控制的能力，但卻因為組織巧妙涉入常規，而限制住個人發展工作策略的可能性，將他們巧妙地穩固在組織設定的軌跡。常規成為一種組織場域內，嫁接個人與組織、能動與結構的工具。

不過，或許與 Bourdieu（1980 / 1990）有些不同的是，我們在利用常規重組結構與能動性關係之際，也同時觀察到隨著熟稔常規，能動性逐漸在個人身上減少與消失的事實，以及「自我放棄」在此過程中扮演的關鍵角色。研究發現，常規不只是在「承認」基礎上嫁接起個人與組織，促成個人與組織共謀控制自己、限制能動性，常規造成的個人僵化與無力，更是能動性減少或消失的一項主因。個人往往因為習慣常規工作帶來的現狀與安全感，以至於在逐漸僵化過程中，不自覺「放棄」了自己能動的可能，最終只是有意無意地跟隨組織設定方向，陷在結構之中難以動彈，甚至從根本放棄了自我超越的機會。這種「放棄」惡化了台灣新聞工作者的能動性，也惡化了新聞工作自主。

因此我們主張有關能動性的討論，應該關心「承認」、「鑲嵌」與「放棄」這些概念，而非依循傳統單向控制與單向反抗的思維方式，而本書也將藉由這些轉換，重新思考實務場域內的新聞工作自主問題。也就是說，或許，新聞工作自主問題除了出在組織與老闆身上，部分也出於新聞工作者本身，與組織鑲嵌在一起的他們，往往不自覺地讓自己停滯在常規中，受組織規範而不自知。更有甚者，在常規造成的僵化與無力中，他們放棄了建立專業，挑戰結構的意志力，或根本放棄了自我超越的可能性。

不過這並不表示我們責備新聞工作者，或在為台灣媒體尋找藉口，合法化老闆的惡意控制行為，相對地，我們是希望透過這種討論，更為務實地觀察實踐場域內個人與組織的互動，然後帶著這些思考，於後面章節進一步討論新聞工作者的反抗策略問題，以及思索該如何回應新聞工作者自我放逐的可能，更為積極地增加新聞專業在當代媒體環境中的具體實踐機會。

貳、常規的必要性：秩序、節奏與控制

事實上，新聞工作常規並非陌生研究課題（Berkowitz, 1992；Epstein,1973；Tuchman, 1973；Shoemaker & Reese, 1991）。在 Tuchman（1973, 1978）利用參與觀察和深度訪談，研究新聞如何被建構與製造時，便發現常規存在的事實。他指出，新聞工作並非隨機進行的，而會依賴各種慣性工作方式，也就是常規，以求有效率地處理每日複雜的新聞事件，避免開天窗。新聞網（news net）與類型化（typifications）便在解釋這種現象，媒體一方面會設下新聞網，在重要城市、重要官方機構布線，設定採訪路線；另一方面則會將新聞事件類型化，依照時間特性將新聞分類，決定要如何處理。透過這兩種常規化新聞處理方式，媒體可以有效分派組織資源，在特定時間與地點找新聞，有效率地製作新聞，當然，新聞產製的內容也因此有所偏差。

Fishman（1980）也透過參與觀察發現，新聞工作者是常規化地處理每則新聞事件，而不會每次都發明新方法。例如在路線分派基礎上，他們會發展出例行巡視自己路線的時間表與行程，例行性造訪特定採訪單位，與特定消息來源聊天。或者他們也有處理官方說法的慣例做法，經常認定官方說法是事實，不會再去查證，也不會輕易表達自己對於官方說法的推論觀點。這些常規工作方式決定了哪些事件可以成為新聞，什麼資訊可稱做事實，也因此成就了常規化新聞的產製方式。然後因為這些常規相當程度地配合官方工作習性，所以讓官方可以反過來利用常規化新聞產製方式，取得操弄新聞的機會。

綜合來看，這些集中在 1980 年代前後的研究，看到了常規主導新聞工作的豐富事實。研究者先是以「效率」觀點論述常規如何透過模組化方式，較省力、較安全地完成每日工作，然後再從較為批判的立場，說明常規如何讓新聞產製出現偏差，甚至偏向官方。只是我們卻也主張，就在這些研究論述成就精彩觀察之際，其立場似乎也限制了大家對常規的了解。

從行動者角度來看，常規讓新聞工作者得以流暢完成工作，但除了效率之外，這個普遍且重要的現象，還存在著控制與節奏這兩種觀察主軸。首先，常規形成終究得考量組織要求與目標，因此回應前節討論，常規扮演著控制功能，組織得以透過常規控制個人行為。其次，常規為複雜與充滿不確定性的新聞工作帶來節奏，只是這些節奏後來逐漸平淡，然後造成帶著節奏的新聞工作者一方面逐漸停滯、自我束縛於工作常規中；另一方面失去工作熱情，造成新聞工作意義的轉變。而緊接著我們將順著控制主軸，說明常規如何形成，以及對個人所產生的控制。

一、從混亂中找秩序

秩序問題不只存在於組織層次，或者只有組織會利用常規有效率地完成工作，事實上，個人也需要秩序，有秩序地處理每天工作。許多研究便發現日常生活行為其實都隱藏著規則（Lähteenmäki, 2003；Zimmerman, 1970），這些規則讓個人活在有秩序的社會中。同樣地，面對每天發生的新聞事件，新聞工作者也需要簡化其複雜與不確定，設法找到規則，而工作常規便扮演這種功能。

研究對象便呼應 Fishman（1980）觀察，也描述自己習慣的巡迴路線方式。受訪的地方記者會固定拜訪某些里長或警察局，透過聊天、泡茶應酬，甚至幫忙警察看管犯人的方式，博取信任，得到足夠的新聞。立法院記者則會在自己負責的黨團辦公室以外，固定到某位立法委員辦公室坐坐，從某些選民陳情案中找尋小獨家新聞，或者在爭議事件發生時，習慣找特定立法委員發言，做為形式平衡藍綠說法的方式。除此之外，藝文線記者有自己喜愛報導的表演團體，喜歡到特定表演場所坐坐；影劇記者則知道如何透過經紀人要新聞，如何利用改寫公關稿的方式發新聞。

　　基本上，研究對象陳述的這些工作常規符合過去看法，有助於每天有效率地完成新聞工作，不過我們卻也在效率觀點的背後發現，常規更像是隱默的規則，幫助新聞工作者找到工作時的秩序，不致不知所措。而這種秩序功能可以進一步從新手與面臨轉換路線的熟手身上得到印證，陌生工作情境經常代表著缺乏秩序與節奏，或者需要重新整理過去經驗才能從混亂中找到秩序，而常規的出現便落於這種需求，常規帶來節奏，節奏又帶來秩序。

　　如《生命力》實習記者在學期前幾週便因初次接觸陌生工作情境，缺少工作所需的節奏與秩序。一方面，陌生激起程度不一的亢奮、新鮮感與不確定，讓這幾週成為整學期精神最為集中的時期；但另一方面，亢奮不能解決眼前問題，這些實習記者同時也有著不安全感，渴望快速找到「如何做」的模式。想要知道老師喜歡何種新聞切入點、要如何約訪消息來源才不致被拒絕等，甚至連簡單的新聞稿上網方式也成為急欲得知的焦點。在會議、改稿與書面報告中，實習記者也與老師有著整學期最多的互動。這種狀態投射出常人對於秩序的需求（Misztal, 2001），實習記者渴望秩序，不想再擔心寫不出也交不出新聞的窘境。

　　所幸透過邊做、邊試、邊問這種傳統做中學方式，新手逐漸抓到若干常規（Merrill, Reiser, Merrill & Landes, 1955），慢慢掌握工作節奏，使得主編幹部在開學幾週後便幾乎可以不依賴老師，有條理地完成工作，且有效縮短每週工時。只是隨著節奏漸強，亢奮也同步減少，由某種掌握秩序後的自信所取代，他們開始可以邊工作邊聊八卦、邊開會邊打電動玩具或看書。然後慢慢地，即便這些工作量少的實習記者也會進入常規工作階段。

　　這種透過常規找到秩序的情形，同樣發生在線上新聞工作者身上。研究對象回憶路線轉換經驗時，似乎也都感受過新鮮感帶來的短暫不安與亢奮，急切想回復原先有秩序的工作狀態。一位於訪談進行

前不久才調整採訪路線的報社記者便表示，在被迫從原先有固定作息的公家單位，換到沒有固定採訪地點的新路線後，他每天總有不知去哪裡找新聞的壓力，甚至因為擔心當天找不到新聞而想要請假，藉此迴避交不出新聞的窘迫。也因此他格外懷念原本有秩序的生活，幸好經歷幾週嘗試後，這種情形得到紓解，他開始掌握某些新工作方式，知道與哪幾位里長泡茶、閒聊可以找到人情趣味新聞，特別留心路上某些特色商店可以做為新聞主題，然後在報社欣然接受這些做法之下，逐步找回秩序，重新過著悠閒的新聞工作生活。

二、常規形成：個人與組織的相互校準過程

常規之所以出現，與我們對秩序的需求有關。只是在真實的組織場域，常規雖為個人所用，但其形成卻非由個人單獨決定（Jones & Craven, 2001），仔細來說，常規形成是一種個人帶著主觀經驗不斷猜測、不斷與組織相互「校準」的過程。也因這種過程，組織取得影響新聞工作者的機會，默默將他們控制在組織設定軌道上處理新聞。然後，隨著新聞工作者愈來愈依賴逐步形成的常規，而指向之後長期平淡的常規工作樣貌。

（一）過去研究對常規形成的看法

在處理常規如何形成這個問題上，過去研究似乎有著兩類做法。首先，如同本書研究對象總是強調，看多了、做多了，常規自然也就出來了，「做多就會」似乎正是以往研究的基本看法。這種將常規視為經驗默識的看法，固然傳達了常規的經驗本質，卻也讓以往研究輕忽常規形成時的複雜過程。這些研究（Epstein, 1973；Fishman,1980；Tuchman, 1978）聚焦在常規對新聞產製的影響，相對地，對於常規如何形成這個後設問題則是輕描淡寫，像是存而不論。

在傳播領域之外，知識管理研究則從另一種角度研究常規，他們視常規為知識，從個人學習角度觀察其如何形成與轉換。不過，這些研究因為習慣在本體論層次清楚劃分組織與個人，而學習又屬於個人行為，所以他們往往只是套用個人層次的學習理論，將組織類比成具有學習能力的超大個體。然後討論該如何透過個人工作者蓄積包含常規在內的各種知識（Cohen & Bacdayan, 1994；Lyles, von Krogh, Roos & Kleine, 1996），或者在區分組織知識與個人知識的基礎上，分析討論兩者如何進行轉移與分享（Nonaka & Takeuchi, 1995；Raelin, 1997）。也因此，這些研究雖然觸及常規這種默識知識如何形成，但其區分個人與組織層次的做法，讓研究者同樣無法看到常規形成過程中，個人與組織間可能存在的交纏、相互滲透關係。

當然，我們理解每個研究都有其各自關注焦點，不過這裡也試圖指出，過去研究雖然處理了常規與新聞工作的關係，但其研究角度卻也讓研究者無法觀看到常規的控制本質，組織是如何透過影響常規，於每日工作過程中默默控制新聞工作者，同時也忽略後續章節將討論的僵化與熱情消失問題。

（二）實作、猜測與校準

常規形成有其複雜本質，組織在其中扮演了關鍵角色。由於新聞產製終究在組織內完成，必須考量組織構面（Ettema, Whitney & Wackman, 1987；Tunstall, 1972），而組織也需要協調整合，以確保個人會為組織利益服務。因此，如果常規只有個人成分，只是個人用自己習慣方法解決問題，那麼組織將無法和諧運作。或者說，組織運作類似交響樂團，每個人雖然可以擁有自己演奏方式，但整體仍需統整在一定節奏內，以取得演出時的和諧。如果放任各自獨奏，即便每人都是傑出演奏者，也會出現不同調的情形。

　　所幸在實踐世界，基於保住工作等現實考量，常規雖然成形於個人身上，卻不只是個人經驗的累積。基本上，常規形成是種個人藉由不斷猜測、不斷朝組織校準的過程，在老闆與主管沒有明說的狀態下，新聞工作者會在校準時不自覺地帶入自己對於組織的想像，一次次更為逼近組織易於同意的做法。而這種在猜測中校準的過程，一方面反映常規形成時難以描述的複雜特性，另一方面也從行動者角度，將組織與個人嫁接起來，兩者不再是獨立、無關聯的層次。常規有著組織層面考量，也讓組織可以透過常規發揮控制功能。

　　例如對《生命力》實習記者來說，寫新聞與改稿或許還不是最難的任務，過去新聞相關課程和一般寫作經驗都可以做為基礎，以交出具有基本寫作格式的新聞稿。但在分數這項現實考量下，更為頭痛的問題往往是《生命力》到底要什麼、要如何做出指導老師要的東西。雖然透過實習前說明會或學長姐經驗傳承，新手成員知道「為弱勢者發聲、為奉獻者立傳」等口號，也了解《生命力》做為非營利通訊社的定位，但這些都只提供了某種模糊方向，無法解決實際問題。

　　因此，新手還得透過個案實作經驗的累積，從一些具體細節中猜測、校準到老師想要的目標，形成某些符合組織要求的工作常規。在嘗試之後，他們知道用「視障」取代「瞎子」，或者學會肝病這類常見疾病的報導，並不是《生命力》要處理的新聞，又或者得避免寫作時針對不同殘障類型進行比較，因為殘障人士不應該被拿來比較誰比較可憐。也就是說，常規透過校準過程嫁接起個人與組織，不但使得實習記者個人工作方式逐漸帶有《生命力》的味，不再我行我素，組織要求也能夠滲入個人使用常規，影響每位實習者。

　　實習記者這種透過實作經驗，猜測並校準出常規的做法，也符合線上實務工作者對於新手時期的回憶。在媒體很多事沒有明說，或者也不可能明說的狀況下，急著想要上手的他們，便是在幾次嘗試後逐漸校準到組織想要工作方式，知道碰到某幾位部會首長的新聞時，就

是要「給他用力批下去」；某位候選人的新聞就是不要做，或盡量做小；用特定幾種誇張鏡頭語言，呈現新聞抗議現場。原則上，這種過程呼應 Breed（1955）的新聞室社會化古典研究，或者說藉由社會化，組織新進者得以學會並表現出組織想要的行為，懂得集體的共識與行動背後的規則（Feij, 1988；Manning, 1970）。不過隨著研究開展與厚描觀察，我們在社會化基礎上，提出校準概念為整個過程進行更為細緻的定調，這種發生於個人與組織間的校準行為有其特殊之處，造成組織得以控制組織內工作者的事實，並且影響後來有關常規帶來平淡節奏的觀察。

（三）校準過程的特性

　　首先，如同研究對象會因對權力的想像而綁住自己，校準過程也包含了想像成分。個人校準的目標經常是自己基於特定事實基礎，對於組織要求所做的「想像」，而非組織設下的客觀標的。例如一位實習記者認為新聞用詞要很感人、很悲情，便是他個人對於組織要求的過度想像，然後在自以為是地操作一段時間後，才赫然發現指導老師還是要求客觀寫作原則。反過來看，由於《生命力》同樣受限於新聞工作複雜變動的本質，本身便很難用文字精確描述究竟要什麼，配合上即便猜錯好像也無大礙，每週還是有成績的狀態，這些都使得實習記者得以保有一定想像空間，可以依照自己想法繼續猜測、繼續校準，直到出了大紕漏，或逐漸修改到指導老師大致可以接受的樣貌。這種同樣發生在實務工作者身上的過程，意味著組織雖然會透過校準過程影響常規，但原則上，個人使用的常規還是保有個人運作空間，形塑常規的時間也具有彈性。

　　不過這裡也要指出，常規形成時的想像成分，並不都是個人天馬行空或胡說八道的結果，基本上，想像仍然需要若干事實做為基礎。例如我們便發現，研究對象之所以會形成用力批判某位政府官員的工

作常規，往往是基於主管曾經有過要求修改新聞播出帶，增加批判力道的例子。雖然如同第五章所述，這項要求可能是因應特定新聞事件所做的決定，而非通則鐵律，意味所有新聞都要如此。或者這也並不表示如果記者明知事件始末不是那麼回事，還是要蒙著頭用力批判，但無論如何，它終究也成為記者形成常規時，想像中的校準對象。

其次，這種校準保留雙向操作的可能性，不像社會化研究（Feij, 1998）多半指涉的是組織對個人進行社會化的單向過程。也就是說，校準不單是由指導老師發動，告訴實習記者因為主流媒體經常處理肝病新聞，所以肝病相關介紹不屬於弱勢團體新聞，它也可以反過來由實習記者向指導老師主張，中輟生新聞不應與受刑人歸為一類，因而改變指導老師原先對「社會邊緣」這條路線的定義方式。也就是說，只要記者做法與指導老師的想像沒有太多差異，有時候反而是指導老師向實習記者修正。雖然相較於前者，由於大部分實習記者還是習慣被動學習、被動接受命令，以致老師向學生修正的比例仍屬較低。

這種雙向校正的可能性同樣存在於真實媒體組織場域。例如我們就實際發現，在經歷幾次與下屬的互動之後，一位原先認定新聞一定要採訪到當事人的主管便逐漸改變原來態度，開始接受那種在八卦、緋聞等負面報導中，當事人不願出面的新聞處理方式，雖然這種接受大半出於無奈的成分。或者，組織內部上行說服策略的研究（李秀珠、遲嫻儒，2004；李秀珠，2007），其實也像是換種角度說明這種可能，下屬是有可能改變主管看法的。

不過如果我們進一步觀察，理論上，校準可以是雙向的，只是因為下屬經常「放棄」說服或改變主管的可能，所以造成主管向下屬校準的比例相對偏低。而近年來台灣媒體環境不景氣，更加形塑出這種放棄的氛圍。因為對於權力的過度想像，因為擔心工作機會，擔心秋後算帳，或者單純出於被動的習性，許多研究對象便清楚卻無奈地表示，他們根本無力改變主管，最好方式便是依照主管的方法做事，以

免多說多錯。而回到能動性討論，這也意味著新聞工作者在常規形成之後逐步綁住了自己，放棄雙向互動、改變主管的可能性。

最後，這種在猜測中校準的過程，展現了某種難用理性邏輯捕捉的神韻。詳細地說，常規雖在猜測與校準中形成，但還是得有若干依循，而非完全隨機所致。只不過這些依循又經常不是嚴謹的理性邏輯原則，而是只有當事人才能體會的「感覺正確」原則。例如主編幹部的改稿過程便經常沒有統一標準，依靠某種「感覺正確」，特別是在開學前半段，他們對於類似個案的改稿標準往往前後不一，而且通常只有判斷沒有原因，或說不出原因。一旦遭受質疑，只能配合任何新手都能找到的新聞寫作語病，回應「你這篇新聞寫得不夠公正客觀」這種理由，或籠統告知「新聞寫得太像公關稿，不夠《生命力》」，因此主編經常禁不起實習記者再度質疑。但這並不代表「感覺正確」原則無用，相反地，主管便是靠此逐漸培養出改稿常規，標準逐漸一致，實習記者則相對應發展出被改稿常規，知道主編會挑哪些毛病、要怎麼迴避。

（四）想像、個人空間與自我控制

在常規透過校準過程，嫁接起個人與組織的同時，它們也成為組織內部的重要控制機制，造成新聞工作者與組織共謀控制自己的現象。從研究資料來看，當大多數實習同學仍有分數考量，線上新聞工作者想要保住工作之際，便可能進入這種共謀控制關係。反過來，組織也可以藉此透過常規校準過程，以類似 Foucault（1977 / 1979）的規訓方式，細膩地將組織要求放入常規，達成控制目的。

不過，雖然本書認為組織會透過常規控制個人，卻不代表我們矯枉過正地認為組織可以完全控制常規形成。配合猜測中校準的過程特性，我們主張常規形成「可以」有著個人空間，個人也不見得會在常規控制中完全喪失能動性（Bourdieu, 1980 / 1990；Fontana, 1984；Smith, 1984），只是在這裡，「可以」需要加上引號，因為大部分人會自願放

棄，不自覺地順著常規接受組織規範，放棄雙向操作的可能，進入下節將會談及的自我放棄式的控制型態。

常規形成時有著個人空間的可能性。例如近年來台灣媒體便因為流行某些緋聞新聞的處理方式，致使傳統記者需要重新調整常規，順著組織滿意的新方法處理緋聞新聞。只是儘管如此，看似一致的常規背後還是留著個人空間，一位報社記者便感性表示，就算是緋聞當事人，其前途與名節仍是重要的，因此她雖然也懂得跟拍、看圖說故事、用照片把新聞做大、用聳動標題等常規工作方式，但在人性考量下，這位研究對象反而看淡這些新聞。或者，她也會用照片寫新聞、用更通俗的寫作手法，但卻也會在下筆時更為小心，對某些字眼保持距離。

對新聞工作來說，這種個人空間似乎特別寶貴。因為在實踐層次，新聞工作者個人使用的常規需要應和組織需求，有時候還得迎合消息來源、競爭者，以及新聞專業論述所提供的標準範式。如果他們過度考量這些外在因素，便會讓個人常規的形成受到嚴重干預，然後逐漸在組織內部喪失自主性與個人風格。因此，如果我們反對新聞工者迷失於組織，便應當留心與鼓勵常規形成時的個人成分，因為它適度保留了個人性、自主與創意的可能，而非只是依照組織與他人要求方式做事。

只是事與願違，如同上一章有關權力想像的討論，我們發現，在台灣媒體現實情境中，封建性格造就的制度鬆散與人治特色，讓個人與組織互動通常不是完全有根據的，很多時候，互動是整體建立在想像基礎之上。然後配合上近年新聞工作者擔心失業等現實問題，這種想像不只放大了權力行使時的力道，促使他們接受暗藏於組織制度與生產流程中的各種權力控制安排，更在個人形成工作常規時，產生自動向組織校準的情形，甚至形成比組織期待更為嚴苛的自我要求。例如第五章描述的通則鐵律，便經常是在這種情形下校準出來的。

　　準確地說，由於想像的緣故，有時候參與共謀控制的其實是新聞工作者與他自己的想像，而非新聞工作者與組織的真實目標。我們便從不同研究對象身上發現這種現象，幾乎所有研究對象都會去猜想主管的政治立場、對特定政治人物的喜好傾向，或者相信主管總是迎合老闆，以收視率做為新聞處理的唯一考量，其他的都不要。然後從而建構一套印證自己觀點的精彩論述，一再運用於大小新聞事件，認為主管就是自己想像的這樣。也因此，整個電視台新聞部對某位政治人物的新聞便集體凶惡起來，愈來愈不留情面，或者用愈來愈誇張的方式做颱風新聞，成立「戰情中心」做起誇張的現場連線。

　　但事實上，研究結果也顯示，研究對象的許多建構禁不起本書訪談追問。大部分追問便是以「聽別人說的」做為結尾，研究對象通常說不出具體的證據，或者，如前所述，有些建構是參雜部分事實、部分想像的結果。對比主管職位研究對象的訪談觀察，我們也可以發現，主管雖然確有其政治偏好，會在重大政治事件上進行控制，承認與某些立委、官員是好朋友，不過他們想要規範控制的程度，卻沒有研究對象想像得那麼細膩綿密。一位主管級研究對象便表示，自己有政治立場是一回事，但他平常在編輯台忙死了，根本無暇，也不想在每起新聞事件上展現自己的政治喜好，不會硬要某位記者用特定方式跑新聞，或者我們也曾碰到研究對象猜錯主管政治立場的情形。

　　另一位主管也明白承認，做為商業電視編輯台主管，他們的確相當要求收視率、要獨家搶快、要畫面好看，也有對應而生的常規工作方式，例如要求記者每週交固定則數的獨家新聞，但這並不表示記者得因此犧牲報導事實這項原則，使得新聞愈弄愈誇張，愈來愈容易出錯。她也針對一則重大新聞出錯的實際案例指出，編輯台的確要求獨家，可是記者卻不應該以此做為理由，掩飾該則新聞的真正來源，造成之後的連環錯誤。不過，我們在這裡也發現，編輯台主管雖然並非毫無彈性，只要自己要的東西，但不可否認地，這位主管也同意他們

的確習慣從新聞好不好看、能不能搶先的角度，處理每天大量的新聞資訊，卻忘了事實與查證的重要性，然後因此造成記者被誤導的可能。只是弔詭地，當這位主管逐漸察覺這個事實，開始在編輯台上多問幾句有關查證問題之後，又被記者們認為她變得囉囉嗦嗦。

最後，或許更有意思的是，就在主管們主張記者不應過度誇大編輯台影響力的同時，他們也在想像更高層主管的想法，也做出相關推論。

（五）在想像中進行自我控制

因此，「想像」像是人性一部分，在難以迴避中，影響了新聞工作者。而這種參照自己想像形成常規，同時抱怨組織管太多的氛圍，便展現出研究對象的某種誇張自我規訓。先是依照不必要，或過了頭的想像建構出常規工作方式，然後在只要不出大錯，組織通常不會干涉的常態下，於平淡節奏中習慣了想像，以為組織要他們這麼做，長期且嚴苛地控制了自己的工作方式。

不過再一次地，雖然這裡使用「想像」一詞，卻不表示想像是毫無事實基礎的。或者換個說法，單純與極為過度的想像並不常見，我們真正試圖主張的是，個人與組織互動往往是事實混雜著想像的過程，而非總是依照事實或既定規則進行。也因著這種特性，理論上，組織與個人互動時，雙方均保有可供各自使用的變化空間。從行動者角度來看，倘若充分利用這些空間，新聞工作者將可以找到帶有個人風格的工作方式，不會被組織規則綁死。不過再次事與願違地，因為個人對於組織要求的想像、對於權力運作的想像、對於謀生的需要，使得原先應該具有多變可能的想像，卻反過來封鎖與禁錮了個人選擇的可能性，以致經常出現的狀況是，新聞工作者跟隨經校準後的常規重複每天工作。

而控制也由此而生，不太需要組織施力，新聞工作者便自己控制了自己。當然，老闆與主管可以積極地利用這種想像，進行「想

像與控制」的遊戲，透過操弄下屬的想像以達成自我控制的目的。在庇護與效忠整體鋪陳的基礎上，他們平常得以像是無為而治，維持領地和諧，然後有意無意地將控制行為轉移至個人想像層次運作。他們只需要適度釋放一些媒體經營困難的消息、稱讚特定新聞做得很好，為媒體帶來利潤，便可能形成新聞工作者想像的基礎，經由隨後程度不一的放大，讓新聞工作者自動發展出以收視率、閱報率為主的工作方式，或者特定類型的新聞處理方式。也因此，老闆與主管樂見下屬的想像，使得不用他們指示，颱風新聞就會愈來愈誇張，出現那種抱著電線桿連線的例子。或者不用老闆指示，整個電視台便愈來愈偏向既定政治立場，在大家共同想像中，集體創造了主管喜歡的新聞調性。

　　總結來說，配合第五章對於權力想像的討論，個人與組織的互動成為一種事實參雜著想像的遊戲。很多時候是因為個人想像得太過綿密，所以鉅細靡遺地綁住自己，然後成為一種自願，甚至「自我迫害」的過程。個人與組織共謀控制了自己，在常規平淡節奏中，逐漸放棄自己的能動性，包含放棄改變結構的可能性，以及放棄改變自己，自我超越的企圖。當然，組織也從中獲利，可以更為省力與隱晦地進行控制。

參、停滯、束縛與放棄

　　在整個研究過程中，本書發現常規的「控制」與「節奏」兩種觀察主軸。上一節，我們便是利用控制主軸解釋了組織如何涉入常規，以致具有控制個人的能力，直接展現常規的控制意涵。而本節則將進入節奏主軸從事觀察，特別針對其中包含的另一種控制成分進行說明。

　　節奏主軸從另一種角度呈現了常規對當代新聞工作的重大影響。我們發現，當個人隨常規脫離工作初期的混亂亢奮，愈趨穩定的節奏將帶領個人進入平淡的常規工作樣貌。這種平淡有著兩種意義，首先，平淡代表工作能力的停滯與自我束縛，新聞工作者經常只願重複使用經組織校準後的常規，喪失改變與超越的可能。其次，平淡代表工作熱情冷卻與消失，對大多數研究對象來說，新聞成為單純的一般性工作，專業理想不再，新聞工作的意義與自我認同出現轉變。

　　先就前者來說，停滯與自我束縛便帶來前一節所述的「放棄」意味。熟稔常規的新聞工作者往往僵化於平淡節奏之中，然後在逐漸成為程式化個體的同時，忘記或放棄了自己的能動性，只會跟隨著組織設定的軌跡前進。這種部分呼應存在主義憂慮（Merrill, 1996／周金福譯，2003），部分呼應勞動異化（Erikson, 1990；Garson, 1998）的狀態，在「放棄」基礎之上，讓常規展現第二種更為隱晦，也更為麻煩的控制意涵。肇因於個人的無作為，間接使得組織更能夠發揮影響力，而這種狀態也讓本書對於個人如何與組織互動的討論，需要再向個人角度靠攏，討論個人如何「放棄」的事實。如果再配合上平淡常規造成的熱情消失，又將更進一步遙指當代新聞工作者整體缺乏工作意義與自我認同的工作困境。

　　無論如何，雖然接下來從節奏主軸所做的觀察帶有些許灰色基調，但它卻也反映了本書對於台灣新聞工作者的長期觀察，整體描述出當下新聞工作的無力與無奈。新聞只是個工作，而非如同過去想像是個專業。當然，即便本書觀察到平淡常規工作的常態性，並不表示本書認為所有新聞工作者都是如此，或都只能如此，沒有例外。這裡便試圖再次提醒社會現象的複雜本質，我們主張研究者在找尋與描述整體模式的同時，經常得放棄某些差異細節，不過放棄並不表示差異不存在，然後誤以為所有個人都是如此，忽略其間存在個人差異的可能性。

　　另外，雖然對於部分學者與實務工作者而言，接下來論述可能展現當代新聞工作的某種沉悶氣氛，但這並不表示本書旨在描繪當代新聞工作的悲慘世界，主張所有人都只能悲觀生活。相反地，之於我們認為研究應具有實踐潛能這項假設，本書是以指出平淡沉悶，做為發展實踐策略的重要步驟，讓大家共同正視常規生活問題，思索各種出路的可能性。而這也將有助回到實務場域，進一步討論當代新聞工作意義這個基本問題。

一、常規帶來的停滯與自我束縛

　　如同《生命力》實習記者在短短幾週內懂得依賴常規，進入穩定甚至平淡的實習生活，對實務工作者來說，這種現象也普遍存在，而且經常更會過了頭。新聞工作不再是難事，但也不新鮮，甚至像幾位研究對象的回應，「就只是一種餬口的工作而已」。

　　整體而言，我們在實務場域觀察到停滯與沉悶的氛圍。這種狀態反映常規平淡節奏的影響，然後在當代媒體產業不景氣，以及新聞專業本質沒落的幫襯下，顯得更為明顯。而這也導致異於傳統專業論述的景象，新聞實務工作不像是向強權挑戰、具有工作自主的專業，也不太符合軍官比喻，並不如想像中精彩刺激。

　　常規為實務工作帶來效率，節省心力，但上述狀態卻也反映實務工作者易被常規程式化（Ashforth & Fried, 1988），他們依循常規工作，抱怨無聊，卻又不自覺地自縛與停滯於既有常規，不曾想過是否還有其他工作方式。或者，因為經組織校準過的常規已有效磨合個人與組織，所以只要沒有跳槽、換老闆等劇烈改變，研究對象似乎少有改變的企圖與急迫性。相對地，如果媒體經營還算順利，組織通常也不會發動改變，同樣避免重新校準所需付出的心力。常規意味著穩定，而穩定又可能意味著一成不變與安逸，因此常規為組織帶來了僵

化的問題（Bowman, 1994），而新聞工作者也在重複常規的同時，形塑了平淡節奏，習慣安穩而不願離開。

　　一位在訪談當時約有四年工作經歷，自認每天輕輕鬆鬆，甚至偷懶也可以跑出新聞的報社記者，在訪談進行至中段便似有頓悟地向研究者表示，儘管依照常規跑新聞的日子有些平淡無聊，有時也想突破，但也不知道為什麼，他從沒想過除了當下工作方式外，還有沒有、或為什麼沒有別的新聞處理方式，反正就是那樣。事實上，這位研究對象的反應並不特殊，我們在研究過程中便經常察覺類似狀況，大部分研究對象停滯於既有常規。他們享受常規帶來的效率、承認當下工作方式有些無聊，但卻很少思考是否可以換個方式工作，以至於在順著平淡節奏工作的同時，整體流瀉出沉悶、束縛與停滯的氣氛。

　　或者換個角度來看，本書於 2003 年期間進行的研究訪談，適逢《蘋果日報》進入台灣引發最多討論的時刻，當時研究對象都知道跟拍、用照片做證據、成立突發新聞中心等不同於過去的新聞工作方式。只是我們也有意思地觀察到，一旦訪談觸及是否願意嘗試這些新方式時，研究對象的反應經常十分直接，不是用某些缺乏實質證據的理由堅持原來工作方式較好，便是承認自己沒有好好想過，或根本沒有想過這個問題，自認沒有更換的必要，甚至反過來向研究者分析《蘋果日報》種種做法在台灣不會成功。

　　好比本研究多次以「翻垃圾找證據」為例，討論新聞查證的各種可能性，一位報社記者便先是堅持翻垃圾找證據很花時間，藉此佐證在處理類似新聞時還是用問人方式查證比較好，然後表示他過去依靠消息來源查證新聞，以後也是。可是當訪談追問原有查證方式所需時間時，這位研究對象思考後改變了答案，他同意很多時候，找到消息來源還要對方肯回答問題，花費的時間可能更多。而其他人則是直接拿侵犯當事人隱私等理由，直接否決這種找新聞方式。

當然，這裡並非主張「翻垃圾找證據」適用於每個個案，或主張問人查證這種方式有問題，我們試圖表達的是，新聞工作者似乎習慣於常規節奏，而不願意改變。配合研究對象接受訪談前後所寫新聞來看，他們似乎沒有鬆動與改變意願，並總為已有常規感到自信、安全與習慣，雖然其間也經常夾雜著倦怠、停滯與束縛。

只是有些諷刺地，隨《蘋果日報》站穩腳步，由於各家媒體感受壓力而主導改變採寫方式，傳統記者也被迫直接修正工作策略，以迎合組織新要求。我們便觀察到，即便在新校準常規之初，許多研究對象心不甘情不願，認為這是報社在找他們麻煩，或報社向八卦靠攏的墮落事實；即便剛開始處理爆料新聞時，他們還是難脫純淨新聞寫法而被主管責備；即便一位研究對象因為寫不出帶有憤怒意味的新聞，被主管用貼在修改稿件上的便條紙提醒「不夠憤怒」。但誰說常規不能改變，很多時候，是研究對象自己束縛與停滯於既有常規而不自知。

二、停滯與自我束縛的原因

當然，常規不必然代表僵化，我們的研究發現便呼應 Pentland 與 Rueter（1994）從語言文法角度討論常規使用的做法。常規類似語言文法有著彈性與改變的可能，理論上，文法規則雖然規約或引導了語言使用行為（Pentland, 1995），但語言使用者終究還是可以臨場做出不同變化，擅於使用語言者，如文學家便能夠在文法規則上創意使用語言，不致僵化於文法規則之中。或者相對於組織來說，常規的確會帶來僵化，但透過各種常規修正方式，組織成員還是有改變既有規則，或發展出新常規（Feldman, 2000）。

本研究同意常規不必然代表僵化的理論看法，但卻也承認，現實世界展現的經常是研究對象停滯於平淡節奏，缺乏改變意願的事實。基本上，這種停滯或許發生在不自覺之中，研究對象並未主動察覺，

或根本不認為這是個問題。或者它也可以是種個人選擇之後的行為，因為滿意當下做事方式而不願改變。但無論如何，停滯始終意含著新聞工作者放棄了挑戰常規控制、挑戰結構或挑戰自己的可能性。而仔細探究，造成停滯的原因，或可從以下三種角度解釋，但原因經常混雜，分開說明只是為了陳述清晰的理由。

最後再稍加說明的是，我們充分尊重實務工作者具有自我選擇權力，決定自己是要重複常規做事，抑或要進行改變，不過本書也的確試圖主張，常規經常帶來停滯與自我束縛，以及新聞工作者改變常規進行自我超越的重要性。

（一）停滯於結構化過程中

首先，停滯經常發生在不斷結構化的過程中。如同日常生活總是存在某些結構引導個人行事脈絡（Giddens, 1984），在原本複雜多變的新聞工作中，常規便也像是隱藏難見的必要結構，架構並導引了每天工作。然而在常規做為結構之外，我們透過進一步分析研究資料，卻也發現另一項更為重要的事實，即，常規使用過程存在著一種迴路式關係，產生結構化的動詞效果。常規不只被用來引導每日新聞工作，很多時候，配合使用常規解決問題可能帶來的好處，常規使用經驗會不斷回過頭進行結構化動作，讓其看起來更為合理、更為穩固。也就是說，在新聞工作者使用常規的同時，也經歷了被常規結構化的過程，以至於愈來愈陷入結構之中，喪失能動性。忘記改變的可能，或者不願意改變，常規做為結構的地位也更為確定。

經驗豐富的線上新聞工作者便很容易進入這種狀態。一位有 17 年工作經驗的報社記者就為獨家新聞發展出一套跑新聞方式，他知道平日建立獨家消息來源網絡的各項技巧；知道在時機尚未成熟時，要如何做才能保護新聞線索；或者精通寫作下筆策略，可以一方面點出事實，一方面保護消息來源。基本上，這套方式的確讓這位研究對象

容易找到獨家新聞，或看到新聞事件中的獨家成分，只是不知不覺中，他所處理過的案例也回過頭強化原來常規，不但增強其合法性，更使它們變得更細緻。因此，這位屢在該路線取得獨家新聞的研究對象，似乎被獨家新聞，以及相關工作常規緊緊綁住，早已習慣於用獨家新聞評估自己，同時相較於其他記者，其有關於新聞工作的言談，包含了更高比例的獨家新聞議題，而他所使用「強力春藥」這個比喻，更是生動說明了獨家新聞對他產生的結構性力量。

　　因此，如同其他實務工作者經常困在自己建構的常規中逃脫不掉，這位研究對象雖然更為成功地發展出自己跑新聞的常規方式，但也因為常規愈來愈成功與愈來愈精緻，默默進行的結構化動作，讓他習慣與自我束縛在常規之中。

（二）停滯在安全感中

　　這種難以割捨的感覺同時反應第二種解釋角度，即安全感停滯並束縛了改變的可能。平淡節奏帶來安全感，不必擔心一旦壞了節奏得面對新的問題，或者究竟還可不可以完成工作。

　　例如我們發現，依賴特定消息來源，甚至「私房」消息來源跑新聞，是普遍存在的工作常規。只是研究對象之所以依賴特定消息來源，如依賴特定立法委員跑新聞，往往不是因為消息來源提供的新聞很正確、很權威，而是因為這種工作方式很安全。他們可以藉此穩定地掌握新聞來源，在需要時馬上找到人願意針對新聞事件發表意見；能夠從選民陳情案中找到小獨家新聞，保持一定獨家量；甚至在消息來源想操控媒體、爾虞我詐的新聞工作中，可以不需要因為經常更換消息來源，而擔心額外出錯或受騙的風險。

　　對新聞工作者來說，上述好處更隱含著工作上的安全感，不必擔心找不到新聞，或擔心遭受交情不深的消息來源算計。所以，即便在我們追問之後，有研究對象承認這種方式侷限了自己跑新聞的視野，也有人坦

承曾因此造成相當重大新聞判斷錯誤，但是他們卻還是不願意離開當下工作方式，不想尋找更多消息來源，也不想去試試翻垃圾找證據等不同方式。當然，這也包含偷懶成分在內，不想因為更換方法而花費多餘時間。

最後我們也得承認，並充分體會安全感在實踐世界的必要性。當實習記者還是得顧慮分數，當線上工作者需要在不景氣中穩定工作，再配合上對於老闆與主管權力的想像，每天可以安全、保險地完成自己工作，便成為重要且務實的事情。或者如同一位研究對象表示，改變並不會得到報社鼓勵，而工作終究又得關心薪水等現實問題，所以他寧可相信已校準過的常規，而不願意大幅改變，以免承擔組織不喜歡的風險。在這種狀態下，我們主張，雖然本書強調工作常規改變的可能，但有關實務工作者追求安全感的作為，卻也有其現實層面的合法性與必要性，並不適合完全從負面角度進行觀察。不過這裡也還是要提醒，組織控制經常並非那麼嚴密，很多時候是新聞工作者過度在意安全感，而放棄了改變的可能性。

（三）停滯與缺乏後設考量

停滯的第三種解釋涉及廣義的經驗主義式想法。在每天實際操作過程中，新聞工作者經常只注意那些可感受、可操作的具體個案與策略，對於後設部分，即策略背後的基本假設與立場缺乏興趣。

例如在討論《蘋果日報》時，研究對象的論述便充滿彩色編排、狗仔跟拍等策略，卻幾乎不曾主動談論這些策略代表的後設層面意義，例如新聞定義如何做出改變等。因此，一旦研究對象只談具體策略，且站在既有立場思考問題時，整段論述便經常只有批評。或者即便部分研究對象體認到既有常規的束縛，但也因為未曾質疑其背景假設，以至於頂多只是微幅修改常規而難有較大突破。

在這裡，或可大膽挪用典範概念（Kuhn, 1970）解釋這種停滯與微幅調整。我們發現，如同常態時期科學家習慣從既有典範進行思考，

以致經常只是在進行理論補綴工作，較難有重大突破。當大部分實務工作者也習慣既有立場，不願回到後設立場思考，甚至顛覆原有常規時，似乎也同樣只能微幅調整現有工作方式。例如於《蘋果日報》進入台灣前後之際，面對報社提出增加新聞可看性要求，當時研究對象便多半只是站在傳統純淨新聞典範修補原來做法，如藝文版面想到的策略是加強藝文事件的衝突點，旅遊新聞則是設法提供更多的即時新聞。

　　不過，如果回到後設層次換個想法，另一種改變策略或許是直接挑戰純淨新聞典範，以及與其相對應的常規做法。也許純淨新聞觀點並不適合這兩類新聞，藝文新聞可以是專題式深度論述，旅遊新聞可以包含更多遊記心情。如同 Ekström（2000）跳脫傳統商業電視與公共電視這兩種典範，從新角度定義節目品質，開發出第三種電視節目製作方式。或許透過挑戰典範策略，會更有創新力，也幫忙個人與組織找到各自的風格。

　　這也類似 Argyris 與 Schon（1978）在討論組織學習時區分的雙圈學習與單圈學習，前者指涉的是個人遭遇問題時，會從問題的後設本質著手思考，先找到問題癥結點，然後再進一步修改，甚至是重新建立策略。後者則是不管問題本質為何，就直接針對表面現象進行策略調整，試圖以此解決問題。基本上，雙圈學習被認為具有根治問題能力，而非如同單圈學習只是治標，無法徹底解決問題。因此，從組織學習角度來看，當新聞工作者只停留在隨手邊個案修補當下工作方式的同時，他們像是在從事單圈學習。雖然這種方式造成的改變並不劇烈，符合安全感需求，但它們也逐次地將新聞工作者結構化，停滯在結構化的常規之中。

三、程式化的身體

　　因此，新聞工作者像是處在一個順著常規結構化的控制環境之中。一方面，參雜著組織刻意涉入與個人想像兩種成分，組織得以透過校準

過程控制新聞工作者；另一方面，因為新聞工作者自我束縛於常規，整體造成放棄氛圍，讓他們像是將自己控制於組織設定的軌跡之上，放棄逃逸的企圖。而這種組織引導、個人配合的相互呼應狀態，讓組織內部的控制行為用更為長期、穩定的方式運作，然後進一步帶引出更為深層控制效果。常規，像是蝕刻出程式化的身體，讓新聞工作者在順著常規做事的同時，放棄了可能的主體位置，與可能存在的個人意志與能動性。

（一）常規的深度作用

除了停滯與自我放棄讓常規隱晦地展現控制意涵外，透過進一步分析，我們從研究資料中看到常規對於個人的更深層作用，即新聞工作者被常規程式化的事實。程式化讓新聞工作者喪失能動性，同時也造成第九章即將討論的熱情消失與工作意義改變的問題。

1. 常規的程式化功能

做為電視攝影記者，區國強（2008）便在研究報告中，透過反思自身經驗，以及訪談 6 位攝影記者，細膩觀察與描述了攝影記者的困境，其中便陳述自己成為機器。「入行快七年了，我『學』到很多東西，但我納悶：我『學』的和我『做』的真的是新聞攝影嗎？還是我已經被訓練成為一部『自動攝影裝置』？」「我很想問：我到底是『人』？還是攝影機？而且，我更關心的是，電視新聞攝影記者到底是否需要『面對現實』？我真的有能動性嗎？」

整體來說，這項順著異化概念進行的研究，呼應了本書長期研究觀察結果，以及我們強調組織會透過常規控制個人，將個人程式化的說法。區國強發現，在商業媒體內工作，攝影記者學會許多攝影工作常規，用組織希望的方式完成工作。例如經歷學習之後，攝影記者知道採訪名人類型新聞時，要用名人新聞的拍攝手法。相對地，採訪衝突類型新聞時，則要用衝突新聞的拍攝方式，如果現場

抗議群眾沒行動，不需要開機。開機拍攝時則要用特殊鏡頭語言，包含貼近表情的廣角鏡頭、攝影機肩拍、快速 zoom、異常的低角度鏡頭，這樣才能滿足組織對於衝突新聞的攝影要求，也才會得到長官讚賞。或者，他們也廣泛掌握了適用於所有新聞的拍攝程式，到了新聞現場，一定要拍一組「大、中、小」景別的現場畫面；採訪過程中遇到受訪者哭泣時，要快速將鏡頭推近；遇到不願受訪的人，要把攝影機從肩上拿下繼續拍攝；拍攝文字記者面對鏡頭說話畫面時，一定要有攝影機運動，畫面才不會太過無聊。

這些經由練習而成為反應動作的常規，可以意味著攝影記者的異化。在以收視率為唯一目標的商業媒體環境中，每天只是按照特定步驟，組合特定鏡頭，生產出一定數量的新聞播出帶，然後異化在常規之中，不具能動性。基本上，這種主張新聞工作者被異化的事實，普遍反映馬克思主義的思維假設，而本書也同樣發現新聞工作中的異化成分。不過於此同時，我們卻也嘗試跳脫異化這個理論名詞，以免它強而有力地限制住研究資料的分析與詮釋。

維持從控制與常規角度進行詮釋的整體基調，我們可以發現，區國強描繪的攝影記者如同處在被常規接管的狀態，只是直覺、不假思索地順著常規設定，程式化完成每次攝影工作。當然，這種情形不僅發生於攝影記者身上，我們的研究對象也有類似狀況，只不過他們完成的是採訪、編輯，甚至是許多人羨慕幻想的新聞播報工作。因此面對各自工作任務，他們會在分辨不同採訪情境之後，配合啟動相對應的常規模組，反射式、程式化地完成工作。而隨著愈為熟練各種模組，攝影記者也就愈加像是自動攝影裝置，或按攝影機按鈕的工人；編輯愈是用固定版型習慣性拼版，然後如同兩位受訪編輯所述，自己就只是「組版工人」與「文字女工」罷了，而非想像中的文字工作者或專業工作者；主播則是時間一到，先去上妝，然後看著讀稿機，用早已內建好的幾組語氣與表情，讀出新聞。

2.程式化與程式化之外

　　整體來說，經由常規作用，大部分新聞工作者失去專業工作者的主體性，或者用本書說法，常規形塑出程式化的身體。不過，程式化不只是代表個人會做些什麼，反過來看，它更意味一種排除過程，意味個人忘卻程式之外的東西。我們便試著比對編輯台與記者觀點，綜合幾個平面與電視新聞爆料錯誤的例子發現，編輯台主管在見獵心喜之際，會忙著處理一些已經程式化的事情。他們會追問手邊這則爆料新聞具有哪些可能的故事元素、一同討論要用哪個「點」做主新聞才會好看、規劃是否要偷拍與跟拍、要如何快速做出新聞，不致被別台搶走獨家，然後交代記者要從哪個角度寫稿、要拍到哪些東西。可是，也就在反射處理這些問題的同時，他們經常忘了認真追問，甚至根本忘了程式以外的東西，例如記者手中的爆料事實究竟是從哪裡來，是記者參與製作的嗎？爆料者為什麼可信？提供證據是否充分，漏洞與反面說法是什麼？記者已做了哪些查證，還要如何系統化的查證？是否會傷害到無辜的人？

　　相對地，愈是近來的記者也愈是習慣爆料新聞的常規程式，他們依靠「以人找證據」、「以照片做證據」的程式處理新聞，只要有立委背書，幫忙開記者會，或者在經過集體討論認為對方沒有騙人動機，「好像」可信的狀態下，配合一些文件影本、某張模糊照片等不完整證據，便急著發出新聞。忘了即便對方沒有要害自己報社的企圖，他們也可能因為與爆料對象有私人恩怨，而提供錯誤消息，或者即便動機良善，消息提供者本身也有可能出錯。

　　這種排除作為，反向透露出研究對象身上烙印著相關常規，平日就只是依循程式工作著，自動排除程式以外的各種可能性。然而對本書來說，這種做法除了造成新聞出錯外，更重要的是，隨著熟稔常規，實務工作者理論上應該具有的自我意志與主體性，也因此消失在程式化過程之中，就只是順著程式工作而已。

　　一組接連經歷重大爆料新聞錯誤的研究對象，對於錯誤個案的陳述便呼應上述狀況。在他們描述要搶快、要讓新聞好看的同時，查證幾乎被邊緣化，不是工作重點，或者有的僅是形式查證。例如在第一次爆料錯誤中，他們形式化地將疑似黑心商品送檢，但不等檢驗結果出爐，便依據一位市場攤販的偷拍談話，認定陳情民眾說法是對的，逕行播出這則錯誤新聞。

3. 程式化的深層蝕刻

　　然而錯誤發生之後，透過歷時性觀察與訪談，我們從研究對象的反應彷彿看到程式化身體的標準回應。在第一次犯錯之後，研究對象雖然沮喪地承認他們的確沒有多做查證，但卻也表示，按照過去經驗這個個案已算是做了查證。我們當時在多次對話中感受到，研究對象對於既有工作方式的習慣與自信，以至於在錯誤發生之前，甚至在錯誤發生後，未徹底察覺到工作中缺乏真正查證的精神，有的只是可有可無的形式化查證步驟。也因此他們花費許多時間與對方進行關係修補，避免因爆料錯誤而被提告，但卻未能及時修正工作常規，以致接連又因為類似新聞處理程式，同樣忘了追問查證問題，發生第二次大錯誤。只是有意思的是，在第二次錯誤發生之後，雖然一位研究對象會開始追問新聞從哪來等問題，變得比較囉嗦，但他們另一個因應方式是盡量不再碰這類爆料新聞，而非所有主管與記者都認知到應該將真正的查證精神加入常規之中。整體來說，這種固著便也反映了常規對於個人的深層作用，被程式化的身體並不容易改變。

　　基本上，我們深刻了解造成爆料新聞錯誤的原因很多，老闆唯利是圖的追求收視率、主管與記者搶獨家新聞，都是重要結構性因素。不過，藉由爆料新聞的錯誤案例，我們的確也看到常規在當代新聞工作者身上的深層作用，他們每天程式化處理新聞，忘了常規以外的東西。然後只要沒有發生大錯誤，這種程式化像是進入骨子裡，透過一

次次練習，整體蝕刻在研究對象心中，反覆用同樣方式處理新聞，並不認為這種方式有任何問題。也因此我們發現除了這些大錯誤外，各家媒體的許多新聞其實都隱藏著錯誤與瑕疵，只是因為運氣較好，在惹出大事前便被處理掉，或者新聞當事人較為弱勢，不懂反擊提告而已。而在這種氛圍中，被程式化的主管與新聞工作者，持續程式化的處理爆料新聞，然後像是集體等待下一個踩到地雷的人。

這種蝕刻效果是深層的，而且它不只是反應在工作層面。我們觀察研究對象平日生活場景，從發生於平日看電視、聊天之中的對話，也可以發現他們順著相關程式思考。「這新聞做得不好看，很乾」、「這新聞沒畫面」，是他們平日認定壞新聞的標準，相對地，很少去追問這則新聞的意義究竟在哪裡、是否忘了查證、是否尊重了新聞當事人。當他們面對研究者提出新聞追求的為什麼是畫面好看，而非具有社會意義這類問題時，一時間似乎難以應對，然後在學者身處象牙塔內，不懂實務工作的基調下，回應類似「新聞先要好看，然後再講求意義」的答案。

當然，新聞要好看或新聞要有意義，可以是兩種處理新聞時的不同選項，而這裡並不在批評新聞要好看是錯誤的，鼓吹新聞一定要有社會意義，只不過我們也的確想要提醒，在新聞工作者身體被程式化的同時，無論是自覺或不自覺，他們都放棄了其他新聞工作方式，也因此，只會跟隨著組織設定的利潤目標重複工作。

（二）程式化身體、能動性與自我放棄

我們提出程式化身體的概念，並非意圖將新聞工作者化約成機器人，呈現呆板做新聞的圖像，而是想要呼應本書的研究觀察結果，常規似乎比想像中還要深層地程式化了個人。同時，與區國強（2008）從異化角度做的解釋不同，我們主張透過常規校準過程，組織目標的確會直接促成程式化的方向，但這並不表示個人會完全喪失能動性，

或者應該將個人缺乏能動性的原因，全然歸咎於組織對於收視率的要求。我們主張回到前面討論，程式化身體像是建立在某種自我放棄基礎之上，然後整體呼應起組織控制作為，讓實務工作者在習慣性順著常規做事的同時，失去做為主體所應具有的自我意志與反思能力。也因此，程式化包含某種自願的成分，或者反過來，只要願意，個人也還是有可能掙脫程式化的工作困境。

　　基本上，Braverman（1998）呼應馬克思主義的異化概念，詳細分析了現代工業社會勞動本質的改變。他主張資本主義企業中的工人，會因為管理作為擴張造成「去技能化」（deskill）的影響，因而不具有主體性，機械般地從事每天工作。當現代企業接受泰勒的科學管理模式，切割產品完整產製過程，配合各種新生產科技的使用，進行產製過程自動化（Coombs, 1985；Littler, 1985；Noble, 1979），這些有利於企業生產效率的作為，都會讓工作愈來愈瑣碎，工人因此失去原有產製商品的完整知識技能，困在生產流程中的某個小區塊，只會重複同樣工作技術，然後像是個無意識的身體，受到企業擺布（Garson, 1988）。失去技能的工人，更加需要依附組織，被組織束縛。

　　Braverman 對於勞動過程的分析具有關鍵影響，不過他處理工人主體性位置的方式卻也引起後續學者討論（Littler & Salaman, 1982；Storey, 1983；Thompson, 1983）。Knights 與 Willmott（1989）便認為 Braverman 過度關切結構力量的施展，忽略了工人的主體性問題。而同樣關心勞動過程的 Burawoy（1979），也針對主體性問題，修正了傳統異化理論與勞動過程研究。在他利用趕工遊戲與「生產時的關係」指出，資本家會設法掩飾剩餘價值的同時，便意味著控制可以是軟性的，而非總是全面宰制、剝削的。更深層來看，這也意味某種帶有能動性的身體，工人雖然仍被組織設局控制，但完美設局還需要工人配合，才能達到完美控制。當工人為了私利不願意配合時，還是有可能怠工、反抗。

　　從這裡再回到本章有關程式化身體的討論，我們發現，媒體為了達成目標，的確會設法透過不同機制控制員工，在多管齊下之中，常規便扮演著控制功能，讓個人像是被程式化。而且更準確的說法是，在實踐場域，常規塑造的不只是程式化的身體，而是組織驅動的程式化身體，使得個人能動性被組織所控制。只不過組織驅動的程式化身體，並不意味本書是用 Braverman 的方式描述新聞工作者，看不見個人能動性。

　　重複前面有關結構與能動性的討論，本書的確發現組織做為結構的決定性力量，會透過常規深層作用，形塑出現組織驅動的程式化身體，但我們卻也主張，這種被動的身體不能完全歸因給組織或資本主義，認定是組織刻意造成的。很多時候，個人之所以展現被動與程式化特質，是源自某種自我放棄。無論是因為對於權力的過度想像，害怕惹事，而不敢回應組織作為；或是因為長期順著常規作事，根本缺乏了對工作的反思，根本順從了組織，根本喪失了自我超越的意志與熱情。基本上，實務工作者在熟稔常規做事的同時，雖然有效迴避掉可能得罪老闆的風險，省去主管對自己囉囉嗦嗦的機會，但前兩項原因終究造就了實務工作者的自我放棄。以至於他們不只承認組織控制的合法性，也在自願跟隨組織設定方向做事之際，自願放棄了理論上所具有的個人能動性，也放棄了自我超越的可能。

　　也就是說，常規與其塑造的身體具有理論上的能動性，而這些能動性也的確展現在部分新聞工作者身上，例如前述那位研究對象，也包含她部分的編輯台同事，在經歷兩次爆料新聞錯誤後，便運用程度不一的反思能力做出調整，在既有常規程式中加入一些有關查證的追問。但不可否認地，在大部分實踐過程中，因為缺乏重大錯誤帶來的直接衝擊，加上大多數人對於權力的想像，以及自我束縛在常規平淡節奏之中，以致這些理論上的能動性經常不會被喚起，整體展現出自我放棄之後，缺乏主體性、程式化工作的樣子。

　　最後，本書主張自我放棄造成個人順從於組織控制，並不表示我們嚴厲指控與責備新聞工作者，或者幫組織脫罪。反過來，這裡是想要藉由積極論述這種事實，促成實務工作者重新站回能動性的位置。因為部分能動性的喪失是源自個人的放棄，所以實務工作者或許更需要的是了解自己有哪些不自覺自我放棄的行為，而非把所有焦點放在組織控制之上，然後更加以為自己不可動。也因如此，新聞工作者像是開始面臨兩種選擇，一是每天跟著程式化身體，習慣性的處理問題；二是嘗試掙脫程式，更換不同工作方式。雖然前者符合一般人的安全感需求，後面這條路則將可能面對組織做為結構的壓力，較為困難，但它也是掙回能動性與主體性的重要管道。至少，透過嘗試掙脫這個行動，可以找到心靈層次的主體性。

第七章　從抗拒到生存

　　整體來說，本書從傳統研究慣用的權力概念轉移出來，改由控制角度論述新聞工作者如何與媒體組織互動。在此脈絡下，我們已經討論過組織如何透過庇護與效忠這組社會關係、「權力行使」與「權力控制」，以及經組織校準過的常規，共同進行控制以維持穩定秩序，並達成組織設定的目標。另外，我們也描述過被控制者在控制過程中扮演的角色，他們對於組織與權力的過度想像，以及自願放棄與配合，幫助控制作為以更為隱晦與穩定的方式進行。而這裡緊接要討論的是，身處複雜控制系統中，被控制者是如何回應組織內部的控制作為。本書主張，這個問題需要被細膩討論，因為如果只是關注組織如何進行控制，將會簡化控制這個概念，忽略新聞工作者能夠透過回應作為，展現能動性的事實。

　　然而需要說明的是，這裡之所以使用「回應」，而非「抗拒」這個動詞，主要是用以呼應我們從控制構面與能動性角度發現的事實。本書研究結果顯示，在整個控制過程中，雖然「行動者的缺席」經常導致個人能動性降低，但研究對象終究是能動的，而且他們回應組織控制的方式十分複雜，目的也不盡相同，直接抗拒只是策略選項之一。

　　我們實際觀察到，研究對象在實踐場域用來回應控制的方式，經常是陰柔、迂迴的。而細部來看，這種被本書稱為平民抗拒策略的作法，又具有積極使用與消極使用兩種形式。積極使用將使得平民抗拒策略具有游擊戰功能，有著改變現狀與反抗不合理控制的潛力，但相對於此，我們卻也發現愈是晚近的台灣新聞工作者，愈是消極使用平民抗拒策略，只是企圖藉此零星、局部緩解控制所帶來的限制，顯露自己存在的事實，維護主體性而已。再或者說，因為當下媒體產業不

景氣的龐大壓力，讓部分新聞工作者給予控制的回應，成為更消極的生存策略，只期待保住工作。

　　這些從「直接抗拒」到「平民抗拒策略」，再到「生存策略」所組成選擇範圍，意味著可供個人回應外力控制的方式不只一種，顛覆了以往只看到直接抗拒這個選項的假定。同時，倘若加上時間面向考量，這更意含了近年台灣新聞工作者的退卻與困境，處在非黃金年代的媒體環境，保住工作這件事情的優先順序高過對於專業理想的堅持。不過不可否認地，新聞工作者只想被動維護主體性，或求生存，雖然有其現實壓力與合法性，但過分關注於此，卻也造成整體的無力感氛圍，然後在缺乏積極作為的狀態下，反過來讓組織得利，得以繼續進行控制，當然也離專業自主愈來愈遙遠。而本章也將依此分別論述新聞工作者回應組織控制的方式，整體說明新聞工作者的能動性問題。

壹、傳統的反抗

　　專業自主是新聞可否稱為專業工作的關鍵。為了維護這個核心價值，新聞專業論述十分關切外在力量干預新聞產製的問題，同時主張實務工作者需要積極抗拒這些外力，而在本書，這些外力指涉的是來自組織的控制。

　　不過，如果我們落腳實務場域進行觀察將會發現，由於身處組織內部終究需要在意人際關係、升遷，甚至基本謀生問題，因此對於那些有意願實踐專業理想，或者在意自己能動性與主體性的新聞工作者而言，或許更好、也更為寫實的提問方法是，他們究竟該如何「回應」各種外在控制力量，而非只是想著「抗拒」。新聞工作者如何平衡各種現實考量找到回應策略，將影響他們繼續工作下去的動力與方式。

從新聞專業論述的邏輯來看，維持專業自主這件事習慣被處理成抗拒問題。它們先是站在專業立場，描述了外在力量對於新聞專業的影響，然後在古典權力視野下，主張面對粗暴顢頇的控制，新聞工作者應該勇敢進行抗衡，藉此爭取自己工作自主空間，並展現新聞專業特性。然而有意思的是，專業論述雖然主張抗拒，但有關抗拒的討論卻顯得不夠細緻，或直到這幾年才有較多研究關注這個問題（吳佩玲，2006；Borden, 2000）。另外也不可否認，相對於專業論述的理想，實踐場域經常展現不同調的事實。直來直往的抗拒策略往往有著實踐上的困難，在經歷做與不做，或反覆挫折之後，導致新聞工作者的無奈與無所適從，從根本放逐了實踐新聞專業的可能性，也接連造成工作意義與自我認同的問題。

不過，即便直接抗拒策略有著實踐上的困難，但如何回應外在控制仍是不可忽略的重要問題，因為這不只涉及新聞專業自主，也更為根本地涉及當代工作者在勞動過程中的困境。即，做為組織的受雇者，該如何處理個人基本的能動性與主體性問題。也因此，順著本書脈絡與實際研究發現，本章嘗試從更為廣義的能動性角度解釋這種困境，我們主張這種社會學式的結構與能動性討論，或許能幫忙看到更多因應策略的線索。

一、專業主義、工會與抗拒

從古典權力角度出發，新聞專業與工作自主的維護，經常被順理成章地看成抗拒問題，只是也因為這種順理成章，有關抗拒的討論往往有著過於理想化的問題。新聞專業論述描述的記者應該要有道德勇氣，或叛逆精神，向不合理的權力進行反動，設法改變結構，否則便會習慣於接受命令，不具有專業資格。在權力與抗拒這組對稱概念的導引下，個人回應權力控制的方式相對單純，除了噤聲順從之外，便

是直接抗拒與退出兩種選擇。其中，退出指涉的是徹底離開當下權力結構，而就抗拒來說，除了訴諸個人力量之外，理論上還具有專業主義與工會兩種路線。這兩種路線都具有集結團體力量，向老闆與組織施壓的本質，只是在當下台灣媒體產業，它們似乎無法發揮效果。

首先，部分新聞專業人士採用集體訴諸新聞專業與道德的策略，例如建立新聞室民主、內部新聞自由（翁秀琪，1992；涂建豐，1996a），企圖透過集體推動專業主義，並形成制度的方式，阻絕來自老闆與組織對新聞專業的傷害。不過，從德國報業 1970 年代推動的「編輯室規章」，以及自立報系於 1994 年為避免新老闆干預編輯政策，仿效德國報業推動的「編輯室公約」可以發現，如同個人直接抗拒的結果，這種集體實踐專業主義的企圖同樣遭遇困難。

這些得經過老闆同意的私人性質規約，需要雙方共識才可以運作，並非新聞工作者一廂情願便能成事。只是在資本主義邏輯中，為維護經營權的完整性，要老闆放棄人事，甚至政策主導權，是件極為困難的事，再加上編輯室公約往往與組織追求利潤目標相衝突，使老闆更難有簽定的意願。因此，自立報系並沒能成功推動「編輯室公約」，德國報業的實踐經驗也不成功，到了 1991 年只有七家報社訂有這種規約（蘇正平，1996）。

相對於此，工會是另一種集體策略。只不過如同第三章有關新聞工作者的文人性格討論，以及白領階級缺乏勞動意識（朱若柔，1998；劉蕙苓，2007），擔心與老闆對立會失去升遷機會等因素影響，台灣媒體工會的發展並不健全。林富美（2002）便觀察到台灣報社工會運作的無力感，她發現，扣除那些視工會為反動力量的老闆，即便部分老闆平日可能支持工會活動，但是當工會看法與老闆利益嚴重牴觸時，老闆還是不會做出妥協。例如《聯合報》總共三波、條件愈來愈差的優退優離制度，或者 1999 年自立報系停刊，工會於關鍵時刻幾乎使不上力。老闆仍主導了最後決策，甚至因為老闆的懷柔策略，工

會成員間反而出現不同意見。然後整體來說，也就在老闆家父長心態主導，而新聞工作者缺乏勞動意識與工會意識的共同作用下，工會這種傳統具有集體抗拒力量的機制無法發揮功能。我們大多數的研究對象便幾乎不與工會打交道，甚至不知道所屬媒體有無工會組織。

另外，倘若不論《台灣記者協會》偏向專業主義，而非工會路線的調性，他們也展現集體實踐專業主義的企圖，會在某些個案上聲援記者，透過辦活動方式推動專業主義。但類似各媒體工會的參與狀況，一位做為記協幹部的研究對象便也說明，他們雖然努力辦活動，但真正熱心參與的人並不多。

二、封建看管下的集體抗拒策略宿命

在台灣，媒體工會與專業主義並不成功，而封建本質可以進一步解釋不成功的原因。擁有封建王國的老闆雖然可能出於家父長善意，會在平日支持工會運作，例如聯合報系老闆願意提供資金、辦公室等援助（林富美，2002），但就封建王國的主權性完整來看，老闆終究不可能讓工會坐大，成為自己無法控制、甚至與自己敵對的小王國。反過來看，理論上做為工會主體的新聞工作者，本身卻也是顯得意興闌珊，缺乏積極作為。文人與白領性格、習慣於庇護與效忠這組封建關係，加上平日享受某些形式自由，這些原因都讓台灣新聞工作者幾乎不具有勞動意識與工會意識，使得工會由內而外地缺乏壯大力量。我們的研究對象不是對工會沒有太多看法、認為工會沒用，便是將工會等同於辦員工慶生活動的單位。或者在員工應該與老闆雙贏的假設下，掉入資本主義意識型態，根本缺了勞工意識，缺乏了工會的戰鬥力量。

因此，工會不但未能發展成獨立於封建王國的自由地，缺乏抗拒老闆與媒體組織的戰鬥力，反而回過頭成為老闆的另一塊領土或附庸

地，即便在平日可能被賦予某些自主權，但在老闆看管之下，不可能過度「造反」，或者工會提出的建議也得保持在老闆的容忍範圍之內，否則老闆還是可以相應不理。

相對地，編輯室公約要求編輯部門獨立的作法，也遭遇類似問題。雖然應和第三章討論的組織構形理論，編輯室公約或新聞室自主，意味編輯部門試圖將自己轉換成依照新聞專業行事的專業構形，藉此阻絕事業體中其他部門的掣肘，以及老闆的非法權力干預。但對老闆來說，這舉動卻也代表他將失去編輯部門這塊領土，在自己王國內產生一個不被自己控制的獨立小王國。所以，除非老闆同樣具有新聞專業意理，且具有十足善意，否則編輯室公約似乎也注定不會成功。

不過，專業主義的挫敗並不只發生在新聞工作。近年來，面對資本主義強勢運作，事實上連傳統以專業構形運作的醫院、大學，都開始因為管理主義盛行而開始出現變化，它們得面對管理主義是成功企業特徵的迷思，以及管理制度實質涉入專業運作的問題（Ashburner & Fitzgerald, 1996；Kelley, 2002；kitchener, 2002）。例如原本以醫生與醫療專業為主體的醫院，便發生商業邏輯涉入，管理作為增加，以致擠壓專業自主判斷的情形，醫生同樣面臨主體性問題，以及第九章即將會討論的自我認同問題。在資本主義社會中，管理主義驅逐了專業主義，讓專業工作者面臨更嚴峻考驗。

因此整體而言，即便從新聞專業論述立場出發，集體抗拒策略具有其合法性，而集體力量也的確具有改變結構的可能，至少改變了美國部分報社內的性別意識（Byerly & Warren, 1996）。或者說，即便不同國家工會有著不同傳統（Hyman, 2001／許繼峰、吳育仁譯，2004），工會的確具有做為勞工與資本家對抗的傳統功能，但置身台灣媒體情境，集體抗衡力量卻幾乎難以有效集結。當工會與專業主義看法嚴重牴觸了老闆設定的目標，特別是在商業力量凌駕一切的

當下，想要落實這些制度往往如登蜀道，困難重重。而這也導致面對組織控制時，有意願維護專業自主的新聞工作者，還是得依靠個人力量進行回應。然而如同預期，缺乏集體奧援的個人顯得勢單力薄，而直來直往的抗拒策略也容易得罪老闆與主管，然後成為特別看管的目標，甚至如同少數研究對象的經驗，在集體氛圍中，他們對於新聞專業的堅持並不被同事接受，被認為是奇異份子。

三、「抗拒」概念的重新思考

直接抗拒具有實踐困難，大多數實務工作者沒有採取具體對抗行動，並不表示他們缺乏根本的能動性，唯一選擇是噤聲順從。事實上，我們在發現研究對象噤聲順從之際，還是觀察到其他能動性的可能，以及不同的回應組織控制的作為，而這也意味著傳統新聞專業論述需要些許反動，換個角度處理專業自主。

我們發現，或許受限於站位專業立場與古典權力觀點影響，傳統新聞專業論述除了習慣將權力視為老闆手中的資源，也隱含新聞工作者是被動的權力接受者，想要維護專業理想就得挺身抗拒權力，否則便只能成為接受命令做事的人。這種配合一般人二元思考習性的假定，分別給予老闆與新聞工作者安排了鮮明、帶有對立色彩的角色，然後因為抗拒與權力控制這組對稱關係的強化，使得新聞專業自主策略似乎有所定形。直接抗拒，成為理所當然採用的策略。

整體來說，以直接抗拒做為回應權力的策略有其合法性，以及反抗強權惡勢力的道德意涵，只是隨著對於權力概念的重新反思，我們也的確從研究資料中觀察到，這種策略在實踐時的困難，以及在它成就新聞專業自主動力的同時，似乎簡化了抗拒概念，以致我們主張做出以下兩項相對應的調整。

（一）從專業自主轉向能動性的討論

　　首先，簡化落於習慣將抗拒視為維護專業自主的作為，抗拒被視為一種專業要求，而如何透過抗拒以取得工作自主，則意味著專業被實踐程度。基本上，我們主張，這種作法雖然有效集中焦點，提出維護新聞專業的策略，但隨著研究過程，本書卻也發現這種作法窄化了觀察論述範圍。事實上，如果跳脫專業視角，抗拒不只與專業自主有關，它更需要從能動性角度進行討論，是一種普遍發生於當代各行業勞動過程的問題，並非新聞工作所獨有。

　　在當代強調產製分工、企業化經營的資本主義社會中，幾乎所有行業工作者都得面對組織設下的結構限制，然後於從事勞動工作的同時，遭遇根本的能動性與主體性問題（Knights & Willmott, 1989）。大量組織研究便在討論這些問題（Ashforth & Mael, 1998；Clegg, 1994；Tracy, 2000；Symon, 2005），試圖勾勒出員工面對組織控制時可以採用的抗拒策略，或者該如何在組織控制下建構起自我認同，找尋主體性。只是不可否認地，包含新聞在內的某些工作，因為對於各自專業的要求，凸顯出專業自主與抗拒問題的重要性，也因此增加了能動性討論的複雜度。

　　換個說法，當我們隨著研究對象實際進入實踐場域後也會發現，如果去除專業理想成分，把新聞當成一種普通勞動工作，整個勞動過程則是相當赤裸、入世與寫實的。研究對象們平日會遭遇一般勞工碰到的大小事情，有關專業的問題充其量只是其中一部分。他們需要擔心被裁員的可能，得面對採訪路線調整、休假規定改變、每天編輯版面數目增加等現實的勞動條件問題。另外，更需要處理老闆與主管交辦事項，例如出席某場主管朋友舉辦的公關記者會、被要求重新修改新聞播出帶，只因為新聞中被爆料對象是主管親戚、幫忙找病床掛號、打探官司進度、替主管小孩要演唱會公關票。

　　基本上，出席記者會、修改新聞稿這些交辦事項，理論上可以被認定成專業自主問題，不過我們透過觀察與訪談卻也發現，只有

少數人會特別將它們挑出來做如此認定。對絕大部分研究對象來說，上述事情不是被歸類成「瑣事」、「小事」、「不好拒絕主管的事」，便是被集體包裹歸類成「做為雇員」的無奈。或者說，除非因為我們刻意追問，研究對象才會將焦點集中在專業自主之上，否則在大部分情形下，研究對象關心與討論的通常是勞動條件改變問題，他們的確會抱怨組織、老闆與主管，或想要抗拒，但這些抱怨與抗拒卻經常是朝向基本能動性的維護，而非專業自主。我們反覆發現，如果研究對象基於情感式效忠而心甘情願，上級交辦事情倒也不會引起問題，頂多只是在玩笑與小牢騷間帶過，但是倘若下屬不喜歡上級，交辦事情會被放大，認為老闆與主管是小人、假公濟私、故意找麻煩，然於抱怨自己遭受控制甚至打壓，無法發揮自己。

也因此，在現實生活中，抱怨與抗拒的關鍵經常在於自己與上級的關係，而非以專業標準做為取捨。同時，抱怨內容更赤裸裸地顯示新聞工作者不只是專業人員，也是組織的雇員，遭遇的是一般勞工都會面對的能動性問題。對他們來說，新聞工作具有寫實的謀生功能，而且與當代人一樣，組織不只是個依靠專業標準生產新聞的地方，更是他們的工作生活重心、社會與人際互動的場域（Clayman & Reisner, 1998），老闆與主管則是生活中不可迴避的重要他人。

當然，這並不代表本書否定專業的重要，只是我們主張，除了討論新聞工作者的專業自主問題外，有關新聞工作的研究應該更入世、更寫實地進入新聞實踐場域，適度從「專業」回到「工作」的本質，觀察他們如何與組織互動，如何因應老闆與主管的各種控制作為，又如何在組織控制下，維護自己的能動性。。

（二）從「抗拒」到「回應」

不過除了以專業自主做為論述焦點，忽略一般能動性討論外，傳統專業論述第二個層次的簡化發生在回應組織控制的策略上。

　　仔細來看，傳統新聞專業論述雖然豐富討論了專業自主這個核心概念，但也就在它們進行論述的同時，似乎習慣且關鍵性地跳過抗拒可不可行、是否存在其他形式抗拒等問題，而相對應的古典權力觀點也不只是簡化了權力的複雜本質，更簡化了回應權力的策略。因此，面對權力以直接、粗暴的方式施展，個人的回應策略通常也被想像，並化約成「接受」或是「反抗」兩者，除此之外沒有其他選擇。而基於維護工作自主的立場，似乎不需考慮，抗拒便順理成章地成為選擇。

　　這種順理成章反映新聞專業論述堅守專業自主的普世價值立場，只是也因如此，在新聞專業論述純真主張抗拒，卻未對抗拒多做觀察與著墨的同時，抗拒也愈加成為一種做與不做之間的道德問題，然後因為缺乏實踐層面的考量，回過頭簡化了有關個人如何回應組織控制的深入觀察。

　　事實上，Foucault（1980；Burrell, 1998）便主張權力能夠以細膩、多樣的方式運作，相對地，抗拒方式也可以細膩多樣，因此抗拒不應該被化約成諸如革命等公開行為，而抗拒與不抗拒這種二元分類也是不真實的（Trethewey, 1997）。或者說，組織內部權力運作不是上對下的單方宰制，而是一種發生於集體互動中的動態過程（Leflaive, 1996），如同前面多處有關能動性的討論，我們在新聞工作場域便實際發現到，雖然研究對象不常從事傳統專業論述定義的直接抗拒作為，但這並不表示他們缺乏能動性，缺乏回應組織的能力；或者如同想像中溫馴無力，只會被動接受命令。例如年輕記者因為心情不好，不想跑新聞，隨便改改公關稿交差了事，或受訪主管也表示許多糟糕記者長年待在報社，根本叫不動，而且總有辦法敷衍了事，便是組織權力無效運作的痕跡。

　　這些乍看之下與專業工作自主無關的作為，其實就意味著新聞工作者在媒體組織內部的能動性，更代表他們有能力運用直接抗拒之外的方式回應組織控制，只是這些回應方式難用古典權力觀點加以解釋。好比學生不會公開反抗老師要求的作業，但卻會私下想盡

各種花招，以較大的行距與字體級數，或其他更有創意的作法，虛應故事一番。如此經常出現在日常生活，對外來控制的陰柔反擊，事實上也為新聞工作者所用，單純用以應付老闆與主管，也可能用來爭取工作自主。這種被本書稱做平民抗拒策略的作法將會在後面進一步說明，不過無論如何，這些策略背後隱藏的是複雜交錯的能動性問題。回應權力的方式開始不再只是落於革命家式，訴諸道德與正義的直接對抗，或者說對抗邪惡或不公平力量的方式也可以是迂迴陰柔的，是源自日常生活中平民式的靈活策略。

　　因此總結來說，本書嘗試跨出傳統專業論述對於能動性的觀察範圍。我們強調，主張反抗權力控制、勇於改變不合理結構，的確具有維護新聞專業理想之重要性與合法性。不過對於實務工作者來說，除了需要面對與解決專業自主問題之外，日常工作事務卻更為寫實，也同樣需要能動性解決控制與結構壓力。同時回應控制的方式是多樣地，而非只能依循傳統新聞論述安排，訴諸專業道德直接對抗。在這樣現實基礎上，接下來便配合研究整體轉向，利用控制概念整體討論組織內部的能動性問題，重新描繪台灣新聞工作者回應組織控制的方式，如何在與組織互動過程中取得能動性與主體性，然後進一步思考專業理想問題。

貳、封建采邑中的平民抗拒策略

　　專業自主是傳統新聞專業論述的堅持與主張，與能動性有關，不過在實踐場域，新聞工作者需要面對的能動性問題，卻經常與一般產業類似，屬於勞動過程中的生存問題。

　　基本上，我們並沒有化約的企圖，並不想要將上述現象處理成理想與現實間的對比，只是我們的確也主張，在傳統專業論述邏輯中，

直接抗拒的目的經常是要改變不公平的結構控制，是種對專業自主的維護，但在實踐場域，個人之所以採取各種回應控制策略的理由，則需要加入相當多比例的現實考量，是基於對自己權益，或自身能動性與主體性的維護。也因為他們回應控制的理由經常是寫實的，所以權衡輕重後，選擇的往往是平民抗拒策略。或者配合對於權力的過度想像，這種狀況更解釋了為什麼許多人在面對各種控制時，根本選擇「不作為」的原因，因為他們有著投鼠忌器的擔憂。

不過，本書在觀察新聞工作者如何回應控制作為的同時，我們發現，平民抗拒策略的迂迴特性容易讓它在組織空隙處增生。台灣媒體雖然嘗試透過不同方式全面鋪陳出控制作為，但這種努力終究留了以下兩種空隙，使得平民抗拒策略足以得到運作空間，在理論上增加了個人平日的能動性，然後轉個彎，有助於創造新聞專業自主的新希望。

一、控制的空隙與回應的可能性

缺乏直接抗拒的實踐力道，會讓人誤以為新聞工作者本身缺乏追求專業自主的意願，或讓實務工作者本身誤以為自己被結構綁死，缺乏能動性。不過我們長期觀察卻發現，除了因為個人對於組織與權力的想像會封死自己的能動性，事實上，封建組織內部留有相當空隙，可以供做新聞工作者發展平民抗拒策略，這些空隙展現在以下兩方面。

（一）規則空隙：模糊規則的彈性與解釋權

新聞是種結構模糊、難以定義好壞的工作，因此留給工作流程規則與獎懲制度相當大的彈性與不確定性。這種因模糊帶來的彈性與不確定性，不只應和著台灣媒體的封建特性，或反過來因封建特性強化了彈性，有利於老闆權力控制，理論上，它們也意味著控制過程中的空隙，如果妥善運用，員工將可以取得抗拒組織作為的基礎（Courpasson,

2000）。而如何知覺規則的空隙與彈性，又如何從上級手中搶到模糊規則的解釋權，依照自身利益創造規則，便成為平民抗拒策略的重要關鍵。

基本上，工作程序缺乏標準，或者說規則本身不是封閉、具有詮釋彈性的本質，給予主管許多權力施展空間（Clegg, 1989），讓他們可以利用詮釋或重新制定規則的方式控制下屬。而如同第三章對於封建性格的描述，這種情形在台灣媒體組織內部似乎特別嚴重，人治便說明了老闆與主管詮釋規則的事實。只要不過度違背更上層領主的意志，次級領主們通常都能擁有用自己方式領導自己領地的空間。也因此，不同主管不同規定，或者相同規定但執行鬆緊程度不同，是普遍存在的現象。

不過相對於此，同樣的規則模糊彈性，理論上也為新聞工作者保留了空隙，得以創造出平民抗拒策略。例如有研究對象便表示，在報社沒有嚴格執行每日稿量的情形下，他們會按時交出例行新聞做為每天對報社的交代，然後挪用更多時間在自認有深度、需要花更多時間報導的新聞之上。或者因為採訪路線分派有灰色地帶，行政院部會記者可以透過詮釋規則，將公聽會新聞推給立法院記者，迴避部分被指派但自己卻不想去跑的新聞。

而獎懲辦法缺乏一致標準更幫襯了迂迴回應的可能性。第三章也曾提及台灣媒體獎懲制度經常缺乏明確標準，仰賴主管依照過去經驗與個案特性評估下屬，因此強化了主管行使權力的可能性。我們發現，雖然這種獎懲方式難讓所有人心服口服，不過還好主管通常也具有文人性格，又不願做壞人，所以除了口頭告誡，他們多半少用「罰」做為讓人順從的依據。這種狀態不只可以讓人藉此找到偷懶機會，更積極來看，也為認真新聞工作者預留了施展平民抗拒策略的空隙。只要適度不理睬主管嘮叨，或抓對時機，例如在主管嘮叨抱怨多次後，選擇性地回報社發稿幾天，他們同樣不必擔心處罰問題。

　　當然，平民抗拒策略並非總是屢試不爽，除了需要創意成分外，還涉及老闆態度與權力意志，當他們硬起來執行規定，便像是緊縮了規則空隙，當他硬是在相關規定之上，清楚要求編輯上下班打卡、多編一個版面，編輯通常便得做出犧牲。再或者，為了因應無法休完該年度所有假期，部分研究對象發展出一套方法有些複雜的洗假方式，避免讓公司平白賺走自己的假期。在無法直接改變結構的狀況下，這種洗假方式便利用了既有請假規則的模糊空隙，展現能動性。不過也就在它默默運作多年後，高階主管終究透過發布新休假命令，徹底取消這種策略運作的可能性。

（二）空間空隙：監看距離之外

　　模糊規則的彈性詮釋，再加上處在老闆與主管監看距離之外的特性，更能造就新聞工作者迂迴回應控制的可能性。基本上，傳統管理策略之所以有效，一項重要原因是因為員工上班時間、地點、工作流程固定，使得他們像是身處在監看範圍內，類似 Foucault 描述的全敞景監獄，接收嚴密看管與控制（Jackson & Carter, 1998；Savage, 1998）。全面品質管理（total quality control）策略便是設法將員工時時刻刻放在基層管理者的監看之下（Sewell & Wilkinson, 1992），然後發揮規訓效果，產生自願馴服的身體。但就新聞工作來說，不只是工作流程模糊，工作時間與空間不固定，也增加了監看難度，讓新聞工作者可以找到較多空隙，技巧性地迴避監看控制。

　　Savage（1998）針對美國鐵路公司的研究便發現，如何管理外站員工是件不容易的事情，鐵路公司雖然一再改變制度，例如加入巡迴官，試圖將分散在各站的員工納入監看範圍之內，但員工好像總有生存本能，還是可以找到回應控制的偷懶策略。我們發現特別是記者，同樣也有這種因距離而拉開監看範圍與監看密度的優勢，記者平日在外工作，雖然會透過新聞回報制度與報社聯絡，但他們終究因為處於

監看距離之外，而享有較多形式自由。也因此，組織與個人會在這些地方開展出抗爭，例如主管會設法利用手機本來便具有的監控功能，延伸自己的監看範圍與密度，但在記者創意性地忘了帶手機、因為參加記者會把手機調成靜音狀態、正在做專訪不方便接電話等理由幫助下，他們還是會找到相當空隙以迴避監看控制，掌握依自己意志處理新聞的機會。只是當這些回應招數用老，媒體與主管則會對應發展出新規定，要求一定要帶手機、一定要回電等新命令，甚至有主管會直接打電話到部會記者室確定記者是否真的到位，或者請工讀生打電話確認記者手機是否隨時保持在開機狀態。在來回動態過程中，雙方都在設法取得個人最佳利益。

　　或者說，如果我們拉長觀察時間，可以發現主管監看能力的強弱，決定了實務工作者的能動性大小。資深新聞工作者便特別懷念以前只有呼叫器，甚至更早以前，沒有呼叫器的年代。他們表示當時在外跑新聞是十分自由的，沒有主管頻繁來電指示新聞要如何處理，也沒有主管來電查勤工作狀況，跑新聞依靠的是個人良心與專業；即便有呼叫器，他們也可以用地下室收不到訊號、找不到電話回電為由，回應主管的指示。在當時，距離將記者從報社與主管的監看中拉開，擁有相當大的空隙，不過當手機普及、收訊狀況大幅改善之後，監看的範圍與密度相對應擴大，也代表著空隙開始消失，無法再享有在外工作的絕對自由。

　　另外，拿編輯與記者工作比對，也可以看到監看距離與能動性的關係。在組織內部工作、生產工作末端的編輯便感受較多控制（Gaziano & Coulson, 1998），他們不但得承受來自前端新聞工作者的影響，如記者遲遲不發稿、編譯稿語意不清、新聞稿量少到無法做選擇，也會因為在報社內工作而難以迴避被監看的壓力。一位編輯便指出，每次當主管一聲不響地站在背後看組版，便會讓他覺得全身不對勁，根本不可能偷懶。或者編輯也可能臨時被指派任務，很難找理由躲掉；主管覺得標題有問題時，也會直接找到他們，盯著他們修改。

相較於記者，身處監看空間內的他們，通常有著難以迴避的無奈，發展平民抗拒策略的空隙相對也比較少。不過所幸因為編輯工作常規同樣模糊，所以仍擁有相當的迂迴回應空隙，如創意利用截稿時間壓力幫忙，在最後一刻交出版面，在主管無暇分身細看版面的同時，成功偷渡某些新聞，或者利用文字技巧將自己觀點藏在新聞標題中，即便主管看到也可以找到理由為自己開脫。

（三）行動者的缺席

理論上，空隙開展了平民抗拒策略的可能性，不過於實踐過程中，因為大部分人在大部分時間發生「行動者的缺席」現象，以致這些空隙通常未能充分發揮理想功用，減損了個人的能動性空間。

1. 尋找空隙與封鎖空隙的動態過程

首先，空隙像是暫時不被組織看管的場域，使得員工得以取得機會在上面與組織進行角力，而這種角力又涉及一種控制與回應間的動態過程，組織施展控制作為、員工做出回應，然後組織重新控制、員工再做回應。理論上，這種動態過程是由好幾輪的控制與回應作為持續組成，或者說，在組織封閉員工上一輪所利用的空隙後，員工會找到另一個空隙，然後繼續在上面進行角力。不過不可否認地，因為立足點終究不平等，導致這種轉換動態經常並不順暢，甚至凝結在一回合之中。

仔細分析，一方面，老闆與主管雖然不會事事反擊，但基於對自己權力完整性的維持，他們終究會在關鍵時刻出重手，讓員工難以再如法炮製過去作為。另一方面，在老闆與主管的善意之外，倘若員工想要能夠持續在動態過程中取得能動性，平民抗拒策略就必須保持一定創意，否則一旦招數用老，老闆與領主很容易看穿，然後相對應發展出控制策略，例如前述新休假命令的發布，便阻絕了上一輪組織留下的空隙，以及相關回應作為繼續運作的可能性。

其次，由於規則本來就是可以詮釋的（Clegg, 1975），因而導致的規則詮釋權爭奪，也為新聞工作者創造了空隙空間。整體來說，在封建性格的台灣媒體中，理論上，領主與下屬像是同樣在模糊中摸索前進，然後透過規則詮釋權的搶奪，為自己製造出有利的態勢。只不過有意思的是，部分出於效忠與庇護關係，部分出於對於權力的想像，以至於現實狀況通常是大多數下屬放棄詮釋權的搶奪，造成常規或規則向領主一邊偏斜狀況。絕大多數時候，領主實際掌握了詮釋規則的權力，而這也呼應了台灣媒體組織人治成分的組織運作方式。

2.缺席的行動者

因此整體來說，相對於新聞專業論述以道德驅動的直接抗拒，積極尋找空隙與爭奪規則詮釋權，理論上可以做為平民抗拒策略的基礎。只不過這裡涉及一項重要關鍵，即，幾乎所有反抗策略都會遭遇的意志或意識問題（Clegg, 1994），然後導致在回應控制過程中的「行動者的缺席」。

當新聞工作者缺乏能動性的意志與意識，他們便像是從控制與回應的對應過程中缺席，此時，規則模糊沒有任何意義，也沒有爭奪詮釋權的問題，當然控制空隙亦不會被充分利用。我們便發現，對於那些特別忠於領主或組織的新聞工作者而言，效忠經常壓過自己的主體性與能動性，在大多數時候，領主交代什麼，他們便做什麼，接受主管對於規則的詮釋權。另外，這種情形也發生在對組織與權力過度投鼠忌器，以及將新聞當成一種工作而已的新聞工作者身上，空隙存不存在、在哪裡並不重要，重要的是不得罪老闆與主管，他們怎麼說，自己就怎麼做。也就是說，因為新聞工作者的缺席，導致控制與回應間的嚴重失衡，往往只有來自組織的控制，缺乏來自新聞工作者的回應作為。

　　相反地，對某些較有主體意識或專業意識的人來說，他們像是經常在控制與回應過程中「出席」的個體，比較容易作怪，會在不滿時想辦法曲解規則，或利用各種空隙為自己找好處。一位研究對象便形容自己的主管常會交代一些怪任務，例如要他訪問某位與新聞風馬牛不相及的消息來源、臨時通知要交一篇他認為沒有意義的特稿。不過有意思的是這位研究對象的回應方式，他表示心情好時或許會照做，但不爽時則會亂做一做。好比他會在交稿的同時告訴主管沒找到該位受訪者，可是事實上他根本沒有認真聯絡。或者湊湊字數寫成特稿，然後故意選在截稿時間前十分鐘交出，讓主管根本沒有回應時間。

　　基本上，我們從這位年輕記者對於權力控制的談話論述中觀察到，也許他用來回應控制的招數並不獨特，不過有關權力控制議題的深刻反思，卻也讓他相較於其他研究對象，更為清楚控制空隙的存在事實，充分了解規則的模糊彈性本質。他便清楚表示，即便主管不高興，自己終究有完成任務，也沒有違反規則，因為規則並沒有說要如何採訪、寫特稿。同時，他也詳細說明在這種沒有撕破臉，不出大紕漏的狀況下，即便主管對他不爽，也不能拿他怎樣。因為上面不太可能馬上找到人補他的位置，將他調線甚至開除，需要花更多時間與成本找人補位，如果主管如此使用權力會付出更大的代價。

　　然而除了這種對於規則詮釋的自信，加上理解所屬媒體生態，讓他自認站得住腳，偶爾作怪外，或許更重要的是，這位年輕記者像是反過來說明「行動者缺席」對於回應控制的影響。不願接受過多控制的性格，以及想要抗拒過多控制的意識與意志，使他並未對權力與組織做出過度想像，也願意在控制與回應過程中出席。因此，雖然他沒有堅強的新聞專業信念，也不願與主管吵架撕破臉，但卻也願意不停地與主管周旋，然後在周旋中體會到自身存在的主體性。而非如同其他研究對象按照主管命令做事，或者只是偶爾在少數地方進行抗拒。

也就是說，在意識到空隙的存在之後，願意出席的意志進一步決定了個人是否會充分利用空隙，是否會設法從上級手中搶到規則的詮釋權，發展出平民抗拒策略，否則會如同 Merrill（1996／周金福譯，2003）的觀察，新聞工作者通常只會順著組織要求作事，忘了抗拒與自主性。而這種帶有存在主義的觀察，也將延伸至第九章對於個人主體性與自我認同的討論之中。

二、平民抗拒策略的基礎

不可否認地，在現今媒體中，無論就經濟資源或科層位置這兩種傳統權力資源來看，新聞工作者的確居於弱勢，因此在他們偶爾與老闆粗暴權力直接對抗時會敗陣下來。如同記者調線這類單方改變勞動條件，其他產業同樣也會面臨的勞資糾紛問題，通常就得依靠法律做為最終解決之道，彌補勞工缺乏直接抗拒基礎的事實。或者說，在老闆掌握經濟資源的情形下，訴諸新聞專業通常只是為勞資雙方貼上道德標籤，無法產生實質反抗能量，也使得傳統以專業倫理做為後盾的直接對抗策略一再受挫。

在這種情形下，我們似乎無法否認，傳統權力邏輯於台灣封建性格媒體內部，實在難以找到反擊的著力點與合法性，也很難發展出確實有效的策略。不過這並不表示新聞工作者缺乏能動性，或回應組織控制的可能，只是需要重新定義權力概念，以及重新發現回應權力控制的基礎資源。而隨著本書勾勒組織控制空隙的同時，我們也逐步察覺到知識資本與人際關係具有這方面的功能。知識資本與人際關係一方面具有防禦功能，可直接用來維護個人自主空間；另一方面配合組織空隙，實務工作者更可以利用它們，積極轉化出平民抗拒策略，然後以這兩種方式回應組織控制。

（一）以知識資本做為基礎

　　雖然新聞工作者在經濟資源與科層位置兩方面居於劣勢，不過這並不表示他們無法回應組織控制的能力。Mechanic（1962）便主張，組織內部低階員工雖然從各方面看起來都居於劣勢，但他們仍有相當力量，當他們不願執行上級命令，上級與組織便會遭遇相當困難。只是員工通常沒有體會到這點，會因有所顧忌而不敢多想，因此使得主管所擁有的法定權威，成為理所當然需要遵守、需要順從的命令。而本書也呼應這種觀點，前面發現新聞工作者從控制與回應過程中缺席，便也意味放棄自己的能動性。

　　不過除此之外，本書也發現到，實務工作者所擁有的知識，特別是那些不可替代性的知識資本，是他們回應組織控制的基礎資源。配合創意思考，這些知識更可以衍生出許多平民抗拒策略，迂迴地回應組織控制。其實 French 與 Raven（1959）很早以前提出的專家權力（expert power），便可以從知識角度解釋。特別對於新聞這類工作，其具有的知識工作與專業工作性質，讓他們擁有愈多知識，就愈容易成為 Breed（1955）所觀察的明星記者，擁有較大的工作自主空間。

　　而近年來有關知識管理的討論也指出知識對企業經營的重要（Blackler, 1995；Leonard-Barton, 1995；Nonaka & Takeuchi, 1995），雖然這些研究是站在組織立場，討論如何將工作者的個人知識轉換成組織資產，但反過來看，這也代表著個人知識重要，才會成為諸如高科技公司想要充分利用，甚至剝削的對象。也就是說，配合有關專業工作的討論（Reed, 1996），知識是種重要的權力資源，當新聞工作者知識愈多，不僅愈受尊敬，在組織內愈享有自主權，地位穩固，甚至換工作也更容易，不必因為害怕失去工作，而做出過分迎合上面需求的舉動。知識為個別工作者帶來基本保障，可以適度從控制中掙脫。

　　我們也發現，不僅有豐富知識的主管愈讓下屬服氣，知識豐富的新聞工作者也更受尊重，在該路線或自己位置取得口碑後，主管的信任將會進一步放手讓他們處理新聞，在組織內也擁有較大的特權。例如擁有由自己控制的工作時間與工作量、可以用自己方式規劃與處理新聞專題。不過，這裡談及的知識並非教科書式的採寫編輯知識，而是隨個人經驗累積的特定採寫編輯技巧，或與眾多消息來源有關的路線知識，因為只有這些秘笈式的知識才能幫忙個人累積不可替換性，然後轉換成個人資源（張文強，2001）。也因此，特別是對於那些在外工作的記者而言，由於媒體需要依靠他們才能取得新聞，尤其是獨家新聞，所以他們更可以透過壟斷該路線知識的方式，例如研究對象會私藏某些消息來源的聯絡方式，藉此建立起自己的不可替換性，讓組織在想撤換他們時，反而面臨投鼠忌器的可能。

　　換言之，在結構性缺乏權力優勢的狀況下，知識具有創造基本能動性的意涵。雖然它不像經濟資源與科層位置具有絕對影響力，但仍可以轉換成資源，為擁有者在組織內爭取有利位置，然後像是具有防禦功能般，成為一種回應組織控制、為自己尋找能動性的基本策略。對比我們研究對象在組織內的待遇，便可以發現，受肯定資深記者與新進記者受到信任的程度不同，享有的自主空間也不同，雖然這幾年資深記者的地位也在快速下降中。甚至在某些媒體中，資深記者不但不再如過去受到尊重，因為其較高的薪水而被視為需要處理的對象。

（二）以人際關係做為基礎

　　以知識做為基礎資源並不難理解，不過在實務工作場域，特別是處在封建本質的台灣媒體，人際關係或由此轉化的社會資本（Lin, 2001／林祐聖、葉欣怡譯 2005），經常是另一項因應組織控制的基礎資源。我們發現，雖然人際關係經常被認為帶有逢迎拍馬的負面意味，但妥善運用終究能做為基礎資源，策略性增加平日的能動性。同

時，主管因此有意無意採用的寬鬆管理方式，也擴大了組織控制空隙，讓平民抗拒策略可以更為得心應手。

整體來說，在封建性格的台灣媒體組織內部，姑且不論人治對於新聞專業的傷害，很多時候，因為封建領主相當程度地決定了領地統治方式，所以個人自主空間的大小主要關乎主管是誰，而好領主與惡領主之分，以及自己與領主關係的好壞，更將決定新聞工作者的工作滿意度。我們反覆發現，研究對象或許並不在意組織究竟有沒有制度，甚至能容忍老闆的整體剝削，但他們於訪談時，或其他場合對於直屬主管的愛憎言談，卻清楚表達了主管是誰，以及如何管理的重要影響力。這種人治成分遠大於制度控制，而老闆與主管決定整個王國與各自領地統治方式的事實，便意味著人際關係是一種重要基礎資源，妥善利用將可以為自己取得好處，包含能動性在內，而「紅人」、「自己人」的存在正可做為證明。

在研究過程中，我們便不斷聽到研究對象提及有關老闆或主管身邊紅人的傳聞，甚至承認自己就是別人口中的紅人。呼應《紐約時報》老闆利用自己信任的主管執掌言論版面的例子（Chomsky, 1999），這些部分帶有稗官野史成分的資料，說明了台灣媒體老闆會利用自己人做為高階主管，或者身邊總有些紅人。然而不論是自己人或紅人，他們與老闆之間好像總是保持和諧關係，新聞處理觀點也總是默契十足，老闆可以透過他們不露痕跡地執行自己意志。同樣地，主管身邊也有紅人，也經常被形容成同氣連聲，主管可以利用詮釋模糊規則的力量善待自己人，冷落不聽話者。所以有關主管考績不公、原本屬於自己的國外出差機會硬是換給別人、路線調整時循私、主管率領下屬形成小圈圈等傳聞，總是在新聞室內不斷流傳。或者一位受訪主播也清楚表示，因為高層長官的青睞，讓她經常可以跨越中層主管直接進行溝通，高階主管也直接點名要她負責新節目，然後她的直屬長官更十分客氣，幾乎沒有什麼要求。

　　而這種主管對待紅人的方式，也正可以對比出人際關係做為重要資源的事實。在其他研究對象眼中，這些汲汲鑽營上級關係的紅人，便是透過人際關係為自己取得以上好處。當然，人際關係有被正向利用的機會，同時也不只是紅人可以利用它們，理論上，一般人同樣可以使用人際關係，回應組織控制。我們便發現，雖然某位當事人未必有所自覺，但她與主管的良好關係，加上主管個人滿意其所下標題、處理的電視鏡面、編排的新聞播出順序，因此相對於其他同事，主管對這位編輯的日常工作相當放心，不會緊盯她的工作內容。而在主管的放心之中，這位編輯享受較多能動性，如果願意，也有更多說服主管新聞處理方式的機會，也可以有較多維護新聞專業自主的機會。

　　因此，如同許多研究指出「關係」在華人組織扮演的重要角色（楊中芳，2001），我們主張人際關係不只具有負面意味，不只是可以幫忙個人牟取私利，在爭權奪利中獲勝，也可以做為基礎資源，具有回應組織控制的潛力，增加能動性，甚至維護新聞專業。

（三）在控制空隙中的平民抗拒策略

　　知識資本與人際關係除了能夠做為基礎資源，帶有防禦意味地降低組織控制強度，它們更可以被積極使用，為個人創造能動性。我們發現，透過掌握所屬媒體組織控制的空隙，搭配臨場創意，實務工作者在知識資本與人際關係基礎上，更有機會積極找到能動性出口，以迂迴方式回應組織的精巧控制。

　　在日常生活中，不少人都有巧妙設計一些小技倆的經驗，以迂迴而非直接的方式突破權力控制。近年來組織研究（Austrin, 1994；Trethewey, 1997）也開始從 Foucault 角度討論抗拒問題，並且發現員工雖然不見得會直接對抗組織，但卻會透過某些暗中破壞方式進行反抗，例如偷偷在電腦中放置病毒。同樣地，在新聞工作中，我們也發現新聞工作者透過工作知識的累積，如對工作流程與主管個

性的掌握、對文字的純熟度，為自己積極發展出平民抗拒策略，在新聞專業論述標示的方法之外，主動爭取能動性與新聞專業自主。

　　一位熟稔工作常規的記者便表示，由於主跑路線不受主流媒體青睞，為取得好版面提高新聞影響力，他會把部分新聞壓到週六或週日再發稿，利用這兩天新聞量較少的機會搶占好版面、好位置。而利用寫作策略把自己看法藏在新聞修辭中，或者重新更改新聞播報稿頭，更是記者與主播習慣使用的技術，藉此回應與主管看法不同、又不想和他們爭執或溝通的狀況。一位編輯也描述自己偶爾會在標題上做手腳，將上層屬意的新聞放在不起眼角落，配合主管無暇細看矇混過關。

　　基本上，如同前面所述，這些零星的平民抗拒策略涉及到意志問題，因此在行動者缺席的狀況下，為數不少的研究對象說不出自己有過類似經驗，他們表示主管要他們做什麼，他們就做什麼。特別是近年媒體情境，因為擔心影響工作飯碗而投鼠忌器的氣氛，讓這種情形更為明顯。部分新聞工作者似乎根本沒有意識到這類迂迴、陰柔抗拒策略的存在，或者部分工作者雖然意識到這些策略的可能性，偶爾也會使用，但卻因為不同理由，缺乏持續回應組織控制的意志，以致這些策略經常顯得零星。

　　然而即便如此，我們還是發現這種策略的存在及其價值。而知識資本與人際關係便在這裡發揮積極作用，它們不只是防禦性地保護自己免於遭受過多組織控制，更能夠幫助新聞工作者以更佳位置，拉扯組織控制本來就留有的空隙，增加平民抗拒策略的執行可能性。我們便從紅人身份的研究對象身上看到這種機會，相較於一般人，他們更可以找到理由不回報社、更可以寫自己想要的新聞特稿。

　　以一位報社記者為例，對比她在整個訪談中對於直屬主管的直言批評、其他研究對象不經意對這位記者的描述，我們可以感受到這位研究對象了解老闆對她信任有加，然後透過紅人身分取得工作上的方便，至少使得直屬主管不太會去管她。再配合上本身便有的認真與工

作能力，這些因素共同幫助她取得有利位置，以致相較於其他記者，更能放大組織控制的原有空隙，極大化平民抗拒策略的潛力。例如利用報稿單推銷新聞，這項被許多人用來迂迴回應主管控制，卻同時有相當失敗機會的平民抗拒策略，便成為她所描述的工作利器，幫忙取得更多做自己想要新聞的機會，當然，也迂迴掉不想做的新聞。也因此，類似其他紅人，這位記者比別人多了更多能動性空間，雖然他們自己不見得意識到紅人身分在這裡帶來的好處。

不過，在主張平民抗拒策略價值的同時，這裡還是需要做出兩點提醒。首先，因為這些策略以迂迴、陰柔取勝，像是在打游擊戰，而非正面對抗老闆與組織控制。所以理論上，創意成為關鍵，實際策略則多少成形於遭遇控制的當下。也就是說，面對陰柔、變化的控制形態，新聞工作者得保持回應方式的靈活性與動態性，以創意不斷尋找回應控制的新出路，以免方式用舊，或者是抄襲複製別人做法，讓主管想出破解之道。只是事與願違地，我們發現研究對象的招數十分相近，以致經常發生的是，只要老闆與主管有意願行使權力，便能夠破解員工策略，使得控制與回應間缺乏理論上的持續動態關係。

其次，這些策略是以陰柔控制為前提，因此在它們獲得部分成功、自得其樂的同時，新聞工作者不應該忽略台灣媒體始終存在直接控制，以及封建特質會讓領主隨時收縮能動性空間的事實。或者說，新聞工作者更需要將專業放在心中，以免平民抗拒策略被化約成一般偷懶策略，如此不但無助於工作自主，反而會傷害新聞工作品質。然後也許更重要的影響是，老闆可能反過來藉由適度放任部分平民抗拒策略，以形式自由的小惠，交換新聞工作者根本順從。

事實上，我們透過對比研究資料便發現，主管並非天真到不知道下屬有哪些招數，對於某些老招數更是瞭若指掌，只是為了封建領地內的和諧，或者他們自己說的鄉愿理由，不願意點破而已。然後在封建組織內部，這種不點破意味著老闆與領主的特權與恩准，讓下屬可

以偶爾偷懶、偶爾滿足想要表達對特定新聞事件觀點的慾望，藉此巧妙地開放某些特定宣洩缺口，使得彼此不致長期處在緊繃與敵對狀態，最終滿足了組織統治的利益。也因此，對於大部分習慣庇護與效忠邏輯，或者缺乏能動性意志的新聞工作者來說，這些不點破雖然創造眼前利益，但最後終究讓自己被組織收編，而這部分涉及平民抗拒策略的本質與功能，也是接續要討論的重點。

參、平民抗拒策略的功能與反思

在考慮實踐可能性與風險後，本書試圖從「回應」角度，思索回應組織控制的可能方式，而非只是想要直來直往地進行抗拒，也因此，我們提出平民抗拒策略的概念。直接抗拒是正規的、正經的，但平民抗拒策略可以是迂迴的，甚至可以被形容成是偷雞摸狗的。而在台灣的具體實踐過程中，使用這種策略的目的經常不是為了想要積極改變或反抗什麼，而是一種因應現實無奈，對於主體性的簡單維護，告訴自己即便在組織控制下，自己還是有著主體性，找到生活中的自尊（Tracy, 2000；Trethewey, 1997）。或者這些抗拒本身便具有符號象徵意涵，藉此表達對於權力者的異議，宣示個人擁有獨立的自我，並保存了正向的自我認同（Ashforth & Mael, 1998），所以抗拒是否能夠積極改變結構便不再重要。只是也因如此，平民抗拒策略喪失了理論上改變現狀的可能，反過來將新聞工作者帶到更為無力的邊緣，有利媒體組織控制，當然，新聞專業也因此更是緣木求魚。

一、從正統功能出走

整體來說，如何從結構中解放出來，建立主體位置，是社會學，至少是批判理論的重要使命，而配合古典權力觀點的關照，抗拒則具

有反抗不合理權力控制，以及改變既有結構，追求解放的正統功能。或者換個說法，直接抗拒一方面可以是種單純策略，依個案反抗眼前的權力控制，例如直接回絕主管交辦的業配新聞；另一方面直接抗拒則具有深層的社會學式企圖，企圖改變新聞產製背後的結構性因素。例如前面討論過的編輯室社會公約，便像是企圖集體利用專業主義，改變由資本主義為基礎組成的龐大結構。

也就是說，「直接抗拒」肩負了新聞專業論述的正統功能，期待解放後的個人可以成為專業工作者。只是這種解放的最終企圖並不純粹，因為它同時隱含了解放的方向，新聞工作者最終需要依靠專業，而非在解放之後，讓個人自由發揮。所以嚴格來說，如同 Foucault 主張一般論述具有建構主體性的功能（Doolin, 2002；de Gay, 1996），新聞專業論述期待新聞工作者透過抗拒進行解放，然後進入由新聞專業論述設定的主體位置，按照專業做事，而這種主體位置涉及的自我認同問題將在第九章進行討論。

然而如果我們進一步來看，在過去，這種直接抗拒策略取得道德上的合法性與正統地位，且在學術圈與認同專業的實務工作者中得到支持，包含本書的部分資深新聞工作者。可是隨著情境轉變，特別於近幾年，這種策略卻同時遭遇了理論與實務上的挑戰。在理論層面，當專業倫理這個現代主義時代的大論述，因為當代社會的後現代成分出現快速崩解（Lyotard, 1984；Rosenau, 1992）；當權力不再被認為只會以集中、粗暴方式展現，控制作為經常是陰柔、無所不在的，這些改變都從理論層面侵蝕了新聞專業論述與直接對抗策略原本具有的豐厚合法性。在實務層面，當新聞工作者終究因為需要謀生而有投鼠忌器壓力，或者根本就不認為需要因專業而抗拒老闆與主管，如此更使得新聞工作者透過直接抗拒，訴求積極改變的動機大幅降低。

因此近些年來真實場域具體呈現的是，單純以道德應然面為基礎，赤裸反抗老闆與主管權力的行為，通常有著相當風險，比例也相

當低。研究對象便明白表示,在不能傷到自己的原則下,直接抗拒是特例,例如面對報社關門時,部分員工才會採用這種策略。或者說,除非真到忍無可忍,否則直接對抗所代表的劇烈改變或劇烈對抗企圖,並不是實務工作者期待的目的。

本書長期研究觀察與訪談資料也顯示,直接抗拒的情形並不多見,偶見的少數案例是個案性的,並不具有預期中站在維護專業位置,積極反抗、改變結構的企圖。例如一位資深報社記者表示,為了飯碗,主管要他改東西他會跟著改,而就記憶所及,只有一次與主管直接進行對抗的例子。他表示那次是因為所屬主管想在某位新聞人物面前展現自己於報社的人脈實力,因而要求該全體下屬至外線市陪同應酬,因為整個過程有些誇張,才進而引發同事串聯,越級向高層主管報告的對抗經驗。

基本上,這些為數不多的個案意味著直接抗拒還是存在,只是在封建組織內部,直接抗拒只是特例、個案式、被動因應當下主管過度權力控制而發生的,大多數並沒有積極抗拒,或徹底改變結構性因素的根本意志。因此,不管某次抗拒是否成功,事過境遷之後,他們還是得面對或忍受主管為私利做出要求的行為。也就是說,在台灣媒體組織內部,不只直接抗拒並不多見,而且單就我們觀察到的少數直接抗拒作為來說,其目的似乎也退居被動位置,是在不得已情況下才會就誇張個案被動做出反抗。因此,這些個案式的抗拒雖然仍具有反抗非法權力控制的元素,但卻少了某些新聞專業論述所期待的積極作為精神,因為正統功能被弱化,所以積極改變結構性的可能性也降低許多。

然而直接抗拒策略曝露出問題,並不表示新聞工作者進入坐以待斃的狀態。我們便實際觀察到,研究對象雖然的確缺乏實際抗拒行為,但卻可能在言語層次表達對於控制的不滿。或者,如同 Foucault(1980;Burrell, 1998)主張權力與反抗對應出現的觀點,如果我們

願意跳出以直接抗拒做為唯一策略的思考，那麼除非是徹底順從，否則個人理論上回應組織控制的作為總是存在（Knights & Vurdubakis, 1994）。只是這些作為會在形式與目的上有所轉換，與直接抗拒有所不同，而本書所描述的平民抗拒策略也因此被凸顯出來。

二、維護主體性的功能

近年來，愈來愈多的組織研究（Austrin, 1994；Trethewey, 1997）觀察到，即便缺乏直接對抗行為，員工還是會用其他方式回應組織控制。整體來說，這些異於直接對抗，被本書稱為平民抗拒策略的作為，具有零星、臨場、迂迴、游擊式特質。同時，它們也進一步存在積極使用與消極使用兩種可能，透過積極使用，平民抗拒策略將具有理論上的游擊戰功能，具有改變現狀的功能與潛力。相對地，如果行動者缺乏改變與反抗的積極意志，平民抗拒策略將會因此缺乏力道，成為只是用來維護或象徵個人主體性的作為（Tracy, 2000）。雖然在使用過程中，行動者不見得清楚認知或區分這兩種功能，或者會有混搭使用的情形，但無論如何，平民抗拒策略終究意味回應組織控制方式的多樣性，以及維護個人主體性的事實。

基本上，上述意涵對於本書而言十分重要，我們發現，如同前面所述，在媒體組織這個謀生場域，新聞工作者需要回應組織控制，只是直接抗拒的風險，從根本弱化了積極反抗與改變結構的可能性。因此，在直接抗拒不可行，但新聞工作終究又具有專業與社會期待的狀況下，平民抗拒策略的重要性也因此被凸顯出來。

只不過有些複雜的是，台灣新聞工作者經常因為效忠領主，或者過度遷就現實，使得他們長時間處於非戰鬥位置，只是進行防禦。當研究對象無法直接對抗組織，也自認難以改變現狀，那麼面對綿密的組織控制，所能做的似乎便是再退後一步，消極藉由若干回應作為取

得某種主體性平衡或安慰，避免淪為附庸的感覺。我們便發現，那些不致惹火上級的回應作為，便經常是被用來標示自己存在的事實，或是用來證明自己曾經努力過，曾經是一位好新聞工作者的證明。

也因此，在實務工作者從直接抗拒退卻到平民抗拒策略之後，平民抗拒策略的用途又再一次地退卻限縮，在用來維護個人主體性的同時，逐漸失去游擊戰術的本質，喪失原本具有反抗與改變的潛能，特別是在台灣當下不景氣的媒體實務場域，這種情形更為明顯。當然，我們也得承認，除這兩種目的之外，平民抗拒策略的使用可能根本與主體性無關，只是工作中的偷懶策略。而接下來，我們便將透過「陰謀破壞與唱反調」以及「抱怨與犬儒諷刺」這兩類平民抗拒策略，說明實務工作者如何退卻到維護主體性的功能之上。

（一）陰謀破壞與唱反調

陰謀破壞（sabotage）屬於平民抗拒策略之一，本書研究對象便用來維護自身主體性。LaNuez 與 Jermier（1993）認為，這種傳統被認為發生在勞工階級的行為，也會出現在主管與技術人員身上，它們是一種計算行為，個人會計算結果與風險間的得失關係，創意地回應管理控制。進一步從程度差異來看，有些較為激烈的陰謀破壞具有游擊戰術特性，能造成實體破壞，例如在電腦中放置病毒。另外有些陰謀破壞則不會破壞實體，而是以不合作方式挑戰控制規則（Davidson, 1993），在這種狀況下，陰謀破壞更適合用唱反調，而且是私下唱反調的概念理解。

基本上，或許因為考量風險過大，我們在研究過程中較少發現實質陰謀破壞，至少研究對象們幾乎不曾承認有這種行為，但無論如何，不合作型的陰謀破壞或唱反調則相對多被描述。例如本書早期研究資料便發現，面對主管要求回報社發稿，以及開始要求攜帶呼叫器跑新聞這些命令，部分記者便藏著不合作態度。特別是在幾位資深研

究對象嚴肅著表情，認真向研究者說明相關管理作為是種不信任表現的同時，他們雖然不至於激烈到完全不合作或公開唱反調的地步，但隨便找個理由搪塞主管，甚至有時連理由都不找的狀態，便也透露出不合作與唱反調的傾向。只是隨著理由與招數用老，主管逐漸發展出對應策略，以及後來經濟不景氣帶來的謀生壓力，讓許多人也只好開始妥協。

整體來看，由於陰謀破壞本來便是基於直接抗拒有其實踐困難而產生，因此就我們實際觀察發現，無論是否造成實體破壞，這些策略對於組織控制的影響是微量的，也因為是微量的，所以主管平日通常不會多管，以此留下出口，換取員工整體順從的更大利益。不過除此之外，更重要的是，這種微量引發我們進一步思索這種看似無力作為的功能與目的。也因此隨著研究整體進行，本書逐漸掌握一項重要事實，也就是對使用這些策略的人來說，過程勝於結果，使用這些策略的目的在於其過程，而非它們能帶來的結果。簡單地說，使用平民抗拒策略這件事本身便是意義所在。

例如，一位平日對於權力運作感到興趣的報社記者，便知道這些作為不會有什麼用處，主管不會因此被換掉、結構不會因此改變、報社也不會變得更好，但這些作為就是「做起來爽」。在他一邊說明自己不想與主管撕破臉，一邊強調「權力是相互承認的，不是單方說了就算」的過程中，對比他於不同場合展現「為何要聽話」的論述、甚至是行為，對他來說，平民抗拒策略的使用，是種對於權力控制的「不承認」。在充分了解無力改變整體結構之後，經過估算，並以不會傷害自己為前提，藉由這些微量「不承認」，展現或象徵自己還是具有主體性的個體（Alvesson & Willmott, 2002）。

這種情形多少也展現在其他研究對象身上，雖然他們並不自覺。我們發現，在研究對象大部分時間、大部分事情都順從聽話的脈絡下，偶爾不聽命令的作為，例如明明已編好版，卻硬是晚五分鐘降版；

沒什麼理由，就是不想回主管電話；即便就在報社附近，也不想回報社發稿，便整體凸顯出這類抗拒策略的個案特性。而從他們自己都承認這些小堅持改變不了什麼，卻還是會做的過程中，更展現出這些看似無用作為，所圖的並不是改變，而是種心理層次的滿足。

我們主張，倘若除去隨機發生這種解釋，在實務工作者無力或不敢反抗，卻又不滿被控制的情況下，「做」本身便是意義的所在。透過使用它，在無力抱怨與無奈感嘆中，找到一種安全方式回應組織控制，展現自己並非事事受制於人的新聞工作者，告訴自己不是乖乖牌，也在研究者面前標示出自己所具有的主體性。對自己或向別人述說，即便遭受組織控制，即便缺乏實質對抗，但自己終究是有知覺、有所回應的，而非完全不作為、缺乏主體性的個體（Tracy, 2000）。

因此總結來說，我們主張，在組織進行綿密控制，直接抗拒又有風險的態勢下，透過抗拒帶來改變這個角度，並不足以解釋研究對象為何會有陰謀破壞或唱反調行為。在明知這些策略沒有什麼用處的狀態下，另一種更好的解釋是，研究對象透過唱反調、不合作的過程，感受自己存在的事實，而非總是在別人控制之下，缺乏主體性。當然，儘管如此，但這裡還是想要提醒，這些策略終究還是具有游擊戰可能，可以較為積極地爭取能動性空間，甚至新聞工作自主，只是他們經常在實務工作者投鼠忌器之間被遺忘。

（二）抱怨與犬儒諷刺

對於處在專業與現實間的新聞工作者而言，回應組織控制是辛苦的，也是藝術的，因為整個回應過程不只是個人與組織的問題，更夾雜著新聞專業與社會期待。我們透過這幾年的研究觀察發現，這像是新聞產業的特色，也是宿命。特別是近年來媒體環境的改變，現實因素的強烈拉扯，更讓大部分實務工作者或主動或被動地做出退卻，並未積極回應來自組織控制對個人的侵犯。

在這種狀態下,如何退而求其次地消極維護好自身主體性,便成為實務工作者在現實生活中亟需面對的重要問題,同時也連帶影響接下來即將討論更為深層的自我認同問題。而如前所述,陰謀破壞或唱反調作為,正扮演著維護自身主體性的功能。然而除此之外,在長期研究過程中,我們也從部分曾經堅持專業,與組織有過程度不一抗爭,卻屢次失敗的記者身上觀察到,抱怨與犬儒諷刺這種語言作為具有類似功能。不過簡單說明的是,本書使用犬儒諷刺一詞並未隱藏負面批評意味,只是單純描述相關現象。

我們發現,在這些研究對象把組織描述成無法撼動的巨大結構,而且擔心即便是微量抗拒也可能傷害自己的同時,一方面繼續存在的專業與現實衝突,讓他們不得不去面對主體性問題;另一方面他們對於組織與權力的擔憂,也讓他們回應組織控制的方式變得更為保守,從行動層次退化到語言層次。如同有些勞工會透過幽默這種語言行為,在工作場域表達對於公司的不滿與抗拒(Rodrigues & Collinson, 1995;Taylor & Bain, 2003),我們也發現,雖然研究對象不見得自覺,但抱怨與犬儒諷刺卻也成為他們的平民抗拒策略,藉此消極地回應組織控制。

部分研究對象批評整體媒體產業情境的墮落,諷刺老闆只想做為投機商人,濫用置入性行銷、政治選邊站,根本不把新聞當成事業經營;主管只會逢迎拍馬、壓迫記者,自己卻沒有基本的新聞處理能力。甚至他們也嘲弄自己當下的墮落,只會依照主管要的故事元素寫新聞,只會問一些笨問題,只會集體跟報紙新聞,早已忘了做新聞的初衷與感動。這些經過整理且捨去特定對象姓名、事件名稱的簡單情節,在原本研究訪談、日常生活場合,以及新聞工作者自身部落格中,便是種對於組織控制的具體語言回應,而且是種系統化行為,並非只是針對特定人或事隨機抱怨譏諷。

另外,我們透過長期觀察不同研究對象也發現,犬儒諷刺對應的是長期不滿組織控制,卻又無力或不敢抗拒的狀態,因此它們通常只

發生在特定研究對象身上，藉此做為他們維護自身主體性問題的策略。相對地，對於順從組織或根本不在意組織控制的研究對象，這種語言行為並不多見。因為當他們徹底效忠組織，或者如同部分年輕研究對象直言，新聞就只是一種謀生工作，組織交代什麼就做什麼，這方面的主體性問題似乎並不存在。當然，他們可能會遭遇其他方面主體性與自我認同問題，只是要用其他策略解決。

因此對照來看，一位資深新聞工作者便語帶諷刺地稱呼這愛抱怨的人是「言語的巨人、行動的侏儒」，或形容他怨氣太重，認為他們想要堅持專業，卻又缺乏行動膽識，所以只能靠口頭上的犬儒諷刺回應組織。另一位本身採用這種語言策略的電視新聞工作者便也承認、並嘲諷地表示，面對組織控制自己就只剩一張嘴，只能私下說說而已，讓自己爽，但在老闆與主管面前還是要為五斗米折腰，也還是要跟主管去做政府的置入性行銷新聞。或者說，這幾位研究對象不只嘲弄老闆與主管，也嘲弄自己，一方面意味個人是自覺於自己的墮落，而非類似其他人無知於現實；另一方面則包含著英雄氣短的懷舊情節，懷念過去是如何挑戰黑道、貪腐官員，懷念自己曾經做為真正記者的美好歲月。最後，這群愛抱怨與喜歡犬儒諷刺的人，像是透過相互抱怨找到相互支持的集體力量，以此回應無力改變環境的事實（Korczyndki, 2003）。

也因此，如同陰謀破壞一般，在自知改變不了什麼的狀況下，犬儒諷刺的意義並不在於諷刺的內容，而是在於使用這項作為本身。我們發現，這些研究對象雖然疲倦於或不敢對抗組織、缺乏積極行動作為，但對終究需要處理自身主體性問題的他們來說，這種語言作為本身便像是提供了一種廉價且安全的策略，讓他們得以在犬儒諷刺過程中，經歷唱反調的心理狀態，藉以證明自己的存在，並未完全被組織控制，至少「還剩一張嘴」。而有些人則更會透過其中的懷舊情節，進一步證明自己曾經努力過，曾試圖做個好新聞工作者，只是時不我予。

而這些都使得犬儒諷刺雖然沒有進入行動層次，但仍具有維護主體性的功用。他們透過語言進行印象管理，設法拉出自己與組織、自己與主流的距離，利用保持距離做為策略（Collinson, 1994；Fleming & Spicer, 2003），回應組織控制，表達自己的身不由己。最後隨著研究進行至此，我們發現，這種利用語言填補缺乏實際行動作為的策略，雖然是安全的，但卻也因此意味著某種更為無力的「行動的缺席」。對照陰謀破壞這種已經缺乏力道的微量抗拒，犬儒諷刺作為更退居到無力的語言層次，更為缺乏實質反抗與改變的可能性。

三、逐漸失去主體性的過程

本書發現，就在我們承認與體諒直接抗拒會帶來一定風險，危及新聞工作者基本生存問題的同時，平民抗拒策略像是在實踐場域承接住直接抗拒的策略位置，可以轉個彎，用安全方式回應組織控制。不過雖然理論上，直接抗拒會與各種平民抗拒策略混搭出現，展現不同策略功能，或者黃金年代的新聞工作者的確也積極利用了平民抗拒策略，爭取到個人能動性與新聞專業空間。但難以否認地，近年來台灣媒體經常出現的狀況，卻是新聞工作者愈來愈偏向零碎、消極使用平民抗拒策略。我們發現，這種消極使用平民抗拒策略的方式，雖然幫忙處理了部分主體性問題（Clegg, 1994），但卻也在同時弔詭地帶引新聞工作者走向失去主體的黑暗邊緣。然後加上「行動者的缺席」與「行動的缺席」，讓實務場域帶有灰暗色調。

前面曾經描述過，封建性格的台灣媒體會透過庇護與效忠這組社會關係，配合權力與工作常規共同維持穩定的組織秩序。在老闆與主管掌握規則詮釋權的狀態下，於平日得以用看似無為而治、但實質陰柔綿密的控制方式，看管新聞工作者。因此，粗暴行使權力相對轉換成一種象徵性的威嚇動作，功能在於形成下屬對於權力的

想像，自動約束自己。另外，或許更為複雜細緻的是，一直以來，組織也像是技術性地允許一些出口，讓長期接受控制的實務工作者可以取得部分自由，半推半就地化解怨氣，交換他們願意停留在現狀之中，不致再有進一步抗拒作為。

一位研究對象回憶自己在老三台的工作經驗，她清楚表示自己不是新聞專業論述的死忠擁護者，也不會為了堅持絕對專業自主，強行挑戰組織與主管底限。在當時，由於她懂得不與老闆或主管激烈衝突、不長期對立、不觸碰統獨等政治敏感議題，這些對於工作現實的體認與妥協，幫助他與組織建立起交換默契，於自己想要的地方交換到主體性與自主性，可以去追自己想跑的弊案新聞，做個自認為有尊嚴的記者。當然不可否認地，這種交換默契終究由組織掌握或發動，因此配合上這位研究對象信服於當時主管，組織留下的控制出口，便也像是在效忠之外，雙保險地收服這位被別人形容成頗有主見、頗有個性的新聞工作者，交換到他不去挑戰組織底限，更為穩定的維持組織秩序。

這種交換默契也落於其他資深新聞工作者的經驗之中。對比幾位在生涯某些階段明白拒絕跑政治新聞的研究個案可以發現，在過去只要徹底迴避禁忌，不挑戰敏感政治議題，不違背老闆政治立場，然後臨場積極使用平民抗拒策略，例如，故意將自己得到的部分消息讓小報先寫，藉此說服、甚至威脅主管如果不處理會獨漏大新聞；例如，援用自己與某個重量級政治人物的人際關係，增加自己在媒體內部的權威地位，讓主管不會輕易質疑其新聞角度。這些資深新聞工作者往往可以在自己選擇的路線上，積極交換到處理新聞時的主體性，當然如果願意，他們也可以得到專業自主性，藉此跑出好的交通新聞、司法新聞。

只是隨著台灣媒體產業情境改變，這種原本具有積極意義的交換，隨之轉變成消極交換。當消極平民抗拒策略取代積極策略，新聞

工作者愈來愈像是為了小利而交易掉自己的靈魂。我們發現，不論是透過利用文字編輯技巧，偶爾把自己想法偷渡到新聞版面上；刻意延遲五分鐘發稿，標示自己並非事事聽話；或者透過私下唱衰主管新聞處理方式，表示自己先見之明與理想性，研究對象使用這些策略的動機是消極的，往往只是想要藉此紓解心理層次的不自主感受，而非如同過去，是設法在妥協基礎之上，交換實質主體性空間。

因此，就在研究對象清楚了解這些策略缺乏根本實踐力道，只做爽的、罵爽的，甚至主動反問研究者「不然，還能怎樣」的同時，這些策略的功能也從行動層次退化到心理與語言層次。或者換個說法，這些策略像是幫忙找到一個不積極作為的藉口，在實務工作者進行完心理發洩、看似維護個人主體性之後，也回過頭讓他們接受現狀，不再積極作為，而組織也因此交換到新聞工作者的徹底順從。

在當下非黃金年代的台灣媒體環境，這種消極平民抗拒策略像是與浮士德交換靈魂，新聞工作者滿足了小慾望，卻忽略了大東西。在你不要過分管我，我也不鬧事的狀態下，取得自己的主體性，只是這種主體性是消極的，缺乏積極實踐力道的。在現實壓力下，他們能做或想做的似乎只是維持現狀，偶爾製造一些主體性感覺，但卻缺乏積極維護主體性的作為。或者說，隨著消極平民抗拒策略取得心理安慰之後，他們也愈來愈像是走在黑暗邊緣。

因此，部分因為薪水而留在這個行業的資深新聞工作者，整體表達出灰暗色調，不再如同過去熱情與堅持。相對地，年輕研究對象多半也不在意是否能夠發揮改變的力量，在交換到心理安慰後，往往接受現實，以為當下就是如此。他們在意的是如何繼續謀生，生存策略接續重新定義了回應組織控制的方式，甚至偷懶成為之所以採用消極平民抗拒策略的主要原因。只是為了生存，而非為了主體性，當然也非為了新聞工作自主。

第八章　進入以生存為主的工作心態

在新聞專業論述中，工作自主是個不曾被放棄的堅持，而新聞工作者抗拒來自組織或其他外力的不合理要求，也正象徵著一種以專業為主的工作心態，具體展現工作自主。只是不可否認地，實務場域內的各種現實因素，讓直來直往的抗拒始終帶有強人所難的成分，而回應組織控制的方式也因此從直接抗拒變成平民抗拒策略。理論上，平民抗拒策略相對具有實踐的可能，能夠用來爭取個人能動性與主體性，同時做為維護新聞專業的工具。

不過真實世界終究是變動、複雜的，近年來兩個劇烈變化，便硬是再次轉折了台灣新聞工作場域的樣貌。從寫實層面來看，從黃金年代退出的新聞產業，不只是由老闆親自緊縮了工作自主空間，整體不景氣造成的失業壓力，也讓新聞工作者感到投鼠忌器，以至於用更為消極妥協方式與組織互動，再次於能動性問題上退卻。從理論層次來看，新聞專業論述遭遇的後現代式崩解困境，雖然讓新聞工作場域得到某種後現代式解放，但在新聞工作者缺乏深入思索，並未替自己建立起屬於個人存在價值的狀態下，像是整個失序起來，然後集體進入更為嚴苛的廉價版資本主義邏輯中。

配合結構與行動者交錯複雜的關係，這兩種力量徹底改變了當下新聞工作場域運作規則，而置身其中的新聞工作者也得面對新問題與新困境。直接可見的是，他們開始因為現實壓力，整體進入一種以生存為主的工作心態，再次從平民抗拒策略退卻，從原先積極式使用轉移成消極使用，甚至退卻到以生存做為回應組織控制的主軸。另外，更為重要，也更為深層的是，他們開始遭遇工作意義與自我認同這組存在價值問題。對於那些不夠認份的人，往往得在無力與無奈中，進

一步回應「自己究竟是誰」、「究竟在做什麼」、「新聞工作的意義到底是什麼」這些大哉問。對於一般工作者來說，倘若對自我仍有期待，也需要積極回應這組問題，在失控的年代中找到屬於自己的存在價值。

　　基本上，這種轉折雖然是無力的，但卻是深層、需要積極面對的。或者說，雖然傳統工作自主或廣義的能動性問題，在轉折過程中被生存困境給邊緣化，不再具有關鍵位置，但如果我們主張新聞工作者還是需要能動性，藉此進行自我超越，那麼我們也有積極論述當下困境的必要，而非只是處於生存模式中，順著常規做事，把現狀當成理所當然。也因此，本書接下來將隨著研究觀察，從能動性討論轉折到生存心態與存在價值的討論上。本章先分別論述黃金年代消失與新聞專業論述崩解這兩個因素，如何交錯複雜地造成台灣新聞工作場域的重要轉折，其次，勾勒發生在這個轉折之下，以生存為主的工作心態與圖像，第九章則回應工作意義與自我認同這組存在價值問題。

壹、消逝的黃金年代與消失的工作自主空間

　　我們於第一章便提出黃金年代消失的概念，說明台灣媒體產業近年來的變化，並且做為本書重要論述基礎。當然，我們使用黃金年代一詞，並非指涉新聞專業曾在台灣真正落實，而是取其經濟層面意義，寫實描述一種由經濟驅動，決定個人能動性空間的現象。

　　不過無論如何，交纏著結構與行動者的複雜關係，黃金年代消失直接造成台灣媒體近年來的劇烈轉變，然後在向下沉淪與緊縮新聞工作自主空間的同時，呼應第七章對於消極使用平民抗拒策略的觀察，實務工作者也隨之進入一種以生存為主的工作心態，用更為謹慎、消極的生存模式回應組織控制，完成每日新聞工作，逐漸被帶到失去主體性的邊緣。

一、經濟驅動下的新聞專業

　　台灣傳播學者應該都會同意，大約在民國七十年代中期以前，台灣媒體是建立在管制政策之上的產業，學者們長期關注管制政策與其背後政治操控力量，認為它們傷害了媒體做為社會公器的角色（鄭瑞城等，1993）。不過，隨著解除管制的發生，各項媒體大事紀便意味著台灣媒體逐步進入市場取向的產業競爭態勢。

（一）管制作為與短暫的黃金年代

　　台灣媒體的管制與解除管制過程是個重要歷史課題，不過對本章來說重要的部分是，透過比對這段管制年代的經驗，我們發現媒體管制政策不只具有政治目的，它亦像是某種人為設下的產業進入障礙，形成經濟學上的不公平競爭（Besanko, Dranove & Shanley, 1996），而這牽動了台灣媒體的根本發展。

　　不可否認地，在侍從報業的整體政治氛圍下（林麗雲，2000），管制作為傷害了言論自由、社會公器責任，造就當時媒體不直接挑戰政治威權的場景。可是倘若我們暫且將管制帶來的公平正義問題擱置、存而不論，從當下回頭進行比對，我們似乎看到一段歷史的意外插曲。在某種變相基礎之上，於這個政治力量鬆綁、管制解除前後的過渡年代，各種管制作為像是意外且弔詭地創造出一個利潤豐裕的黃金時代。身處既得利益者位置，大部分受保障的媒體只要政治正確，理論上便能分享足夠利潤，然後在利潤無虞的基礎上，勻挪出可供新聞專業運作的空間。相對地，服務於這些媒體的新聞工作者，通常也只需要政治正確或乾脆迴避政治路線，配合適時的平民抗拒策略，便能夠獲得足夠工作自主空間。

　　只是令人感觸的是，即便這種妥協式的黃金年代似乎也不可多求。對照當下媒體產業情境，媒體關門或裁員、各種福利與年終獎金

大幅縮水、薪資水準降低或變相減薪、利用大量置入性行銷彌補廣告衰退的利潤空隙,這些普遍為實務工作者與學者熟知,不需本書再詳加敘述的情節,在在都指向黃金年代的消失,然後再赤裸裸地造成當下媒體產業向下沉淪的現象。

學術社群與實務工作者生產的許多論述,反覆說明了這種幾乎成為共識的沉淪現象。置入性行銷、轉播選舉開票過程進行灌票、幾次烏龍新聞事件,便是具體例證(林照真,2004;林照真,2005;陳炳宏,2005;陳國明,2004)。卓越新聞獎基金會於2008年出版的《關鍵力量的沉淪:回首報禁解除二十年》(卓越新聞獎基金會,2008),更是相當具有代表性地集結新聞學者與資深新聞工作者的看法。這些文章部分曾發表於《目擊者》雜誌、《媒體觀察基金會》網上論壇,直接回溯報禁解除以後的媒體發展,呈現對於台灣媒體環境惡質化的擔憂,以及在如此環境下,新聞工作者的無力與無奈。陳世敏(2008)也在閱讀資深媒體人撰寫的文章後,從他們「懷念」報禁時期日子的心情描述,見證與感嘆媒體在歷史過程中的沉淪。另外,林照真(2006)、何榮幸(2006)等資深新聞工作者出版的書籍,也明白表達大環境墮落,以及做為新聞工作者的失落、消極與洩氣。

同樣地,參與本書研究的資深新聞工作者也充分感受這段轉變事實,並且直接承接其衝擊。從他們描述解除管制前後的老三台、《聯合報》與《中國時報》可以發現,在黃金年代,透過策略性的迴避政治底限,個人憑藉專業能力可以累積自己的明星地位,老闆也願意花費高薪聘請或留住好手。一位資深報社記者便在訪談過程中明白感謝老闆充分尊重他,讓他可以不跑一般新聞,而是去寫自己想寫的新聞特稿;工作量不大、不需要常回報社;甚至可以兼差,但薪水卻比一般記者好很多。另一位報社記者雖然直指自己與老闆是相互利用,但也有極為類似的陳述,老闆為他因人設事,使他成為「不管部」記者,用自己方式處理新聞專題。或者我們也普遍發現,當時記者在外跑新

聞很少與主管互動，可以掌握自己步調節奏。即便主管偶爾會交代若干新聞重點，有時也得接受調度配合集體採訪，但整體來說，他們表示自己多半還是依照前一天規劃，選擇要跑的新聞行程、用自己人脈進行訪問與查證、用自己的切入點寫新聞。很多時候，即便是每天固定一次的新聞回報，也是虛應故事一番。

當然，黃金年代的媒體也要賺錢，因此在編業分離原則下，報社早有工商記者編制，某些小報社對此更是依賴，甚至要求記者利用週年慶等名義代為推銷報份。另外，黃金年代的媒體終究有著政治控制根本問題，本書並沒有因為主張黃金年代而忽略這些事實。不過無論如何，我們的確也發現，當時報社記者清楚知道自己與工商記者的差異，自己是在跑新聞，工商記者則是掛記者之名，從事廣告業務之實，兩者是不同類型的工作。

或者說，基於效忠主管、揣摩上意，部分研究對象承認曾因主管交代而出席特定記者會，識趣且自願地報導所屬媒體集團發行的新書消息，但這些帶有置入性行銷影子的作為，卻只是檯面下的人情運作，而非今日檯面上，甚至制度性的作為。他們表示這種情況不多，是偶發性的，之所以會做，是因為捧自家人場應該無可厚非；或者只是為了做面子給老闆與主管，不想讓他們為難。也因此，如果他們不做，或隨便做做，好像也不會有麻煩，只要找個藉口，好像也沒事。在這種狀態下，除非遭遇管理風格強烈的主管，否則有過這段經歷的研究對象幾乎都認為，當時工作是自主的，組織並未給予直接粗暴的干預，而這大致也呼應林淳華（1996）當時對於新聞工作自主的研究結果。

只是插曲似乎終究不會持續太久，報禁解除的二十年來，從政治壓力中解放的台灣媒體，又快速投靠了廉價版的資本主義邏輯。只重視短期獲利這條法則的媒體老闆，忘卻在此命題之外，資本主義還有其他更為深層的組成要素，例如創新、企業家精神、尊重制度的現代性格。然後在既有經營者失去原先經濟保障、新公司不斷進入市場，

但廣告市場卻整體萎縮的狀況下，台灣媒體終於回到經濟底限運作，造就向下沉淪的景緻，更收拾起原先下放給新聞工作者的自主空間，從妥協式專業進入寫實的生存模式。

（二）商業邏輯對工作自主的全面影響

我們從研究後期的訪談對話中清楚發現這種轉折。置入性行銷、業配新聞話題變多，抱怨老闆只想賺錢的比例變高，原本應該做為新聞工作者後盾的媒體組織，反過來成為壓力來源。雖然置入性行銷受到學界嚴厲批評（林照真，2005；劉惠苓，2005），但事實卻是它們不斷演化出更精緻的做法。是否在黃金時段播出、每天露出幾次、是否出動衛星直播車現場連線，都是依照廠商預算決定，並且成為契約。有時為了服務大客戶，會要求記者包裝成不露痕跡新聞專題，甚至進入政治新聞領域，不過無論如何，記者、製作人、主播難有拒絕的權力，或者他們早已放棄抗拒的意願。

然而除了置入性行銷擺明侵入，成為不再遮掩的事實與制度，也許隱晦、但更為嚴重的是，商業邏輯幾乎完全接手一般新聞的處理。在共體時艱的集體心態下，各級主管清楚自己的商業任務，開始接受收視率導向的新聞處理模式，收視率與發行量直接成為新聞判斷的重要標準；在意新聞事件的故事性、衝突點，從「好看」角度判斷一則新聞的好壞，而基層工作者也或迎合或被迫地按照這些標準做事。另外，研究對象也透過其他案例，抱怨公司主管只是因為擔心大企業抽廣告，就硬生生地抽掉某則已經寫好，甚至才剛剛播出過的新聞，讓人感到不受尊重；或者只是因為擔心被凶悍的新聞當事人控告，便主動關切新聞處理方式，要求記者不要衝太快，把新聞做小或乾脆不做，在對方揚言提告時，趕快補發一則正面新聞給當事人。因此整體來看，相較於以往政治控制，在當下，商業邏輯似乎不遑多讓，甚至以更為明顯、全面與直接的方式，施展在每條路線之上。

　　基本上，上述對比不只解釋了台灣媒體向下沉淪現象，也在沉淪現象的背後，更為深層地直指出新聞工作自主空間的脆弱。兩者皆受到經濟條件驅動，而非獨立存在的客體，足夠利潤加上老闆的善意，決定了實踐程度。或者換個說法，在過去利潤無虞的年代，那些多少保有文人性格、並非百分之百商人的老闆，透過庇護與效忠這組封建關係的幫襯，只要新聞工作者不致造反，便得以用自己的方式完成工作。也因此，在新聞專業論述仍有權威位置的當時，實務工作者可以選擇利用專業方式完成工作，而老闆與主管並不會多做干預。

　　不過，這種給予始終是人治、而非制度化的，所以一旦王國遭受根本危機，老闆或他們的繼承人便會收回原先讓予的空間，以求徹底貫徹命令，而新聞工作者似乎也無法阻擋這種事實。在這種狀態下，黃金年代曾經有過的專業與自主空間，雖然不能說是假象，但卻是浮動在封建關係與經濟基礎之上，會隨之收放。然後，產業不景氣一方面造就出當下為人熟知的沉淪樣貌，另一方面因為工作自主空間的緊縮，更深層地造成新聞工作場域的重大改變。面對更為嚴峻現實壓力的新聞工作者，開始從專業情境移出，退到以生存為主的工作心態，以此做為主軸思考該如何與組織互動。

二、個人做為工作自主緊縮的關鍵因素

　　面對當下媒體困境，本書大部分研究對象都知道應該勇敢選擇積極抗拒，甚至採用罷工、辭職等手段，以堅持新聞專業。只是部分研究對象也或直言或委婉表示，在他們的世界，抗拒並不像學者說的那麼簡單。他們也想遵循社會期待，有時也想抗拒組織過度要求，更沒人想被學者批評、被主管使喚，但抗拒是需要付出代價的。即便這些代價很少會以開除等形式出現，不過光是被主管冷嘲熱諷、被冷凍、列入黑名單的威脅，都會產生不小的心理壓力。

（一）盤算與想像的放大效果

　　這種壓力使得實務工作者在面對組織控制時，多少會於心中盤算，再決定是否要抗拒、要如何回應控制。只是這種盤算經常會回過頭放大了結構與結構代理人的力量，讓工作自主問題變得更為複雜與弔詭。也因此我們主張，有關這個問題的解釋，除了歸咎於過去習慣的結構性因素外，還需要加入個人層面的考量。

　　如同權力擁有者會權衡權力行使的成本與代價、對方反抗程度，決定要不要使用權力，要使用哪些權力工具（Kipnis, 1976；Raven, 1992）。我們發現，研究對象是否選擇抗拒，或抗拒的程度，也並非只是對於外在控制的反射動作，或是理論說要抗拒就抗拒，實務工作者終究還得盤算上級行使權力的意志、慾望與能力，才會做出最終決定。因此，即便他們不認同主管要求從「用力批」的角度，處理所有關於政府部會的新聞，但在考量編輯台主管的權威之後，卻還是按照指示去做。而歷經主管調動的研究對象更是清楚說明這種現象，當一切條件不變，一旦研究對象察覺到新主管喜歡操控一切的習性，不再是過去那種好好先生，他們便表示「只好讓自己皮繃緊一點」，收斂起過去許多行為，開始繳交起工作日誌、按時回報新聞、減少與主管回嘴的次數。即便不願意，也得學會盡量不去挑戰他，然後再慢慢找對策。當然，抗拒的意願也涉及個人擁有的能力，例如老闆跟前的紅人、明星記者、明星主播，便較受禮遇、有較大自主空間。

　　進一步來看，這種盤算的另外兩種特性讓抗拒行為變得更為困難。首先，它是有時間向度的，並非只考慮當下，更會指向未來。升遷慾望、是否會丟飯碗，這些對於未來的想像會事先反應在當下行為，也解釋了研究對象口中那些有升遷企圖的主管，特別不敢抗拒，甚至逢迎拍馬的原因。或者說，特別是在黃金年代消失的當下，因為考量到離職後新工作難找，抗拒可能導致丟工作或被列入黑名單，而

自己又需要養家糊口，所以大多數人便開始投鼠忌器起來。在循環中感到無奈，進入以生存為主的工作模式，接受新聞工作自主空間緊縮的事實。我們便強烈感受幾位資深新聞工作者，因為擔心丟工作，不得不出賣自己靈魂，然後為此表現出的矛盾掙扎。

其次，盤算是不縝密的，經常建立在對於彼此權力資源的想像之上。在本書長期研究個人如何與組織互動過程中，我們發現「想像」的重要角色，研究對象會透過對某些蛛絲馬跡的詮釋，在猜測與想像中，校準出新聞要好看的工作常規，文字記者逐漸知道做現場連線時要有走位設計、要準備道具、過音時要有聲音起伏；攝影記者知道要設法在採訪社會運動事件時拍回衝突畫面、採訪貧窮新聞時要拍得賺人熱淚。不過，也就在逐漸校準出常規的同時，呼應第五章有關權力餘韻的論述，研究對象也會搭配其他蛛絲馬跡，拼湊出有關權力與組織控制的想像，最終放大了權力的影響力，然後自我約束起來。

我們便不只一次發現，研究對象認為主管要的就是那些，做為小記者只能配合，或者大多數新聞工作者都有抱怨主管不在現場，只會亂指揮的經驗。不過有意思的是，如同第五章描述過的經驗，主管卻展現不同的詮釋說法，認為記者的想像經常是錯的、是誤解。基本上，我們理解詮釋有著相對真實的成分，這裡也不在為哪方面說話，但雙方詮釋的差異卻也再次提醒其中的想像成分。畢竟，我們的確發現主管期待記者要懂得分辨通則與個案的差異，需要回報現場狀況給主管，而不是硬按常規去做，以致新聞經常出錯，讓他們疲於奔命，甚至被控告。或者我們實際觀察主管行為也發現，他們除了沒好氣的唸幾句，通常不太會進行懲罰，而且在不少案例中，只要記者提出理由充分，也會接受記者的看法，同時感謝與稱許這些記者。只不過我們也不否認，雙方對於理由是否充分的認知不盡相同，加上不見得有時間進行溝通，所以也就造成彼此誤解的情形。然後在誤會中，下屬將原因歸咎於主管濫用權力之上。

（二）失去堅持

詮釋與想像同時發生在主管與新聞工作者身上，然後為許多實務工作者帶來憂慮。我們發現，占據高權力位階的主管，相對不在意這種誤解，經常輕描淡寫地要求下屬多溝通，不要亂想、不要亂找藉口。但反過來，對於相對弱勢、缺乏資源的基層工作者而言，則習慣將問題歸因於權力差距，認為是主管濫用權力，但卻沒有細分也許問題並不在於權力，而是在於溝通、說服、人際關係，然後更加感受到自己弱勢。

不過無論如何，黃金年代消失後的整體結構因素，更是雪上加霜地加深了盤算過程中的恐懼與擔憂。我們發現，在當下，通常只要幾次被詮釋成失敗的經驗，甚至是聽來的個案，便足以讓害怕丟工作的實務工作者，喪失持續堅持的勇氣。幾位研究對象便描述，當自己辛苦堅持專業角度做新聞、跑新聞，但卻比不上同事灑狗血式的新聞受到重視，甚至被要求重寫，幾次下來，他們便也會開始質疑自己的堅持是否是對的。或者，如同一位電視新聞工作者終於大膽破例，在自己的時段抽掉某位明星穿幫露點新聞，然後於事後自嘲自己一時的「裝高尚」行為，讓收視率下降，連聲反問研究者她這樣的行為對不對。這些經驗都使得當事人對於「堅持」逐漸顯得意興闌珊，也缺乏抗拒的勇氣，最終習慣於組織所設定的工作方式。我們長期觀察幾位研究對象，便在這種「做中錯」的過程中，逐漸放棄了堅持，開始做起置入性行銷，用當下強調故事性、缺乏深度的方式做新聞。

進一步，隨著工作條件愈來愈糟，當堅持反諷地成為一種「高尚行為」，是包袱，而非榮耀，堅持便更沒有存在的理由。因此，研究對象用不同方式向我們質疑，他們曾經堅持專業、堅持新聞品質，不過卻沒有得到主管青睞與讚賞，有時反而會被嫌動作慢、難溝通，在這種狀態下何苦堅持；曾看到主管勸其他新人同事要入世些，不要太堅持理想，要放棄學校教的那些東西，既然主管不要這些，堅持有何用處；自己曾經有過不依照主管要求修改某則新聞的經驗，

但僵持到最後，主管乾脆自己動手修改，或乾脆要別人接手處理，以致除了在繞一大圈後得到相同結果外，還要擔心自己因此得罪主管，增加同事負擔，引來同事批評；再或者，資深新聞工作者更清楚表示，以往堅持專業即便引不起主管青睞，但至少還會被同事與同業看得起、被新手尊敬，視為工作上的偶像，可是當下堅持專業卻經常是沒人注意、被認為是怪人，甚至因為堅持自己獨立跑新聞，寫自己認為重要的新聞，不參加同業聯盟一起發稿，而被看做破壞同行默契，招致被排擠。

　　不可否認地，這些描述包含主觀詮釋與想像，真實狀況也許不見得這麼糟，但它們的確從行動者角度表達了重要訊息。當堅持專業不能帶來好處，甚至招致負面眼光，實務工作者自然也就缺乏堅持的理由與勇氣。而愈來愈大的結構壓力，引發對於權力的過度放大，以及缺乏堅持的理由，幾件事情攪在一起，便共同解釋為何在當代新聞產業中，堅持專業，甚至是堅持基本能動性，都變得那麼不容易。然後儘管對新聞專業論述來說，堅持與抗拒才是王道，但在這種狀態下，基於生存的理由，實務工作者卻是順從組織設定的方向，整體轉進至生存模式。

（三）工作自主空間緊縮的複雜原因

　　與主流論述一樣，我們的確觀察到，產業結構、組織與老闆具有的強大影響力，共同造成台灣媒體向下沉淪與工作自主空間緊縮。不過隨著研究持續進行，本書卻描繪出一張較為複雜圖像，提醒過去習慣的「結構與能動性」二分觀點，似乎過度集中焦點在結構面，漏看與低估個人在整個過程中扮演的角色，以及結構與能動性間的複雜影響關係。

　　如果藉由統計概念做為隱喻進行觀察，我們主張，過去社會大眾對於媒體沉淪或工作自主空間緊縮的解釋，經常像是一種基於簡單線性關

係的分析論述，結構因素被視為自變項，向下沉淪或工作自主空間緊縮則是依變項，然後假設兩者之間存在著簡單預測關係。

　　基本上，本書同意結構性因素是關鍵變項，而且具有相當大的解釋力，可是隨著我們發現個人對於權力的想像，會放大結構因素影響力，這樣的研究結果便也直接挑戰了以往習慣的分析解釋。整體來說，呼應第六章有關結構與能動性的討論，我們主張，有關工作自主緊縮，或反過來有關新聞工作者不再堅持新聞專業的解釋，需要關切結構與能動性間的某種交纏關係。倘若再加入下節即將討論的大論述崩解這個因素，那麼隱藏在工作自主空間背後的便是種複雜因果關係，各變項間相互交纏影響。

　　我們主張在這複雜交纏關係中，產業結構、組織與老闆這些結構性因素像是基底因素，一方面直接收縮起專業自主與個人能動性空間。但另一方面，較不受過去重視的是，結構性因素的影響力還會經由個人想像而放大，透過這條路徑影響新聞工作者放棄堅持的念頭。也就是說，進入生存模式的原因是複雜的，除了從產業環境改變、老闆急於賺錢這些結構性角度進行解釋，個人通常也並非置身事外，當他們做出過度盤算與想像時，便也進入共犯結構，將自己控制在組織要求的軌道上。當然，加上新聞專業大論述崩解，影響關係將更為複雜。

　　不過再一次地，本書主張加入個人角度的解釋，並不代表我們否認在實務場域，還是存在堅守專業的實務工作者，而我們也並非想要藉此責怪新聞工作者，為結構因素卸責。畢竟，當現實因素存在於每種產業，更在某些領域產生專業道德拉扯，形成兩難困境的同時（Gardner, Fischman, Solomon & Greenspan, 2004 / 馮克芸譯，2005），為了謀生，愈加敏感於自己在組織內的弱勢位置，似乎也有其合法性與人性的考量。只是基於同樣的現實考量，我們主張這種複雜因果關係的確說明了當下新聞工作場域的重大轉變，實務工作者或主動或被動進入第三節將討論的生存模式，以生存做為主軸與組織進行互動。

貳、消失的現代性與式微的新聞專業論述

上一節從結構與行動者角度，解釋黃金年代消失促動的根本改變，整個過程帶有重新審視行動者角色的意味。不過除此之外，我們同樣透過長期研究觀察到，想要完整論述近年台灣新聞工作場域的轉變，還得正面面對一項殘酷事實，也就是，新聞專業論述於當下社會出現後現代式的崩解，不再具有圭臬地位。

我們發現，台灣媒體不只面對黃金年代消失的事實，事實上整個產業，包含老闆、主管或基層工作者，也像是處在大論述崩解的後現代情境（Lyotard, 1984；Rosenau, 1992）。不過弔詭的是，實務工作者似乎還來不及體會崩解的正面效果，便半推半就，交纏著前一節描述的理由，直接進入生存模式。在這種狀態下，實務工作者愈來愈敢於不理睬新聞專業論述，許多人更是根本缺乏專業工作態度，無論這種缺乏是曾經擁有，後來消失的結果；或是根本就不曾擁有過，對於缺乏專業概念的他們來說，面對強大現實壓力，進入生存模式工作便是十分合理的事情，然後新聞專業論述崩解後，存在價值的失序與放空情境，再進一步凸顯出工作意義與自我認同這組問題的重要性。

不過，因為現代性與後現代性間交錯複雜的關係，讓新聞專業論述崩解這個議題的討論變得極為複雜，需要在論述書寫時進行必要的取捨與切割。因此，在本書把新聞專業論述崩解視為一種重要外力，造成新聞工作場域深層改變的論述架構下，本節將先回到前端，說明新聞專業論述的現代性本質與企圖，然後經由後現代性對於現代性的質疑，最後再回到台灣新聞專業論述崩解議題之上，說明黃金年代消失的同時，新聞專業論述如何在曇花一現的解放後，直接進入以生存為主的工作心態。也就是說，本節試圖從現代性到後現代性的轉變進行論述，至於崩解所造成的生存模式將在下節進行討論，而更進一步的存在價值問題，則是下一章的討論主題。

一、新聞專業做為現代性方案的一部分

　　如果觀察新聞教科書或相關研究，大多數人應該都會同意，新聞專業是以公共利益做為核心價值，並非商品或市場原則（McQuail, 1992），然後由此發展出相當綿密、迄今廣為新聞專業人士熟知的論述。只是如果我們願意換個角度，從後現代概念進行觀察，這套發展於二十世紀初期的新聞專業論述，顯露出現代主義式的大論述特質，然後在後現代成分愈來愈重的當代社會，面臨合法性崩解危機，造成實務場域的重大改變。

（一）現代性的企圖

　　簡單來說，後現代對於現代、現代性，以及現代時期的理論論述，有著許多顛覆式批評，當然也遭受許多反擊（Dodd, 1999；O'Neill, 1995）。在諸多批判中，與本書有關的一項在於後現代直接質疑了現代性方案，以及大論述的可能性。

　　基本上，就後現代立場進行觀察，自從現代概念出現後，西方社會長期以來便像是在理性與進步觀點之上，企圖建立一個有別於傳統、具有啟蒙思想的理想現代社會。而現代社會相關理論也在此時出現（Smart, 1993 / 李衣雲、林文凱、郭玉群譯，1997），嘗試透過理性分析與批判，找到社會運作的隱藏邏輯，以達成現代性社會的整體目標。

　　以哈伯瑪斯為例，便在肯定理性價值與相信歷史是進步的基本假設上，開展了現代主義式的豐富理論論述。這些理論論述解釋與批判了現代社會的發展，也成為一套由哈伯瑪斯擘畫的現代性方案（Dodd, 1999）。在其中，他仔細論述了工具理性如何刻畫經濟與技術的進步，然後限制社會發展，而我們又該如何利用溝通理性，透過溝通對話達到共識，在道德上取得更高層次的發展，最終完成正義與平等社會的

理想。然而不只是哈伯瑪斯，許多同樣信仰理性與進步觀點，站位於現代性立場的學者，也提出各自版本的執行計畫。雖然論述角度與高度可能不盡相同，使用的理論典範與實踐策略有所差異，但卻同樣企圖透過對於社會運作的理解，將社會改造成真正理性、現代的狀態。

　　呼應當時社會追求現代性的整體浪潮，我們主張，二十世紀初期，從部分人士嘗試整備新聞專業論述開始，新聞專業便處在高度現代性之中（Hallin, 1992）。就哈伯瑪斯來說，媒體需要做為公共場域，實踐溝通理性，本來便是他整個現代性方案的一部分。相對地，回到美國這個新聞事業主流情境進行分析，面對十九世紀末商業造成的媒體失序，當時企圖重整新聞工作的人士，雖然沒有掌握公共場域、溝通理性概念，但卻也像是自省式地發動一波屬於美國媒體的改造計畫，致力創造一個進步、具有制度規範、以公共利益為軸心的現代新聞專業社群。

　　四個報業理論（Siebert, Peterson & Schramm, 1956），便先是分別論述了十六與十七世紀歐洲王權統治下的威權模式（authoritarian）、十八世紀以後的自由放任模式（libertarian），以及二十世紀的共產集權模式（totalitarianism），然後在美國報業商業失序的情境下，提出社會責任論（social responsibility）。而社會責任論的提出，便成熟揭櫫了許多為當下新聞工作者熟知的普遍性原則。例如，媒體應該是真實與公平客觀的、應該做為意見交換的場域、自由但自律的、遵循專業倫理守則工作等。他們期待這些普遍性原則能夠成為新聞工作的共識，最終成就出現代「自由而負責的媒體」，做為現代社會的重要機制，發揮民主功能。

　　當然，除了社會責任論，新聞專業論述也有著其他詳細規劃，直至今日，發展得也更為完備。我們可從各種大同小異的記者守則、專業信條與新聞學教科書，觀察到其具普遍性的梗概。或者，它們也轉化成具體規範性原則，做為引導媒體與新聞工作者的架構。例如，McQuail

（1992）的《媒體表現》（Media Performance）便是重要專書，McQuail 在公共利益這個重要現代性概念下，整合了不同取徑觀點，以媒體自由、平等使用、社會與文化秩序做主要項目，然後各自再有細項，詳細統整出評估媒體表現的規範性架構。

　　基本上，我們並不否認不同學者有著不同看法，但倘若整體藉由後現代的反向比對，也從根本凸顯出新聞學者的現代主義性格。他們強調理性判斷、強調專業道德的普世價值，然後企圖在公共利益、第四權、社會公器這些核心概念上改造新聞工作，讓媒體脫離為私人服務的傳統狀態。相對地，新聞工作者也因此得到約束，需要依照專業意理、專業守則做事，而非毫無章法，放任個人主觀判斷。最終呼應現代性特徵，新聞專業成為一套具有大論述性格的論述，企圖提供新聞工作的普遍性原則，嘗試界定與敘述新聞工作要怎麼做才對，並且在學術世界支撐下，成功在現代社會取得權威與圭臬位置，被認為是新聞工作的標準遊戲規則。

（二）不成功的現代性企圖

　　只是如同現代性方案的整體遭遇，我們也得承認，新聞工作改造計畫似乎並不成功，至少在實踐過程中並不成功，未能達到進步的目的。或者說，進步只發生在理論層次，新聞專業論述的確在這段過程中臻於成熟，可是一旦將焦點放回到實踐層次，進步則是相當有限的。

　　台灣媒體便始終未能得到新聞學者的滿意評價，從早期政治干預到當下商業干預的各種事實，便像是用反證方式清楚說明其現代性目標的失敗。新聞工作並沒有依照計畫變成獨立運作的專業，老闆、主管，甚至新聞工作者本身，還是會依照個人利益或主觀意念處理新聞。當然，對於同樣處在資本主義情境的美國媒體，也同樣有著商業化、未能服務公共利益的批評（McChesney, 2004 / 羅世宏等譯，2005）。

　　只是在台灣，這種不成功的企圖還與組織缺乏現代化有所連動。因為新聞工作的實際發生場域，也就是媒體組織本身便未能完成現代性，所以更是連帶惡化了新聞工作達成現代性目標的可能。如果我們同意制度化是現代社會與現代組織的重要特性（Downs, 1967；Weber, 1946），是現代性方案中的重要構面，那麼第三章描述的封建性格，以及前面多次討論人際關係、父權思想的運作，也就赤裸裸地說明台灣媒體組織缺乏現代性，還停留在封建階段的事實。台灣媒體組織的現代化似乎只獲得部分成功，它們的確複製了機械科層形式，卻實質缺乏制度化這種現代性的核心精神。

　　在這裡，本書並非站在現代性立場，指責封建性格，讚揚制度化，不過我們的確想藉此指出，想要在缺乏制度、未進入現代化位置的媒體組織內部，達成新聞工作的現代性目標，似乎是難上加難、緣木求魚。如同前面描述，缺乏制度的台灣媒體是個以人治為主的場域，老闆與主管的善意決定了整個王國與各自領地的集權程度，與上級的關係則影響下屬工作自主空間的大小。反過來，新聞工作者也會因為效忠主管，或為了不與主管撕破臉，維持表面關係，而願意接受某些基於上級好惡或私人利益的調度。

　　我們主張如果是在一般產業，上述封建性格或許只是代表組織並未完成現代化，缺乏制度，員工得看上級臉色工作而已。不過當封建性格發生於媒體產業，將不僅是如此，它更會拖累新聞專業制度化運作的可能，畢竟，新聞工作需要制度化，才有可能阻絕私人力量的涉入。因此，無論是在或鬆或緊的封建狀態下，老闆與主管終究成為新聞工作的最後判準，平日透過庇護與效忠這組關係、配合權力控制與常規控制，將新聞工作者維持在自己所設定的軌道上，在自認必要的時候，則又可以動用權力，夾帶私人意志，影響相關新聞的處理。而這種難以抵擋的力量，便整體阻礙了新聞工作達成現代性的目標。

不過同樣值得注意的是，缺乏制度的封建性格，不只讓我們難以期待老闆與主管，會遵守專業原則指揮調度新聞，事實上，同樣理由也為新聞工作者開啟方便之門。因為沒有制度與專業規範約束，他們在必要時也可以公器私用地暗助自己與朋友。例如我們便發現，研究對象會因為某則緋聞事件、內線交易新聞主角正好是自己好友，而特別關切新聞進度，格外注意新聞切入點，是否平衡報導，甚至手下留情；因為好朋友新店開張，當成新聞線索提報，製作新聞；因為過去老長官交代，而特別出馬為某位有些過氣的明星做專訪；因為某場現場連線公關活動的負責人是朋友，而特別多給幾秒鐘時間。當然，除此之外，還有為數更多因為人情關係，轉達給編輯部門，但未必都會處理的新聞事件。

也因此在台灣，整體封建性格讓新聞工作追求現代性的企圖更是窒礙難行，至少到目前為止並不成功。

二、現代性的後現代式困境

不過，如果我們順著後現代脈絡進行分析，現代性方案在當代社會不成功，與它們的本質，也就是強調理性、進步與共識，訴諸普遍性原則，有著根本且密切的關係。從後現代角度觀察，因為這些現代性核心概念並不可行，所以建立在這些概念上的現代性方案、社會理論或大論述，於當代社會便自然有著失敗宿命，面臨崩解危機。而這也解釋了新聞專業論述遭遇的類似困境。

Lyotard（1984）這位後現代重要學者，便在相對主義基礎上，利用語言遊戲概念，直接挑戰了現代社會對於科學知識合法性的認可，也整體質疑現代性的相關核心概念。對 Lyotard 來說，具標準現代性格、在現代社會占有權威地位的科學，本質上並不特殊，只是當代社會眾多論述形式之一。在語言遊戲概念下，因為每種類型論

述的產出都遵守各自遊戲規則，沒有特權，所以同樣做為一種論述的科學，產出的科學知識便也只是依照既定遊戲規則的結果，擁有與其他形式論述一樣的身分位置。科學論述不應該被視為真理，或比其他論述具有更高的真理位置。

進一步來看，語言遊戲概念的使用，凸顯了兩件重要事情。首先，既然是遊戲，不是契約與法律，便意味著行動者遵循的是規則，而非固定法條。規則是有彈性的，行動者在遊戲中的每個步驟，理論上都是臨場、彈性使用規則。另外，因為是遊戲，所以每種遊戲規則間具有不可共量性，有著各自立場、觀點與慣用語彙，有著各自合法性。也因此，在不同論述之間，並不存在著更高階、可用來仲裁好壞優劣的標準規則，可以藉此主張哪個論述具有更高的真理價值。

透過這種方式，Lyotard 表達了與其他後現代學者一樣，多少帶有相對主義的基本立場。不同遊戲並存的事實，代表著社會中總是並存著不同遊戲規則，而論述就只是論述而已，不是大論述。或者說，因為沒有任何論述可以宣稱自己掌握真理，也沒有任何論述可以提供普遍性原則，所以導致那些可以在現代性社會中宣稱掌握真理、足以做為普遍性原則的大論述，在當下這個帶有後現代精神的社會中，失去原本合法性。取而代之的是，同時並存的各種情境化、地方化論述。

也因此順著後現代脈絡，如果我們觀察到有某種知識或論述在某個時空取得主流位置，做出有關真理的宣稱，通常是因為其背後有著權力的支撐（Foucault, 1980），而非本質上的優越。諸如現代社會流行的科學論述、傳統社會普遍信仰的宗教論述，或者某些由統治階級成功創造出來的政治論述，之所以具有大論述地位與合法性，便不是因為它們真的掌握某種普世價值或普遍性原則，而是因為特定社會優勢位置團體給予了認可與支持，才讓它具備類似大論述的優勢位置。

或者反過來換個說法，在社會本來就是異質、流動，沒有普遍性原則的狀態下（Best & Kellner, 1991 / 朱元鴻等譯，1994；Smart, 1993

／李衣雲等譯，1997），研究者也特別需要小心自己可能占據的權力位置，小心以大論述心態看待自己提出的理論觀點。畢竟，面對根本不存在標準模型的真實世界（Bauman, 1992），研究者是用自己習慣的立場、規則與語彙，詮釋發生在眼前的現象，建構自己版本的真實與論述。因此，倘若認定自己是在發現真理，提供的是與真理有關的論述，那麼無論自覺與否，研究者便也在同時間，否定了其他論述做為真理的合法性，排除用其他立場、規則與語彙發現真理的合法性，當然也犧牲掉許多不符合自己立場的資訊。

最終，當論述獲得成功，取得一定人士信仰，甚至成為大論述之後，便也霸道地排除了其他論述、其他觀點存在的可能性，也讓自己的論述包含著威權主義的成分（Lyotard & Thébaud, 1985）。所以從後現代角度觀看，現代主義式的做法，像是硬在現代性概念上，將某些論述視為大論述，認為那就是真理，是進步的、正義的，認為它可以做為普世價值。然後在成就這些大論述的過程中，忽略自己是如何消滅其他論述空間，透過消滅，留下自己版本的真理。

也因此，對後現代而言，大論述、普遍性原則崩解的事實，可以正面意味著一種多元、地方化論述同時並存的景緻。在這樣後現代情境中，需要的不再是尋求普遍性原則與建立共識，而是承認論述就只是論述而已，不是真理或大論述，然後在論述與論述間相互尊重，容許異議與邊緣論述（Lyotard & Thébaud, 1985）。而這種大論述的後現代式崩解，也從理論上證明了新聞專業論述的困境，具有現代性特質的新聞專業論述，彷彿在當下這個帶有後現代成分的社會中，於理論脈絡上走到盡頭，失去原先被奉為圭臬的位置。只不過隨著盡頭之後出現的並不是正面解放的力量，而是反過來遭遇廉價資本主義更為嚴苛的管制，新聞工作場域發生根本性翻轉，進入以生存為主的工作模式，也更深層出現工作意義與自我認同的危機，而這種新困境，也需要新的回應方式。

三、新聞專業「大論述」的理論盡頭

回到本書關注的新聞專業論述問題。從二十世紀初，部分人士主張重整新聞行業規則開始，新聞專業論述便像是在重整過程中，呼應起現代性，提供一套包含倫理規範與技術操作的普遍性原則。然後在學術世界做為支撐下，它們開始帶有大論述性格，占據新聞場域的權威與圭臬位置，期待實務工作者可以恪守專業原則，創造一個符合專業理想的新聞工作場域。

只是與其他大論述的宿命一樣，這套在現代時期形成的新聞專業論述，卻在後現代成分濃厚的當下社會面臨崩解危機，也引發學者們從不同角度的討論（Bromley, 1997；Hardt, 1996；Kunelius, 2006）。這種後現代式崩解，像是殘忍說明了新聞專業大論述的理論盡頭，同時也寫實描述了當代新聞工作者的工作處境。被解放出來的新聞工作者，並未因此得到理論上的自由，反而因為龐大現實壓力，於失去原有規範約束後，急忙進入以個人生存為主的工作心態，然後再為新聞專業論述崩解事實造就出更為深層意涵。即，失去原有專業規範引導的實務工作者，開始出現某種工作意義與自我認同的放空狀態，而這是下章討論的主題。

（一）大論述的心態

大膽來看，如果我們在這裡願意接受後現代觀點，接受現今學者不再能夠提供有關知識真理、道德判斷與美學品味的唯一權威性解答（Bauman, 1988）；接受當今學者與一般人有著類似站位，研究是種觀察詮釋（Denzin & Lincoln, 2000），無法再保證自己看法與信仰的真理效力，那麼，在各種論述同時並存，而且總帶有情境化、在地特性、相對主義的後現代狀態，新聞專業論述便得同樣小心做為一種大論述的權威心態。可能出現的狀況是，學者與專業人士像

是善意地為新聞工作立了法，認為應該成為共識，然後卻在善意過程中不自覺排除了其他工作方式的可能性，也排除實務工作者選擇其他工作方式的可能性，彷彿只有按照規則來才是唯一正統。

新聞專業論述有著善意威權心態，而一直以來，實務世界對於這種心態的挑戰，便像是在懵懂間質疑著大論述的圭臬位置。到了近年，實務工作者更為赤裸的語言回應，或者根本相應不理，也更是反向描述大論述在後現代情境的理論盡頭。有論述，但沒有大論述。

事實上，當我們在長期研究過程中，隨著與實務工作者互動，學會適時放棄習慣的學者立場，嘗試從實務角度進行觀看後，這種呼應 Rorty（1989）主張利用同理心掌握其他觀點的做法，便提供我們一種自省與懷疑自身位置的機會。然後不難從研究對象訪談與觀察資料，對比出上述善意權威心態的存在，以及在實務場域內，新聞專業論述圭臬位置不再的事實。我們發現，具有社會優勢位置的專家學者，在各種場合對媒體或輕或重的批評，苦口婆心、恨鐵不成鋼，經常會不自覺地轉變成善意的權威，想要教育與解放實務工作者。而新聞專業也或多或少、程度不一地限制住專家學者觀看新聞工作的方式，然後引發排除其他論述與遊戲規則的風險，忽略即便是追求專業，也可能有著不同定義專業的方式。

幾位研究對象描述自己於新聞局、學術研討會或其他場合，與學者「交手」經驗，便承認在新聞處理上，他們的確會以好看、獨家為考量，有時候也會衝過頭，而忽略了對當事人的保護，只是他們也表示，如果真按照學者要求做事，那麼不管是何種性質的自殺新聞、多有社會意義的爆料新聞都不可能做。不過這些言談對話除了用來描述實務工作經驗外，或許更為重要的是，我們從中感受到某種對於學者占據優位進行批評的不滿與沮喪。有人直接表達這類「學術與實務的對話」，往往是被叫去聽訓；有研究對象在與我們熟識後，就著不同個案，用更赤裸與戲謔語言譏諷學術世界食古不化；

或者另一位總被下屬認為過分堅持新聞原則的研究對象，也在某次與學者對話之後沮喪表示，她尊重學者專業、懷念傳統做新聞的方式，也了解新聞不能亂做，應該要有深度、應該要有社會責任，而自己在實務界也是辛苦地堅持著專業，甚至被認為是過度堅持。但，新聞真的就只有那種作法嗎？

我們了解這些言談對話中藏著詮釋問題，溝通不足也造成誤解的可能，學者用集合名詞看待實務工作者，以致忽略實務場域還是存在兢兢業業的新聞工作者，反過來，實務工作者用刻板印象與集合名詞方式看待學者，也導致誤將學者都視為基本教義派，而這些都可能誇大與製造了對立。不過透過立場轉換的錯位觀察，並且呼應前段有關後現代對於大論述權威心態的質疑，我們似乎發現到，研究對象的敏感話語不只反映著對於新聞專業論述善意權威的不滿，更像是深層帶引出一種潛藏於強調共識與普世價值背後的權威想像（Lyotard, 1984；Lyotard & Thébaud, 1985）。

只不過在當下大論述崩解的社會中，這種權威想像更像是後現代式的反諷，對實務工作者來說，理論與實務間總有著距離，然後不自覺地減少了溝通對話的可能性。另外，這種錯位觀察並不表示我們放棄立場，也不在替實務工作者說話，或認為新聞學者過分堅持，而是企圖在後現代情境中，透過這種實際對比，主張一種將新聞專業視為論述，而非大論述的心態，然後更有同理心的觀看與描述實務場域的生存實境。

（二）重回「論述」位置

即便於現代性社會，大論述彷彿具有不證自明的合法性；或者即便在過去，因為符合現代性社會要求，新聞專業論述像是在默契下取得特殊地位，並且相當程度地規訓了具有現代性格的實務工作者，但這些似乎都不足以遮掩它做為一種論述的基本狀態，也不能掩蓋實務場域存在不同遊戲規則的事實。

　　事實上，第六章描述的工作常規，便說明了實務世界普遍存在的另種遊戲規則，甚至這種遊戲規則更可以有著個人版本。另外，如果勉強把新聞專業論述等同於四個報業理論中的社會責任論，那麼其他三個報業理論，也說明其他論述存在的可能性。再或者，一直以來，有關理論與實務差距的討論，其實也像是含蓄提醒著新聞專業論述權威位置的不穩定（張文強，2004）。只不過有意思的是，新聞專業做為論述的本質，在過去似乎被遮掩起來，以致未被充分察覺，然後也擴大當下崩解之後所形成的反差。

　　我們主張，在過去，追求現代性的社會、具有現代性的專業論述，以及具有部分現代性格、相信倫理道德存在的實務工作者，三方面相互呼應的現代性特徵，剛好遮掩了新聞專業論述做為一般論述的本質。或者，在這種情境下，新聞專業論述具有圭臬功能的假設，並不太會被挑戰。只是，隨著當下社會展現愈來愈重的後現代成分，實務工作者開始具有挑戰權威圭臬的思維，許多跡象便也直指了權威位置的崩解。各種來自實務場域的赤裸語言反應，甚至根本相應不理，便有意無意地挑戰了新聞專業論述的獨占性與神聖性。當下實務場域流行的市場導向新聞學論述，則具體展現了不同遊戲規則，在未撕破臉的狀態下，宣告新聞工作還有其他論述方式。甚至類似林富美（2006）發現新世代記者較以自我為中心，凡事考量自我利害，我們也觀察到年輕新聞工作者對於專業、倫理與權威展現的不理睬態度。這些總加起來，終究讓新聞專業做為一般論述的性格被看穿或凸顯出來，然後與其他提供道德、普世原則的大論述一樣，發生了理論上的後現代式崩解。

　　基本上，這種崩解可被單純視為理論層次的風暴，一種單純學術理論的討論，不過我們在研究過程中卻也發現，崩解不只是理論的，而是經驗的、入世的。大論述的後現代式崩解，以及不得不然的現實壓力，兩者相互呼應，提供一種實務層次的解放基礎，在理

論與現實層面共同指向「有論述，但沒有大論述」的結論。然後這嚴重且殘忍地挑戰了新聞專業論述的傳統位置，連同結構性因素、對權力的盤算與想像，共同解釋台灣媒體向下沉淪，更共同造成新聞工作進入生存模式的深層改變。

（三）崩解、解放與「墮落」

如同前面所述，大論述崩解的事實，可以正面意味各種多元、情境化論述同時並存的後現代景緻。在這樣景緻中，標準與共識不再重要，而是承認論述就只是論述，然後在論述與論述之間相互尊重，容許異議與邊緣論述（Lyotard & Thébaud, 1985）。相對地，從權威位置解放出來的實務工作者，在多元與開放精神中，理論上擁有更多的選擇空間，可以尋找屬於自己的工作方式、意義與自我認同。

只是現實世界似乎總是不盡人意的殘忍，台灣新聞工作場域在短暫解放之後，又迅速進入另一種威權位置。我們發現，資深新聞工作者對於過往的懷念，便一方面反諷式地宣告新聞專業論述走向盡頭；另一方面他們的懷舊敘事也同時展現，在解嚴前後，那個敢於顛覆各種傳統價值的改變年代，新聞工作場域曾經短暫出現解放的正面效果，只是隨後又曇花一現地進入生存模式。仔細來看，除了政治等言論展現多樣性，這種正面效果反應在另外兩個基本層次之上。

首先，順著顛覆與解放潮流，當時新聞工作者開始挑戰傳統定義新聞的方式，發展出不少新工作方式。例如，因應社會潮流，報紙開始創新版面，加入生活、鄉土、消費、醫療等資訊式內容，而非緊盯政治、社會等時效性新聞；強調如何用聲音畫面說出好看故事，而非只是追求深度分析的報導技術；強調畫面與敘事美感，而非簡單記錄現場的傳統攝影手法；重視新聞詮釋能力的新聞播報方式，而非只是平穩的讀稿。基本上，即便這些作為到後來因為愈來愈極端的操作，顯得十分荒腔走板，但在當時卻也展現解放後的多樣性企圖。

　　其次，我們也發現，逐步脫離傳統嚴格約束，感受到市場競爭壓力的研究對象，開始敢於或更明顯地增加為自己工作的成分。這扣合當代社會生活私有化，不再執著於為集體理想奮鬥，轉而要求更多個人權利的事實（Bauman, 1995）。因此，部分研究對象開始嘗試從專業規範中逃逸，開始追求起自己的風格，例如用聊天方式播新聞、用戲謔方式寫新聞評論，他們敢讓自己與別人不同，創造屬於個人的工作意義。或者更為直接地，利用當下位置充分經營自己，然後為了更好的薪水而跳槽、轉業做公關、名嘴。甚至，部分強調自己不是新聞科班的新聞工作者，更是明白展現出為自己、而非為專業工作的特性。

　　不過，如同陳傳興（2006）描述解嚴前後台灣電影、美術、文學創作等領域，一度展現蓬勃生機，隨後卻又快速展現缺乏論述的沙漠化景緻。台灣新聞工作的多樣性生機，也有著曇花一現的命運。大論述失去權威位置的事實，讓置身當下非黃金年代的老闆與高階管理者，如同找到理由與膽量，更敢向新聞專業論述攤牌。然後像是放膽進行柔性政變，不只愈來愈離經叛道，也具體發展出一套建立在廉價版資本主義邏輯之上的論述，做為實務世界的遊戲規則，只重視短期利潤的獲取，缺乏資本主義重視創新、策略規劃等特質，當然更不用說是社會責任與道德良心。

　　相對地，被解放的新聞工作者同樣基於現實壓力、個人想像的放大，甚至單純為了個人利益，也快速投靠了廉價版的資本主義邏輯。這種投靠除了意味著新聞專業論述在實務場域的全面潰敗，更重要的是，它讓那些開始懂得可以不為新聞專業工作的研究對象，在還沒有充分探索各種可能性之際，便快速被趕入生存困境，「為自己工作」則被化約成簡單的生存模式。

　　部分習慣新聞專業論述的資深新聞工作者，在受制於龐大現實壓力，半被迫地失去過去依靠，開始感到無奈與無力之際，因為缺乏對於自我存在價值的思索，而直接進入生存模式，願意按照主管交代的

方式做新聞。另一部分較具後現代性格，或者本身便不太信仰專業論述的人，則像是在理論與實務上同時找到脫離約束理由，於工作心態上更為在意個人目標與利益，因此在組織控制下，為避免個人利益遭受影響而進入生存模式，似乎也是個不需要掙扎的問題。在這種狀態下，實務工作不但沒有因為新聞專業論述崩解，取得理論上的多樣性選擇，反而因為新聞專業論述幾乎不再具有實質制衡力量，更是接受廉價版資本主義邏輯的徹底獨裁。

也因此，有關台灣新聞工作者不再堅持專業，進入生存模式的現象，不只反應了現實結構壓力，同時也涉及了大論述崩解的困境。隨著現代性逐漸消失在後現代情境的歷史脈絡中，新聞專業論述的崩解像是從後面推了一把，使得實務工作者或因此不再受到約束，或因為得不到理論上的強力支撐，而放棄對新聞專業的堅持。然後受到現實困境逼迫，解放後的新聞工作者，似乎快速地進入接下來的生存模式之中。生存也順理成章地成為非黃金年代新聞工作者的重要選擇。

參、生存與生存以外的選擇

就在我們隨著長期觀察分析，看到黃金年代消失與新聞專業論述崩解這兩股力量，造成台灣新聞工作場域改變的同時，本書也連續觀察到兩個深層轉變，然後帶引出的當代新聞工作重要問題。第一個轉變層次較為明顯，發生在工作心態轉變之上，即，前面已初步論述過，以生存為主的工作心態。然後，這種工作心態，加上新聞專業論述崩解所留下的自我存在價值空隙，又更為深層地帶引出第二個層次的轉變，也就是，新聞工作意義的轉變，以及更為終極的自我認同問題。

在前面論述過黃金年代消失與新聞專業崩解這兩股改變力量後，本章後半段將描述第一個層次的轉變，說明實務工作者以生存

為主的工作心態,至於工作意義與自我認同問題,則是第九章討論重點。不過,這裡要先說明的是,生存不只是指涉維持基本工作機會而已,也涉及一種回應組織的能力,設法讓自己在組織內過得更好,或者感受到工作中的基本尊嚴、意義與主體性。另外,在新聞專業論述崩解情境中,理論上,生存應該只是一種選擇,而非唯一的選擇,對於有自我超越意願的人來說,便也需要積極處理選擇問題,找到屬於自己的存在價值。

一、從專業工作心態中出走

透過長期研究所提供的對比機會,我們清楚發現,發生在實務工作場域,從「專業」到「生存」這項重要轉折。當下實務工作者像是集體從專業工作心態中出走,進入以生存為主的工作模式。而這種生存模式具體展現在以下兩個層面。

(一)轉換遊戲規則

我們回溯早期研究經驗可以發現,在過去,研究對象於訪談中談論新聞專業算是常見的事。他們或直接主張記者要堅持專業,或說明實務場域的專業與學校教的專業有何不同,又或者具體說明自己如何在線上堅持「對」的事,又用什麼方式將冷門、但重要的新聞成功「偷渡」到報面上。研究對象或謙虛或得意的話語,整體表達新聞是種專業的工作心態。只不過愈是這幾年,改變愈是明顯。我們很少再聽到細緻討論,很少聽聞堅持新聞專業的個案,取代的是,研究對象感慨專業是沒有意義的清談。更為直接地,「有家要養」、「有房貸要付」、「工作難找」、「錢給得這麼少,幹什麼要那麼賣命」這樣的話語愈來愈多。這些壓力使得專業開始退位,凸顯出生存成為當下實務工作者的主要困境。

不過我們除了透過這種歷時性比較，看到前後迥異的兩個新聞工作場域外，倘若貼近當下場景進行斷代式的觀察，我們也可以發現，就在研究對象抱怨老闆與高階主管，只講求八卦、好看，不要新聞深度的同時，他們本身其實也同樣悖離了新聞專業要求。實務工作者同樣選擇為自己而戰，而非為專業而戰，然後進入生存模式，學會組織要求的工作方式。特別愈是晚近，愈是如此，有些人更是主動迎合。

因此，無論是否畢業於新聞科系，也不分資深或資淺，面對新聞事件，報社記者開始充分展現說故事的能力，而非以往深入分析的能力，反射式地找尋新聞事件中的故事與八卦元素。電視記者則展現表演能力，設計入鏡與出鏡的走位路線；運用刻意找來的道具進行表演；透過過音，增加新聞故事的情緒衝擊，甚至在取不到現場畫面時，找人重新演一遍。在他們熟練於說故事與表演，而且認為這些作為無傷大雅的同時，似乎忘了深度、真實、客觀這些過去學的新聞處理原則。當然在生存模式之下，還有更多悖離新聞專業，但迎合組織喜好的工作方式。

同時，在本書嘗試重建幾則烏龍新聞發生原因的同時，我們更是發現到，當下實務工作者如同徹底轉換了遊戲規則，依循組織目標前進。因此，主管與記者於乍見爆料消息，見獵心喜之餘，關切的是這則新聞有沒有畫面、好不好看，有沒有人看。然後集中焦點討論要用哪個故事角度切入、要如何才能多開幾條稿，但關鍵的查證動作卻顯得便宜行事。形式化地將商品檢體送驗、形式化地跟蹤當事人幾天、形式化地問一下新聞從哪裡而來，然後不等檢驗報告出來，即便跟蹤之後一無所獲，或者事後才後悔當時沒有多問幾句，便在獨家與收視考量下選擇播出，然後遭遇不實報導的情形。

我們在整個過程中看到的是，實務工作者集體以收視率或發行量這種媒體利益為工作目標，而非考量公眾利益，然後徹底轉換了遊戲規則。因此，以查證為例，相關動作便被邊緣化，整個遊戲更是缺乏查證必要的小心謹慎態度。或者說，在實務遊戲規則中，許多看似查

證的動作不能用傳統規則進行理解。例如，將疑似黑心商品送檢，通常只是為求心安，或是預防動作，避免發生官司時落入絕境。或者說到市場偷拍與攤販的對話、跟拍新聞當事人，多半也不是基於單純的查證目的，這些動作本身便被設計成整組新聞的一部分，在執行偷拍動作之前，就已經計畫好要用偷拍畫面做成一則新聞，所以他們花心思想的是如何拍到可以用、最好是好看的畫面，一旦「不幸」沒有跟拍到畫面時，他們質疑的也不是手邊新聞事件的真實性，然後壓住新聞不發，而是靠著其他訪問到的東西，照樣製作出新聞。

不過值得注意的是，不同人進入生存模式的過程不盡相同。對部分研究對象來說，生存模式是逐步進入的過程，現實壓力讓選擇留下的他們，難以堅持原先專業作法，得在掙扎矛盾中，說服自己逐漸接受、習慣於組織要求的實務遊戲規則。相對地，有些新聞工作者的調適則十分良好，根本順從了資本主義邏輯，與媒體組織一樣，同步追求起利潤。因此整體來說，生存不只是討生活如此而已，它也像是在不景氣年代的一種重要能力，消極用來避免被要求重寫新聞、被主管囉嗦嘮叨、避免得罪主管以保護自己工作權。積極地則是用迎合主管喜歡的新聞處理方式，藉此取得信賴、成為上級心中的紅人，穩固個人在組織內部的地位。然而無論如何，進入生存模式工作的人，處理新聞的方式將脫離專業期待的軌跡，或有自覺或已自動化地，依照符合上級要求的方式完成工作。

（二）選擇以生存做為工作心態

這種以生存為主的工作心態，也反映在個人與組織互動關係的改變。因為新聞不再是為專業工作，所以基於維護專業而對抗組織，自然失去原先的必要性，甚至為了想要在這個非黃金年代繼續保有工作機會，以及繼續升遷的可能，這些功利動機更使得個人自主空間與能動性成為次要問題。因此，個人在遭遇組織時，生存取代抗拒，成為需要處理的實務問題。

　　Noon 與 Blyton（1997）便整體論述了「工作」這件現代人擁有的重要經驗。他們發現當工作者於組織內部感到疏離、無力感，但又得謀生的同時，生存策略的重要性便被凸顯出來，藉此讓工作變得可以忍受。而他們透過整合相關研究提出五種生存策略：在組織設定的遊戲規則內找漏洞，嘗試取得好處；透過小技倆從組織那裡騙取額外好處；藉由開玩笑，化解工作中的敵對、挫折、緊張，掩飾工作中的單調；從事陰謀破壞；最後則是心理上的退卻，做白日夢等。

　　基本上，Noon 與 Blyton 提出的生存策略其實並不新奇，其他研究者在論述抗拒問題時（Clegg, 1994；Davidson, 1993），也有提過類似觀察。或者說，有異於直接抗拒的企圖，這些策略是在承認組織權力的狀態下，對於組織控制的回應，展現一種消極、無力與無奈。因此如同前面章節所述，對組織而言，這些策略並非真正的抗拒，不會帶來太多負面影響，甚至像是組織預留下的情緒宣洩或主體性的出口，讓實務工作者願意配合組織控制，不會因為找不到出口而想要反抗，或反過來進行怠工。相對地，對於員工而言，當然也不會單純到認為可以透過這些消極策略對抗組織，或想要藉此爭取與改變些什麼。選擇去做這個舉動本身就是唯一的意義，象徵自己多少還有著主體性，而非全然被動的個體（Ashforth & Mael, 1998）。

　　因此，以生存為主的工作心態，像是補充解釋了第七章有關消極使用平民抗拒策略的討論。在黃金年代不再、大論述崩解的當下媒體產業環境，因為實務工作者主要關切的是個人利益，特別是生存這個底限問題，所以他們不只是順從於實務遊戲規則，更會在與組織互動過程中，避免與上級進行直接對抗，做出過分忤逆的行為。當然，我們不否認少數新聞工作者具有強悍性格，或者因為新聞跑得不錯被形容成「被寵壞」的記者，有著遲到習慣，較敢於表達自己意見，然後因為收斂的不好，終於在某天不小心被記過，或無法預期地惹火了主

管。但整體來說，衝突終究不多，大多數人整體保持一種低調守勢。他們可能不同意主管想法、對主管能力存疑，但當下反應充其量是變臉不說話，很少直接在行為層次上表達不滿。有些人甚至還可以保持談笑風生，直到回到主管看不到的後場，才和同事、朋友，或者自己部落格上進行抱怨咒罵。

或者說他們偶爾會找規則漏洞，偷渡自己想要做的事；找個藉口，陽奉陰違地把主管命令放在一邊；或者在某天下午，新聞隨便問問，跑去喝咖啡，聊八卦。不過論如何，這些作為的宣洩成分居多，並不是想要革命，或者真正的意義在於，透過「做」這個舉動，設法說服自己，或象徵性展示自己終究有著主體性，有著基本的能動性，期待在組織中繼續「生存」下去。

二、生存是唯一的選擇？

我們勾勒出當下實務工作者以生存為主的工作心態，並不意味本書試圖透過二分法數落當下媒體，進行懷舊之實。因為即便是過去，我們也無法否認新聞終究是份工作的事實，過去新聞工作者同樣有著加薪升遷之類的個人考量，或者就算是自視為專業的記者，往往也會在跑新聞時賣主管與朋友面子，手下留情。

不過無論如何，我們的確主張，相較於以往多少帶有依循專業做事的工作心態，或者更有人明顯以專業做為職志的事實，當下實務工作者則是整體進入以生存為主的工作心態。一方面受到媒體產業環境大不如前，現實壓力強力驅使，另一方面，由於新聞專業論述崩解，新聞成為俗世行業，褪下原來的神聖性，在這種狀態下，來自現實與理論的兩股力量像是巧妙結合起來，促使實務工作者不再執著新聞專業，也不再為這種外在理想而戰，而是更為在意自己，轉向以個人為中心，關切該如何維持生存。

　　從新聞專業角度來看，這種轉變經常被解讀成「墮落」，然後企圖再次翻轉這轉變，嘗試將新聞工作重新放回正軌。只不過在後現代概念下，本書雖然充分理解新聞專業的憂心與期待，但我們卻也主張，從專業工作心態中轉移出來，可以有著更為積極的意義，意味更多選擇的可能性，而「為自己工作」也並不必然代表的是墮落。大論述崩解具有理論上的解放功能，新聞工作者理論上也會因此有著更多自由選擇機會，可以選擇，甚至發展出不同的工作方式。因此，如同在後現代情境中，新聞專業論述退卻到「只是論述」的過程，整體回應的是一種失去正統、圭臬與權威之後，多元平等精神的浮現，理論上，當下新聞工作出現的生存模式應該也是眾多選擇之一。

　　只不過事與願違，或者我們也無法否認的是，黃金年代消失後的台灣新聞工作場域，雖然一度顯出多元生機，可是基於現實壓力，被解放的新聞工作者快速投靠了廉價版資本主義，然後隨之進入了無力與無奈的灰暗色調。

　　基本上，這種投靠除了讓新聞專業論述在實務場域幾乎全面潰敗，更重要的是，它也幾乎全面抹殺了新聞專業論述崩解之後，理論上應該要出現的多樣性。實務工作不但沒有因此變得更為多元、更多選擇，反而因為新聞專業論述不再具有實質制衡力量，而從善意父權情境徹底進入另一個獨裁場域，在各自組織內部，接受廉價資本主義邏輯，與其代理人的徹底獨裁。

　　也因此，隨著研究論述至此，彷彿進入一個交錯並置時空。我們看到大論述崩解後短暫出現的多樣性，但也幾乎在同時間看到多樣性的幻滅。封建性格像是尚未充分得到現代性洗禮，便直接穿越現代時期，進入具有後現代樣貌的社會，以至於傳統性、現代性與後現代性共同出現在當下，造成當下台灣新聞工作困境的基底。

　　再一次地，想要做為專業，媒體組織需要具有現代性制度，老闆、主管與新聞工作者則需要具有現代性性格，才能執行完整的實

踐計畫。或者說,每位行動者至少需要在理性基礎上,依照制度規範從事新聞工作,極力減少個人因素的涉入,才有可能完成新聞工作專業化的境界。不過有意思的是,台灣媒體並非展現現代性圖像,無論是媒體組織、老闆、主管與新聞工作者本身,經常是帶著封建性格,行動於後現代場景,然後唯獨缺乏執行專業所需的現代性。

因此,台灣媒體像是在尚未現代化之際,便因為同時經歷現實壓力逼迫,以及權威崩解的後現代事實,迅速從封建性格進入另外一種原因不同,但同樣不強調制度的後現代相對主義場景。封建性格像是巧妙融入當下後現代氛圍,老闆繼續在封建性格上使用父權,而且在廉價資本主義邏輯之上,更為赤裸、負面地統治自己的媒體,為著賺錢,排除掉道德、倫理與品質,甚至犧牲勞工權益。相對地,居於弱勢、多半也不具現代性格的新聞工作者,則是在尚未擺脫父權統治之際,便急忙進入另一種為自己工作的狀態。在這種快速擠壓,混合封建與後現代的場景,終究因為缺乏現代性必要的制度化精神,以及反思性格(Giddens, 1984),未能藉由新聞專業論述崩解而得到終極解放,也沒能透過存在價值的深入思索,有效建立起屬於自己的工作意義與自我認同。然後,反而背道而馳的是,實務工作者同樣為自己生存與個人利益,實質被廉價版的資本主義邏輯所接收。

在這種狀態下,新聞工作者的選擇自由再次被圈限起來。為了生存工作的他們,不但沒有發展出尊重制度或倫理的現代性格,也沒有因為後現代性的出現,體會到選擇與多元的重要性。大部分新聞工作者是在廉價版資本主義中,順著與組織校準好的常規完成每日工作。然後進一步地,大部分研究對象像是浮沉於現實之間,沒有時間進行反思,或者即便不滿意於現狀,習慣常規工作,缺乏制度與反思性格的他們,也根本沒有思考究竟還有哪些工作方式的可能性,還有哪些定義新聞的方式;或者沉浮於現實之間,忽略了除

賺錢以外，新聞工作對自己的意義與價值是什麼，然後同樣在缺乏反思之間，逐漸失去動力與熱情。而這些也組成當下新聞工作的寫實困境，也讓整體基調更為灰色。

　　為了回應這種因生存而出現的困境，下一章將再把焦點從結構層次往個人層次移動一些，試著加入存在主義精神，找尋讓個人重新活絡起來的可能性。然後也試圖藉此提供實務工作者若干反思線索，思索更多的工作意義、自我認同與工作方式的可能性，在實踐場域，由自己回應自己的困境。

第九章　工作的意義與自我認同

　　黃金年代消失與新聞專業論述崩解，不只赤裸裸地促成以生存為主的工作心態，更帶引出一組有關工作意義與自我認同的後設困境。雖然，相較於前者，這組困境以較為含蓄、更為複雜的方式展現，但它們卻也呼應著集體灰暗時代，在個人身上組合出當代新聞工作者的大哉問。即，新聞工作對自己的意義究竟是什麼？而從事新聞工作的自己，究竟是個怎樣的人？或想做個怎麼樣的人？

　　我們主張，有關工作意義與自我認同的探討，將是從集體灰暗中脫困的關鍵，只不過現實狀況卻經常是，當下實務工作者並未充分思考這組問題，以致整體進入想像貧瘠的狀態，只是跟隨常規做事，於模糊之中趨向以謀生為主的工作意義，也在模糊中不問自我認同，接受組織設定的雇員認同。

討論工作意義與自我認同問題的必要性

　　兩種略帶矛盾的情境，凸顯出這組困境的複雜性與重要性。首先，類似 Merrill（1996／周金福譯，2003）擔憂大部分美國記者就只是在組織內工作著，缺乏目的、缺乏創意、也缺乏進步力量。我們同樣發現，雖然原因不盡相同，但在台灣，圍繞著以生存為主的心態，加上即將討論的常規作用，新聞工作也整體呈現出一種集體無力氛圍。工作目的往往被化約成「只是賺錢謀生而已」，然後同樣缺乏創意、多元、自我超越的作為，更不用說是完成專業使命。面對這種狀態，Merrill（1996／周金福譯，2003）試圖利用存在主義解決困境，強調個人本所具有的選擇自由。他主張即便是在組織內工作，記者也應該努力追求自由、努力成為自主的道德

判斷者，促成整體社會福祉，而非只是順著組織要求作事，讓自己失去選擇。

　　基本上，本書部分呼應 Merrill 利用存在主義的作法，主張存在主義對於選擇、個人意志與自我超越的強調，的確有助解決當下新聞工作者缺乏熱情，以及因為對權力過度想像，導致過度束縛自己能動性的事實。只不過我們透過長期研究卻也發現，這些策略雖然可能具有治標功能，但似乎總未能觀察到位。或者說，缺乏自我超越意志、忘卻自己擁有選擇自由，的確與當下無力氛圍有關，不過其背後更為根本的原因卻經常是，實務工作者忘了思考、或根本失去了工作意義與自我認同。在缺乏工作意義與自我認同模糊的想像貧瘠狀態下，他們所能做的似乎也就是如同當下一樣，為了生活持續工作，然後持續深陷無力灰暗之中。當然，我們也難以期待這些實務工作者，會有維護新聞專業或自我超越的動機。

　　其次，或許也更為複雜的是，後現代情境讓這組問題，特別是自我認同部分顯得更加重要，但也更難以清楚說明。我們發現，身處認同來源複雜多變的後現代情境（Ochs & Capps, 1996），部分研究對象在失去新聞專業論述做為標準的同時，也開始夾雜於各種有關新聞工作的論述之中，然後因為缺乏深入思考，程度不一地感受自我認同困境，隱約因為無法找到適切的自我，而迷惑與不知所措。甚至，隨著新聞工作名號愈來愈糟，社會地位下降，有人更載浮載沉於某些「髒工作」從業人員經常遭遇的自我認同困境（Davis, 1984；Hughes, 1962），雖然他們不見得充分自覺。但相對地，也有其他新聞工作者根本沒有意識到自我認同的重要，或根本表達無所謂的態度；再或者，有人也可能帶著與前輩不同的想像進入新聞工作，只是一旦禁不住現實的嚴峻考驗，這群普遍缺乏信仰的人，不是快速選擇退出，便是殊途同歸地進入為工作而工作的境地，整體處在某種自我認同的放空狀態，沒有工作目標，就只是工作的狀態。

　　基本上，順著本書尊重個人選擇的論述脈絡，我們主張為錢工作、保持放空終究是種個人選擇，也能完成每天工作。只不過如果我們對新聞工作仍有所期待，或實務工作者對於自己有所期待，那麼面對當下這種由迷惑、矛盾掙扎與放空組合成的無力氛圍，除了同樣從結構角度提出解釋，歸因於大環境之外，也有必要將焦點移至個人身上，仔細觀察工作意義，特別是自我認同的問題。畢竟，如同我們無法期待自視為商人的媒體老闆，願意做出符合專業定義的新聞，同樣地，我們似乎也無法期待只把新聞當工作，自我認同模糊的人，會有動力做好新聞工作。

　　因此，即便實務工作者經常處在想像貧瘠的狀態，並未充分感受這組困境，或不把它當回事，但理論上都有回到後設層次，思索工作意義與自我認同的必要性。特別是後者，因為看待自我的方式將會影響個人要做什麼、想什麼、感覺到什麼（Ashforth & Mael, 1996；Wiley & Alexander, 1987），以及自我期許、工作方式與工作風格。另外，對於想要進行自我超越的新聞工作者來說，本章討論將不只是指向存在價值的哲學式思考，其更具有從集體灰暗中脫困的實踐效果。藉此，可以更為積極、反求諸己式地從結構角度回到個人層次，重新審視長久以來的工作方式、動機與心態，然後在當下這個具有後現代性格，專業道德崩解的年代，重新定位自己，找到屬於個人從事新聞工作的意義與自我認同，以及相對應、更具有主體意識與熱情成份的工作方式。

　　而本章便嘗試積極厚描工作意義與自我認同這組複雜問題。只不過因為再次涉及結構與行動者間的交纏關係，所以這裡同樣需要先回到行動者身上，觀察常規工作方式在其中扮演的角色。同時為了保持論述連貫性，接下來我們將以較長篇幅逐步拆解，並盡力呈現這組複雜問題。首先，將從行動者層面補足有關集體灰暗時代的解釋，說明常規在其中扮演的關鍵角色。然後於整體鋪陳完畢之後，接續描述在

集體灰暗時代，新聞工作意義的轉變，最後則用更多篇幅討論自我認同問題，說明實務工作者在組織場域內，如何看待自我，以及所遭遇的自我認同困境。

壹、無動力自我與集體灰暗時代

如第八章所述，黃金年代消失與新聞專業論述崩解，整體促成了當下新聞工作場域以生存為主工作心態，只不過進一步來看，以生存為主的工作心態除了意味工作方式的改變外，它更在個人身上組合出一種無力氛圍，然後集體形塑出當下灰暗時代。

不過，想要妥善解釋這種無力氛圍，以及對應的工作意義與自我認同困境，同樣需要考慮行動者在其間扮演的角色。結構與行動者兩方面共同交錯出整體無力的氛圍，而有關行動者層次的影響，則涉及第六章討論的工作常規問題。

常規不只是自我控制機制，促成新聞工作者迎合組織需求，事實上，無關於外在環境壓力，在常規造成的異化、僵化與熱情消失之間，其實便標示一種缺乏工作意義與自我認同的無力氛圍。許多新聞工作者只是重複常規完成每天工作，不問存在價值，從根本缺乏了自我超越意志。另外，當下強大的結構壓力，更促使許多新聞工作者開始集結，巧妙發展出屬於集體層次的常規。雖然不可否認地，這種集結具有回應組織控制的效果，但它們最終卻也回過頭，造成集體約束個別新聞工作者的狀況，更加放大原本就有的無力氛圍。

糾纏於結構與行動者之間，這些因素共同醞釀出當下集體灰暗時代。在集體中，個人性隨之消失，像是失去工作動力般地隨波逐流，不問工作意義與自我認同。當然，我們陳述這種現象，卻不否認仍有新聞工作者在逆境中保持著相當熱情。

一、常規與無動力自我

本書透過長期觀察主張，當下新聞工作者整體展現的無力氛圍，包含來自行動者本身的影響。或者說，如果這裡試著分離出結構性因素，把焦點集中在常規造成的平淡節奏，我們可以從研究對象身上感受到，整體無力氛圍不只是大環境造成，也來自於熟稔常規之後的平淡節奏，有著個人層次的歸因。第六章描述的《生命力》實習記者便說明這種狀況，這些工作環境單純、不需要承受強大結構性壓力的實習記者，在熟稔每週工作模式，接受常規洗禮之後，於學期末，同樣進入平淡節奏，按表操課，逐漸失去學期初的工作動力。

線上工作者也不例外，甚至因為長期工作，以至於醞釀出一個無動力自我。部分研究對象便陳述自己剛入行時的熱情與抱負，有人想要維護社會正義打抱不平、有人想做批判政府的熱血青年；有人則是想像主播工作光鮮亮麗而進入新聞工作，或是為了看到自己喜歡的偶像而做影劇記者。他們具體說明自己在做第一份工作時，什麼都肯做，也小心謹慎去做的心情，不在乎自己是在小媒體。只是相對於幾年後的現在，他們坦承自己熟稔於工作，每天重複同樣的事，失去原先熱情與理想，是在「混日子」。部分報社記者承認，當下只關心每天是否可以生出新聞交差了事，沒漏大獨家；編輯則只在意該版記者是否準時供稿，不致害他無法準時編完版面。或者即便是從事外界羨慕的新聞播報工作，一位研究對象也坦白表示工作到後期，她開始不事先順稿，便直接進棚播出，形容自己不太敬業，喪失熱情。

整體來說，他們陳述著「只是一種工作」的基調，然後在常規的重複與平淡節奏中，進入無力狀態。仔細觀察，這種無力狀態一方面涉及實務工作者本身的偷懶與自我放棄，例如主播不事先順稿、影劇記者照公關稿寫新聞的行為，多半是與這些研究對象自恃工作技術純熟，又不想認真工作有關，無涉於結構外力，或者反過來，主管更不會希望他們這麼做。另一方面，這種無力則是較不自覺、至少並非刻

意的結果，在組織分工情境下，因為不斷重複同樣工作方式，而產生嚴重的異化現象（Erikson, 1990；Form, 1987；Leidner, 1993）。

然而無論是偷懶或異化，平淡節奏最終慢慢磨去可能的稜角、熱情或執著，蝕刻出一個無動力自我。兩位自認當初喜歡新聞，才進入這行業的報社記者便不約而同地表示，工作十多年後，他們可以掌握節奏輕鬆工作，但工作帶來的刺激，自己投入的時間與熱情都大不如前，小孩與家庭更瓜分或取代有關新聞專業的承諾。因此，他們在訪談中坦白自己缺乏動力，缺乏對新聞工作的原初感動，有些偷懶，反正就只是做著。或者他們隱約表達對於專業的虧欠，談論尋找新出口、重新為工作點火的方法，想要重新找回動力。只是這種過程同樣有些力不從心，甚至在媒體環境變壞之後，最終離開當下崗位。也因此，常規造成程式化的身體，然後形塑出一個無動力自我。

不過不可否認地，常規無法單獨解釋台灣媒體當下的無力氛圍。因為即便新聞只是一種普通工作，理論上，有心工作者還是能夠在常規的平淡節奏中，察覺自身能動性，建立屬於自己的存在價值，並非如同當下，集體沉浸在平淡無力之中。因此，有關解釋終究需要回到結構性因素，以及以生存為主的工作心態。當下強大無力氛圍像是內外交攻的結果，常規帶來的平淡節奏讓人由內產生無力與異化情緒，不自覺放棄自我超越的動力，而結構性因素卻又再從外部強力施壓，封鎖住理論上存在的能動性空間。於是，兩者如同取得共鳴般地製造出當代新聞工作強烈的無力氛圍，進入灰暗時代。

這種狀況類似 Cohen 與 Taylor（1992）對於重型犯的觀察，當監獄內的各項生活瑣事一一被摸索完，進入常規生活階段，幾乎不可能被改變的外在結構，加上每天重複同樣作息方式，同時從內外兩方面，讓犯人感到無力改變現狀的絕望。因此，他們顯得異常消極被動，根本喪失生活與存在意義，面對眼前漫漫生活，只是一天天捱過。相對地，當研究對象隨著常規進入平淡節奏，或者開始就沒有熱情與想像，配合強大

結構壓力，便也同樣進入一種集體灰暗時代。在其中，絕大多數研究對象就是順著與組織校準好的常規，程式化地完成每天工作，不抗拒、也不思索組織要求的合法性。然後面對未來依舊長久的新聞工作生涯，就只是無動力地工作著，不問工作意義、也不問自己為何繼續從事這份工作，缺乏自我超越的動機，就只是繼續做著，停留在最基本的生存層次。

因此，在集體灰暗之中，大多數人選擇了無力與沉默，只是一天天過日子。有些人自知改變不了什麼，也提不起勁去改變，但又有些不甘，所以偶爾回以犬儒式嘲諷，如同第七章有關抗拒策略的討論。或者他們依然需要在生活中找到某些快樂，只是快樂通常來自工作周邊，而非工作本身的成就感。例如 SARS 疫情經歷一段時間之後，新聞跑無聊了，又不能不跑，於是幾位同業聚在一起，便開始拿某些官員的行為開玩笑。主管每天在重複處理大量新聞之際，則會藉由集體批評與討論新聞當事人的行為愚蠢，藉此放鬆自己。

再或者，較為正面的快樂來源是採訪到自己喜歡的運動選手、音樂家，靠關係取得演唱會的票，或其他方便之門。不過，這些快樂固然可以紓解常規工作的無聊（Taylor & Bain, 2003），但終究是短暫的，時間一到，還是要回到工作之上，為生存繼續重複不知何時會結束的新聞工作生涯。或者說，這些快樂的確為研究對象帶來工作滿意度，但追根究柢，這些滿意多半是來自周邊，所以他們也還是用簡單、方便、常規方式跑新聞，然後等到該看的明星都看過了，也就徹底感受無聊。或者主播做久了，也就不新鮮了，開始不順稿播出，甚至在進廣告空檔，用棚內的監看電視機觀看別台正在播出的娛樂節目。

二、消失在集體之中的新聞工作者

當本書來回於結構與行動者、個人與集體之間進行分析，我們發現更棘手的是，這種順著常規工作，以生存為主的工作心態，具有集

體層次意義，或者會轉換成一種集體層次行為，然後指向個人消失在集體之中的問題（Jaspers, 1957；Novak, 1970；Patka, 1962）。在集體中，不問存在意義，也沒熱情，最終回頭更加穩固了集體灰暗時代。

　　一直以來，無論是在理論層次，新聞專業論述強調依照專業，獨立自主完成任務，或是在實務層次，基於對獨家新聞的渴望，以及依照各自路線與版面完成工作的現實分工安排，都經常展現新聞工作者單兵作戰的形象，個人工作能力則意味著專業榮耀，例如跑到大獨家新聞。然而，新聞工作終究有著集體性，而最基本的集體性發生在組織層次。

　　常規校準過程就意味著個人被組織同步機構化，行動者個別處理新聞的方式因此受到集體約束。只不過在以往黃金年代，封建體系讓個人保有較多空間，以致這種約束較不明顯，但進入當下以生存為主的狀態，當每位新聞工作者均察覺現實壓力，只需依照組織要求方式處理新聞，不必有個人想法，那麼他們便會在各自位置上，用想像中組織要的方式，自動自發地選取類似性質的新聞、固定採訪對象與新聞寫作方式。然後在組織必要分工之下，組織集體性開始取代個人差異。大部分新聞工作者如同被規格化，下意識地配合組織要求，在集體中重複自己分得的工作，長久下來，在程式化身體之上看不到個人風格，不需要個人意志與工作熱情，也不必思考工作意義與自我認同這組問題。

　　然而，集體性也自發於同業之間，例如記者與消息來源的互動方式便大同小異，各報社的路線分配方式也差不多，以至於新聞來源都差不多（Gans, 1979；Shoemaker & Reese, 1991）。我們發現，同樣是在以生存為主的工作心態中，因為害怕獨漏新聞、害怕某些新聞較晚播出造成觀眾轉台，新聞工作者開始學習彼此新聞處理方式，記者會在新聞現場盯著競爭同業採訪了誰、問了什麼問題、去了哪個辦公室；製作人會監看友台新聞播出順序，隨時調動自己的播出順序、決

定何時進廣告、何時進整點新聞片頭；編輯主管則忙著複製別家報社的成功新聞處理方式，以致同時間出現一堆八卦新聞、爆料新聞。也就是說，在當下台灣採用的廉價版資本主義規則中，競爭並未帶來預期的創新（Bessant, 2003；Gustafsson & Johnson, 2003），反而因為競爭之故，集體複製彼此工作方式，因競爭在同業間形成集體性。不過，同業之間除了這種因競爭造成的集體性，還存在另外一種以「省力」、「安全」為主的集體性，而兩者同樣具有殺傷力。

　　事實上，這種方式早已存在於過去，例如三兩位同路線記者好友，會事先商量並分配好當天各自要出席的記者會，然後再於事後交換現場取得新聞資料，用這種較為省力的方式完成每天工作。或者某些具有固定採訪地點的記者，通常會由資深記者領軍，集體進行採訪、集體跟相同新聞事件、集體分享新聞線索、用類似新聞切入點。一位習慣獨自採訪的研究對象便描述，這些常規工作方式是種集體自保策略與默契，因為如此一來，比較不會造成因為某人發出獨家新聞，害其他人被主管唸的情形，而且一旦新聞出錯，是大家都錯，然後因為是大家都錯，就不是大問題。

　　只是隨著愈來愈嚴峻的工作現實，因為所屬媒體給予資源不夠，同時夾雜著省力偷懶因素，這種集體工作方式被進一步發揚光大，實務工作者也更大膽、更明白地跨越媒體競爭界限，創造出集體跑新聞的常規。舉例來說，對大部分電視台駐地記者來說，面對一人負責一縣市、不能獨漏新聞，而且平日得不到台北編輯台人力支援的工作結構，他們便像是在半推半就之間形成跨媒體的策略聯盟，發展出聯合供稿的常規作法。例如白天一同出機採訪，甚至由一人問問題，相互照應，以確保大家有一樣的新聞；晚上則有固定輪值記者，應付夜間突發新聞，把拍到的畫面讓各台一起使用，不需每天晚上都得擔心要出門跑新聞。或者，倘若不幸遇到機器出問題沒拍到某則新聞畫面，甚至因為偷懶等私人因素，錯過某場新聞事件現場，還能夠拷貝別台

畫面，拼湊出新聞交差。另外，這種集體行為近年來也反應在利用 MSN 處理新聞之上，記者間不必見面、不打電話，便能更有效率地集體工作，他們利用 MSN 分享每日新聞線索與行程，互通有無；聯絡集體採訪時間、討論要問哪些問題、新聞切入點、新聞要如何做；一旦當日採訪行程眾多時，則利用 MSN 進行任務分配。

從權力控制角度來看，我們可以發現，這些集體工作常規帶有平民抗拒策略的成分。在以生存為主的狀態下，當實務工作者必須面對人手不足、資源不夠現狀，又不敢直接拒絕組織與主管要求時，這些作法便像是轉個彎、自力救濟式地透過同業間合作，策略性回應了組織要求。而組織雖然不見得滿意，但在自知無法派出更多人力的狀態下，經常也就睜隻眼閉隻眼。只不過回到本章脈絡，集體工作還帶來另一項深層影響，也就是集體運作的結果，經常硬是將相同路線記者集合成一種神經元式網絡，工作單元不再是個人，而是集體。在集體網絡中，原本應該獨自工作、相互競爭的記者，開始相互支援掩護，改用省力方式完成工作，甚至藉此偷懶起來；或者反過來暗地相互牽制與監管，避免同業之間有人表現過於突出，影響到其他成員在各自所屬媒體內的位置。

這種以集體做為工作單元的狀態，造就出各家電視台有著十分類似的地方新聞，甚至因為是一台出機、多台分享，而出機記者又不敬業，只做簡單拍攝，以致在缺乏素材可供剪接的狀況下，出現各台新聞連畫面都一樣的尷尬現象。另外，這種集體作為更進一步指向新聞工作本質的重大改變，新聞不再是依照個人能力產製，或者透過具名標示出個人專業聲譽與榮耀的專業作品，而只是一群人基於工作的理由，集體蒐集素材、分頭加工成不同版本，最終交給所屬媒體的新聞稿與新聞播出帶而已。

「大鍋飯」工作方式將實務工作者帶入一種個人消失於集體之中的現實情境。對於習慣、甚至樂於集體工作的實務工作者，集體是種安

全依靠，但卻需要拿自己的存在價值去做交換。當他們習慣順著集體完成工作，不只減少了個人因成功作品而被指認出來，或成名的機會。更重要地，受集體庇護，躲藏在集體中的個人，也不再需要在意自己風格，亦不需要思索工作意義與自我認同等問題，唯一需要做的，便是跟隨集體方式持續工作著，如此使得原本存在個人身上的個人性，終究消失於集體之中。最終也因為順著集體工作，隨著集體一起向下沉淪。

因此，回到當下以生存為主的現實脈絡。我們主張，在結構與行動者交纏作用之下，常規造成的無動力自我，以及個人性消失的問題，像是在原本就已結構不良的工作情境中，再度殘忍地投入更多消極因子。然後這些複雜原因的共同集結，造就了當下集體灰暗時代，整體呈現存在主義擔憂的無力氛圍。缺乏意志與熱情的新聞工作者，就只是跟隨集體一起做著，不問個人風格；不問自己為何從事這份工作、自己是誰，與別人有何差異；忘了自己具有主體性，可以擁有屬於自己的存在價值。

貳、新聞工作意義的轉變

一直以來，在新聞被認定成一種專業的狀態下，從事新聞工作的意義，以及工作帶來的自我認同，像是組早已被規劃好答案、存而不論的問題，新聞學術與實務場域似乎都未給予特別關注。但不可否認地，置身在工作成為現代生活重心的社會，這組問題卻始終是個大哉問，普遍影響需要工作的每個人，也引起社會學者從不同角度進行討論（Abbott, 1993；Doise, 1997；Wollack, Goodale, Wijting & Smith, 1971）。而且特別是在新聞工作進入集體灰暗時代的當下，當來自新聞專業論述的各種設定逐漸崩解，工作意義與自我認同的重要性更是被凸顯出來，引發的困境亦比其他產業來得嚴重。

　　我們透過長期觀察便發現，前述各種原因造就的集體灰暗時代，正指向工作意義與自我認同困境的浮現。雖然因為大多數研究對象對於這組問題缺乏深入思考，展現一種想像貧瘠的狀態，但不可否認地，在其中，新聞工作的意義的確出現重大轉換，原先具有為社會公眾服務的專業意義開始被邊緣化、世俗化；相對地，自我認同問題也隨之出現後現代式困境，以不同方式困住當下實務工作者。基本上，工作意義與自我認同之間具有連帶成分，共同造成新聞工作本質上的重大改變，然後同時向兩方面延展，一方面回到後設層面深層影響存在價值困境，另一方面則進入實踐層次，影響實際工作方式與風格（Watson, 1993）。不過，基於文字書寫邏輯的必要性，我們將在盡力保持連帶成分，避免過度切割的狀態下，拆解成兩部分進行論述。接下來先以工作意義為主軸，整體說明這組困境的出現，然後描述工作意義的轉變，下一節再集中焦點討論自我認同的困境。

一、「工作意義」開始成為問題

　　事實上，如同生存問題一樣，在新聞專業論述尚未失去權威，同時不太需要擔憂謀生問題的過去，從事新聞工作的意義，也包含新聞工作者的自我認同，似乎都不是個問題，並未受到應有的關注。或者說，於新聞專業論述關照下，這些問題像是已經被清楚界定好標準答案，不太需要花時間思考。就工作意義而言，新聞與一般工作不同，是種專業，具有為公眾利益服務的意義，而非單純謀生功能的普通工作。然後透過集體規訓，加上謀生無慮，以往實務工作者似乎也願意接受這種帶有榮譽與使命感的工作意義，沒有提出太多質疑。相對地，學術場域則對這組自己參與建構的標準答案，保持著存而不論的立場，在此基礎上，反覆論述標準的新聞工作應該怎麼做，並未回到後設層次進行更多思考。

　　因此，我們大致可以發現，即便在過去，組織場域內的人情關係與人性本質，會使得新聞專業無法被徹底執行，而當時也有把新聞當成謀生職業，甚至跳板的人。不過無論如何，特別是在本書研究初期，以及資深新聞工作者對於過往的回憶，經常符合新聞專業論述描述的工作意義。再或者說，即便在明的層次，有人偶爾想要偷懶，但也不敢悖離過多，以免成為千夫所指的對象；在暗的層次，雖然工作場域從未成為百分之百的專業場域，總有著暗地妥協、人情運作，但表面上還是維持新聞專業的樣子。

　　不過，儘管專業標示著某種職業驕傲，設定了專業工作的意義與規則，但在實際場域，工作意義終究不是被專業壟斷的、封閉的，工作者可以有著屬於個人的工作意義（Kelley, 2002），發展出屬於自己版本的工作目標與作法。這種建立個人版本工作意義的可能性十分重要，理論上，它象徵著多元景緻，更意味個人可以在工作中建立主體性，找尋屬於自己的風格。只是如前所述，在過去專業被奉為圭臬的年代，工作意義顯得理所當然，至少檯面上不成問題。

　　然而，隨著黃金年代消失、新聞專業論述崩解，情況有所改變，實務工作者開始感受到工作意義逐漸成為問題。這種轉變一方面牽動自我認同的改變，另一方面則連同於自我認同改變，含蓄、暗地帶引出有關存在價值的整體困境。一位資深報社記者近年來的論述轉變，便相當具代表性地說明工作意義在當下開始成為問題，不再是那麼理所當然，甚至成為困擾。當然，有此感受的研究對象不只一位，而這種轉變也衝擊學術世界對這組問題的標準想像。

　　反覆參照從 2003 年起與這位研究對象的互動經驗，我們發現，大約是在第一年，這位報社記者對於自己的工作還保有著正向描述。同時，類似那些與她同期，同樣抓住黃金年代餘韻的研究對象，她幾乎不曾主動討論工作意義問題，或者回答相關問題時，則表達出「就是那樣」的理所當然。實際反應在行為層次，這位報社記者

像是沒有困惑地在路線上勤跑新聞經營多年，遇到政治人物試圖干預時，會憤憤不平，甚至出言回嘴；堅持不碰編業合作新聞，偶爾會酸主管一下；更有著公認的正義感與直腸子，對公共利益與弱勢團體持續關懷，主動幫忙他們。她的平日話語與實際行動共同顯示，在過去，新聞工作對她的意義是那麼理所當然，她相信新聞工作所具有的社會意義，而且享受因此而來的成就感。

只是也就在近兩、三年，在她持續擔心自己報社會進行裁員整併，卻弔詭看著其他報社陸續關門，同業遭遇裁員困境的同時，這位研究對象不時陷入憂慮之中。一方面擔心自己會丟工作，數次表示自己要準備轉業，或者都快沒飯吃了，還抗拒什麼。二方面，隨著掙扎轉向生存工作心態的過程，我們可以發現，她雖然並未直接使用工作意義、自我認同、存在價值這些名詞進行描述，但當下困境卻也讓她在談話或抱怨中，開始觸及工作意義這個後設層面的問題，而非如同過去，總在存而不論的基礎上，直接說明新聞工作應該要怎麼做。

因此，對照當下寫實改變，她開始回憶起過去可以依照專業判斷，去跑自己認為重要的新聞，然後從中得到快樂與滿足感。懷念在主管默許下，可以迴避編業合作新聞，單純做新聞的時光，不必擔心跑新聞兼拉業務，讓她有著拿人手軟的不安。這些交錯於過去之間的回憶，意味著她開始察覺工作意義的改變，當下新聞工作的意義似乎不再如同過去一樣那麼理所當然。進一步，也就在她發現對報社來說，新聞不再是專業，而是利潤，同時自己很有可能失業之際，她也開始了解新聞工作對自己而言，「就只是一份工作」的成分愈來愈濃，不再像過去具有服務大眾、關懷社會的神聖意義。甚至更直接地，當她察覺到報社開始重視地方中心主管業務能力，而非新聞能力，相對地，主管本身，以及周邊同事也願意接受這樣的角色認知，更讓她開始徘徊在記者與業務員間，產生自我認同問題。

　　整體來說，雖然時間點很難明確切分出來，研究對象也不見得清楚意識，但大概到第二波研究訪談，也就是 2003 年左右，我們在研究觀察中似乎還未發現工作意義開始成為問題。只是在此之後，隨著台灣新聞產業結構快速惡化，前位資深報社記者的經歷便也成為某種典型個案，研究對象開始程度不一地感受工作意義困境。在擔心、反諷與抱怨中，懷疑自己的存在價值，不知自己為誰而戰、為何而戰，而且愈是晚近，無論是正式訪談或平日觀察，這種情形愈是明顯。當然，我們也不否認，有人根本未曾意識到、或不把這當成問題。

　　這種發生在實務場域的轉變，也意味著學術場域調整研究焦點的必要性，應該開始關切工作意義與自我認同問題，而非再繼續存而不論，或只是想用原有立場批判當下實務工作者墮落。畢竟，如同前面所述，當我們難以改變實務場域遊戲規則、不能阻止新聞專業論述的崩解失勢，但又無法期待缺乏工作意義、渾渾噩噩的實務工作者會有做好工作的可能性，那麼更積極的處理方式或許便是暫且跳脫過去立場，回到後設層次厚描當下實務工作者如何處理工作意義，然後連同下節討論的自我認同，以更為寫實方式尋找從集體灰暗時代脫困的方式。

二、工作與新聞工作的意義

　　當下新聞工作者感受的工作意義轉變，反應當下以生存為主軸，失去專業標竿的特殊狀態。不過對於實務工作者而言，理論上，工作意義不只是浮現出來、不再理所當然而已，更具體指向當代新聞工作的困境。或者積極來看，它訴說著個人為何要從事新聞工作，從中得到哪些滿足，然後個人所認定的工作意義，將影響個人看待自我的方式。

（一）經濟、道德與專業意義

　　如果先不考慮個人可以建立屬於自己的工作意義，就共相而言，工作具有經濟與道德兩層面的意義。前者不難理解，大部分人工作的

目的是為了賺錢，為了養家餬口。不過對當代人來說，經濟理由並不足以窮盡所有意義，明顯地，它便無法解釋為何有人會在經濟無虞狀況下持續工作，也無法解釋為何有人願意拚命工作。相應於此，部分研究從工作倫理角度提出，工作在當代社會所具有的道德層面意義（Grint, 1991；Noon & Blyton, 1997；Nord, Brief, Atieh & Doherty, 1988），這部分解決了上述問題。

　　Anthony（1977）便順著清教徒倫理的脈絡，說明現代社會的工作倫理如何成為資本主義的意識型態，形塑出工作對於個人的道德意義，使得工作在社會中的道德位階高於休閒等活動，工作本身就是種美德，然後連結至勤勉、順從、誠實等特性。或者，Bauman（1998）也從工業化早期，資本家需要促使大眾投入工廠這種新型態生產方式的角度，說明工作倫理扮演的意識型態功能，最後促成類似的結論。整體而言，在工作倫理帶引的道德判斷下，工作被塑造成是好的、是道德的，而失業則是不道德、有違社會常態的。因此，工作本身便是意義所在，標示著道德層次的意義。對許多人來說，工作的意義是在盡道德責任，例如男人要有養家的責任，不工作有損自己身為男人的形象，而工作則意味自己盡了男人的責任；有人則是透過工作表示自己是勤勉、有用、有紀律的人，以符合當代社會要求，而非被當成是遊民或廢人。或者，有人利用更為認真的工作，表示自己比別人更為勤勉、更為有用、更為有紀律，也更具有存在價值。

　　不過就新聞工作而言，在經濟與道德這兩個共相意義之外，有關工作意義的討論還需要加入另一個共通面向，也就是前面多次提及，新聞所具有服務社會公眾的專業意義。或者更精確的說法是，我們發現，在生存無虞的過去，對於部分研究對象來說，新聞工作的意義來自專業的榮耀與成就感。前面描述的資深報社記者便是如此，在轉折到生存工作心態的同時，她便抱怨當下事事考慮利潤的工作方式缺乏意義，並且表示新聞工作的意義應該來自專業、為公

眾服務。而這種說法也印證於實際行動之中，她會因自己跑的新聞有幫社會做些事，或幫到該幫忙的弱勢者，而在成就感與榮耀中，感受到自己從事新聞工作的意義。

另外兩位在 2000 年訪問當時，主跑勞工與弱勢團體的記者也有類似狀況，他們知道自己路線是冷衙門，不受報社重視；了解組織權力的存在，也擔心得罪人，但他們當時卻有著相當堅持，透過不同平民策略突破困境，寫出不少好新聞。這些在冷門路線上的堅持作為，意味著新聞對這兩位記者不只是賺錢工作，否則他們會選擇用輕鬆方式做新聞；相對地，他們會因為讓冷門勞工新聞上頭版引起重視，能夠幫助弱勢團體在報紙上發聲，而感到自己的存在價值與新聞工作的意義，也持續努力勤跑新聞。

（二）工作意義的轉變

同樣地，先不考慮屬於個人的工作意義，理論上，經濟、道德與專業三種意義，大致交錯出新聞工作的意義，只是隨著時間以及世代差異，我們感受某些重要改變。首先，改變便是出在以生存為主的工作心態中，工作的經濟意義被清楚凸顯出來，甚至被放大到極致，相對地，專業意義則被邊緣化。這種狀況明顯反應在研究對象諸多行為層面，因為這前面已多有討論，此處便不再贅述。

另一種改變發生於新舊世代之間。Robbins（1996）從工作價值觀角度說明不同世代對於工作看法的差異，他發現在 1940 年代中期到 1950 年代末，進入美國職場的工作者，處在前述的新教倫理階段，會努力工作、保守謹慎、對組織忠誠。1960 年代到 1970 年代中期則是處於存在價值階段，注重生活品質、尋求自主、忠於自己等。1970 年代中期到 1980 年代末屬於實用主義階段，強調成功、成就、抱負、對生涯忠誠等。1990 年代之後，則是 X 世代，強調彈性、工作滿足、休閒時間、對關係忠誠等。

　　Robbins 是針對美國情境的分析，不過整體來說，也的確反應了年輕工作者追求個人滿足的整體趨勢（Twenge, 2006／曾寶瑩譯，2007）。林富美（2006）分析台灣新聞工作者世代差異亦發現，舊世代記者任勞任怨、傾向自我要求與自我約束、重視倫理輩分，工作目的除了是找一份安穩工作外，還會有國家社會大我的價值感。新世代記者則重視工作能否帶給自己滿足，較以自我為中心，在意薪水、休假制度等，工作目的多半是為了賺錢，很少涉及國家社會，而本書研究結果也呼應這樣的發現。

　　我們發現，為錢工作的成分，或只是為錢而工作的人，存在於每個時代，事實上某些資深新聞工作者偷懶起來更是不遑多讓，不過平均來說，資深新聞工作者身上也相對顯露更多道德與專業的工作意義成分。特別是在過去，他們不用主管交代，便會主動把手邊新聞處理完畢再下班，也不填報加班，或者因為加班過多，造成每年總是數十天、甚至上百天積假；在放假期間繼續緊盯手邊新聞個案，乾脆回報社處理公事、邊度假邊發稿；每天上班前必看完幾份大報、隨時打開電視聽新聞，或者幾位資深研究對象比一般記者更早上班、更晚下班，緊盯自己負責的版面與時段，要求準時、親自看稿、要求記者重新修稿，然後因為這些要求，讓配合的年輕工作者感到不舒服，認為他們過度囉嗦。

　　相對地，如同資深新聞工作者對於年輕新聞工作者的描述，以及本書的實際觀察結果，我們整體發現，相較之下，年輕記者更為在意休假、在意主管是否會唸人；採訪時，經常缺乏事前準備，以致只能拿著麥克風，等老記者問問題，甚至連院長級的新聞當事人是誰都不知道；在跑新聞時總是遲到，或者因為顧著聊天，讓新聞播出帶總是拖到最後才匆忙交出；甚至於新聞開播前十分鐘，還不見人影，然後在同事緊張萬分打電話找人的狀況下，認為同事催促的動作實在很囉嗦。

　　我們了解造成上述狀況的原因很多，例如封建性格讓資深新聞工作者特別願意對組織效忠，自願做得更多。另外，這裡也不在批判年輕記者，畢竟把工作當成生活的全部，是種選擇，但不見得是唯一選擇，而且在當下，即使是資深新聞工作者也不同程度地進入以生存為主的工作心態。不過我們的確發現，無論是毫無怨言，或邊抱怨邊工作，特別是在過去，更多比例的資深實務工作者，展現出新聞工作所具有的道德與專業意義。對他們來說，努力工作像是內化的工作倫理，工作本身便是意義，帶來存在價值，而努力為專業工作，則進一步實踐了做為新聞工作者的榮耀與成就感，最終，他們透過工作展現自己的勤勉、紀律，企圖成為長官喜歡、同事尊敬的人。因此，老報社記者通常都有隔天看報的習慣，看看對手報記者寫了些什麼，與自己有何差異，或者昨天讓對手搶了獨家新聞，今天一定補一則回來的氣魄。只是終究地，在當下這個以生存為主的工作場域，道德與專業成分隨著時間逐漸流失，留下為錢工作的意義。資深新聞工作者也同樣進入後面即將提及的雇員認同之中，以致不再像過去一樣拼命，而這部份將在下節繼續討論。

三、想像的貧瘠：工作意義的單色調

　　道德與專業成分流失，不只意味新聞工作世俗化，更深層指向新聞工作意義的流失，從原先交錯的三種成分，趨同於為錢工作的單色基調。或者說，這裡整體涉及一種想像的貧瘠，因為研究對象對於工作意義，以及連帶的自我認同問題缺乏深入思考，以致許多人在被迫放棄道德與專業成分之後，就只是於模模糊糊之中，趨向為錢工作的狀態，然後再次回向到集體灰暗時代的無力氛圍。他們並沒有因為工作倫理與新聞專業論述崩解，而積極建立起屬於個人的工作意義。

　　事實上從長期來看，有關工作意義的問題整體呈現一種弔詭狀態，即，當下這個看似解放的年代比過去看似約束的年代，展現更為單色的基調。我們發現，在以往具有現代性格的社會，雖然工作倫理與新聞專業這兩組論述，限制了個人對於工作意義的思考，但它們終究也像是兩種內在價值，前者滿足自己是勤勞、有用、有紀律的形象，後者則藉由達成專業設定的關懷社會、監督政府等使命，滿足類似自我實踐或受人尊重的需求（Maslow, 1943）。這兩種內在價值扮演重要角色，關鍵性地促成實務工作者的自尊、工作滿足感與自我實踐機會（Harpaz & Fu, 2002），而不會因為缺乏內在價值，讓工作變得僅具有工具性意義而已（Watson, 1993）。同時也因如此，儘管兩種論述帶有規訓本質，但它們卻也在理所當然間，於為錢工作之外，形成有關工作意義的兩種想像。

　　另外，如同 Goldthorpe 等人（Goldthorpe, Lockwood, Bechhofer & Platt, 1968）發現，除了把工作當成工具，用來賺錢之外，還有其他工作原因與看待工作的方式，例如透過持續努力工作，以自己在組織內的位置做為社會認同來源；藉由工作找到對於公司或同儕的忠誠，建立個人所需的社會關係等。我們的研究也可以觀察到，即便在過去，道德與專業意義像是兩頂大帽子，整體形成工作意義上的理所當然，但部分研究對象，雖然人數不多，或不自覺，也可能隱藏著其他理由從事新聞工作。有些理由接近道德與專業意義成分，例如幾位解嚴前後投入新聞工作的研究對象便程度不一地表示，當時新聞工作的意義在於可以讓他們見證和參與台灣民主關鍵時代的轉變，可以做些什麼改變社會，只是不可否認地，到現在，這些熱血青年不是退出新聞工作、轉進以生存為主的工作方式，便是同樣進入廉價版資本主義邏輯。

　　有些理由則是基於封建性格的影響，我們從部分資深實務工作者談論自己如何與主管互動的過程中，感受到新聞工作意義混雜了效忠成分，他們像是在為組織與主管工作，從老闆與主管賞識之上

取得成就感，然後願意更為他們拚命工作。反過來，遇到主管換人，則在抱怨新主管採用的種種新作為之間，承認失去原先工作的拚勁。

　　不過弔詭地，在後現代成分濃厚的當下，當新聞工作意義開始與新聞專業脫勾，實務工作者像是被解放出來，理論上開始擁有更多為自己工作的空間，可以建立屬於個人的工作意義。或者說，這種脫勾也意味著個人更需要回頭思考工作對於自己的意義，從中找到屬於個人的內在價值，否則在失去圭臬之後，很容易跟著集體共同失去方向。只是事與願違地，在大多數人為生存拚搏過程中，他們似乎如同延續著過去習慣，不太思考工作意義的問題。因此，新聞工作雖然從專業意義中解放出來，但它們同樣錯失了所有職業理論上具有多樣性意義的可能性（Fine, 1996），以至於大多數實務工作者未能因此開展出屬於個人的工作意義、自我認同與工作方式。

　　基本上，這種不太思考的習慣，部分是因工作意義具有濃厚後設成分，不易被察覺；部分則是如同前面所述，因為過去新聞工作者習慣工作倫理與新聞專業兩種論述，以致疏於思考工作意義問題。不過無論如何，在過去，工作倫理與新聞專業論述總算是在為錢工作之外，提供了其他的工作意義選擇，滿足工作的內在價值。可是當實務工作者在集體灰暗時代，遭遇強大生存壓力，以及倫理與專業崩解的後現代事實，他們便得面對道德與專業流失之後，解放帶來的空隙，需要思索自己工作的意義，即便思索的結果仍是道德的、專業的，但思索動作便已意味著個人在此問題上的主體性，不是任由其放空。只不過實務場域經常發生的是，思索是少見的，以致呈現一張貧瘠的工作意義圖像，在其中，缺少了過去的倫理與專業選擇，也經常缺乏屬於個人成分的想法，而就只是為錢工作，或乾脆進入某種放空狀態，順著集體，趨向於為生存工作。

　　因此，我們普遍發現，研究對象雖然或直接或間接地表達出，當下有關新聞工作意義的疑惑，但除了為錢工作之外，他們卻很少

再進一步具體描述工作意義是什麼。這種模糊回答便透露著想像的貧瘠，平日缺乏充分深入的思考。當然，在這種貧瘠想像下，我們還是發現有研究對象試圖追尋屬於個人的工作意義與自我認同。

　　一位從商業電視台轉到宗教電視台工作的研究對象，便在對比當下與過去工作經驗時，表露新聞是種懷抱普世大愛的工作。她表示，有時候雖然還是會為商業電視台較高的薪水動心，但卻也從志工的肯定，以及和志工一同工作過程中，感受到當下工作是種福報，有著榮耀與光明面意義。她也清楚回答，對於自己來說，新聞工作的意義不是學校教的執行正義或監督政府，而是傳遞良善價值觀的工作，是用自己作品傳達自己覺得是對的、真善美的思想；自己是抱持結好緣、結善緣的角度從事這份工作。或者她更會因為自己做的新聞啟發觀眾善心，而感到新聞工作價值，不再如同以往在商業台工作經驗，「每天回到家都不知道今天自己做了什麼」，不知道每天採訪工作的意義是什麼。

　　這位研究對象的例子，一方面說明貧瘠想像並非必然的宿命，二方面則說明了建立個人工作意義的可能性與重要性。這位研究對象了解自己從商業電視台跳槽過來的初衷，也逐步體悟與發展出當下工作對於自己的意義，然後在這樣的基礎之上，或許更重要的是，我們感受到她與一般研究對象在自我認同上的差異。她比大部分研究對象更為關切自己是誰、做了什麼事，而帶有宗教成分的工作意義，以及帶有宗教成分散播大愛的自我認同，則於無形中讓她放棄原先新聞處理方式，重新建立了相對應的工作常規，甚至調整了日常穿著與行為舉止。例如，如同研究對象自己所述，遇到採訪對象於鏡頭前哭泣的時候，她不再是以記者角色出現，而會用同理心與受訪者互動，也因此她不會如同在商業電視台的工作方式，將採訪對象的眼淚當成新聞賣點，消費對方的悲傷。而她也清楚陳述，相對於不少同事還是為工作而工作的狀態，自己知道自己在做什麼、想要什麼、想做怎樣的人，

然後在當下宗教電視台內，是快樂的、願意接受該新聞台的規矩、中心思想與新聞處理方式。

四、困在貧瘠想像中

本書強調個人工作意義，以及自我認同在集體灰暗時代的重要性。如同前述把新聞當成傳遞良善價值觀、啟發善心的研究對象，或者解嚴前後投入新聞工作的熱血青年，他們對於自己的期許、工作方式，便不同於為錢工作的研究對象。再或者，一位受過正統新聞教育，心中還殘存傳統專業工作意義的主播，便坦承從無線台轉到有線新聞台之後，自己的確做出妥協，感到無力，同樣轉向收視率模式，但相對於其他主播，她會在表演程度上做出收斂，不會拿道具上主播台。或者她也承認自己沒有勇氣拒絕八卦人物新聞，但會設法加上一些社會觀察，而非只是為了收視率而拚命開稿，大做這些新聞。

我們主張，建立個人工作意義，以及連帶的自我認同，將共同影響新聞工作者對於自己的期許、實際工作作為，以及自我超越的可能性。只是如同前面所述，大部分人對於工作意義的貧瘠想像，以及連帶發生的自我認同貧瘠，卻像是反過來，相對複雜地為自己鋪陳出整體困境，而困境至少有著兩種意涵。

首先，困境可以是相對具體與務實的。對部分資深新聞工作者來說，在選擇轉向生存工作心態的同時，便因為缺乏想像，而程度不一地遭遇工作意義與自我認同上的困境。我們發現，發生在最簡單或較淺層次的是，這些經歷新聞專業論述崩解，面對強大生存壓力的人，隱約感受工作意義出現變化，也隱約感受存在價值的迷惑，不確定當下新聞工作的意義是什麼，迷惑於自己到底是誰。

另外，部分新聞工作者則有著更深的體悟，他們察覺原先習慣的工作意義與自我認同不再可能實踐，因此得開始說服自己接受現實，

然後在說服過程中來回質疑自己。或者幾位研究對象在做為主管之後，更因為升遷、職場倫理，不由自主地迎合老闆期待，然後在迎合中不只是迷惑，還會進一步感到掙扎矛盾。他們偶爾會質疑自己，除了賺錢這項理由外，為何還要從事這份已不是專業或初衷的工作，也不知道在專業褪去、以利潤為主的當下，這個從事新聞工作的自己到底是誰？只是同樣地，他們似乎也停留在矛盾掙扎層次，並未再進一步思考各種具體可能性。

其次，困境則是發生在理論層次。對於其他未意識到，或「無所謂」的人而言，這組問題雖然並未直接構成困擾，或者說，我們也同意「無所謂」是種個人選擇，而且可能是種輕鬆選擇，不會因為想多而困在那裡，更加無力，但一般來說，只要我們對於新聞工作仍有期待，認為新聞不只是工作而已，那麼，困境便是更為整體，也更為根本地展現在理論層次之上。畢竟，「無所謂」只會讓個人更無所作為，無法取得解放之後的積極可能性。

我們發現，對於部分記者，因為沒有經歷工作倫理與新聞專業兩種論述的洗禮烙印，或者本身具有不相信大論述的後現代性格，使得他們沒有那種曾經滄海難為水的壓力感受。新聞專業像是印在教科書中的文字，新聞就只是一份工作而已，與專業無關，或者除了社會公器這些抽象名詞之外，他們也無法具體描繪專業到底是什麼，然後經常就只是為錢工作著。

整體來說，我們了解無論是成為具體問題，或理論層次問題，實務工作者都缺乏了相關深入的想像，讓他們只能模糊面對當下工作，也模糊於找不到工作意義、自我認同與相對應的工作方式。我們也了解，無論是迷惑、矛盾掙扎、無所謂，結構因素都扮演了相當角色，因此，透過改變結構的方式或許可以改變部分困境。不過相對地，我們也再次主張，這種因為專業退去，彷彿只剩下原始謀生意義的狀態，相當寫實描述了部分困境來自新聞工作者內心，源自一種對於工

作意義與自我認同問題的想像貧瘠。當傳統新聞專業與工作倫理失去
圭臬位置，而他們又未充分思考新聞工作對自己的意義，以及自己到
底要成為怎樣的新聞工作者，便很容易進入當下這種無力放空困境，
困在那裡，在模糊之中，缺乏積極解決問題的可能性。

　　我們主張，新聞專業與工作倫理退去之後，理論上，個人應該擁
有更多空間，去尋找屬於自己的工作意義與自我認同，而無論結果是
否與原先專業意義相同，整個思考過程便也標示著個人主體性的展
現，然後可能因為個人成分的工作意義實際改變當下工作方式，並做
出自我超越的可能性，而非只是順著想像貧瘠而困在當下。或者舉例
來說，即便是因為想做主播而從事新聞工作，也有可能發展出屬於自
己的主播工作意義，以及相對應的自我認同，只是當他們並未繼續向
下思考，那麼工作將損失掉原本可能具有的個人成分，然後與其他主
播一樣，沒有具體作為上的差別。因此，我們接下來將在這項基礎上，
進一步討論自我認同問題，特別是置身在後現代情境，厚描當下實務
工作者如何看待自己，然後企圖藉此回到終極存在價值問題，提供實
務工作者一些線索，可以在他們朝向個人目標前進過程中，看到更多
選擇，也更能做出屬於個人的自我超越策略，而非只是隨著集體，不
思考自我認同問題。

參、自我認同成為重要問題

　　在新聞專業論述失去圭臬位置，同時又無法逃避生存問題之
際，如果我們把焦點從以往對於結構性因素的批評轉移出來，集中
到新聞工作者身上，那麼深層討論自我認同困境的必要性似乎也隨
之浮現出來。一方面因為傳統設定的專業角色認同遭遇後現代式解
離，不再理所當然；另一方面因為在社會批評下，新聞工作逐漸展

現「髒工作」特質，兩者共同作用，使得實務工作者需要面對自己究竟是誰這樣的關鍵問題。理論上，他們將經歷重新建立自我的磨練過程（Ebaugh, 1984），發展新的自我認同，並調整新工作方式。

　　然而儘管理論如此，我們卻也發現，類似前面有關工作意義的討論，大多數實務工作者對於自我認同問題也同樣缺乏深度思考，大致展現一種想像的貧瘠。他們經常不問工作意義，也不問自己是誰，只是跟隨集體隨波逐流式的前進，然後不自覺地陷入集體灰暗時代。而這種發生在實務場域的想像貧瘠，便也像是從另個角度，反向訴說積極理解當下自我認同的必要性。因為倘若我們認為新聞工作不只如此，對現狀並不滿意，那麼在訴諸結構性改變之外，自我認同將影響個人實際工作策略、工作熱情與自我超越的可能性，具有從集體灰暗時代脫困的可能性。

一、新聞專業論述的單純設定

　　如同前面所述，在過去穩定、常規化的工作情境中，新聞工作者的自我認同與工作意義一樣，似乎都不成為問題。新聞專業論述像是幫忙設定好了答案，它們將新聞工作者置放在專業倫理之下，嘗試形塑與規訓出標準的自我認同，由內而外地影響個人行為。在這種穩定狀態下，認同像是被指派的，而非選擇或需要調整的（Howard, 2000）。只是隨著新聞產業情境改變，直接在實務場域瓦解了新聞專業原先的單純設定，加上後現代情境與「髒工作」成分的出現，自我與自我認同的本質又從理論層次做出重大改變。面對這種變動情境，當以往習以為常的認同逐步瓦解，帶來的困惑、緊張等情緒，終於導致認同開始成為一個問題。

（一）專業做為認同的庇護所

　　回到傳播研究，有關新聞工作者角色認知的研究，便像是在新聞專業論述之上，透過事先設計的量表方式，區分出幾套標準角色模型。Johnstone、Slawski 與 Bowman（1972）將美國新聞工作者對自己的角色認知區分成「中立」與「參與」兩種。前者是指新聞工作者認為應該以旁觀立場報導新聞，力求查證平衡報導；後者則是指扮演主動角色，積極挖掘真相，並對新聞事件提出分析與解釋。Janowitz（1975）分成鼓吹者與守門者。Weaver 與 Wilhoit（1986, 1996）區分資訊傳遞、詮釋與調查，以及對立者三種。羅文輝與陳韜文等人（2004）則分析了「對立」、「鼓吹民意」、「資訊散布」、「解釋政府政策」與「文化與娛樂」五種角色，在大陸、香港與台灣之間的差異。

　　大致來說，除了羅文輝與陳韜文等人使用的「文化與娛樂」角色，特別是其中的娛樂部分之外，從後設角度來看，其他角色認知便是整體呼應了新聞專業論述，細部描述專業角色的組成成分。基本上，這些角色認知的討論有助回答本書研究問題，傳統新聞工作者像是在應然面上，被教導有這幾項自我認同，形成對於新聞工作的想像。只是我們卻也主張，這些研究雖然在新聞專業論述之上，提供了新聞工作者看待自我的標準方式，以及該如何工作的標準策略，但它們終究是種基於新聞專業論述的學術建構結果。

　　或者說，這些研究在方法論層次遭遇調查法的若干困境（Marsh, 1984），以至於部分影響了研究解釋力。因為依照調查法邏輯，研究者先是預設了新聞專業的普遍存在，然後以此發展出角色認知的理論框架、完成問卷量表的建構，最終讓新聞工作者進行勾選。所以就研究結果來說，受訪者並非完全依照自己主觀認知做出回答，而是就著研究者框限的答案進行被動勾選。當他們沒有太多個人想法時，經常是參考著應然面標準填答問卷，或者有些時候，他們的真實想法也不見得與問卷上的選項類似。

　　在這種狀態下，雖然我們同意這些角色認知的確反應了部分真實，不過也不可否認的是，在有權力運作考量的組織場域裡，這些有關於自我的理想看法並不是唯一標準。理論上，實務工作者在真實世界看待自己的方式可能更多元，而且跳脫專業框架之外，是十分功利與現實的。也就是說，新聞專業論述設定的角色，只是各種自我認同可能性的一部分，它們具有理想性，但卻不應該被視為現實世界的全部。

　　同時與此有關、也更為重要的是，本書發現，在過去，新聞專業論述不只提供了自我認同的標準答案，而且在大部分實務工作者願意接受，至少不會明白挑戰的狀況下，它像是提供了一個強而有力的自我認同庇護所。在最簡單的層次，這庇護所提供了被社會接受、安穩的自我認同，只要按照規定做事就不會有大問題，所以實務工作者在以往不需要思索相關問題，也不太會遭遇太多的自我認同困擾。進一步來看，庇護所還具有另外兩項較為深層的自我認同功能，首先，在過去，這庇護所像是具有正向吸引力，新聞專業論述塑造的專業角色，提供了足夠的榮耀，讓新聞工作者願意自動進入其中。

　　其次，或許更貼近庇護所的消極意涵是，在這庇護所之中，不管新聞工作者是否夠資格，只要大致表現出符合標準的樣子，他們多半會被社會尊敬，不會從頭到尾地被徹底檢驗。也因此，我們經常在研究中發現，即便資深新聞工作者也並非想像般那麼堅守新聞專業規範，還是會有人情世故考量，加上封建性格，會導致他們因為對主管效忠、與消息來源的朋友關係，而願意在專業上妥協。再或者，有些研究對象則是更為明顯地為錢工作，甚至聯合起來修理特定採訪對象，也有著接受媒體饋贈等倫理問題（羅文輝、張璦文，1997）。但在專業角色的整體庇護下，只要不是做得太過分，讓人看破手腳，大多數人都能得到社會整體的尊重，然後從尊重中取得從事新聞工作的自我認同滿足感，至少不會因為外界批評，而質疑自己的角色位置。

　　但現實的是，隨著現實壓力、新聞專業的後現代式崩解，加上社會批評接踵而至，新聞逐漸成為社會學討論的「髒工作」，許多新聞工作者便主動、被迫或無奈地開始從庇護所中出走，然後在實務場域，實際遭遇自己究竟是誰的自我認同困境，或者在缺乏深入思考的狀況下，陷入理論上的自我認同困境。

（二）從庇護所出走

　　如果回到建構角度看問題，我們可以發現，現今這些熟為人知的新聞專業角色，不只有著前述方法論層次的問題，事實上，其本質便不是圭臬、唯一、固定的，因此它所組合成的自我認同庇護所也有頹圮的可能。Fine（1996）也指出，職業認同是情境化的，可依照不同場合做出調整的，而個人會策略性使用各種與職業相關的修辭，建構出屬於自己的認同，例如廚師間便有著不同認同，可以用不同修辭呈現出專業、藝術家、商人、工人四種角色。

　　相同社會類別與位置，存在著不同認同的可能性，而非只有單一選擇（Deaux, 2000），同樣地，新聞工作也並非只有專業角色這種選擇。Schudson（1978）在分析新聞如何專業化的同時便也發現，早期記者會把自己視為文字工作者或作家，並非現今定義的專業工作者，或者商業成分在新聞事業的歷史過程中一直未曾消失（Salcetti, 1995；Solomon, 1995），包含過去在內，新聞工作者的角色並不如想像中來得單純，至少還有商業角色這種選項。也就是說，新聞專業論述建構了一套理想的自我認同方式，並在此基礎上討論新聞工作應該要如何做，但即便在過去，它都不是實務場域內的唯一選擇。

　　然而在進入當下帶有後現代成分的社會之後，這種狀況變得更為明顯與複雜。當傳統規範力量不再，可供選擇的方案變多（Giddens, 1991），或者如同後現代分析，同時並存的各種論述會讓自我認同變得更為多樣、交錯與流動，再加上生存壓力，以及新聞逐漸成為一種「髒

工作」，在各種力量共同夾擊之下，雖然研究對象不見得自覺，但自我認同問題的確開始成為問題，變得更為複雜，不再理所當然。相對應地，原先自我認同的庇護所也因此飄搖，許多人開始從庇護所中出走。只不過無論是主動或被迫出走，出走後的實務工作者，大部分都未順利找尋到新的自我認同依據，反而因為同樣貧瘠的想像，依稀停留在為錢工作的狀態，要弄清楚知道自己是誰，變成更不容易的事情。

我們透過訪談與長期觀察可以發現這種狀況，資深新聞工作者經常引用實際工作案例說明，自己無法再像過去一樣可以自視為專業工作者，當下必須向組織與生存妥協，然後因為妥協，遭遇有關自我認同的迷惑、矛盾或掙扎經驗。例如，一位報社記者便清楚表示過去的自己是個單純記者，但是到了現在，卻偶爾有著業務員角色上身的感受，讓她感到不舒服，不知道自己是誰，或應該做誰。不過重要、也麻煩的是，儘管研究對象有著如此察覺，但也就在他們幾乎不曾使用自我認同這組詞彙，或只能模糊結巴回答有關自我認同問題的同時，這些研究對象透露的是，他們雖然察覺當下與過去不同，也在工作技術上做出調整，但卻普遍缺乏對於自我認同思考與想像，不清楚自己接下來要成為怎樣的新聞工作者。因此，他們經常感到困頓，責怪大環境，但卻缺乏積極作為，只是跟隨現狀持續工作著。

相對地，對於另外一些原本就是策略性進入庇護所，本身對新聞專業沒有太多認同的新聞工作者，或是在庇護所失去功能之後，才進入新聞工作的研究對象來說，他們遭遇的不是失去專業認同的迷惑、矛盾掙扎，而是在為錢工作之外，是否知道自己是誰。本書研究的許多主播便承認自己並不信仰新聞專業，但卻也無法清楚說出自己的定位，想要成為怎樣的主播，或者他們也了解在主播多如過江之鯽的當下，自己好像沒有特色，與其他主播很像，幾位更因此替自己生涯感到憂心，不過弔詭的是，他們卻也無法說出自己究竟與別人有何差異，或想要有什麼差異。因此面對我們提問時，往往就只是回應「專業」、「親切」、「可信賴」這些字眼，藉

此描述自己想要的樣子，然後也停留於此，無法進一步說明要做怎樣「專業」，或如何「專業」的主播。也因此經過研究比對之後，這些字眼似乎沒有太大意義，因為大部分研究對象都希望如此，像是主播圈的標準答案。

也就是說，這裡整體呈現一種弔詭狀態。理論上，在當代社會，我們沒有理由認定新聞工作者就只能遵循專業自我認同，只能用這套方式看待自己。相對地，實務場域內也應該存在著多套自我認同的劇本，新聞專業是眾多選擇之一，只要有意願，無論是對於從庇護所中出走，需要建立新認同位置的人，或本來就不認同專業角色的新聞工作者，理論上都可以找到屬於自己看待自己的方式。不過整體來看，想像貧瘠卻產生了缺乏層次感的認同困境。我們便發現，許多人幾乎對自我沒有任何想法，或者有些人隱約察覺到自己不再是專業人士，然後在模糊中朝向另一種角色，例如主持人與藝人，但卻也經常停滯於此，沒有發展出進一步的論述，缺乏要做哪種主持人或藝人的思考，以致大部分人就只是在組織內，跟著集體隨波逐流，或者在轉型成藝人之後，面對放不下身段，更不清楚自己是誰的困境。

當然，並非所有實務工作者都處於想像貧瘠狀態，我們的確發現少部分研究對象有著清楚，且具個人風格的自我認同，能夠在訪談時提供深層論述。或者在組織內隨波逐流終究也可以被視為一種極端選擇，只是無論如何，在不一定要遵守標準與圭臬的後現代精神中，新聞工作者如何看待自己是重要的，他將一方面指向存在價值的深層問題，另一方面則會實際影響工作策略的創造，最終影響新聞專業論述崩解後，新聞工作的走向。

二、「髒工作」與自我認同的調適

前一節溫和陳述了自我認同困境的浮現，以及當下失焦狀態，但相對於此，我們進一步發現，新聞工作在失去專業圭臬位置之後，不

只是停在原地無所適從，就社會觀感來看，它甚至反向朝另一個極端發展。用較為大膽的說法，從專業榮耀退出的新聞工作，開始成為社會學描述的「髒工作」。這殘忍但寫實地描述了當下新聞工作的認同位置，也是當下討論自我認同問題時需要考量的構面。

（一）成為「髒工作」

社會學發現，社會大眾並非用平等方式看待所有行業，有些行業會被整體認知為低級、墮落的工作，帶有污名化成分，被貼上「髒工作」標籤（Hughes, 1951, 1962），然後帶引出諸種心理調適問題。一般來說，有三種來源的「髒」，讓相關工作被社會大眾瞧不起（Ashforth & Kreiner, 1999），第一種「髒」來自身體層次，指涉那些與垃圾、死亡有關的工作，如屠夫、垃圾清理人員；第二種「髒」與社會關係有關，例如成天與犯人在一起的獄卒，便因為工作中必須面對「髒」的人，而連帶被認為是「髒」的。或者擦鞋童、女傭則因為工作本身落入卑微社會位置，而被認為是「髒工作」；第三種則是道德上的「髒」，包含情色表演者、賭場經理這些帶有道德原罪的工作，以及那些透過欺騙、侵入他人生活等方式工作的小報記者、私家偵探等。

「髒工作」是社會建構的結果，帶有標籤化成分。不過重要的是，因為工作會影響認同（Pavalko, 1988），髒工作會帶來負面自我認同，讓人進退兩難（Davis, 1984），而一般人又需要保持穩定、正面的看待自我方式，提升個人自尊（Erez & Earley, 1993；Tajfel & Turner, 1986）。或者說，認同本身就具有動機基礎，需要考量如何讓別人對自己所屬團體產生正面感（Brown & Capozza, 2000；Deschamps & Devos, 1998），所以從事這類工作的人，通常得設法合理化自己的工作，在社會認定的刻板形象之外，重新做出屬於自己的正面認同，應付來自外界的異樣壓力。

從這裡回到本書主題，雖然「髒工作」這個字眼有些刺耳，但也不可否認地，台灣新聞處理方式的確愈來愈具有道德爭議。各種侵入

式的新聞採訪方式，例如在公開場合圍堵、侵入私人領域、持續跟監、強迫那些沒有意願，也不具公眾利益的當事人接受採訪；新聞隨便查證、用欺騙方式取得資料、寫作時加油添醋，甚至用負面新聞報復當事人的不配合採訪；以及更多羶色腥的新聞處理方式，在在都指向社會對於新聞工作的負面評價。然後這些帶有道德爭議的工作方式，讓台灣新聞工作者集體成為 Ashforth 與 Kreiner（1999）分類下的小報記者，因為道德問題被視為「髒工作」。

　　經歷黃金年代的新聞工作者對於這種轉變特別感同身受，感受更嚴重的反差對比效果。這些來自電視老三台，傳統兩大報，以及自立報系的研究對象，用生動豐富例子對比當下工作尊嚴不再，被人看不起。他們描述過去經歷，自己剛接手或離開某路線時，採訪單位會請吃飯，或者反過來，政府與大型企業新官上任時，則會向老記者「請益」；工作中碰到一般民眾時，強烈感受到他們對記者這行業的敬重，把記者當成正義化身，熱情招呼、給予必要協助；甚至誇張點的說法是，記者名片可以當停車證，警察看到名片通常也就大事化小、小事化無。不過相對於當下，記者到任與離職多半沒人注意；許多新聞當事人根本不給記者好臉色，甚至惡言相向，回以「社會亂源」、「狗仔隊」、「嗜血」這些形容詞；在私下場合不小心看到官員表露對於記者的輕蔑不屑；警察也開始不再買帳，甚至在表明記者身份時，回以冷言冷語。

　　我們了解過去社會對於新聞工作感到尊敬，部分是因為當時媒體強勢到不敢得罪，不過上述對比的確讓資深新聞工作者點滴在心頭。他們看著新聞工作變髒，強烈感受外界對於自己工作的負面批評，因此，部分人會在硬是拍完車禍等災難新聞之後，對自己強行拍攝當事人與其家屬的作為感到不安與內心歉疚；部分人提及需要贖罪，一位受訪主播用「造口業」形容自己工作，需要到廟裡清修，多做功德。然後髒工作特性更直接衝擊自我認同，他們開始了解自己不再是社會

尊重的專業工作者，但一時間似乎也不知道自己是誰。一位研究對象便感慨某次與家人外出吃飯，隔桌客人邊看電視邊罵記者的經驗，讓他在小孩面前感到同時做為父親與記者角色的窘困。類似經驗發生在另外幾位同為父母的研究對象身上，只是背景換成是計程車上的對話、同學會裡的聊天。總之以上種種，新聞工作開始成為「髒工作」。

（二）自我認同的正面調適

　　整體順著「髒」工作者需要處理自我認同問題的原則，我們便也發現，儘管大部分人不自覺，但研究對象卻也在不自覺間，運用不同策略面對負面認同問題。過去研究便主張，即便是身處弱勢情境，髒工作的從業人員通常也需要進行心理調適，對外界保持一定形象與自尊（Meara, 1974），對自己則為維持正向自我認同。Thompson 與 Harred（1992）便發現上空舞孃會利用兩組方式，管理工作帶來的污名恥辱。首先，她們會設法將工作與生活劃分開來，進行資訊控制（Goffman, 1963），讓不名譽的訊息只在小圈子內流傳，不會傳散到真實生活中。因此，工作抱怨通常只限在好友或舞孃間，面對新朋友時，則會用服務生、表演人員稱呼自己，不留工作場所電話。上空舞孃借用這種沒說實話，也沒有說謊的方式，阻絕髒工作可能帶來的污名形象。其次，中和策略（neutralization）（Hong & Duff, 1977；Sykes & Matza, 1957）則被用來管理工作恥辱對自己的影響，而上空舞孃大概採用三種作法：（1）她們會否認自己的工作有傷害到別人，或反過來主張自己的工作對社會是有紓解壓力、心理治療等正面功能；（2）她們會譴責那些譴責他們的人，認為這些人也好不到哪裡去；（3）訴諸利他角度解釋自己的行為，主張是為了要養父母、養小孩才會從事這份工作。

　　Hayano（1977）分析職業撲克牌玩家也發現，他們同樣需要處理外在賦予的負面標籤，積極管理個人與社會認同，而主要策略有三：（1）投入許多時間改進技術，強調撲克牌是需要研究、計算的

科學，而非直覺的遊戲；（2）重新定義玩撲克牌是自己的工作，而非一般遊戲，並進一步強調這份工作需要有承諾、誠實等特質，藉此與小偷或騙子之類的評價脫勾；（3）設法與其他同業密切互動，形成相互支援的結構。

基本上，雖然並非所有新聞工作者都會承認自己在做髒工作，或者新聞也不見得已經成為標準的髒工作，以致需要嚴格區分工作與生活場域，進行資訊控制，但不可否認地，在走過榮耀之後，當下社會對於新聞工作的整體批評，的確讓新聞工作者感受壓力。因此我們發現，如同其他髒工作者，面對新聞工作「髒」的成分，研究對象經常會不自覺進行若干調適，以紓解自我認同的壓力，不至於讓自己成為一個髒工作者。不過這種調整多半沒有進一步延續，以致實務工作者未能藉此更深入思考自我認同問題，然後留下自我認同的空隙，讓組織接手，進入後面即將討論的雇員認同。

扣合 Ashforth 與 Kreiner（1999）對於髒工作從事者如何建構正向自我認同的分析，整體來說，我們發現，當下新聞工作者雖然不至於如同上空舞孃般，會在日常生活中刻意地隱藏自己做為記者的身份，但對外界批評也並非置之不理。他們一方面會設法處理外界看法，以保持良好自尊；另一方面則會透過若干認同技術，藉此否定「髒」的成分，創造正面屬性。就前者來說，我們發現，新聞工作者主要透過譴責那些譴責他的人，處理外在負面評價，因此，學術圈便成為直接批評的對象。在整個研究過程中，我們就經常遭遇研究對象對於學者立場、能力的批評，或者提出學術無用論。熟識之後，他們的批評並未減少，只是換一種更為譏諷、赤裸言語，甚至開始批評起學者的人格特質。不過無論如何，結論通常是，「你們自己都有問題了，何以批判我們」。

而相較於譴責學者這種方式，認同技術的運作則較為複雜，大致有以下四種策略。第一種保持正向自我認同的方式是透過外在歸因策

略，策略性地將「髒」歸咎於自己受制於人，設法減輕自己的責任。我們在研究過程中經常聽到，研究對象表示自己只是員工，新聞終究是份工作，所以儘管覺得不妥，但老闆與主管要什麼，他們就做什麼。圍堵在新聞當事人家門口、用聳動的新聞標題、設法用誇張方式表現出颱風的風強雨大，都是執行上級命令。再或者，觀眾是另一個常見的歸因對象，因為觀眾就是要那些，觀眾愈罵的新聞也愈愛看，有品質的東西卻不要，所以他們也才會去做這些東西。

　　第二種策略是重新框架（Reframing）的技術。研究對象會設法找到一些正向說法重新描述自己的工作，提高自己的正向價值（Ashforth & Kreiner, 1999；McIntyre, 1987；Miller, 1978）。例如幾位研究對象便用不同方式表示，當下觀眾看電視新聞只是為了消遣，想要排解一天工作壓力，所以自己的工作便是設法讓觀眾在上班前、下班後放鬆心情，然後在放鬆中，兼顧得到有用的資訊，而不是再塞給觀眾一堆生硬資訊，搞得大家心情沉重。

　　另外，他們也會找到一些中和技術，沖淡工作的負面屬性（Hong & Duff, 1977；Levi, 1981；Levin & Arluke, 1987）。常見的是，他們會在訪談中宣稱自己做的新聞雖然沒有深度，但卻沒有傷害到人，一位研究對象更在訪談過程中，向研究者計算每節新聞收視率代表的收視人口數，藉此說明看電視新聞的人根本不多，所以電視根本沒有想像中的影響力。或者研究對象也會宣稱是新聞當事人自己愛上電視、愛利用媒體、愛出風頭，才會惹來記者跟拍或終日圍堵在這些人家門口，也才會反過來想要利用這些人衝收視率。他們之間是相互利用，記者並沒有傷害那些自己愛發消息、愛上電視的新聞當事人，也因此，如果對一般民眾，他們則不會這樣做。

　　第三種策略涉及重新分配每種工作屬性的強度與重要性（Recalibrating），特別強調正面的、救贖的屬性（Palmer, 1978）。有些研究對象便會在研究過程中特別強調媒體做的好新聞，所做的光

明面新聞，而自己也參與其中，甚至是發動者。因此，他們會去強調所屬媒體對於某些窮苦人家的報導個案，主張這些新聞匯集社會善心，有幫助需要幫助的人。或者認為他們成功踢爆黑心商品與政治人物醜聞，讓社會大眾看到真相，揭發政客醜陋真面目。但相對地，卻不去討論其他更多羶色腥的社會新聞，也忽略更多爆料錯誤、侵人隱私的八卦新聞案例。

第四種則是重新對焦策略（Refocusing）。研究對象會設法將注意力從被污名化的屬性轉移到那些未被污名化的屬性（Ashforth & Kreiner, 1999），他們會乾脆忽略與新聞工作有關的屬性，轉而強調新聞工作的彈性、不錯的薪水，或者期待以後可以轉業做更好的工作，藉此徹底忽略那些會為自己帶來污名化困擾的工作屬性。

（三）專業崩解後的自我認同空隙：重建自我認同的必要

本書大膽使用髒工作概念，分析當下新聞工作遭遇的困境。我們發現，類似其他髒工作，新聞工作中「髒」的成分，的確促動實務工作者透過不同策略，調適出正向感受，只不過這些調適卻經常是不太自覺的內心活動。因此，雖然藉由長期觀察研究對象行為、反覆比對訪談論述，以及配合髒工作相關研究文獻，我們從不同角落發現調適的痕跡，並經整理後呈現於本節前半部，但我們也同時發現到，就當下新聞工作場域所面對的整體認同困境來說，研究對象所做的似乎僅止於負面認同調適，並未進一步處理專業失勢後所留下的認同空隙，趁勢建立起屬於自己的認同。所以他們經常可以在別的問題上侃侃而談，例如如何與主管互動，新聞工作如何墮落，卻幾乎無法於第一時間回答與認同有關的問題，直接就相關問題進行討論時，通常也只能給予應然面的官式答案。有人在討論過程中坦白從未想過類似問題，或在訪談之後用電子郵件等方式表示，因為訪談對話讓他開始思索工作意義、自我認同與存在價值等問題。

　　在這種狀態下，我們主張，前述各種提升正向認同的策略，雖然多少紓解了個人壓力，但弔詭地，研究對象對於自我認同的想像似乎同樣貧瘠，大多數人沒有因為感受髒工作的衝擊，而去正面面對與深入思考自我認同問題。研究對象可能感受到當下新聞工作的「髒」成分，也為它感到矛盾掙扎，但在心理獲得調適之後，便也停留在那，沒有進一步的動作。這種觀察結果符合前面引述的相關研究討論，種種策略似乎只是在紓解髒工作對於自我認同的壓力，而非用來促動工作者進一步思考自我認同問題，也因此在「髒」問題被處理掉之後，實務工作者還是留下自我認同的空隙，然後讓組織取得機會，藉此進行規範控制。

　　換個角度，我們發現，也許基於白領性格，以及對於「髒」的認知還未十分強烈，外在烙印的「髒」，並沒有為新聞工作者帶來集體威脅。他們並沒因為同坐一條船而更加團結，進而發展出強烈的職業文化或群體文化（Ashforth & Kreiner, 1999；Pratt, 1998；Trice & Beyer, 1993）。也因此，工作中「髒」的成分的確引發了負面認同的困擾，但經由前述各項策略的大概撫慰後，從庇護所出走後的台灣新聞工作者，並未集體建立另一個新的自我認同庇護所。或者，因為缺乏深入思考，也讓他們只是停留在現狀之中，並未想到更積極建立起新的、屬於自己的認同，以至於在專業認同失勢之後，就只是跟隨集體工作，難以徹底從中脫困。

　　也因此，如同前面提及，當下實務場域有些工作者喜愛用犬儒譏諷方式，抱怨當下新聞專業的墮落，缺乏行動力，一位電視記者便承認自己是這種人。或者一位記協幹部也知道他們只是少數人，能發揮的力量不大，表示就是做到做不下去為止。我們在這樣抱怨、譏諷、無力話語中發現，過去可以做為自我認同庇護所的新聞專業論述，現在剩下的似乎只是某種相互取暖功能，讓那些心中依舊存留專業認同的實務工作者，知道還有同路人，可以透過相互認同與安慰，找到保護自己尊嚴的方式（Meara, 1974）。在庇護所之內，缺

乏改變結構的行動力，在庇護所之外，則有更多只是為謀生工作、自我認同失焦的實務工作者。

　　不過，在現代性瓦解、專業不再為人絕對奉行，以及新聞具有髒工作特性的當下，新聞工作者面對的終究不只是自我認同調適問題，還包含認同轉換與重新建立的問題，而這部分問題或許更為深層與重要。或者換個角度，當媒體組織徹底從專業位置棄守，資深實務工作者發現以往熟悉的專業基調與常規不再，而組織要求作法與既有自我認同不同時，焦慮、緊張、羞恥也往往伴隨而來，開始需要面對自我認同問題（Alvesson & Willmott, 2002）。

　　事實上，其他產業也同樣面臨類似問題（Dent, 1993；Halford & Leonard, 1999），Doolin（2002）便發現，在企業化論述盛行，醫院朝管理主義轉向的當下，交錯著原先的醫療專業主義，醫生這項專業工作也開始面對轉換與重新建立認同的困擾。因此，部分醫生接受了企業化的新認同角色，部分資深醫生清楚把自己定位在醫療專業位置，維持原先認同。或者，更為多數的醫生選擇了妥協式的認同位置，例如他們於在職服務的公立醫院中拒絕改變，但在下班後的私人時間，則從事商業醫療行為。也就是說，當下強勢的企業化論述，鬆動原先醫療專業論述的獨占地位，使得部分醫生轉換了自我認同，以回應外在環境的改變。

　　而 Ebaugh（1984）則更為詳細地描述了修女還俗過程中，自我認同轉型與重新建立自我的困難。Ebaugh 發現，面對 1960 年代宗教環境的劇烈改變，部分修女開始質疑起自己對於宗教的承諾，因此有人選擇離開修道院，重回俗世。不過，還俗終究不容易，圍繞著自我認同問題，前後有著不同的困擾。在準備還俗階段，這些修女會先是感受即將失去熟悉自我，卻又不確定新認同位置的嚴重憂慮，然後在真正進入俗世後，進一步經歷更為艱巨與寫實的自我認同重建過程。她們一方面得努力克服過去修女身分對當下自我所殘存的影響力，因

此，如何建立異性關係、如何穿著、是否化妝往往都將成為困擾；另一方面，她們則會在日常生活中，實際發現別人仍用修女角色看待她們，直接遭遇自我定義與社會期待有所差異的情形，需要妥善處理他人對自己的看法。然後，以上種種將共同促成還俗修女的自我認同重建過程更為艱辛，得在新自我與舊角色，以及自我認同與社會期待之間，來回穿梭，進行自我認同的重新創造。

　　整體來說，我們主張，面對當代媒體情境轉變，無論是主動或被動，過去自我認同遭受衝擊或消失之後，除了處理髒工作引發的負面自我認同外，新聞工作者也會經歷自我認同解組、變型或重建的過程，需要建立新認同，以填補專業認同失勢後的空隙。理論上，他們可以選擇不多做思考，讓組織接手這過程，順著組織設定的認同方向，持續工作著，賺取必要的薪水，但回到前面多次提及的論點，如果我們期待新聞工作不只現在這樣，實務工作者期待可以自我超越，那麼他們究竟如何看待自己便成為重要問題，因為它將影響新聞工作者如何在當下環境中，建立屬於個人的存在價值，以及發展出相對應的工作策略。

三、認同的後現代成分

　　事實上，隨著現代社會後期，或後現代社會的出現，學術世界對於認同的討論有著重大轉變。從原先穩定、整體，甚至可以被指派的概念，逐漸轉變成建構、情境化、碎裂、與權力有關的組合。或者如 Hall（1996）指出，對個人來說，認同不是穩定的，而是策略性的，暫時附著於主體位置之上。因此，一個人的認同具有多樣的可能性，同時，自我的形成理論上也開始變得複雜，不再理所當然。

　　然而我們透過研究卻也實際發現，大多數失去專業認同的新聞工作者，在流動與複雜的認同本質之中，似乎並未重新找到位置。因為

缺乏深入思考，以至於理論上存在的各種認同可能性，就只像是浮光掠影般地掠過身邊，研究對象在觸及認同問題的淺層之後，便停在那裡，然後整體展現想像貧瘠、缺乏層次的狀態。另外，回到本書關切個人如何與組織互動的主軸，由於組織會積極涉入自我認同的形成，以達成規訓目的（du Gay, 1996；Knights & Murray, 1994；Rose, 1992），因此，有關新聞工作者如何看待自我方式的分析，也需要考量組織在其中扮演的角色。

（一）從符號互動論進入後現代

1.符號互動論的觀點

個人看待自我的方式與社會他人期待有關，或者說，個人認同總包含著社會成分（Callero, 2003；Jenkins, 1996），並非由個人主觀決定，而符號互動論便在處理這個問題，並且提出了充分解釋。其中，Cooley（1902）透過「鏡中自我」（looking-glass self）解釋個人如何形成自我的過程。鏡中自我的產生包含三個部分：1)個人想像自己在他人眼中是展現成什麼樣子；2)再去想像他人如何評斷自己展現的樣子；3)最後，以這些評斷發展出某些自我的感覺，例如驕傲或屈辱。也就是說，個人會透過想像別人怎麼看自己，發展自我的概念，以及相對應的自我認同成分（Gecas, 1982；Lester, 1984），也使得個人與所處社會環境連結起來。

而 Mead（1934）也有類似看法，他主張人們會在社會互動中，透過角色借取（role-taking），試著從他人位置，理解他們對於事情的期待與看法，然後逐步形成符合這些期待與看法的自我。也因此，Mead 同時區分「客我」（Me）與「主我」（I）。「客我」反應著對於社會的遵從，其中便包含回應他人期待與評估的部分，而「主我」指涉的則是一個認知的主體，一個在任何特定時間點都具有自發能力的行

動者。然後，因為「客我」終究需要經由「主我」展現出來，所以一般人經常會誤認自己的樣子是由自己所決定，忽略自我中的社會成分。但相對地，也因為「客我」存在，使得外界可以有著影響與操控個人的機會，或者進一步延伸，使得霸權得以涉入自我認同的建構（Langman, 1998）。

Cooley 與 Mead 提出的符號互動論觀點，簡單但有力地說明了新聞工作者如何形成自我，自我認同又如何包含他人期待與社會成分。從這個角度觀看，在過去，凝聚相當共識的新聞專業論述，便像是扮演起重要他人的角色，造就個別新聞工作者用專業方式看待自我，符合新聞專業論述所代表的社會期待。至少對於信仰這套論述的實務工作者來說，彼此是對方的參考對象，在社會網路中，清楚定位自己（Doise, 1997）。而相對地，當新聞專業崩解，甚至成為髒工作，新聞工作者則會轉從其他人的批評中，感到不舒服與負面的自我認同。也因此，無論是正向或負向影響，新聞工作者很難忽略外界期待，只用自己方式看待自己，用自己方式行事。

2.進入後現代情境

符號互動論成功構連起個人與社會的關係，也成為後續學者討論自我與自我認同問題的基底。只是不可否認地，來到當下這個充滿後現代精神的社會，自我與自我認同出現重大轉變，不再如同過去描述般單純。最基本的改變是，影響自我形成的論述大量增加，大眾媒體成為認同建構的重要論述來源（Altheide, 1984, 2000；Denzin, 1991）。或者換個說法，在以往穩定的社會，認同也是相對穩定的、被指派的（Howard, 2000），經常與個人所處的社會位置有關，例如，大部分人便是從職業取得自我認同，了解自己是誰。但進入當下社會，自我認同來源相對增加，除了親身經驗，更包含來自媒體的中介經驗，共同交錯出個人自我認同。

　　同時，因為自我認同並非孤立形成，會受情境影響，因此如何定義情境便成為影響自我認同形成的關鍵（Gecas, 1982），而對於那些企圖影響自我認同的論述來說，情境定義權的爭奪更成為工作重點。在這種狀態下，新聞專業論述在過去便像是站在圭臬位置，取得了情境的定義權，再進一步影響新聞工作者看待自己的方式。只是隨著進入當代社會，在新聞專業之外，更多與新聞工作有關的論述、更多的社會他人，都在嘗試定義情境，嘗試重新組合出自我認同。

　　談話性節目、綜藝節目便直接陳述著記者的新角色，他們開始可以成為提供、製造與販賣論述的「論述業者」，甚至是「節目來賓」、「產品見證者」、「主持人」。影劇新聞製造大量有關主播的論述，不過主播不再被描述成權威專業人士，而是「準藝人」、「貴婦名媛」，配合某些主播真實轉型藝人的個案，更增加這方面的想像。部分媒體記者則被描述成為八卦新聞跟拍者、狗仔隊，成為各類媒體評論論述的重點。還有諸如電影電視劇、新聞專業團體的網站與電子報、主播與記者自己建立的網站、記者撰寫的書籍，甚至教導如何做主播的書。當然，除了這些後現代社會強調的中介來源外（Grodin & Lindlof, 1996），從日常與主管互動過程中，新聞工作者更體會到自己應該成為業務員、新聞女工。

　　這些發生在真實世界的中介經驗與親身接觸，一方面意味著新聞工作得到某種解放，以往新聞專業論述提供的專業認同，不再被認定是唯一可能，另一方面則指向自我認同的複雜與多樣化。它們實際加入爭奪情境定義權的行列，然後在新聞專業論述失去壟斷情境定義權之後，個人內心便也成為各種論述運作的戰場，期待能夠主導個人的自我認同。而這種情形特別反應在那些曾自視為專業工作者的研究對象身上，類似 Ebaugh（1984）描述的還俗修女，資深新聞工作者經常感受到「前」角色殘留下的影響，對於當下各種認同論述的出現感到矛盾不安。

　　不過，除了認同變得更為複雜外，在後現代社會，前述各種認同形象與論述的存在，更深層意味著認同是情境化的、流動的、建構的、存在於論述或敘事之中（Gubrium & Holstein, 1994；Lifton, 1993；Ochs & Capps, 1996）。Gregen（1991）利用「飽和的自我」（saturated self），說明自我在後現代社會的處境。他指出身處後現代社會，各種傳播工具不斷傳送大量資訊，各種與認同有關的論述川流不息出現，將個人放置在一種意義飽和、瞬息萬變狀態。這種狀態改變了自我的本質，自我不再符合現代特質，不再具有統一、穩定、一致性，而是斷裂、多樣、片段、相互矛盾的，同時總是處在建構過程中，而且總像是無法建構完成。因此很多時候，個人會不經意地發現，在平常熟悉的自我之外，還有存在著其他自我，或者說，很多自我可能性像是處在某個角落等待機會現身。最後，這些自我可能性從許多方向拉扯著個人，以致使得過分飽和的自我，像是物極必反地意味著缺乏一個真實的自我。

　　也因此，自我的概念在經歷啟蒙運動強調理性的轉折後（Porter, 1997），後現代特質又將自我與自我認同從符號互動論的非本質論（Cerulo, 1997）推向更為極端的位置，甚至因此變成虛擬的，只發生在語言或影像之中的事物，如此使得自我概念遭遇瓦解危機。然後 Holstein 與 Gubrium（2000）因應這種狀態，歸納出後現代兩種處理自我問題的方式，一是承認自我具有複雜混亂的特質，但並沒有因此放棄這個概念；二是根本認為自我消失在當代傳播媒體創造的超真實與大量自我形象當中。

（二）後現代的自我認同特質與困境

　　回到本書觀察的新聞工作實踐場域，我們發現這些後現代特徵。部分研究對象接受訪談時的論述，便像是隱約並置了幾個身份認同，另外，對照來自真實場域的觀察資料，更可以看到認同的策略性成分，隨著情境不斷被建構出來的潛力。只不過我們卻也在後現代的飽

和意象中看到，多樣化的認同可能性像是大量片段影像，在實務工作者缺乏深思的同時，只是浮光掠影般地掠過，以致雖然有豐富影像、豐富認同可能性，但實務工作者卻弔詭地停留在想像貧瘠的狀態。

1.並置的認同

研究對象於訪談時的論述，便隱約交錯著不同自我與自我認同的可能，除了新聞工作者這個主要基調之外，偶爾還透露了幾個認同位置間的轉換，然後經常不自覺地相互矛盾起來。例如，部分研究對象在評論老闆濫用權力損及新聞專業的過程中，雖然展現了期待中專業自我認同，但卻也會不自覺間，隨著某些個案進入「下屬」位置，描述當時如何因為考量主管面子、與主管的交情，以及只是因為主管交代，便出席某場公關記者會、參加某場飯局應酬、幫忙插隊掛號、幫公司產品站台。而且在做這部分描述時，顯得理所當然，並未感受自己違反了自己堅持的專業原則，也未表達出矛盾衝突。

然而，除了上述這種因為多重社會位置，導致交錯出現的認同並置外，單就新聞工作本身的角色認同來看，也有不同可能性。一位研究對象的訪談論述便不自覺地交錯在主播與節目主持人之間，一方面描述主播要有可信度、要講專業、要守客觀立場，另一方面又用主持人位置表示，要能夠隨時掌握與製造話題，才能增加收視率；可以配合雨傘、太陽眼鏡等道具播報氣象，增加趣味；要用觀眾聽得懂、喜歡的語言播新聞，而非中規中矩、無趣地呈現；或者她也並不排斥拍廣告與上報紙影劇版。

另外，有人則是在記者與業務員、記者與名嘴等認同之間忽左忽右。雖然整體來說，這些研究對象在訪談時，並不自覺於自己的論述隨著認同位置而轉移，或者大部分人論述的並不深入，以致未能創造深入思考自我認同的機會，但他們卻也像是剪裁了不同認同位置的發言，才拼貼與組合出整個訪談論述，以致細究整個論述，可以發現其忽左忽右、相互矛盾的後現代特性。

2. 認同的策略性成分

　　其次，大多數研究對象在初次訪談時，更是呈現某種附著於情境的策略性認同，他們經常是以「面對學者」的位置發言，提出的論述像是經過修飾，盡量符合社會期待的自我形象。或者說，他們在訪談中經常策略性地提出一種認同形象，以符合想像中，學者對於好新聞工作者的期待。因此，這種用來因應學術訪談的認同位置，並不適合用來應對平面記者、老闆或家人朋友。

　　而透過真實生活的比對，我們更可以發現，認同可以是策略的、會改變的、此時此刻的（Anderson, 2000）。當我們隨初次訪談結束，與部分研究對象逐步建立起朋友關係，便可以在其他場合發現差異的存在。最淺顯易見的是，他們於訪談時，若干恰如其分展現的專業角色形象，會不可避免地出現滑動，比對平日觀察資料，可以看到其間的斷裂與矛盾。例如製作人忙著搞收視率、談的也是收視率，雖不能說查證、客觀、尊重當事人等專業原則都不出現，但比例卻是少得可憐，或者許多新聞便是缺乏這些東西，才反覆出錯、反覆被告、反覆被社會批評。相對地，一般記者往往是便宜行事跑新聞，交差了事便可，並不像他們所說每天會看報紙、會努力維持與消息來源的關係；或者，他們更會使用記者身份修理某些得罪自己的新聞當事人，幫腔某位政治人物，並不像自己所說記者要中立。主播則是不迴避與平面記者的關係、喜歡出席活動、進棚前不順稿、進棚後則用棚內監看別家新聞的電視，收看自己想看的節目，但對於被要求出去跑新聞，或被調時段這些事卻頗有意見。不過再次提醒，這種策略性成分像是日常生活中展演的一部分，因此他可以、也經常是不自覺地展現，隨著情境自然做出轉換，而非意味研究對象總是有意欺騙，或工於心計。

　　或者更為重要的是，我們發現，由於研究對象在訪談時展現的自我，是經過語言敘事裁剪、重組與修飾，才表達出來的（Ezzy, 1998；Holstein & Gubrium, 2000；Ochs & Capps, 1996），而訪談敘事本身，

更是要求研究對象在固定時間內將冗長生活事件濃縮的結果。所以訪談呈現的認同通常也就因為時間濃縮的關係，顯得較為濃烈，也較為系統性。但回到真實生活，研究對象看待自我的方式卻經常是鬆散的、矛盾的、更為隨機的。

他們可能大致傾向專業自我，但絕大多數時候卻只是為錢工作，跟隨常規做事而已，沒有太多想法，並非隨時隨地兢兢業業。或者他們的確會在真實世界的鬆散節奏中，偶爾發表對老闆與主管的不滿，主張維護專業的重要，但卻往往只是偶爾而已，因為相對來說，在大部分時間，他們對於相同行為經常是視而不見。再或者，於真實的鬆散節奏之中，他們偶爾會感到髒工作帶來的負面認同感，在記者與業務員間不知所措，但對大多數人來說，即便這些會形成心理壓力，卻經常只是因為某些事件有感而發的感觸，並未進一步認真思索自我認同存在價值問題。然後，因為訪談時觸及相關問題，而將僅有的幾個例子拿出來說，以致形成濃烈的印象。

3. 浮光掠影中的貧瘠自我

綜合來看，新聞工作者近年來實際扮演的各種角色、與認同有關的各種論述，以及研究對象於研究過程中的認同位置轉換，這些角度共同指向認同的後現代特質。其中，媒體、網路等中介經驗帶來的飽和意義，更侵蝕了本質主義者對於自我具有同質性、統一性的假定，促成更多樣的自我（Gergen, 1996）。自我形成可以有著多重影響來源，也變得斷裂、多樣、片段與策略性。不過對本書來說，或許更重要的發現是，在後現代特質中，新聞工作者弔詭展現的自我認同貧瘠狀態。

在充滿各種符號、影像與論述的後現代社會，理論上，實務工作者可以掌握更多認同素材，然後依照當下情境特性，策略性地拼貼出帶有個人意義的自我認同。這種「拼貼的自我」呼應後現代特質，能夠隨著情境拆解與重新拼貼，也因為拼貼緣故，認同論述中會出現矛

盾訊息。或者這更是直指，以往純粹使用專業角色描述新聞工作者的作法似乎過於天真，在依照情境進行拼貼的狀態下，我們可以期待某些人的自我認同經常保持較多專業成分，但無法期待他們始終是保持百分之百的新聞專業自我。

流動、飽和的符號與論述，讓自我概念在理論層次出現重大轉換，前面討論部分便印證了這種轉換。然而不可否認地，相同的後現代特質，也同時意味著自我認同容易停留在眼花撩亂的表層，缺乏更深入、具有層次的思考，以至於整體透露出一種自我概念的貧瘠。

基本上，這種現象呼應了自我概念在後現代情境中的危機位置，甚至更為極端地，可以解釋成自我終結於各種真實、超真實的再現之中（Holstein & Gubrium, 2000）。只是也就在本書藉由前面相關論述，說明自我與自我認同中後現代成分的同時，長期觀察卻也讓我們採取一個相對溫和、保留行動者角色的解釋位置。我們主張，意義的飽和、快速的流動，的確容易讓人眼花撩亂，不過自我貧瘠現象的一個關鍵在於做為行動者的個人。

缺乏主體性或缺乏主體意識，是本書長期觀察後得到的結果。前面章節對於「行動者缺席」或自我放棄的討論，便在說明面對組織控制時，缺乏主體性的實務工作者，如何缺乏抗拒的意志與意願。而在論述自我認同問題時，我們也同樣觀察到缺乏主體性的狀態，缺乏做為主體的意願與意識，使得實務工作者不在意或沒體會到自我認同問題的重要，然後因為缺乏深入思考，讓各種論述如同浮光掠影輕拂而過，沒有留下太多痕跡。

或者換個說法，雖然在過去，接受專業認同引導的實務工作者，不見得具有真正的主體性，不過相較於過去普遍接受專業認同的狀態，我們卻也經常發現，在以生存為主的工作心態中，失去專業認同的實務工作者，像是失去目標，也缺乏主體意識。具體展現在外的是，新聞就只是種工作，如此而已。只要組織要求不會嚴重影響既有權益，他

們多半便能以「就只是為生活」，或其他理由說服自己，照組織要求做事。或者說，他們在意的通常是工作條件是否被改變，例如是否被調到冷門時段播新聞、臨時被叫去加班能否事後補假，基本上，只要這部分沒問題，實務工作者也就沒有思索自我認同這般大哉問的必要。

就現實狀況來看，我們的確同意，這種缺乏思索認同的狀態，的確是種應付當下嚴峻情境的生存策略，甚至相較於那些為認同擔憂的人來說，這種作法更不會引發存在價值的危機。只是回到後現代情境，缺乏思考也使得實務工作者在面對各種認同論述的同時，像是缺乏適當站位。因此，他們雖然大致知道不同認同角色的存在，在諸如接受學術訪談時，也可以策略性拼貼出一個認同。但更常出現的狀況卻是，不同論述交錯出眼花撩亂的景緻，太多可能性的結果，反而讓他們不知如何是好。或者，對於更多人來說，眼花撩亂的論述更只是浮光掠影而已。

在缺乏深入思考，缺乏做為主體的意願下，他們似乎都未能做好準備，妥善處理迎面而來的認同論述，更無法仔細建構出屬於自己的認同，以致大部分時間只是隨波逐流，集體呈現出類似的簡單拼貼。因此，大部分研究對象無法深刻回答工作意義與自我認同這組存在價值問題，只能普遍提出一個符合社會期待、抽象的說法。在新聞專業論述失勢之後，許多新聞工作者退守到為錢工作，只要工作條件沒有重大改變，便會持續工作下去；或者不是展現無所謂的態度，便是流露可以在電視上成為明星、不需要朝九晚五工作的工作想像。然而，想做為明星也是一種自我認同的可能，也可能深層建構出屬於自己的明星式自我認同，只是同樣地，這些想像似乎也僅止於淺層，禁不住研究者追問。許多受訪主播看到主播工作的明星特質，也了解與自己一樣的主播氾濫成災，根本記不住名字，但弔詭的是，他們卻也無法進一步描述自己想要做個怎樣的主播，或要成為怎樣的明星式主播，以至於這些主播最後都成為只是在電視機前面說話的人。

在這種狀態下，實務工作者終究未能積極拼貼或建構出屬於自己的認同，最後展現的是一種貧瘠想像，用這種方式呼應了自我在後現代中的困境。再一次地，不去思考認同問題也是面對生存困境的一種選擇，不過如果我們同意做為行動主體的個人，始終存在，並非被外在完全控制（Bandura, 1982），也沒有消解於後現代之中（Katovich & Reese, 1993）。同時，如果新聞工作者終究有著自我超越的意願，那麼自我概念在後現代情境中便有保留下來的理由與價值。這種被保留下來的自我，並非意味需要回到過去的主張，認定自我具有穩定、一致等現代性特徵。相對地，我們是將自我視為一種思考的主體，可以在關鍵時刻將浮光掠影凝固下來，進入深層思考認同問題，然後有能力依照不同情境、不同論述資源拼貼出適當的自我，也有能力依照自我位置發展出相對應的行動策略，找到自我超越與風格的可能性。而回應本書對於結構與能動性的分析，這種回到個人角度思考的作為，或許是從當下結構中脫困的另一種方式。

四、組織場域內的自我認同

除了後現代特質產生的根本性影響外，有關新聞工作者自我認同的討論，終究需要回到組織脈絡中，畢竟，當代新聞工作者是受雇於組織，在組織場域內工作，所以他們始終會在互動過程中，受到組織對於自我認同的影響（Bian, 2005；Coates, 1995），而這也積極呼應了本書強調個人與組織互動的主軸。

在這種狀態下，組織可以取得影響員工自我認同的機會，然後藉此進行規範性控制（Kärreman & Alvesson, 2004），相對地，只要在實務場域內順著組織設定，個人便也像是得到依據，大致填補起專業認同失勢後留下的空隙，或者也免除掉與組織觀點不同的衝突。當然反過來看，對於那些仍在意新聞專業角色，或對自己有獨特看法的人來

說，組織嘗試機構化的動作，開始拉扯他們的自我，在矛盾解離中產生焦慮、不安全感，或者只是在組織中，無力地捍衛自己。

也因此，在討論完「髒工作」與後現代特質之後，接下來將進入新聞工作實際發生場域，直接論述組織如何引導個人自我認同的拼貼與建構，在以生存為主的工作心態中，又如何填補起個人自我認同的空隙，實際引導實務工作者進入雇員認同位置。

（一）組織、論述與機構化的企圖

雖然後現代強調建構、流動、斷裂的特質，或者我們發現研究對象呈現出一種自我想像的貧瘠狀態，但這並不表示自我總是隨機形成的，個人也並非如同一張白紙，沒有任何有關自我認同的想法。事實上，許多外部機構便不曾放棄影響自我認同的機會，它們會試圖發展各自的認同論述，暗示有「正確」自我與自我認同的可能性（Holstein & Gubrium, 2000），然後期待個人能夠準確進入「正確」的自我認同位置，進行自我管制，最終創造出組織可以由內而外完全控制的個體（Callero, 2003）。也就是說，自我與自我認同被機構化，或者包含機構化的成分，並非全然由個人所控制，也並非全然隨機。

這種情形便發生在台灣新聞產業情境，機構化過程不曾停止，只是來源有所不同。我們發現，在台灣媒體過去的黃金年代，配合現代主義成分，新聞專業論述便像是在圭臬位置上，持續嘗試機構化實務工作者的自我認同。只是隨著前面討論的各種原因，新聞專業論述崩解，終究讓出機構化的力量，由媒體組織在轉換過程中徹底接收其位置，成為機構化個人的重要來源，然後進一步於貧瘠想像中，整體呈現一種「雇員」的認同主調。當然，主調中還是夾雜、並置著其他認同的理論可能性。

事實上，一直以來，組織都扮演著機構化自我認同的角色，而新聞工作者也有著雇員角色（Tunstall, 1972），只是因為新聞專業論述

在過去的強勢道德位置，以及媒體老闆也相對承認新聞專業，使得組織影響力較為隱匿。我們發現，無論當時老闆是在忠黨愛國的前提下，強調文人辦報，視新聞工作為專業；或如同幾位研究對象形容，是因為媒體當時才解除管制，這些商人出身、剛跨足媒體產業的老闆，一時間還搞不清楚要如何玩媒體，所以願意放手讓新聞工作者去做，但本書早期訪談的確便已觀察到組織對於自我認同的影響。

當時，雖然有少數研究對象會依照學術標準提出批評，但絕大部分的情形是，在庇護與效忠關係下，倘若扣除政治壓迫，多數研究對象相對安於在自己所屬媒體工作。有時則會更進一步在訪談過程中為自己報社辯護，認為學術圈對其服務報社的批評太嚴苛，報社給他們足夠的自由。我們更遭遇一位資深新聞工作者，直指學術圈對他們報社有敵意，在抱怨之後，拒絕接受訪問。然後除此之外，晚近的訪談與觀察資料則像是從時間造成的反差，巧妙比對出當時對於組織的正向認同。如果我們允許懷舊多少具有修飾成分，資深研究對象便是直接表明，《中國時報》、《聯合報》、電視老三台過去帶給他們的榮耀，以身為這些媒體員工為榮。

不過，除了透過組織認同，另一種更為深層的影響，發生在組織嘗試機構化個人的過程中，而這種狀況也在對比下特別明顯。例如醫院在轉向商業化經營過程中，便會試圖透過引介與利用管理主義相關論述（Doolin, 2002；Kitchener, 2002），設法改變醫生的自我認同，讓他們願意接受商業化作為，而部分醫生也的確因此轉向商業化認同。相對地我們發現，在台灣社會近年整體呈現的廉價版資本主義氛圍中，媒體老闆與主管雖然沒有為此提出完整且系統的專門論述，但也化整為零地陳述著一種不景氣論述。他們在各種場合，用不同形式宣稱媒體產業不景氣，公司經營艱苦，利潤大幅下降，要求大家共體時艱。而「收視率」、「發行量」、「編業合作」、「新聞要好看」、「要去想讀者要看什麼」，或直接指稱「新聞是種商品」，這些通則性話語，以及更多

針對新聞事件給予的指示，更是全面呼應了不景氣論述，要求新聞工作者重視創造利潤，以免組織陷入危機，然後回頭影響個人利益。

（二）開始做為雇員

對照著「文人」、「專業」、「新聞倫理」等話語被排除在外，這套不景氣論述為新聞工作者的自我認同重新定了調，新聞工作者不再是文人、專業工作者，而是更為赤裸裸地指向做為「雇員」的自我可能性。組織像是藉此提醒實務工作者，他們不是為自己工作，也不是為專業服務的人，而是組織雇用的人，所以需要重視組織利益，完成組織目標。然而，實務場域中的另外兩種力量，支援了這種雇員角色的機構化，以致在缺乏個人思考的貧瘠想像中，大多數實務工作者就是順著雇員位置看待自我，以及實際工作行為。

首先，台灣社會整體呈現的廉價版資本主義論述，像是站在比組織更高的社會層次，創造了一個只在意短期利潤，缺乏長期規劃，不講究專業道德，強調利己的論述情境，然後整體呼應了組織所設定的雇員角色。我們發現，在這套論述關照下，媒體老闆成為只看短期利潤的商人，不再自視為文人辦報的傳統報人，所以有著諸多殺雞取卵式的管理作為，不重視人力資本、不在意創新等其他資本主義要素。相對地，廉價版資本主義論述也廣泛影響著一般員工，程度不一地在研究對象身上形塑「利己」的自我位置。我們便發現，到了研究後期，大多數人不再討論專業問題，而是設法用更為利己的方式生存著。如同前面多處所述，他們零星、消極使用平民抗拒策略，不與組織直接對抗，然後順著常規，用安全省力的方式做新聞。對他們來說，在與組織互動過程中，把自己看成是雇員，是簡單、直覺，甚至順理成章的方式，不用因為扛著社會責任大旗，而吃力不討好，甚至因此得罪老闆與主管。當然，這是種比例問題，有些研究對象還是相對有著更多的工作倫理與專業認同成分。

　　其次，除了廉價版資本主義在理論層次創造了「利己」位置，配合幾家媒體關門、裁員的實際案例，不景氣論述也引發現實生存問題的擔憂，產生一種不安全感。這種不安全感不只作用於行為層次，使得他們只是零星、消極使用平民反抗策略作為，藉此宣示自己僅存的主體性。另外，這種不安全感也更為深層地引發自我認同問題，如同Collinson（2003）發現，不安全感會影響自我認同的建構，員工往往因為過度想要追求成功，或因為認為自己是可以被組織拋棄的，而造成主體的不安全感。然後在組織監看之下，成為順從的自我，願意用組織定義的角度看待自己，避免發生在個人心中的存在價值衝突，直接從內心層次處理掉不安全感。

　　反應在台灣當下媒體產業，產生順從自我的直覺方式，便是將自己轉換到雇員認同。因此我們發現，只要組織不致過度損及自己的工作條件，那麼把自己看做被老闆雇用的雇員，聽從指令做事，不要想太多，就成為因應不安全感的安全選擇。他們或許會在訪談中發表對於公司某些新聞指示的看法，但卻經常是以「那是公司政策，聽從便是」做為結尾。這樣的話語反應他們站在雇員認同位置，而非新聞專業認同位置。

　　一位受訪主播也清楚回答，工作到後期，她對新聞專業失去承諾，不再是七年前那個自視想要維持正義、幫助社會的熱血青年。面對媒體整體不景氣，她當下在意的是自己職涯發展，能有更多薪水，有更多時間陪小孩。所以如同其他研究對象一樣，她在訪談中主張媒體需要生存、自己也要生存，也自述不再對播出置入性行銷新聞感到愧疚，甚至會在播出之後回頭問，剛剛那則置入性行銷能幫公司賺多少錢。這些改變配合她表示自己不再是新聞人的同時，相對顯示她用雇員角色看待自己。

　　或者說，同樣是置入性行銷問題，雖然部分研究對象表示應該設法包裝一下，不要讓人一眼看穿其置入性行銷的本質，但無論如

何，大部分研究對象回應的並非批評與厭惡的言語，而是以經濟不景氣為基底，在不同場合論述著組織終究需要賺錢、需要先存活才能講理想，甚至幾位研究對象更是直接主張，做為員工幫組織賺錢無可厚非，也願意幫公司節目站台，或播出公司新戲、新綜藝節目的宣傳新聞。這些與傳統新聞專業觀點大相徑庭的說法（林照真，2005；劉惠苓，2005），不只寫實描述當下研究對象對置入性行銷的看法，更寫實反應了他們站在雇員認同位置發言，而非如同專家學者是站在專業位置發言。當他們並非抱持專業認同看待自我，自然不會想到要抗拒這些被視為傷害新聞專業的行為，而只是想到如何幫助公司賺取利潤。

　　而這種雇員認同主調更清楚反應在日常生活之中，或者說，直接觀察研究對象行為，也可以看到這種以雇員為主成分的自我認同。例如，我們曾在一次與電視台主管聚會過程中，實際觀察到一起突發新聞的處理過程。主管們在第一時間發現這起發生於不遠處，而且確定有著相當新聞性的事件後，回應的是消極處理方式。除了打電話回公司，要求採訪中心找位記者查證一下外，他們繼續保持聊天狀態，然後各自回家或進行下一場約會，並沒人到現場查看。以致這個原本由該台發出獨家消息、後續二個多小時獲得持續關注，並且隔天還有追蹤的新聞，在消息發出不久之後，便成為各家電視台都有的通稿。

　　我們在這裡使用這例子的目的並不在於責怪新聞工作者不敬業，或者透過事後與其中一位主管的討論，我們也充分理解記者也要有休息時間，要求記者隨時待命實在過於嚴苛。只不過有意思的是，無論是從新聞專業主張新聞優先的假設，或從電視競爭需要搶獨家、搶收視率的考量來看，這個同時不符合兩項假定的例子，都指向當下新聞工作者的雇員認同位置，他們是用雇員角色看待自己，所以將消息傳回公司後，便不再有後續追蹤，也不再如同以往資深記者描述遇到突發新聞，會設法親自到現場採訪的情形。再或者與我們討論的那

位主管也表示，以前她可能會到現場，或他們之中似乎應該也有人要到現場，至少更積極地處理那則新聞。但不可否認地，她也表示包含她自己在內，大家顯得有些意興闌珊，畢竟，「上班認真就好，但下班就是下班」。在她的論述中，展現做為雇員的自我認同成分，而非傳統新聞專業工作者的自我認同。

這種狀況並非個案，我們透過觀察與訪談也取得其他個案。諸如地震發生後，記者不再主動回報社；攝影記者只是用套裝鏡頭語法，甚至一鏡到底地拍攝新聞現場；文字記者不深入了解新聞現場，只是把主管交代的問題問一問；電視新聞製作人每天用看榜單的心情，上公司網站查閱昨天收視率報表，做為唯一評估自己表現好壞的依據，因為這是老闆會用自己的原因。再或者，幾位研究對象更在訪談中表示，自己變懶了，面對不景氣的環境，多做也無益，反而會惹人嫌，所以他們乾脆將焦點放到工作以外的生活，追求自我，或將時間分給家庭小孩。自己也只是被人請來做新聞的人而已。

這些例子共同用一種理所當然的話語與行為表達出來，然後在這些理所當然間，共同標示著當下新聞工作者自我認同的重大轉換。無論是被迫轉變、天生就是商人性格、或是本來便用無所謂心態工作，這些專業認同失勢之後的新聞工作者，順著組織引導進入利己層次。大多數人集體朝向雇員認同，然後配合前面各章節討論，由內而外集體展現一種無動力自我，就只是工作而已，熱情似乎不重要，接受組織設定的方向，不再有主體性，有關自我認同的思考則不必要。當然，再次提醒的是，這是種比例問題，相對來說，有人還是有著較多的專業認同，在轉向雇員認同過程中，因為無法徹底放棄專業認同成分，以致還是會展現專業企圖與作為，有著相對應的矛盾掙扎。或者說，有人雖然進入雇員認同主調，強調下班就是下班，不似過去會一直浸在新聞工作之中，但他們上班時，還是認真工作，努力做個負責任、認真的好雇員，而非是敷衍了事、混日子。

（三）認同管制與規範性控制

有關組織內部自我認同的討論，往往不能忽略控制層面的意義。事實上，當個人看待自我的方式隨組織移動，進入雇員認同位置之際，媒體組織便於同時達成規範性控制目標。

1. 規範性控制

近年來組織理論學者發現（Alvesson & Willmott, 2002；Kärreman & Alvesson, 2004），組織並不只是進行外部控制，直接管控個人行為而已，還包含了內部控制這種形式，試圖控制個人的思考與感覺，或者說，他們會嘗試透過影響員工的希望、恐懼等，由內而外地更深層控制個人行為。基本上，這些內部控制屬於規範性控制（Etzioni, 1964；Kunda, 1992），設法將個人放置在組織屬意的意識型態與規範位置，而個人認同便是這種控制的結果或是戰場。

我們發現，在台灣媒體組織內部，效忠便具有規範性控制的功能，過去報老闆正是利用庇護與效忠關係，將員工設定在「一家人」、「自己人」的認同位置，藉此產生與組織一致的價值與信仰，不需要事事調控。或者回溯黃金時代的老三台、兩大報，也像是在當時社會氛圍幫襯下，於專業認同之外，形塑出另一種菁英認同，透過這種菁英認同讓新聞工作者自己管理自己，進行另一層面的規範性控制，也呼應起組織會利用認同進行規範的說法。

我們便不斷在研究過程中發現，部分資深實務工作者除了懷舊於以往光環與榮耀，也回憶當時老闆與主管會在不同場合，強調記者是知識份子、社會中堅份子等菁英身分，然後用菁英方式對待他們。因此，儘管在時空上有些弔詭；儘管這種身分往往要事後才能比較出來，但無論如何，這種被認為適用於後科層組織的規範性控制（Alvesson & Robertson, 2006），竟然先行於過去黃金年代、封建性格濃厚的媒體，以往媒體組織巧妙運用了菁英認同，強化實務工作者的

自我控制與管理，然後解釋了以往媒體平日看似疏於管理新聞工作者，卻仍能順暢運作的原因。

我們發現，當時社會氛圍將新聞工作者視為菁英，老闆與主管也在組織內部一邊藉由不同論述強化這種自我認同；另一邊透過各種管理作為，諸如較優渥的薪水、允許實務工作者掌握自己的工作節奏與方式，實際製造菁英應有的被尊重與被信賴感。然後，這種因素共同促成實務工作者帶有菁英與知識份子的認同，願意進行自我規訓，用高標準完成工作。同時，因為自我認同與組織設定一致，也減少自我認同的不安全感，創造出一個相對穩定與安全的自我（Alvesson & Willmott, 2002）。

幾位老三台與兩大報記者便在訪談中表達，當時整個社會視他們為菁英，政治人物敬他們三分，甚至視為智囊，鄰居友人則尊重他們是「台視記者」、「聯合報記者」；被組織用菁英方式管理對待，不查勤、不打卡，願意信任他們，薪水也不錯；老闆與主管則又是如何告訴他們是「台視記者」、「聯合報記者」，不是其他媒體記者或一般行業工作者，而「台視記者」又是要經過多少關卡才能做到，或者在漏新聞時，冷冷提醒一句「台視記者」，然後就能促動他們想辦法找則等值新聞補回來。

在這種情境下，他們感到光榮與驕傲，也感受到自己的菁英身分，然後在這些資深新聞工作者回憶過去光輝歲月時，用各自例子說明在驕傲與光榮中，自己如何進行自我要求，戮力完成工作。其中一位便自信描述著，他們當時總會在看完自己新聞播出，以及友台記者如何處理當天新聞後才離開辦公室，確定自己做得比較好；要求自己除了不能獨漏，還要能跑出有深度的新聞，而且還要能夠創造議題。另外，他也曾經因為一則綁票新聞現場剛好在友台旁邊，友台記者因此搶拍到警方攻堅畫面，而感到自責，責怪自己為何無法與警方建立更好關係，讓他們出勤前先通知他，以致他在這則新聞落後於友台。

事實上，類似的菁英認同與相對應自我要求，發生在許多資深新聞工作者身上，幫忙當時媒體得以使用規範性控制方式達成管理目的，相對地，實務工作者也因此擁有驕傲且穩定的自我認同。只是隨著台灣媒體進入當下廉價版資本主義脈絡，台灣媒體開始從菁英認同的設定，轉移到雇員認同的主調。配合不景氣論述，老闆與主管不再提及菁英身分，而是用不同方式提醒身為公司一分子，要幫忙公司賺取利潤、要共體時艱；用指揮工人的方式，拿著麥克風在辦公室大呼小叫；為了衝收視率，要記者去做一些怪力亂神的東西；然後用最節省成本的方式安排人力，資深記者不再被重視，甚至成為人事裁員時的首要對象。

我們發現，雖然組織設定的認同主調有所改變，不過雇員位置的認同同樣具有規範性控制功能，而前面有關雇員認同角色的討論便充分說明這種情形。當個人被成功設定在雇員位置，行為也將符合當下媒體組織追求利潤的需求，在這種狀態下，雖然相對於菁英認同，當下實務工作者使用更為自利的方式工作，認為只要能夠完成自己分內工作就好，可是現實地，雇員認同的確也於無形中幫忙化解了新聞專業可能帶來的衝突。接受雇員認同設定的實務工作者，會理所當然地接受置入性行銷新聞，或者即便某些人仍混合著部分專業認同，但雇員角色也成為說服自己、合理化自己行為的好藉口。也因此，在重視利潤甚於專業與品質的情境下，媒體組織同樣可以藉由雇員認同達成控制目的，不需要使用強行要求的方式，迫使新聞工作者去做那些不被新聞專業認可的置入性行銷新聞，也不會遭遇抗拒。

2.雇員認同的另類思考

做為雇員的自我認同，是種規範性控制的結果。而這種認同也因此成為組織創造的心智牢籠（Kärreman & Alvesson, 2004），得以更為深入影響個人的感覺、思考與對於自己的看法，然後配合上直接控制行為的結構牢籠，兩者共同對於員工進行整體控制。只是儘管如此，

組織卻很少會成為全控機構（total institution），在所有時間情境完美控制員工的行為與想法（Tracy, 2000）。例如對於空服員等情緒勞工來說，他們雖然從行為到情緒都處在緊密控制當中，但卻還是可以透過某些抗拒作為，發展某些自我認同，告訴自己比乘客有水準，比同儕更優秀，藉此維護自己的主體性，而非只是順著組織設定，成為永遠微笑的服務員。Collinson（2003）也發現，在組織監看下，除了形成順從自我（conformist selves）外，也會出現表演自我（dramaturgical selves）與抗拒自我（resistant selves）。

相同地，我們也發現，新聞工作者除了選擇做為雇員這種自我認同主調外，大致還有成為表演自我，與邊緣人兩種選擇，或者參雜彼此。當然，也可能拼貼著其他可能性，建立屬於自己的認同，而前兩種選擇將在下節緊接討論。不過這裡要說明的是，整體來看，從菁英認同到雇員認同的過程，也同時從另一個角度展現當下研究對象對於自我認同的貧瘠想像，與缺乏熱情。他們並沒有因為新聞專業論述褪去，而努力建構屬於個人的自我認同，反而是在缺乏主體意識、缺乏深入思考的狀況下，多半只是隨著組織設定，不自覺地進入雇員位置，然後順著同時發展出的組織常規工作，進入無力與缺乏熱情的狀態。

另外，我們也發現，組織雖然透過雇員認同產生規範性力量，但這種認同帶有的利己與功利本質，卻也使得個人與組織之間出現一種同床異夢的可能性。換個說法，組織的確透過雇員認同的建立，讓新聞工作者願意為組織利益工作，例如願意做置入性行銷。但無法忽略的是，這種認同包含的利己成分，使得它多少帶有策略性順從的成分，所以相較於庇護與效忠關係建立的長期、情感連帶，雇員認同展現較多的工具性與暫時成分。

而相較於菁英認同，我們當下觀察的研究對象，也不像 Kärreman 與 Alvesson（2004）觀察的大型企管顧問公司顧問，會因為公司創造

了菁英認同，而願意為公司超時工作，藉此展現自己的菁英身分與能力。資深新聞工作者當下像是從專業認同整體往雇員認同退卻，知道無力再做「好」新聞，公司也不要這類新聞；認為公司功利對待他們，只把他們當成花錢請的勞工，所以他們也只需要盡量做到不出錯就好，然後盡量準時上下班，多點時間陪小孩家人，過自己生活。

　　也就是說，對部分實務工作者而言，雇員認同的另一層面意義是討生活，是為己與利己的，他們之所以接受控制往往是因為當下組織有利於己，是為了賺錢才聽從於組織。因此，這種認同很容易從組織剝離下來，只是暫時性與工具性地接受控制，而相對應出現的狀況是，隨著台灣媒體景氣變壞，組織愈來愈強調雇員位置，實務工作者也愈來愈會現實地區分上班與下班時間，不再如同過去，會為所屬組織與新聞專業賣命，瘋狂跑新聞。一旦有其他更好的工作機會，往往也會無牽掛的離職，因為「都是做人夥計，只是換老闆而已」。

　　對媒體組織而言，雇員認同的好處是它取代了新聞專業認同，配合上生存困境帶來的不安全感，使得新聞工作者放下專業身段與堅持，願意配合組織賺錢，共體時艱。但相對地，這種認同卻無法再進一步促成更為堅強的自我規訓，也無法創造自尊、榮耀、歸屬感與組織承諾。不過有意思的是，當下媒體似乎也並不在乎缺乏這些東西。因為，一方面在不景氣時代，老闆不擔心員工離職，或者即便離職也不怕找不到人，而且新來的人會更便宜、更年輕貌美。

　　二方面在廉價版資本主義論述脈絡中，媒體相對不在意新聞品質、深度，是否能夠經世濟民，通常只需要有人跑新聞，願意用好看、老闆與主管認可的方式把新聞做出來即可，至於是誰做的並不重要。例如，颱風新聞需要的只是有人在氣象局準時做連線，有足夠人力可以在全台各地表演出風強雨大的樣子即可，有關正確術語的使用並不重要；選舉新聞也只要有人會把新聞帶做得很熱鬧、準時交出帶子即可，有關新聞事件主角是誰、過去做了什麼事、地方派系生態並不重

要。這種不太需要專業氣象知識或政治知識的新聞處理方式，便凸顯出由誰來做都可以的現狀，專業與資深記者失去過去的位置。甚至當資深記者過分在意專業正確性，無法放下身段在街頭表演風大雨大的樣子，反而成為不好用的記者。

也因此整體來說，當下媒體同樣需要透過認同進行規範性控制，需要新聞工作者站在雇員位置，只是在廉價版資本主義脈絡中，這種需要可以只是暫時性，只要新聞工作者在組織內不搞怪，願意聽話就可以了。至於菁英認同形塑出的自我規訓，以及對於新聞品質的要求，相對來說是不重要、可以妥協，可以不管的，甚至，具有專業成分的菁英認同，反而容易與組織起衝突，不好掌控。另外，雇員的歸屬感也像是可有可無的，反正市場可以快速找到人補位，走了再換一個就可以了。

五、表演自我與邊緣人

組織嘗試形塑個人的自我認同，但不可否認地，個人身上終究也存在著能動性（Smith, 1984），並非所有人都將選擇順從。而且因為認同屬於內心層次活動，其不易被看穿的特性，更造就出迴避組織監看的空間，所以相較於行為層次的控制，實務工作者理論上具有更多回應認同管制的可能性。

透過這種類似控制與抗拒的觀察，我們主張認同不應該只被視為組織形塑的結果，而更像是個角力場。組織會嘗試進行認同管制，但相對地，個人理論上也可以透過平民抗拒策略維持主體性與自己偏好的認同（Ashforth & Mael, 1998；Symon, 2005）。本書研究資料便顯示，在大部分人接受雇員認同的同時，有人便是夾雜著表演成分回應認同管制，形成一種表演自我。另外，極少部分實務工作者則是進入邊緣人位置，堅持著自我中的真實成分，只是這也造成邊緣人的宿

命。當然，回應後現代特性，還有其他的拼貼可能性，我們也期待這種可能，只是再次地，同樣因為缺乏主體意識與深入思考，以至於這些回應往往也只是停留在論述表層，無法進一步展現論述的層次性，也無法繼續引導個人風格的展現。

（一）表演的策略性功能

Goffman（1959）從舞台表演的角度研究自我概念。他主張自我不只來自於每日互動，更會因應環境而做出變化，在有其他觀眾出現的台前，個人會致力於表演，向他人展現自己要的樣子，但是到了台後，則會褪去台前表演成分，展現出不同的自我形貌。另外，由於不同舞台有著不同觀眾，所以個人需要依照不同舞台場景發展適當劇本，展演出適當、他人可以接受的自我。這種表演成分提供了一種策略性順從的可能，使得員工在面對組織設定的自我認同時，不只有徹底順從與徹底反抗兩種選擇而已，而是具有一定回應能力，理論上得以維護主體性與自我認同。

當組織偏好的自我認同，被員工認為符合個人品味與價值時，這時接受組織設定便成為一種不錯、或理所當然的選擇。黃金年代台灣媒體夾雜設定的菁英與新聞專業認同，便因為其正面形象，成為當時新聞工作者的選擇，至少沒有引發強烈自我認同矛盾。不過麻煩且複雜的是，組織偏好的自我不見得百分之百呼應個人需求，在這種狀態下，對於缺乏抵抗資源的實務工作者來說，透過表演所進行的策略性順從，往往成為不錯選擇。

舉例來說，某些情緒勞工或髒工作從事者，便會透過認同過程中的表演成分，在工作時發展出「偽裝自我」（fake-self），藉此與真實生活中的「真實自我」（real-self）區隔開來（Tracy & Trethewey, 2005）。空服員面對航空公司要求發自內心服務顧客、顧客至上的同時，有些人會徹底順服，將這些要求內化成個人價值與認同，但有些人則會區隔

兩個自我認同，工作時展現組織偏好的樣子，生活時則展現另一個樣子。也就是說，表演的自我，或自我中的表演成分，成為回應組織監看的策略，藉此在重要人士面前展現出正面形象，有技巧的操控自我（Collinson, 2003）。而這種特性也整體回應了前面有關雇員認同的另類討論，在個人與組織同床異夢之間，隱藏的便是程度不一的表演成分。

我們在對照之下發現，過去以菁英或新聞專業為主軸的認同設定，呼應組織深層控制員工認同的說法（Alvesson & Robertson, 2006），資深研究對象會進行自我規訓，並且發展出組織認同與歸屬感。不過當組織偏好的認同轉換到當下雇員主軸後，狀況有所改變，組織與實務工作者開始可以分成兩條軌道前進，然後因為各取所需再弔詭地彼此搭上線，而非如同過去，是順著組織設定好的菁英認同前進。雇員認同具有的為己與利己本質，讓這種認同形式本身便有著較濃的表演成分，能夠被個人當成一種消極迴避組織監看的策略性順從。

在這種狀態下，有些研究對象在離線之後，便根本進入工作以外的認同模式。工作就只是工作，而雇員認同是他們工作時的唯一主調，只是為了應付組織以賺取薪水。特別是對於那些經歷過專業認同與菁英認同的研究對象，便可以透過這種區隔工作與非工作場域的策略，強調工作的工具性，拉開自己與組織間的距離（Collinson, 1994；Erickson, 2004）。在工作時告訴自己，這就只是份工作，得遵守職場倫理，聽從老闆與主管，但到了工作場域之外，則回到有些堅持專業的自我，展現較多專業認同的叨唸，或者反過來，根本不理會自己所從事的新聞工作。當然相較於過去，這種叨唸不只缺乏行動力，次數也少了許多。或者這種叨唸反而落人口實，讓那些不留戀專業的新聞工作者，認為這些人只是會叨唸，但在真實工作場域也是乖乖做個雇員，與自己沒有太大差異。

另外，更為積極或功利的是，有些實務工作者同樣自視為雇員，聽從組織命令，但卻更為巧妙利用組織是在操作雇員認同的事實，以

新聞工作這個職業為基底，為自己爭取到更多空間。在政治談話性節目、選舉造勢場景轉換成名嘴；在社交場合、自己部落格，經營自己的藝人身份，享受另種身分帶來的成就感與成名的快樂。雖然到最後，經常出現的是脫離組織，徹底轉換成名嘴或藝人。

因此整體來看，我們發現，台灣媒體企圖設定的雇員認同，同時交雜著順從與妥協兩種可能。它可以單純意味著一種順從自我，許多實務工作者便是接受組織設定，順理成章地把自己當成雇員，沒有多想。但對其他人來說，因為夾雜著表演成分，所以雇員認同本身便或多或少地具有策略性順從意味，成為一種棲身場所，然後在外發展其他可能性。

（二）集體灰暗時代的異教徒

面對組織的認同管制，實務工作者理論上有著抗拒的可能性，例如部分醫生會抗拒組織透過管理主義所設定的新認同角色，堅持原先專業主義下的自我認同（Doolin, 2002）。只是在台灣當下媒體，這種在內心層次的堅持似乎也喪失了實務上的可行性，連同個人在行為層次的缺席，大多數實務工作者像是集體保持於消極狀態，放棄自己的能動性與主體性。相對地，堅持用專業認同看待自己、為數不多的實務工作者，則像是成為集體灰暗時代的異教徒，在組織內部遭受自我認同的嚴厲考驗。

如同前面多次提及，雖然過去黃金年代同樣不是由專業完全主導，但整體來說，相對沒有經濟壓力，而社會大眾又給予尊敬的現實情境，創造了一個有利於專業認同的空間。從資深研究對象的論述中可以發現，即便四十多歲的他們不像老報人一樣，自視為文人、知識份子，有著憂國憂民的認同位置，但相較於當下年輕記者，他們當中的確有更多比例是抱著針砭時政、維護公平正義的期待進入新聞工作，或者在接受新聞教育之後，相信新聞專業論述。因此，這些研究對象雖然不見得有著想像中的文人風骨，但卻在組織偏好的菁英認同幫襯下，主要是以專業工作者或專業白領看待自己。

　　不過麻煩的是，面對台灣媒體進入集體灰暗時代，菁英或專業白領的認同主調出現改變。我們發現，除非徹底退出新聞產業，否則廉價版資本主義的媒體運作方式，以及配套的雇員認同，像是共同組合出當下新聞工作的主流。如此使得那些不想接受主流，卻又無法不工作；不想順從主流，卻又無法不低頭的新聞工作者，在做為雇員過程中，體會做為異教徒的自我認同困境。我們在長期觀察過程中發現，雖然人數不多，或者不見得自覺，但異教徒困境反應在兩個層次。簡單且外顯的是，這些研究對象從整體媒體產業，與自己所屬組織的實際作為轉變，清楚感受到專業白領認同的核心價值已被邊緣化，然後在客氣描述自己如何看著同儕「墮落」過程中，也顯露自己在同儕間的孤獨。

　　另外，較為隱性但也更重要的是，相較於自始便自視為雇員的新聞工作者，這些過去曾是、或現在仍保留異教徒主調的研究對象，會在研究過程中，在不同時間點，因不同個案，出現對於自己的質疑。我們發現，因為這些異教徒終究需要在現實世界討生活，有著難以割捨現實考量，所以就在他們明瞭主流是什麼，嘗試依照雇員位置演出之際，也同時違逆了自己堅持不肯放棄的核心價值，形成某種自我不一致與不真誠的狀態（Erickson, 1995），然後在整個過程中進退維谷起來，甚至被同事、同業視為怪人，也更加回過頭體會自己的孤獨。

　　一位被迫得說服自己成為雇員的報社記者，便間歇性地遊走在接受組織命令與咒罵組織命令之間。她一方面眼看著其他報社倒閉，自己報社又老是強調要為公司賺錢，了解自己必須成為雇員在意組織利益，以免失業；但另一方面，她卻又像是在組織內的異教徒，因為違反自己過去相信的專業價值，而對自己生氣，懷疑自己究竟是誰，是記者，還是業務員。

第十章　結論：組織內的持續追尋

　　本書以個人如何與組織互動做為主軸，透過長期研究觀察，逐步從結構面轉向個人面，整體論述了台灣新聞工作者在組織內的遭遇與困境。第一部分討論台灣媒體的封建性格，並藉此做為後續各章論述的鋪陳基礎。我們發現，台灣媒體雖然具有科層組織形式，但實質卻屬於封建性格，在缺乏明文制度的基礎上，老闆與主管參雜濃厚人治精神，管理著整個王國與各自領地，而庇護與效忠這組社會關係，也成為組織控制的重要關鍵。

　　第二部分聚焦於組織控制與個人回應策略之上。本書發現，在封建場域內，除了庇護與效忠，組織還會透過「權力行使」與「權力控制」，以及經組織校準後的工作常規，細膩地鋪陳出控制作為。組織施展著控制，理論上，個人則具有回應控制的能力，只是在長期研究過程中，我們卻也觀察到結構與能動性之間的相互交纏，組織控制作為通常會因為「行動者的缺席」得到強化。而順著常規做事的習性，也讓實務工作者僵化在組織設定的軌道中，不自覺地與組織共謀控制了自己。另外，近年來台灣媒體產業嚴重不景氣，更造成實務工作者進入以生存為主的工作模式，然後在強大結構壓力之下，程度不一地自我設限與自我放棄。因為對於權力的過度想像、生存等現實問題，使得回應組織的能力與意願幾乎被封鎖，也形成當下新聞工作的集體灰暗時代。

　　第三部分則順著集體灰暗時代的出現，從工作自主這個古典問題，延伸到工作意義與自我認同這組當代困境。我們透過長期觀察發現，近年台灣新聞工作實務場域，從理想中的專業模式，進入更為寫實與赤裸的生存模式。在其中，實務工作者不只是在行為層次缺席，

更為根本的是，新聞工作意義與自我認同也連帶出現改變。當他們順理成章地把新聞當工作，主要是為了賺錢謀生，同時在新聞專業論述崩解後，因為缺乏主體意識與深入思考，整體造成工作意義與自我認同的貧瘠想像，實務工作者能做的似乎也就只是持續工作，在自我認同轉變過程中，感到迷惑、矛盾掙扎與無所謂。

　　當然，在現實場域，將新聞視為「只是工作」，是種需要尊重的選擇。可是如果我們期待新聞工作應該具有比「只是工作」更多一點的東西，例如多點人性尊重、多點工作承諾、多點專業意理。或者回到更為單純的原點，認為個人應該有著自我超越的意志，在組織構成的結構之中追尋到能動性與主體性，那麼，我們便也期待實務工作者能在組織內持續這種追尋，同時更希望本書不只是在進行現象厚描，更能夠促動有意願的人完成自我超越任務。

　　也因此，在本書將研究對象充分視為合作夥伴的關係下，我們冀望本書論述一方面可以細緻勾勒個人與組織互動的深層結構；另一方面則能夠透過這些厚描形成反思線索，幫助實務工作者在閱讀過程中看到更多自我超越的可能性（張文強，2004）。然後在反思線索之上，選擇是否要進行超越；或在反思線索之上，充分考量個人手邊資源與限制，具體發展出屬於自己的解題策略。

　　本書依循這種原則進行書寫，而前面章節已陸續論述過各種反思線索，特別是有關組織如何進行控制、如何施展權力，行動者又該如何利用平民反抗策略進行回應等部分。不過，除了這些被本書視為能動性的問題外，我們透過長期研究觀察也更為整體地發現，想要充分回應當代新聞工作困境，還得回應以自我認同的追尋、熱情的追尋，以及一種作品精神，追求層次感。我們主張，這些有助於實務工作者更具行動意識與意志，也將直接幫助實務工作者重新思索自己的主體意識與存在價值。因此，在第九章整體論述工作意義與自我認同這組線索之後，本章主要將承接此部分討論，一方面重整前面章節論述，

試圖做出結論。另一方面則嘗試從認同、熱情與層次感角度，更為大膽地整合出若干反思線索，整體回應當下新聞工作困境。

壹、在實踐場域，做「好」新聞

做為一種專業，新聞工作者經常被期待不只是在做一份工作而已，需要對於自己的工作有著更多承諾，奉行新聞專業論述的各種規範，節制個人主觀與私慾。而本書透過長期研究觀察也發現，新聞專業論述的確擘劃了新聞工作的理想，在部分新聞工作者身上得到了部分實踐。或者，進入專業道德崩解的後現代或資本主義情境，新聞專業論述更有其重要價值，因為它標示著在商業邏輯之外，另種遊戲規則的存在，而非任由商業邏輯壟斷新聞工作場域的遊戲規則。

只是不可否認地，專業在當下展現了某種實踐困境，甚至是疲態，以至於無論是學者或有心的實務工作者，通常只能在旁邊觀看，提出批評、感到痛心，卻對實務場域無能為力。面對這種態勢，本書相信新聞專業論述的價值，但卻也嘗試提出一種從新聞專業論述中解放出來的整體線索。

一、做「好」新聞的其他可能性

我們主張，傳統新聞專業像是預設了一個真空與模範場域，新聞工作者被假定可以排除外在壓力，依照新聞專業標準完成工作。只不過真實世界卻經常對比出這種預設的理想化，因為姑且不論來自老闆、政治人物的惡意干預，新聞工作終究是發生在真實人際場域之中，因此記者需要處理與消息來源的關係（臧國仁，1999），當他們彼此「共舞」，有著合作、對立、共生等關係（Gans, 1979；Giber & Johnson,

1961），便也表示雙方互動包含濃厚的人際成分，而非全然依專業行事。或者，媒體組織雖然應該做為專業場域，依專業進行新聞判斷，但它終究無法迴避做為社會與人際場域的事實，例如編輯台主管的新聞判斷，便不是完全依照新聞專業標準進行，還會考慮到與供稿記者間的人際關係（Clayman & Reisner, 1998），或者在台灣媒體封建性格中，本書更發現大量人際關係流動的痕跡，並描述於前面各章節。

在這種狀態下，新聞專業這種被歸類成學術、帶有道德意味的說法，的確具有做出好新聞的可能性，但我們似乎也難以否認的是，新聞工作者終究是雙腳沾染了泥濘，在真實的社會與人際場域中前進，需要面對人性本質的寫實挑戰。也因此，我們主張，新聞專業論述可以、也應該具有指引功能，但當下新聞工作場域卻也同時需要一種後現代式的解放心態，嘗試在人性本質上，重新思索另外做好新聞的可能性。而實際觀察真實世界，這種可能性其實便已存在，只是它需要更被凸顯，也更需要實務工作者的充分體認與實踐。

基本上，對於習慣新聞專業的人來說，好新聞的標準似乎是理所當然的，不太需要討論。只不過如同 Meijer（2003）主張應該去探索第三種電視節目製作方式，而不是假定只有遵守傳統認定的專業作法，才能做出有品質的電視節目，我們的研究也整體呼應這種觀點，看到另外的可能性。雖然人數不多，但幾位沒有接受正統新聞教育的研究對象，便像是在實務場域內依著某些堅持與標準，守住自己心中那條好新聞的界線。

例如，我們曾訪談過一位得獎新聞工作者，驚異於這位廣受同業肯定的研究對象，並不是因為懷抱傳統新聞專業的執著，才有如此表現。在第一次訪談過程中，我們訝異發現她坦然接受置入性行銷，以及她竟然並未如同預期，會從新聞專業、新聞道德角度連串抱怨她所屬的媒體情境。後續互動過程更顯示，她也用類似商業遊戲規則處理新聞，同樣重視收視率。只不過重要的是，從同儕描述、實際新聞操

作案例，以及這位研究對象的自我分析，我們發現，當大部分記者習慣從「方便」角度便宜行事處理新聞，展現侵入式、記者本位採訪方式的同時，這位研究對象則是用簡單的善心良心、充分尊重與關懷人的原則處理新聞。

因此雖然她不是新聞科系畢業，實際上也沒執著於傳統新聞專業規範，但相較其他記者，特別是那些同期入行、受新聞專業訓練的人，她所處理的新聞更為在意新聞當事人的感受與權利、明顯減少八卦人物與怪力亂神式的新聞。同時，配合嫻熟工作能力、對「人」的獨特且敏感的觀察，以及對「人」的充分尊重，更讓她做出帶有個人風格、細膩深刻的人物專題，也因此得到業界與觀眾口碑。

也就是說，於實務場域，靠著新聞專業定義以外的規則，理論上，實務工作者還是有可能做出對得起社會或自己的新聞。或者，這也意味著從新聞專業解放出來之後，不一定就只會進入墮落深淵，他們終究還是具有使用其他方式做出好新聞的可能性。只不過這裡涉及個人是否具有主體意識與意志，了解自己具有這種可能性，也願意花時間嘗試去做。

二、新聞工作中的人性寫實本質

然而除了用上述角度，回應新聞專業論述在實務場域的疲態，我們透過長期觀察也發現，新聞專業論述雖然建構了理想，但回到真實世界，新聞工作終究無法忽略人性的成分。或者說，即便對於過去那些信奉專業論述的人來說，新聞專業經常也是種比例問題，並非全有全無的問題。這種人性本質一方面描述了專業論述理想在現實場域的哲學式困境；另一方面也成為思考新聞工作未來的重要因素。

本書研究對象的作為便清楚說明這種狀態。我們發現，除了傳統專業論述關切的組織外力干預外，新聞工作者是在確保飯碗、期待升遷、朋友義氣、效忠長官、親情倫理等脈絡中處理新聞。在長期研究

過程中，無論是黃金或非黃金年代，本書便實際觀察到不少相關個案，研究對象會因主管請託而出席某場記者會，力挺自己主管而願意超時加班；因朋友的新店開幕而以自己媒體人的身分站台，甚至幫忙做新聞加以報導，不然便是幫忙朋友化解即將上負面新聞的壓力；當親戚成為爆料新聞主角後，特別花時間調整新聞角度，然後還得接到家人轉來的關切電話。再或者，編輯台主管選取新聞時會考慮記者心情問題，而非全部依照新聞價值作判斷，即便新聞內容不佳，也會盡量選用，避免造成記者挫折感。

　　本書了解就新聞專業標準來說，上述事實終究違反專業原則，可是倘若反過來將它們全部解釋成實務工作者墮落，也可能失之簡約。而這裡似乎存在著一個哲學意味的困境，也就是說，除非能夠創造一個完美情境，新聞工作者可以做為道德無瑕者，割捨外在慾望與人際脈絡，否則專業始終是在人性之中行走。因此，就在新聞專業論述嘗試透過制度化，創造專業境界的同時，這些作法也像是違反與挑戰了人性，在進行一場絕大多數凡人都會失敗的人性試煉。不過，大多數人沒有通過試煉，並不表示實務場域沒有好的新聞工作者，而是凸顯出新聞工作的凡人本質，想要進入道德無瑕位置真的並不容易。

　　透過長期研究比較，我們發現無論是過去或是現在，人性本質始終存在於新聞工作，只是被凸顯與被察覺的程度有所差異。在以往黃金年代，因為有著較佳工作環境、不用擔心生存問題，所以人性本質比較不會頻繁出現，困擾實務工作者。或者，因為過去有著工作倫理，以及相對認真的實務工作者做為支撐基礎，使得人性中的墮落本質相對較受到節制，並且整體遮掩了新聞工作中較無傷大雅的人性成分。只是進入廉價版資本主義，以及後現代情境之後，當專業道德、工作倫理都逐漸崩解，又有現實生存壓力，新聞工作中的人性本質便像是用更為寫實與赤裸的方式浮上檯面。也因如此，當下新聞工作場域更難以尋覓到符合傳統定義，足以做為典範的新聞工作者。

　　我們理解，一直以來新聞專業似乎總在期待典範個人的出現，可以做為他人效法對象，也期待新聞工作者都能成為專業英雄。而我們也同意，找尋典範個人是種值得等待與尊敬的追尋過程，但不可諱言，在當下這種現實且弔詭的新聞工作情境，或者說，至少是在現階段，典範個人像是個不可能的任務。因為在後現代成分中，「做為其他人典範」這個概念具有普世成分，本身就是弔詭的，有著理論上的不可能。相對地，在實務工作場域，特別是由廉價版資本主義組成的實務場域，生存壓力與自利動機則從實務層次讓典範個人變得不可能。當大家都有生存壓力，都有人性考量，要完整符合新聞專業論述定義的標準，比過去更難，幾乎是不可能的任務。或者如同本書一位研究對象所言，「在這麼糟的環境中，不變壞就已經很好了」，雖然這句話帶有濃厚悲觀色調，但卻也寫實描述部份實務工作者在當下巨大結構困境中的心情。

　　所以整體來看，配合第八章有關大論述崩解的討論，本書描述了新聞專業論述在當代社會的困境，與新聞工作的人性成分，並且主張正面面對它們，思索新的工作可能性。但這裡需要說明的是，我們雖然主張跳出新聞專業定義，卻不表示新聞可以隨便做，或者新聞工作就是現在這樣，沒有更好的可能。另外，這裡更沒有藉此否定新聞專業論述的企圖，認為實務工作應該遷就現實而放棄理想。相反地，我們企圖透過本書提供實務工作者一組新的反思線索，反思自己在組織內部的種種作為，然後期待他們不只不會變壞，更可以重整自己的新聞工作，找到屬於個人的新聞工作意義與風格。

　　本書嘗試主張，如果我們無法期待實務工作者在真實世界可以成為斯多葛學派的禁慾者，那麼當下需要的或許是另一種，或另外多種接受人性考量的新聞定義。我們了解在回到實務場域進行觀看之後，新聞將無可避免地具有「工作」的成份，但卻也同時認為，新聞工作可以，或應該是比「只是工作」還要更多一點的工作。這種「更多一

點」的概念，雖然唸起來拗口，不過它卻實際意味著新聞可以不只是討生活而已，可以在謀生之上，加上屬於自己的意義；在標準作法之外，加上屬於個人的風格；在不會變壞之際，讓新聞工作者可以掌握自我認同的主調，找到屬於自己的存在價值。而這些也將整體展現在結構控制之下，個人理論上具有的能動性與主體性（Knights, 1990）。

最後，在接受人性存在，而非存而不論的前提下，雖然個人不再像專業論述期待一樣，具有完整自主性與能動性，理想中的典範專業工作者不再，不過如同前面那位得獎研究對象卻也使用自己的方式，讓集體灰暗時代得以維繫一定燭火，而非一片漆黑。這種燭火雖然微小，或者無奈，但卻可能更為寫實地回應結構限制，找到屬於個人的工作方式，然後回應出有人性、有深度的新聞。

貳、成為行動者

本書花了相當篇幅討論個人與組織的互動關係。我們發現對於實務工作者來說，組織代表的是種結構性力量，而個人的過度想像，則放大了結構影響力，然後在結構中感受自己是如此不可動。也因此，如同其他研究對於勞動者處境的分析（Braverman, 1974；Form, 1987；Child, 1985），本書大部分研究對象也像是缺乏了能動性與主體性，只是順著組織設定目標做事，與自己工作異化。

不過對台灣新聞工作者來說，缺乏能動性與主體性的現象，不只是受到結構因素影響，其間涉及更多自我放棄的成分，以致我們發現結構與行動者之間展現某種交纏、不易用語言清楚陳述的關係。而這種狀況一方面凸顯實務工作者需要努力成為行動者，才可能處理能動性與主體性的困境；另一方面，本書受此影響，也得來回於兩者之間進行論述，增加書寫與閱讀的困難度。

一、結構、困境、掙扎與挫折

在長期研究過程中，我們明顯察覺到上述「感覺自己不可動」的說法，像是研究對象的普遍認知。他們參照聽來的例子，或單從自己的角度詮釋主管行為，想像與描述出自己面對組織控制時的無能為力；同時，在自我認同的貧瘠想像中，反映個人缺乏主體意識的事實。

不過相對於此，在長期研究過程中，經過幾次觀察轉折，我們也充分理解，儘管理論上始終存在著能動的可能性，但結構的力量卻可以是異常強大的，強大到讓那些缺乏權力的人感到異常挫折。而不幸運地，台灣新聞工作場域當下似乎便處在這樣狀態，沉浸於廉價版資本主義邏輯的老闆與主管，只在意利潤的思考邏輯，透過封建體系的幫襯，展現強大的結構力量，封鎖住許多能動性的可能。

在當下這種遠較過去嚴苛的新聞工作情境，愈是懷抱理想的研究對象，愈是想要抗拒掙扎，但抗拒掙扎的結果，卻經常不是為個人爭取到能動性空間，而是一次又一次地感受結構力量的更加緊縛，到最後異常挫折，甚至對工作絕望。一位因為懷抱理想，才毅然進入新聞行業的電視新聞工作者，便在與我們的多次互動中，相當具有反思性地分析自己，深層描述自己於當下結構中的失望挫折。

在深刻感受近年新聞產業的整體墮落之後，這位研究對象一方面表示，自己雖然不像有些記者聚在一起就喜歡抱怨公司、抱怨其他記者，但卻也知道自己成為那種自怨自艾、會悶在那裡的記者，對新聞這個行業失望。另一方面在帶有絕望的語調中，他更多次表示自己根本被異化了，只是攝影機器。工作到後來，原初對於紀錄事實、對於影像的熱情不見了，在飯碗考量下，就只是把自己當成是在傳播公司做攝影，而非做新聞；用接案子的心情處理每天分派到的任務，不問新聞理想與原則。或者在某些負面情緒突然湧現，強烈感受自己無法

改變結構、無法提出回應策略時，會想要轉業去做電影剪接，去做純粹的影像工作。只是如同他自己所述，一想到做電影可能會餓肚子，只好又回到現狀，然後向研究者自我解嘲地說，「自己會不會很沒用，什麼事都拿沒飯吃當理由」。再或者，至少在兩次交談過程中，他明白表示如果不是我們問起，他早習慣或忘了這件事，早已放棄了掙扎，也早已調適好了工作心態與工作方式。不過，儘管這位研究對象不再試圖說服主管，用組織與主管喜歡的方式做新聞，但他所說的放棄終究並不徹底，因為他還是會為此感到挫折、絕望。

當然，這位研究對象感受的強大挫折與絕望，包含著對於結構與權力的過度想像。或者，這裡有著某種宿命，愈是思考人生與結構，愈是擺脫不掉結構的壓力，然後進入絕望無力的狀態。不過更為現實，但也難被外人理解的是，這種因強大結構壓力導致的異常挫折，以及無力妥協，經常是種需要臨場才能充分感受的私人情緒。因此，我們往往無法藉由一次深度訪談便完全理解這種情緒，特別是在實證主義式的深度訪談原則之中（Holstein & Gubrium, 1997），研究者透過訪談取得通常只是一組負面形容詞，並無法真切感受他們深層情緒的波動。或者說，研究對象或因為不願意完全揭露自己，或因為無法完全藉由語言充分表達日常生活中的困境，所以導致研究者可能認為問題並不嚴重，低估了實務場域內的挫折與無力。

相對地，比對主管位置與下屬位置研究對象的觀察資料，我們發現，主管也很難清楚感受這種挫折，畢竟，因為在組織內部的權力相對位置不同，承受的結構壓力也不同。因此即便有些主管是良善的，但在他們習慣發號命令的同時，卻難以體會下屬對於自己的敬畏、戒慎恐懼，以及對於自己位置代表權力的擔憂。所以，我們主張，在負面形容詞之中，這些研究對象雖然可能做小了自己，感受到異常挫折與孤獨，但我們卻也需要帶著體諒成分看待這些研究對象退卻的行為。

二、盡力站回行動者的位置

　　回到結構與能動性的交纏關係之上，這種體諒並不表示本書認同實務工作者一點都不具有能動性，當然，我們也沒有天真到認為可以不管結構，只要堅持新聞專業。事實上，從某些研究對象錙銖必較地與長官爭論放假時數、爭取與別人相同的調薪幅度、敢於上班遲到、發展出具體偷懶與推卸責任教戰守則，並且教給新人，便實際展現了基本抗拒與能動性的空間。

　　換個說法，與長官爭辯某則社會新聞該如何處理，的確可能得罪主管，相對地，與長官爭辯放假時數，也可能會得罪主管，甚至更會被認為是在偷懶、不負責，招致他們所擔心的「記仇」。但整體來說，這些錙銖必較背後更深層意味的是，即便在當下環境，實務工作者並非完全不具有能動性，只是展現在哪裡而已，而展現在哪裡的關鍵便在於他們是否具有成為行動者的意願。也因此，我們觀察到某些研究對象，面對放假相關問題時，會與主管爭執到翻臉不說話，或想盡辦法用不同理由達成就是要在某天休假的目標，但其他時候，回到有關新聞工作指示層面，往往選擇的是沉默。

　　對這些研究對象而言，組織生活像是被區隔成兩個部分，其一是以放假、加薪等組成的工作條件區塊，其二是有關於如何工作的工作方式區塊，在這兩個區塊中，他們的標準與策略並不相同。身處前者，這些將新聞當工作，而且通常缺乏傳統工作倫理、追求個人利益的實務工作者，多半敢於爭取放假、加薪等基本權益。但回到後者，雖然有些年輕記者較敢與主管頂嘴，不過於偶爾頂嘴之外，在大部分時間，大部分研究對象則像是不約而同地進入被結構統治的狀態。

　　也因此，我們主張，新聞工作者其實具有回應組織控制的可能，只是需要嘗試在兩個區塊都盡力站回行動者的位置。特別是在當下這個以生存為主的實務工作場域，重新站回行動者位置，意味著實務工

作者可以呼應起平民抗拒策略，用較柔軟的方式，幫忙解決發生在組織中的控制問題，而這也是本書第五章到第七章主要論述重點。

另外，重新站回行動者位置也有助於建立勞工意識，形成集體對抗力量，藉以面對更為直接粗暴的權力行使。簡單來說，我們發現，台灣媒體場域的封建特性，讓勞雇雙方長期處在一種微妙的人治狀態中，並未培養出制度化的勞雇關係。在過去，這種方式大致運作順暢，主要是因為在媒體產業景氣繁榮的基礎上，庇護與效忠關係充分頂替制度化規則，配合正面的家父長善意，整體減緩或遮掩了勞方被統治的本質。只是好景不常，當台灣媒體產業進入當下殘酷不景氣時代，庇護與效忠這種機制便也出現失靈狀態，不再具有平衡勞雇關係的力量。組織缺乏制度的事實，反過來被不再具有善意的老闆所利用，輕易改變勞動條件。小從休假與積假規則改變、出差規定的調整，大到改變原先優退優離制度，企圖強迫員工離職，甚至直接裁員、關門。

老闆的確是造成勞雇關係嚴重傾斜的原因，不過缺乏行動意志的員工也弔詭地幫助了傾斜。我們發現，長久以來看似和諧的勞雇關係，累積了某種莫名氛圍，自視為文人、專業白領的新聞工作者，一方面習以為常於缺乏制度的狀態，並未察覺制度可以意味著對於自己的保障，甚至反過來認為制度是礙事僵化的；另一方面，他們過去因為習慣於眼前的穩定，認為自己可以在報社工作到退休，甚至因為工作輕鬆，可以「一邊工作，一邊退休養老」，然後導致根本缺乏勞工意識。

只是世事難料，當台灣媒體進入當下不景氣、集體灰暗的年代，不重視制度與勞工意識的結果，讓他們長期缺了做為行動者的意願與意志，然後如同溫水煮青蛙，等到老闆一步步緊縮工作條件，於最後裁員時刻才感嘆來不及回應。一位被賦予執行裁員任務，但自己也可能被列入裁員名單的主管，便感嘆缺乏勞工意識的他們，無法團結。長久以來，只是在旁邊看著同業與同事被要求優退優離、被裁員，

然後等到自己面對最後關鍵時刻，根本反應不及，或根本沒有能力反應，以致只能等著被各個擊破，任人宰割。

因此整體來說，無論是積極使用平民抗拒策略，或者發展集體對抗力量，重新站回行動者位置將是個重要關鍵。我們期待，對於權力有過多想像，不自覺自我放棄的實務工作者，可以藉此重新裝配上行動意識與意志，積極操作平民抗拒策略取得應有的能動性，不再是完全順從組織控制、順從常規工作，缺乏自我超越能力的被動個體。不過也就在第五章到第七章整體論述完此組問題，並提出相關反思線索之後，接下來，便是接續第九章既有的討論，再深入處理生存工作心態中的主體意識問題，提供更多有關工作意義與自我認同這組大哉問，亦是當下新聞工作重要困境的反思線索，藉此促成實務工作者自我超越，建立個人存在價值與工作風格的可能性。而這包含建立自我認同、發現熱情與尋找作品精神三部分。

參、認同的追尋

對於身處集體灰暗時代的新聞工作者來說，站回行動者位置，是追求個人能動性的整體反思線索。實務工作者需要思索自己是否因為對於結構、組織、權力的過度想像，而困住了自己，相對地，在衡量手邊資源之後，又該如何進行脫困。

本書主張，站回行動者位置像是基本動作，能幫忙處理能動性問題，但如果我們同意新聞應該比「只是工作」更多一點，同時充分體會當下新聞工作面對的不只是能動性問題，還包含更為深層的存在價值困境。那麼，實務工作者便得在普遍貧瘠、以雇員做為自我認同主調之下，找到屬於自己的自我認同，然後搭配出相對應、帶有個人風格的工作方式，如此才能更為完整地回應新聞工作的能動性與主體性問題。

認同的追尋是在思索自己的存在價值，而熱情的追尋則在觸動新聞工作者執著於自己選擇，化解常規帶來的平淡樣貌，以及只是做為雇員的困境。不過，無論是認同或熱情的追尋，都有著某種存在主義式的成分，讓它們像是在當代社會中的永恆追尋，並非輕易可以達成。

一、在主流之外，建立自我認同的可能性

想在主流結構中建立起不同的自我認同是件不容易的事，不過看見這種可能性卻是重要的事，因為它意味著追尋的開始。特別是在資本主義本身便是主流的當下，這種自我認同的追尋更是困難與重要，我們發現，就在資本主義以自利與利潤為基礎，串聯起各個領域，以極為普遍與深層方式運作之際，也同時凸顯出異教徒、邊緣人，或其他異於主流認同的實踐難度，當然也相對凸顯出它們存在的重要價值。

在主流結構中，專業工作者需要花費相當心力才有可能突圍。Rao（2003）便透過分析法國美食產業如何轉向「新菜烹調法」，討論機構性改變的複雜過程。Rao 主張，所謂的「機構」並不單是指涉包含特定權力安排、限制個人行動的制度性設計，它更涉及一套指引實際行為的信仰，組成行動者的自我認同。因此，想要進行機構性改變、挑戰主流，不只是直接挑戰結構而已，更需要採取某種對應的「認同運動」，設法在主流之中導入異於主流認同的線索，造成新舊認同並存，最後形塑出新的認同。而認同運動是複雜的，Rao 發現，推動認同運動的人具有愈高的社會地位；新認同角色的理論化程度愈高；愈多人從主流中叛離；叛離者得到更多的名聲，參與運動的人愈可能放棄古典烹調法的自我認同，機構化改變也才會成功。不過無論如何，這段過程意味著認同運動的推動並不容易，主流不易顛覆，想要形成新認同需要花費許多精力。

　　Svejenova（2005）對於西班牙導演 Almodóvar 的分析，也從另一個角度展現專業工作者想在主流中忠於自己，持續維持真誠的自我是件不容易，但卻重要的事。Svejenova 發現，諸如 Almodóvar 這類具有創意、懷抱自己想法的專業工作者，於入行之初會經歷探索自我的階段，會在各種的可能自我間進行嘗試與比較，從中尋找一個自己滿意的角色，而在這段探索期間，他們便得開始寫實面對閱聽人的看法，不是單由自己決定自己要什麼。

　　接下來，在聚焦於特定角色之後，專業工作者更得開始處理專業社群的集體認同，如果他們選擇主流，便不致有太多問題。但假定他們選擇異於主流的位置，就會感受到主流的強大限制，促使他們需要回應，甚至攻擊主流，提出新的運作邏輯與新的認同，設法擴張個人自主性以及自己對於專業的控制能力。對於成功、懷抱專業理想的人來說，這段過程雖然相對困難，但如何在主流中忠於自我，維護理想的自我認同，卻是必須處理的事情。

　　基本上，本書了解順著主流工作是一種選擇，或者也是簡單的選擇，不需要花費精力對抗主流。相對地，想要異於主流，則需要經歷相當的掙扎、努力與磨合。在這裡，我們並非主張每位新聞工作者都要逆勢挑戰主流，但卻也認為，在新聞專業論述式微，專業認同不再受青睞之際，假如實務工作者期待自己不只是做個雇員，不只是順著常規做事，那麼即便相當困難，他們也比以往更需要去問，該如何建立屬於自己的存在價值，填補專業認同消失後的自我認同空隙。否則專業認同式微將等同於自我認同的嚴重放空，然後在放空狀態下，經常就只是順著組織認可的常規做事，順著組織偏好的雇員認同處理每天工作，不問工作對自己的意義，也不知道自己是誰。

　　也就是說，實務工作者或許可以不遵循新聞專業的設定，但卻應該思考屬於自己的認同。因為在後現代情境中，這種帶有個人成分的認同並非注定要與資本主義主流決裂，或注定會實踐許多研究對象

「先成為烈士」的預言。反過來,這種帶有個人成分的認同,將可以讓個人與資本主義主流保持一定距離,不會急忙進入唯利是圖、充分異化的處境。

或者說,回應後現代特性,甚至利用後現代特性,當認同可以是拼貼、表演與策略的;可以是同時混雜主流成分、現實考量與個人理想的結果,實務工作者便不致因為選擇異於主流的認同,就為自己招致漢賊不兩立式的挫折困境。然後也因如此,這種帶有個人成分的認同具有更多實踐的可能性,實務工作者可以藉由拼貼混雜的自我認同,重新思考自己的工作意義與存在價值。只是如同第九章有關自我認同的討論,台灣新聞工作者回應新聞專業式微的通常是自我認同的貧瘠想像,而非嘗試追尋屬於自我的新聞工作認同。

二、自我認同、自我超越與自我風格

自我認同會影響工作策略,例如 Ulin(2002)的研究便發現,在當下流行以現代化方式生產葡萄酒的氛圍中,部分法國西南部酒農正是因為使用藝匠心態看待自己,才使得他們維持不同於大量生產、科學管理的葡萄酒生產方式,然後這種藝匠式自我認同與堅持傳統耕作法,為當地酒農保留了法國酒農的傳統與名聲。更重要的是,酒農們也因此保留了對自己工作的控制權,並未遭遇新一代酒農因採用大量生產方式所經歷的異化情緒。

另外,Cantor(1971)討論的三種類型節目製作人也有類似情形發生,心向電影的製作人、作家型製作人,以及傳統製作人,便因為看待自己方式不同,促使他們處理壓力的方式,對於閱聽人的考量有著差異。而 Ekström(2000)則將電視新聞分成傳布資訊、說故事、吸引注意這三種不同工作模式,然後發現認同不同模式的新聞工作者,在新聞生產過程中各有不同的關心焦點、不同的呈現策略。

再或者，本書也實際觀察到一位電視新聞工作者，相較於其他人，這位研究對象除了使用許多社會學語言回應第一次訪談問題，更在後續互動中，同時運用社會學語彙分析新聞事件、新聞產業現狀，以及自己與所屬媒體間的互動關係，並且數次表達自己所具有的人類學與社會學訓練，以及擅長拍紀錄片的背景。不過基本上，也就在這位研究對象表示自己愛發牢騷的同時，他對當下媒體情境的抱怨，對當下記者缺乏知識深度的批判，認為學校老師不懂實務操作、卻好發議論，以上種種似乎共同指向這位研究對象並不滿足於記者的身分角色。然後相較於其他人，他像是轉換了自我認同位置，嘗試使用「非學院派研究者」角度看待自己與新聞工作，並且深化出帶有個人風格的工作方式，而他自己也有這樣的期許。

因此，相較於其他新聞工作者，他在製作新聞專題時，不只是在陳述事實與剪接畫面，設法讓它變得好看而已，或者說，就在其他公司記者稱讚他的專題好看、有深度的背後，主要關鍵似乎便在於他採用了另種認同看待自己、用另種工作方式做新聞。呼應非學院派研究者的認同，他使用社會學式角度鋪陳手邊的新聞專題、十分重視資料畫面的收集、訪問非主流學者，甚至使用社會學語彙進行旁白，整個過程如同在做紀錄片一般，只不過有著商業包裝。然後如他幾次所述，新聞不應該只是描述事件而已，應該是有社會意義的，而他也會盡力賦予手邊新聞專題某些社會學意義。另外，這種精神也反應在新聞播報工作之上，即便與別人播報相同新聞，他也會設法在播報稿頭加上一些新聞詮釋，讓某些不得不播的八卦新聞、社會新聞也可以傳遞出某些社會意涵。雖然這些詮釋偶爾會因為過了頭而引發爭議，或者觀眾也不見得聽得懂，但卻也標示出他的風格。

基本上，自我認同會影響工作策略，導引出超越現狀與常規工作方式的可能，但這種例子在整個研究過程中並不多見。不過即便在主

流中找到自我十分困難，這些例子還是意味著個人可以有著異於主流的自我認同，可以從主流中逃逸，找到屬於自己的工作方式。

　　只是儘管如此，如同前面所述，本書觀察到的大多數台灣新聞工作者，卻是整體缺乏主體意識，展現一種自我認同的貧瘠想像，然後就只是保持在組織設定的雇員認同之中，使用類似工作常規做事，無法超越現狀。或者說，即便在做為雇員的認同主調下，部分研究對象隱約表現出某些自我認同的想像，但這種想像卻經常只是淺淺的一層，未能進一步凝固成穩定的認同成分。

　　在這種狀況下，我們很難期待依循主流的實務工作者會有著自我超越的作為，特別是在當下新聞工作情境，快速進入雇員認同位置的實務工作者，更是缺乏了對於自我認同的深入思考。所以，他們在缺乏專業認同之後，更加難以回答與自我認同有關的訪談問題，同時，在以雇員為主的認同主調下，個人差異是微小的，只是下標題時的用詞辛辣程度不同、做業配新聞時是否會有罪惡感、有些人比較敢在新聞中加入自己的詮釋，有些人則偷懶地照讀稿機唸稿。

　　再一次地，如果實務工作者同意自我需要超越的立場，轉變的年代意味著自我認同轉變的必要，需要從別人給的、順理成章的專業認同，思索出自己想要的認同方式，積極找尋個人主體意識，並且填補起專業認同失勢後的認同空隙，而這也成為自我超越的一種線索。我們主張，新聞工作者除了回到行動者位置外，也同時需要回到自我認同的主體意識層次，思考自己究竟想要怎樣的自我，然後在嘗試幾種自我可能性之後，確定自己的認同主調（Ibarra, 1999）。最後發展出相對應的個人工作方式，而非始終保持在存而不論的狀態，就只是照集體常規做事。我們了解，這種自我認同的追尋並不是容易的事情，或者更是一種永恆的追尋，不過對於有心的新聞工作者來說，卻也是走上自我風格的必要線索。

肆、熱情的追尋

　　從主體層次出發，面對集體灰暗困境，自我認同的追尋是種可能的脫困方式，不過除此之外，熱情的追尋則是另一條重要線索。特別是在新聞轉變成雇員式行業的當下，當專業理想不再能夠產生內趨力量，驅動實務工作者戮力工作，熱情這種帶有藝術家特質、不太適合理性分析的東西，相對變得更重要，熱情的追尋成為行動意志與自我超越的關鍵。

　　不過這裡得先說明，我們討論的熱情，是廣義指涉對於自己工作的熱情，而非單指對新聞專業的熱情。或者說，讓實務工作者對工作感到熱情的來源很多，可能是源自對影像、文字的感動與執著，傳統關切的新聞專業熱情只是其中一種可能。另外，我們討論熱情的消失，並不表示本書苛責實務工作者缺乏熱情，或反過來主張某種異教徒殉教式的熱情，因為我們了解，能夠在競爭的實踐世界順著常規平靜工作，也許是種福氣，或許更需要給予某種祝福。

一、看到工作中的熱情

　　如同第九章描述的無動力自我，我們在研究過程中經常感受不到熱情的氛圍，而且愈是研究後期，愈是如此。經常出現的狀況是，我們可以察覺研究對象在工作技巧上的自信，但也就在大部分研究對象陳述「新聞只是一種工作」基調的同時，似乎少了想要做得更好的強烈意願，熱情像是被遺忘、忽略，或只被零星提及。當然，就當下新聞產業運作方式而言，沒有熱情還是可以順利完成每天新聞，甚至還是可以取得主管讚美。不過再一次，倘若新聞工作者不甘於平靜平淡，無論是對新聞專業仍有期待，或單純想要進行自我超越，看到工作中的熱情便有其必要，無法消極以對。

（一）缺乏熱情的新聞工作

只不過有意思的是，部分研究對象雖然表達了工作瓶頸與無力感，但談到如何改變，想到的卻經常只是回到學校讀書這樣的策略。我們發現，在強調知識與理性邏輯的當代社會，研究對象習慣把自我超越、無力感當成知識與理性問題加以處理，很少主動深談熱情，看不到、也小覷熱情在其中的重要。加上如同空服員等情緒工作者需要將情緒常規化，以致在長期戴著微笑面具上班之後，有人開始失去真實情緒，失去熱情（Hochschild, 1983）。新聞專業強調的中立客觀原則也產生類似狀況，只需按照客觀原則完成每天工作的方式，讓實務工作者失去個人主觀判斷、情緒與原先應有的熱情，然後整體陷入存在主義困境之中（Glasser, 1992；Stoker, 1995），缺乏自我超越意志，也看不到、不鼓勵熱情的存在。

當情緒控制成為習慣；當中立客觀成為儀式，工作常規的一部分；當他們同時使用純熟技巧與純粹情緒工作，然後在當下這個以生存為主的工作情境，新聞工作也更像是按照常規劇本演戲，更為嚴厲地抹除了熱情。而這種抹除之所以嚴厲，是因為它不只是針對新聞專業的熱情，而是抹除更廣義的工作熱情，找不到對工作感動的來源。

因此，失去熱情的身體，一方面反映在當代社會，理性主義與專業主義對於身體的雕塑與規訓，忘了行動者可以擁有個人意志這類存在主義式關心的特質（Fontana, 1984；Smith, 1984）；另一方面則相當寫實地回應以生存為主的工作心態，生存問題磨去諸如堅持、意志與熱情之類的東西，讓它們像是奢侈品。實務工作者平日只需程式化完成工作即可，不需考量自己喜不喜歡、執不執著於這份工作，究竟有沒有熱情。或者說，有無熱情並不重要，因為在研究對象眼中，主管只在意可否準時收到東西，自己的意思是否被執行，並不在意他們對於工作有無熱情。

　　在這種狀況下，一旦實務工作者隨著純熟常規停留在生存狀態下，常規也像是他們為自己設下的緊箍咒，愈是熟練完整，愈容易仰賴它們，也愈是看不到工作熱情。也因此，Merrill（1996／周金福譯，2003）強調存在主義精神，期待新聞工作者不只是在組織內部依照常規工作而已，更應該有著個人意志與熱情。而我們也相對應地主張，看到工作中的熱情，以催動自我超越的意志，而非一直照常規工作，陷入平淡或無力的氛圍。

（二）專業與專業熱情的消失

　　換個角度，從 Herzberg（1968）的激勵理論來看，由於過去薪水福利有著一定保障，加上不太需要擔心失業，在這些可能導致工作不滿意的保健因子（hygiene factors）獲得滿足，不致出現工作不滿意的基礎上，黃金年代的實務工作者便也像是沒有後顧之憂，相對放心地追求與享受工作中的激勵因子（motivators）成分。因此，經常出現的狀況是，工作倫理與新聞專業共同促動他們為自己設下高標準，然後透過達到高標準，取得自我實踐的成就感，滿足這方面的慾望（Maslow, 1943），新聞專業與滿意度也有著正相關（Pollard, 1995）。

　　因此，幾位資深新聞工作者像是擁有共通經驗般地描述，在過去，自己每天是如何盯著對手報記者做什麼，深怕漏了新聞，漏了新聞之後，又如何不用長官交代便會想盡辦法補一條回來；用正面自信的語氣描述自己如何打敗對手，跑到大獨家的故事。再或者如同一位資深記者，多年來花費許多下班時間，甚至在離開媒體圈之後，還持續去追至少兩則自己覺得重要的新聞，然後一邊告訴研究者，新聞工作本來沒有上下班時間，另一邊則帶著各種情緒，用力敘述這二則新聞幕後故事的精彩動人。我們觀察到這位研究對象持續多年追蹤，願意冒著一定危險進行採訪，在其中一個故事成書出版之後，還繼續關心後續發展，隨後馬上增補故事結局，再重新出版，同時我們也從他

每次論述兩個故事的生動表情，看到這位記者對新聞工作的執著，以及大部分研究對象缺乏的工作熱情。

參雜新聞是做給老闆看、同業看、消息來源看的描述，這些資深研究對象展現對於新聞工作的自我要求與執著，滿足他們「做為好員工」、「做為菁英」、「專業名聲」的想像。或者說，傳統訴諸理性所建立的專業論述，雖然不直接討論熱情，但卻也衍生出某種道德信仰式的熱情想像，促使部分於黃金年代入行的資深新聞工作者，會有著成為專業工作者的自我期待，對新聞專業有著熱情，催動他們持續工作，符合學術場域的殷切期盼。

不過麻煩的轉變是，當基本的保健因子不能獲得保障，得進入以生存為主的工作心態；當工作倫理與專業論述相對出現後現代崩解，不再能夠做為自我實踐的驅力，或熱情的來源，當下大部分新聞工作者像是集體進入謀生狀態，找不到為新聞工作奮戰的動機與意志。在這種狀態下，我們感受到的是「只是在工作」的一群人，而且他們不只缺乏新聞專業的熱情，更整體缺乏對工作的熱情。

當然，這並不表示所有人都無力過日子，缺乏熱情不必然與痛苦劃上等號。因為缺乏熱情，還是可以完成每天工作，只要保健因子得到滿足，只要不把工作當成生活全部，便也不致產生嚴重的不滿意感。或者說，即便沒有熱情，實務工作者在工作之中還是可能感到滿意與快樂，只不過這些滿意與快樂通常不再來自工作產生的成就感，而是源自於工作周邊的事物。例如與同事或同業成為好姐妹、網友對於自己的持續讚美、跟著業界的公關團到國外玩、能夠進入核子反應爐參觀採訪，採訪到超重量級人士。再或者，如同幾位年輕記者給予年長者的評論與建議，「新聞不就只是一份工作而已」。新聞就只是一份工作，不必想得那麼嚴重與嚴肅，何必每天加班超時工作，老闆又不給加薪；何必在群眾抗議新聞中跑第一，給汽油彈或石頭打到多不

好；工作以外還有很多事情要做，準時上下班、不要影響休假，然後可以與好朋友喝喝下午茶、交個好男朋友，不是更重要？

二、酒神的熱情

為了回應當下無力困境，認同的追尋是種策略，能賦予工作屬於自己的意義與價值，不過愈到研究後期，我們愈是感覺到，想要突破集體灰暗時代的無力氛圍，不能只是依靠埋首於理性分析，提出多麼縝密的策略與規劃。很多時候，策略不虞匱乏，可以且戰且走，但重要的是該如何催動實務工作者執行策略的意志。例如，研究對象幾乎都知道工會存在的策略功能，可是缺乏勞動意識的他們，根本缺乏使用工會對抗資方的意志。或者，有些研究對象知道自己有些懶散，也同意應該自我超越，但就是缺乏自我超越的意志。

在工作倫理與新聞專業不再普遍做為驅動力量的當下，看到熱情的重要，找到屬於自己對工作的熱情，雖然是個有些落於俗套的建議，不過卻是從集體灰暗之中脫困的重要線索。我們主張看到熱情，而且是借用尼采的觀點（Nietzsche, 1968／雷菘生譯，2000；周國平，1992；陳鼓應，1992）看到熱情，重新找回長久以來因為偷懶、因為過度重視理性，而被壓制、忽略與遺忘的酒神熱情。酒神熱情是一種因為西方社會長期追求理性，而被放逐或邊緣化的人性本質，相對於理性分析，它不容易用語言表達，但卻是回歸個人心中原始、單純、赤子的熱情情慾；它直接促動行動的意志與自我超越的動機，然後才有可能執行相對應的策略。

如同尼采筆下的查拉圖斯特拉（Zarathustra）（Nietzsche, 1968／雷菘生譯，2000），靠著簡單且勇敢的熱情支持，積極面對眾人質疑與各種權威，敢於挑戰主流現狀。或者如果我們願意容忍傳記式文獻多少帶有的誇張成分，也可以發現畢卡索、馬莎葛蘭姆同樣在各種現實因素中掙扎，同樣面對工作與生命中的轉折（Gardner, 1993／林佩

芝譯，1997），但對於繪畫與舞蹈的單純熱情引領他們不斷自我超越，不斷出現新的藝術嘗試。不像普通藝匠，在學會某種工法後就停滯在那裡，對自己工作不抱任何興趣與熱情，只是不停反覆地工作著。

不過，酒神熱情看似容易與簡單，但在當代卻不容易被實踐。因為習慣理性的當代人並不容易體會與承認酒神熱情的價值，或者如尼采所提，理性讓人虛弱，沒有自我超越的意志（Nietzsche, 1956／周國平譯，2000）。幾位研究對象雖然對新聞工作仍存有理想，也有自我超越的企圖，但做了過多盤算想像的他們，反而畏首畏尾起來。另外對於那些進入生存工作心態之中的研究對象，往往也只是習慣跟隨組織、主流做事，忘了熱情存在的可能性。

在這種狀態下，我們主張的酒神熱情終究不適合化約成功能式的「動機」（Linstead & Brewis, 2007），只是把它當成一個變項處理，以免工具化後的熱情變得保守、功利起來，少了原本流動、非理性的本質。酒神熱情是單純、原始的，是存在於個人身上，且各自不同的赤子本能，禁不起過多的理性分析（Robinson, 2003）。過多分析，特別是那種企圖將熱情拆解幾個標準步驟、數種策略，最終寫成使用手冊或教戰守則式的分析，反而會破壞其單純本質，讓實務工作者在按圖索驥找到熱情的同時，弔詭地再掉回原先想要擺脫的理性分析陷阱之中。

我們了解，主張回歸原始本性找尋酒神熱情，但不做過多理性分析、不提解決策略，這種做法有些激烈，不符合我們習慣的邏輯，似乎也不太容易被習慣理性的當代人理解，如同寫成一份缺乏細部具體建議的研究報告，總讓人感到有某種未完成的不安與不完美感。不過換個角度，我們似乎也得承認，理性的研究論述與策略，也許並不適合用來描述與探索所有事物與現象，而酒神熱情便可能更適合文學語言，過多的研究式語彙反而顯得弔詭，會因為過多理性分析而減損了單純的原始感動。

所以，尼采用文學筆觸書寫的《查拉圖斯特拉》（Nietzsche, 1968／雷菘生譯，2000）也許更能呈現酒神熱情，而卡夫卡的《審判》（Kafka, 1946／李魁賢譯，1993）則更能細膩描繪出那種無力感。也因此，我們試圖提出熱情追尋做為自我超越的線索，然後便不再向下過度延伸，藉此保留較大的讀者詮釋空間，讓讀者用自己方式體會酒神熱情出於何處，用自己方式尋找酒神熱情的出口，也許它來自許久之前自己對於說故事與聽故事的感動、也許它來自對於影像的莫名喜愛，或者來自其他地方。

三、勇敢！

無論是因為無所謂的個性，讓新聞工作者原本便不在意熱情之類的東西，或是因為現實壓力磨損了熱情，讓他們失去對新聞專業的熱情，更廣義缺乏了工作熱情，再或者，我們也得承認，在資本主義與科技理性帶來的整體異化氛圍中，沒有酒神熱情也許本來就是常態，有的通常只是某些不具實踐力的零星感動。因此，研究對象雖然不像是機器人，偶爾還會因為某些原因，在單則新聞處理有著特別感覺，特別在意用詞遣字，特別用心拍攝，但「感動一下」之後，往往還是回到日常工作方式，而這種快閃式的感動，終究無法做為持續動力。

不過儘管如此，本書還是想要提醒，每個人心中應該都有著酒神式單純熱情的潛能，只是長久以來被理性、被現實給壓抑住，或一直以來不被自己檢視。事實上，在整體無力氛圍中，我們還是可以發現少數研究對象透露出些許熱情，雖然這些熱情經常是以過去式語態出現在對話中，人數不多，也沒有帶來典範效果。例如，有人最初便是因為對於用影像記錄事實、著迷用影像美學說故事的莫名情緒，而願意從學徒開始，投入完全陌生的攝影行業。然後，花費比別人更多時間閱讀基礎攝影書籍、持續去看各類電影與美學理論書籍、與同事分

享自己的作品，甚至這些動作還持續至今，雖然已是老手，還自己跑去學剪接、學數位影像技術。

因此我們主張，雖然現實情境使然，逼迫許多人進入無力氛圍，但對於那些有自我超越意願的人來說，回頭感受當初引領自己入行，但已消失的原始熱情，或許是重新點燃熱情的方式。或者在集體灰暗時代，配合自我認同的追尋，讓新聞比只是工作「更多一點」，重新促動新的、為自己而做的工作熱情，然後藉此建立起自己的主體性與存在價值。當然，更多與更好找回熱情的方式則應由個人自由發揮，也許，熱情的追尋只在一念之間的轉換，而非依靠一大堆的策略、步驟才能促動。

最終，熱情的追尋可能只是一種敢與不敢的問題，如同一位研究對象因為記者做久感覺膩了，便試著改做編譯，也敢在不同路線間換來換去。事實上，只要不在意別人視為瘋癲，許多地方都有著突破的可能。也許瘋癲沒有那麼難，只是工作久了，很容易將自己僵化在理性與現實之中，忘記熱情、大膽、創意、狂放這些本質。也因此，新聞工作者應該敢於釋放原始熱情，然後熱情進行各種自我超越的嘗試，敢於挑戰集體認定的新聞定義與工作常規，勇敢對抗自己的惰性、慣性，以及因為過多思索帶來的畏首畏尾。

雖然，不是每個人都可以憑藉熱情成為梵谷、史特拉汶斯基，但每個人心中應該都有著熱情，只是需要被自己勇敢釋放。在屬於自己的個人認同之上，勇敢嘗試屬於個人的工作方式，找到屬於自己的存在價值。我們了解，在現實世界中，做為純正異教徒或邊緣人並不容易，但或許我們都要勇敢些。最後，這並不代表我們反智，只是本書主張對於那些只是工作，或即將成為只是工作的人來說，熱情應該是先於知識，至少應該同時發生。

伍、作品精神與層次感

透過長期研究觀察，本書發現愈是晚近，研究對象愈像是在工作而已，整體呈現一張有異於過去，更有異於新聞專業論述期待的圖像。然後在當下這張圖像中，工作自主或能動性這組傳統問題似乎被邊緣化，甚至奢侈起來，相對地，在以生存為主的工作心態中，無論是基於主體性的被動維護，想要微量宣示自己並未消失；或是企圖主動建立主體性，積極找到自己的存在價值，主體意識與主體性問題變得重要起來。再或者說，實務工作者需要主體意識，需要找到工作意義與自我認同，如此才有可能進行自我超越，了解自己存在意義的人，也才比較容易找到能動性的意志。

在論述完能動性與主體性問題之後，本書最後再回到實踐層面，說明一種作品精神，以及相對應的層次感。我們了解，實務工作者很難逃避結構壓力，新聞工作也有緊湊的時間限制，不過也就在他們被迫使用市場導向方式處理新聞之際，理論上還是可能做出相對具有質感的新聞，而非只有當下這種飽受批評的選擇而已。

一、嘗試作品精神

而這裡的關鍵之一，似乎便在於嘗試將新聞當成作品的精神。我們了解，在現實場域，實務工作者的確難以將所有新聞當成作品反覆琢磨，但相對地，新聞也不應該只是常規工作的產出品，只是完成它如此而已。因此，我們嘗試主張的作品精神，是種重新處理個人與自己工作關係的企圖，嘗試從異化關係中逃離，然後在作品精神下，進一步藉由層次感的建立，找到被忽略的灰色地帶，也就是用不同層次處理新聞的可能性，不再只是使用集體流行的工作常規，一致、缺乏層次地處理新聞。

　　整體來說，如同本書前面章節的論述，當下以生存為主的工作環境，以及以雇員做為認同主調的現狀，似乎共同指向一種異化的工作關係。理論上，在每天匆忙產製新聞過程中，當效率成為新聞工作的取捨標準；當新聞工作者只是機械化產出新聞的同時，異化便也出現在新聞工作之中。而且這種狀況愈是晚近愈是明顯，在少了對於新聞專業的執著與熱情之後，大部分研究對象便像是依循常規組合出的標準作業程序進行新聞生產。如同速食店員工用固定秒數炸薯條、固定步驟打收銀機、固定微笑說謝謝，就只是在生產，完成工作而已（Leidner, 1993），新聞工作者也與自己寫的新聞失去關聯。

　　因此，很多人不再關心自己的新聞，交差之後就不太去看自己做的新聞帶，不再每天比對自己與同路線記者寫的新聞有何差異。或者，以往象徵榮譽、具有作品精神的獨家新聞也變成交差了事的東西，記者往往只會因為交不出固定配額的獨家新聞而感到焦慮，然後找一些生活瑣事應付主管，而非如同過去，會因為跑到獨家新聞而有著成就感、感到驕傲，然後談得眉飛色舞，不再把它當作品、當成代表作。

　　這類似 Ulin（2002）觀察的法國葡萄酒產業，機械化生產方式讓部分酒農進入異化狀態，就只是生產葡萄酒而已，對自己產品沒有太多情感。但有意思的是，相對於這些人，某些堅持傳統耕作方式的農夫，透過藝匠心態迴避了異化，對於自己生產的酒，有著情感連帶，有著驕傲與信心，葡萄酒像是這些藝匠的作品。

　　而順著異化與藝匠概念回應當下新聞工作的集體灰暗狀態，我們主張，對於那些只將新聞當工作，和自己工作異化的實務工作者來說，或許需要的是重新修復他們與自己所寫新聞之間的關係，而作品精神應該可以幫忙做到這點。雖然現實壓力讓他們無法如同真正作家，反覆修改自己作品，直到完美再行出手，但作品精神卻也提醒實務工作者自己不只是在工作，可以比只是在生產新聞更多一點東西。

於異化、雇員認同之外，他們可以選擇藝匠式關係，嘗試把自己每日產出的新聞當成作品，與作品間保持更多的情感連帶關係。他們可以嘗試更認真、更在意自己的新聞，從中感受成就與驕傲，而非只是每天熟稔地按照常規工作，順利交出新聞，做個好員工而已。

二、看到層次感

本書提出作品精神，搭配層次感這個概念，挑戰一般人用黑白分明方式看待社會的習性，然後找到作品之間的層次感。也就是說，雖然受制於各種現實因素，新聞工作者終究需要呼應組織對於利潤的要求，集體進入市場導向工作方式，但我們卻也主張，「看到層次感」這個動作提醒實務工作者，他們還是具有做出相對較好、較有品質新聞的可能性，而非如同想像，認為組織要的新聞就是那樣，自己就只能跟隨集體進入最糟糕的羶色腥工作方式。

一般來說，人們似乎很習慣生活在語言分類所支撐起的世界中，讓原本渾沌的世界顯得條理分明、簡潔乾淨（Ellis, 1993），而且不只常人如此，學者也擅長使用這種方式進行分析解釋，透過分類、對比讓現象變得更有秩序。只是如果細究，語言雖然創造了看似清晰的世界，卻也付出相當代價，硬是犧牲許多原本存在的灰色地帶。Goody（1977）便主張，傳統人類學以「文明」、「野蠻」這種語言分類，成功創造一套清楚對比的理論，但也正由於這種分類的對比與切割，簡化了文明發展的連續性，因此，看不到所謂野蠻世界也有文明活動，然後對問題做出某些不適當解釋。

這種將世界簡化的習慣，經常讓人忽略灰色地帶，但如同色彩總是有著層次，即便是黑也有黑的層次，白也有白的層次，忽略層次感，將會收縮行動作為的可能性。在我們多次與研究對象討論為何新聞就只能那樣做的過程中，便發現缺乏行動意志與主體意識的實務工作

者，同時缺乏著層次感，以致他們彷彿直接進入全黑狀態處理新聞。因此，車展新聞流行時，總要拍攝展場女郎的身體；喜歡用現場重建方式，「表演」社會新聞事件的情節，或親臨現場式的寫新聞；硬是要訪問意外事件中，早已老淚縱橫的年邁家屬；颱風新聞總有誇張的現場連線，用誇大聳動標題；習慣使用侵入式的採訪，硬是要對方接受採訪，不然便在新聞中修理新聞當事人；或者用偷拍方式、網路消息捕風捉影的做新聞，然後錯誤連連。

　　如同前面章節所述，我們大致了解新聞專業崩解、結構壓力，以及缺乏行動意志，是造成這些引人非議工作方式的原因，而這裡的重點也不在於進行新聞專業的爭論，不過本書於研究過程中的確觀察到兩群人，在他們普遍使用近乎全黑方式工作的同時，共同指向缺乏層次感的狀態。

　　第一群人出乎新聞專業論述預期，他們並不覺得上述作法有什麼問題，至少並不會因此表達出罪惡感，然後在認為組織就是要這樣的同時，用上述方式完成每日新聞工作。他們並不認為自己物化女性，反而認為拍美的東西給閱聽人，沒什麼不好；認為說故事與表演新聞是讓新聞好看的元素，不覺得自己因此做了過多的推測與詮釋；大家一起拿著麥克風圍堵年邁無助家屬，並不認為這有什麼不對，因為這就是採訪，大家都這麼做；習慣看圖說故事，捕風捉影，根本缺乏事實概念，與基本的查證態度。

　　第二群人則了解上述作法不太對，也表達良心的不安。但如果將這些市場導向的工作方式當成一種「黑」，那麼隨著研究觀察累積，我們不只發現實務工作者集體使用類似方式工作，也愈是感受到這種「黑」似乎黑得單調與徹底。在他們抱怨與不安的同時，大家像是用同樣層次的「黑」來處理新聞，並未在作法上有太大的層次差異。

　　或者反過來，一位從商業電視台轉到宗教電視台的研究對象，反而遭遇白得徹底的處境。她從與主管互動、其他組織氛圍實際感受到所屬媒體的光明面基調，也從實際工作過程中體認到有些負面題材、有些角度是自己電視台不會去碰的。在大家有默契，盡量不去處理政治醜聞、社會八卦之類新聞的同時，整個媒體集體篩選與呈現出光明面的新聞，因此迥異於商業電視台，白得徹底。不過即便光明，這位研究對象也同樣經歷了本書前面提及的各種問題，並且在訪談當時同樣感受組織設下的結構限制，雖然這種結構是以白為基調，而非是一般商業電視台的黑。

　　再對照更多黑得沒有層次的例子，以及與這位研究對象的多次討論，本書從黑得徹底與白得徹底之中，感受到一項重要事實，也就是層次感的重要。我們理解在強大結構壓力下，妥協的必要性，而實務工作者遭遇挫折，直接進入黑的境界，符合世界是簡潔分明的一般直覺，也是種相對容易的作法。不過我們卻也主張，如同色彩是有層次感的，作品是可以經由厚描展現層次的，因此，無論是市場導向或光明導向，應該也有不同層次的作法，而非直接退到底線。

　　在多次討論之後，這位電視工作者也同意看到與找到層次感，是自我超越的基礎。因此，她不再只是用全白的方式做新聞，開始去嘗試找到白的層次。或者用她的話語，開始利用「轉個彎說黑」、「不批判、但是理性檢討」的方式處理新聞。在處理一起災難新聞時，她便試著尊重組織白的調性，不去批判房子蓋不好與政府的責任，但轉從災民角度切入探討他們失去家園後的處境，或找專家學者理性分析房屋為何坍塌。藉此，她符合了組織要求，也展現出白的層次，敘說了自己認為該說的事情，不再被困在全白境界。

　　或者，兩位服務於公共電視的研究對象也主張，公共電視新聞也不應該全是政策議題討論或光明面新聞。諸如王建民的新聞雖然與公共政策無關，但卻是值得報導的，或者高樓失火、千面人下毒等社會

新聞也應該積極報導，而非如同過去徹底迴避，只不過報導角度可以從公共安全、消費權益角度切入。當然，除了白的有層次，黑也可以有層次，例如在商業電視台大做藝人倪敏然先生自殺新聞，引起學術場域批判的同時，一位研究對象便明白承認為了收視率他們不可能不做這新聞，但也不應該只圍繞在八卦流言之上，相同新聞可以有不同作法。而他們便嘗試使用「集體記憶」角度，描述這位資深藝人如何透過電視，從早年主持的兒童節目到後來的綜藝節目陪伴台灣民眾共同生活，成為台灣集體記憶的一部分，然後花了許多時間去找以往資料畫面做成相關新聞。

我們主張，看到層次感是重要的，而事實上，層次感也零星出現在部分研究對象的論述之中，有些研究對象也有具體實踐。例如前述例子，或者部分報社記者在別人盡情使用煽情文字的同時，會反過來用更佳的文字技巧迴避社會新聞中最赤裸的部分；有人做置入性行銷新聞時會透過深入訪談與觀察，想辦法找到真正值得做的切入點，而非如同大多數人只是抓個「第一」、「最新」、「最大」做為切入點，甚至平鋪直敘地交差了事。

只是不太完美的是，或許因為大多數人習慣於簡潔分明，加上缺乏行動意志與主體意識，所以，層次感像是保留在半自覺狀態，未被充分認知與發揮，以至於他們經常只是重複類似方法處理新聞，感受自己在結構當中的不能動。然而無論如何，在結構與現實壓力下，市場導向的新聞處理方式的確是主流，但這並不表示實務工作者就只能那麼做，只不過有心的實務工作者需要一種作品精神，願意用心對待自己的新聞，然後更清楚意識到層次感。

最後，在本書以個人如何與組織互動為主軸，整體論述當下新聞工作者困境，並且於本章進一步討論行動者意志、自我認同與熱情的追尋之後，我們主張進入實踐層面，用作品精神，找到作品的層次感。

我們了解新聞工作的時間性，讓它很難成為精雕細琢的文學作品，但新聞終究也不應該只是單純為了餬口，用常規生產出來的產品。因此，在新聞專業論述失去圭臬導引功能之後，我們主張，有自我超越企圖的研究對象更需要某種作品精神，重新建立與自己所寫新聞的關係，找回工作時的感動，盡可能將新聞，至少是部分新聞當成作品。對於自己所從事的新聞工作，有著屬於個人的工作意義，有著經過思索、帶有個人成分的自我認同、有著對於工作的熱情，然後像個作家一樣，花較多時間思考、雕琢與勾勒，用有層次感的方式處理新聞，找到作品的層次感。當然，我們也期待本書在同樣原則之下，像作品般有著層次感，足夠分量做為實務工作者的反思線索。

參考文獻

王惕吾（1991）。《我與新聞事業》。台北：聯經。

王麗美（1994）。《報人王惕吾：聯合報的故事》。台北：天下文化。

田習如（1998）。〈媒體與權勢的永恆抗爭：八大媒體官司發人深省〉，《目擊者雙月刊》，3：30-33。

朱元鴻（2000）。《我們活在不同的世界：社會學框作筆記》。台北：唐山。

朱元鴻、馬彥彬、方孝鼎、張崇熙、李世明譯（1994）。《後現代理論：批判的質疑》，台北：巨流。（原書 Best, S. & Kellner, D.〔1991〕. *Postmodern theory: Critical interrogations.* New York：Guilford Press.）

朱若柔（1998）。《社會變遷中的勞工問題》。台北：揚智。

何友暉、陳淑娟、趙志裕（1991）。〈關係取向：為中國社會心理方法論求答案〉，楊國樞、黃光國（編），《中國人的心理與行為》，頁 49-66。台北：桂冠。

何榮幸（1996）。〈一個自主性新聞專業團體的誕生：記「台灣新聞記者協會」組織過程與實踐經驗〉，《新聞學研究》，52：95-108。

何榮幸（1998）。〈勞工意識是新聞自由的基石〉，《目擊者雙月刊》，7：52-55。

何榮幸（2006）。《媒體突圍》。台北：商周。

李仁芳（1993）。《管理心靈》。台北：輔仁大學管理學研究所。

李衣雲、林文凱、郭玉群譯（1997）。《後現代性》，台北：巨流。（原書 Smart, B.〔1993〕. *Postmodernity.* London：Routledge.）

李金銓（1983）。《大眾傳播理論》。台北：三民。

李秀珠（2007）。〈華人的組織上行影響研究：檢視台灣組織中的上行影響模式〉，《新聞學研究》，94：107-148。

李秀珠、遲嫻儒（2004）。〈組織中上行影響策略之研究：西方及中國式上行影響模式之比較〉，《新聞學研究》，80：89-126。

李猛（1999）。〈福柯與權力分析的新嘗試〉，《社會理論學報》，2（2）：375-413。

李魁賢譯（1993）。《審判》，台北：桂冠。（原書 Kafka, F.〔1946〕. *Der prozess*. New York: Schocken.）

李瞻（1993）。《世界新聞史》。台北：三民。

吳佩玲（2006）。《商業化新聞操作下的自主空間：記者的反抗策略》。政治大學傳播學院碩士在職專班論文。

林元輝（2006）。《新聞公害的批判基礎》。台北：巨流。

林佳和（1996）。〈內部新聞新聞自由的幾個法學觀察〉，《新聞學研究》，52：3-16。

林佩芝譯（1997）。《創造心靈：七位大師的創造力剖析》，台北：牛頓。（原書 Gardner, H.〔1993〕. *Creating mind: An anatomy of creativity seen though the lives of Freud, Einstein, Picasso, Stravinsky, Eliot, Graham and Gandhi*. New York: Basic Books.）

林祐聖、葉欣怡譯（2005）。《社會資本》，台北：弘智。（原書 Lin, N.〔2001〕. *Social capital: A theory of social structure and action*. New York : Cambridge University Press.）

林淳華（1996）。〈新聞記者工作自主權和決策參與權之研究〉，《新聞學研究》，52：49-68。

林添貴（1995）。《紐約時報：從美國權威大報看新聞處理現場》，台北：智庫。（原書 Diamond, D.〔1994〕. *Behind the Times: Inside the new New York Times*. Chicago : University of Chicago Press.）

林富美（2002）。〈台灣媒體工會意識與集體行動之初探〉，《新聞學研究》，73：63-94。

林富美（2006）。《台灣新聞工作者與藝人：解析市場經濟下的文化勞動》。台北：秀威。

林照真（2004）。〈一場布希亞式「擬仿」遊戲的操演：2004年總統大選電視開票與灌票〉，《中華傳播學刊》，5：15-24。

林照真（2005）。〈「置入性行銷」：新聞與廣告倫理的雙重崩壞〉，《中華傳播學刊》，8：27-40。

林照真（2006）。《記者，你為什麼不反叛？》。台北：天下。

林麗雲（2000）。〈台灣威權體制下『侍從報業』的矛盾與轉型：1949-1999〉，張苙雲（編），《文化產業：文化生產的結構分析》，頁89-148。台北：遠流。

林麗雲（2008）。〈變遷與挑戰：解禁後的台灣報業〉，《新聞學研究》，95：183-212。

卓越新聞獎基金會（2008）。《關鍵力量的沉淪：回首報業解除二十年》。台北：巨流。

周金福譯（2003）。《新聞倫理：存在主義的觀點》，台北：巨流。（原書 Merrill, J. C.〔1996〕. *Existential journalism.* Blackwell Publishing.）

周國平（1992）。《尼采在二十世紀的轉折點上》。台北：林鬱文化。

周國平譯（2000）。《悲劇的誕生》。台北：貓頭鷹。（原書 Nietzsche, F. W.〔1956〕. *The birth of tragedy: and, the genealogy of morals.* New York: Anchor Books.）

紀慧君（2002）。〈編織新聞事實：紀律權力的觀點〉，《新聞學研究》，73：167-204。

徐國淦（1997）。〈記者與工會的「藍白說」：媒體工會現況〉，《目擊者雙月刊》，創刊號：96-97。

涂建豐（1996a）。〈編輯室社會公約運動〉，《新聞學研究》，52：35-48。

涂建豐（1996b）。〈「新聞自主的挑戰與回應」訪談〉，《新聞學研究》，52：109-118。

翁秀琪（1992）。〈工作權與新聞記者之自主性〉，翁秀琪與蔡明誠（編），《大眾傳播法手冊》，頁279-323。台北：政治大學新聞研究所。

許繼峰、吳育仁譯（2004）。《比較工會運動》。台北：韋伯。（原書 Hymanm , R.〔2001〕. *Understanding European trade unionism: Between market, class and society.* Thousand Oaks : Sage.）

陳介玄、高承恕（1991）。〈台灣企業運作的社會秩序：人情關係與法律〉，《東海學報》，32：219-232。

陳介玄（2001）。《班底與老闆》。台北：聯經。

陳世敏（2008）。〈前言：為了見證歷史〉，卓越新聞獎基金會（編），《關鍵力量的沉淪：回首報業解除二十年》，頁 III-VII。台北：巨流。

陳其南（1986）。《婚姻、家族與社會》。台北：允晨。

陳炳宏（2005）。〈探討廣告商介入電視新聞產製之新聞廣告化現象：兼論置入性行銷與新聞專業自主〉，《中華傳播學刊》，8：209-246。

陳國明（2004）。〈台灣媒體的彌留與再生〉，《中華傳播學刊》，5：25-36。

陳傳興（2006）。《道德不能罷免》。台北：如果。

陳鼓應（1992）。《悲劇哲學家尼采》。台北：台灣商務。

馮克芸譯（2005）。《優職計畫》，台北：遠流。（原書 Gardner, H., Fischman, W., Solomon, B., & Greenspan, D.〔2004〕. *Making good*. Cambridge, Mass : Harvard University Press.）

張文強（2001）。〈台灣報社知識管理現狀初探：知識儲存與知識分享圖像的描繪〉，吳思華（編），《知識資本在台灣》，頁 229-296。台北：遠流。

張文強（2004）。〈學術工作的合法性反思〉，《中華傳播學刊》，5：105-136。

區國強（2008）。〈台灣電視攝影記者「非寫實」報告〉，「2008 政大傳播學院第三屆點子大會」，台北市政治大學傳播學院。

黃光國（1988）。〈中國式家族企業的現代化〉，黃光國（編），《中國人的權力遊戲》，頁 233-272。台北：桂冠。

黃光國（1991）。〈人情與面子：中國人的權力遊戲〉，李亦園、楊國樞、文崇一（編），《現代化與中國化論文集》，頁 123-153。台北：桂冠。

黃秉德（1997）。〈台灣勞資倫理關係之社會文化脈絡初探〉，《中山管理評論》，5（1）：23-48。

黃結梅（1998）。〈福柯的啟示：策略性模式的權力分析〉，《社會理論學報》，1（2）：327-348。

費孝通（1948）。《鄉土中國》。上海：觀察社。

彭明輝（2001）。《中文報業王國的興起：王惕吾與聯合報系》。台北：稻鄉。

曾寶瑩譯（2007）。《Me 世代：年輕人的處境與未來》，台北：遠流。（原書 Twenge, J. M.〔2007〕. *Generation me: Why today's young Americans are more confident, assertive, entitled--and more miserable than ever before.* New York : Free Press.）

楊中芳（2001）。〈有關關係與人情構念化之綜述〉，楊中芳（編），《中國人的人際關係、情感與信任》，頁 3-25。台北：遠流。

楊汝椿（1996）。〈另類記者的媒體改造經驗：兼論內部新聞自由和新聞倫理重建〉，《新聞學研究》，52：83-94。

楊宜音（2001）。〈「自己人」：一個有關中國人關係分類的個案研究〉，楊中芳（編），《中國人的人際關係、情感與信任》，頁 131-157。台北：桂冠。

楊國樞（1993）。〈中國人的社會取向：社會互動觀點〉，楊國樞與余安邦（編），《中國人的心理與行為：理念及方法篇》，頁 87-192。台北：桂冠。

楊國樞（2005）。〈華人社會取向的理論分析〉，楊國樞、黃光國與楊中芳（編），《華人本土心理學》，頁 173-213。台北：遠流。

雷菘生譯（2000）。《查拉圖斯特拉如是說》，台北：中華書局。（原書 Nietzsche, F. W.〔1968〕. *Also sprach Zarathustra.* Berlin: W. de Gruyter.）

漆敬堯譯（1992）。《赫斯特報系的新聞文化》。台北：遠流。（原書 Murry, G.〔1965〕 *The madhouse on Madison street.* Chicago: Follet.）

談谷錚譯（1995）。《封建社會》，台北：桂冠。（原書 Block, M. L. B.〔1962〕. *Feudal society.* London : Routledge & Kegan Paul.）

鄭伯壎（1995a）。〈家長權威與領導行之關係：一個台灣民營企業主持人的個案研究〉，《中央研究院民族學研究所集刊》，79：119-173。

鄭伯壎（1995b）。〈差序格局與華人組織行為〉，《本土心理學研究》，3：142-219。

鄭伯壎（2001）。〈企業中上下屬的信任關係〉，楊中芳（編），《中國人的人際關係、情感與信任》，頁271-291。台北：桂冠。

鄭伯壎、周麗芳與樊景立（2000）。〈家長式領導〉，《本土心理學研究》，14：3-64。

鄭伯壎、劉怡君（1995）。〈義利之辨與企業間的交易歷程：台灣組織間網路的個案分析〉，《本土心理學研究》，1（4）：2-41。

鄭瑞城、王振寰、林子儀、劉靜怡、蘇蘅、瞿海源、馮建三、鍾蔚文、翁秀琪、李金銓（1993）。《解構廣電媒體》。台北：澄社。

劉惠苓（2005）。〈新聞「置入性行銷」的危機：一個探索媒體「公共利益」的觀點〉，《中華傳播學刊》，8：179-207。

劉惠苓（2007）。〈黨營媒體股權轉移下的勞工意識：中視的個案研究〉，《新聞學研究》，93：141-183。

鍾蔚文（2002）。〈誰怕眾聲喧嘩：兼論訓練無能症〉，《中華傳播學刊》，創刊號：27-40。

戴國良（2006）。《電視媒體經營管理實務》。台北：鼎茂。

聯合報編輯部（1998）。《聯合報編採手冊》。台北：聯合報。

羅文輝、張璨文（1997）。〈臺灣新聞人員的專業倫理：1994的調查分析〉，《新聞學研究》，55：244-271。

羅文輝、陳韜文、潘忠黨、蘇鑰機、陳懷林、李金銓、魏然（2004）。《變遷中的大陸、香港、台灣新聞人員》。台北：巨流。

羅世宏、魏玓、馮建三、唐士哲、林麗雲、王菲菲、王賀白譯（2005）。《問題媒體》，台北：巨流。（原書 McChesney, R. W. 〔2004〕. *The problem of the media.* New York: Monthly Review Press.）

蘇正平（1996）。〈新聞自主的理論與實踐〉，《新聞學研究》，52：21-23。

蘇善村（1995）。《報社組織控制之研究》。國立交通大學傳播科技研究所碩士論文。

Abbott, A. (1993). The sociology of work and occupations. *Annual Review of Sociology, 19*, 187-209.

Adam, G. S. (2001). The education of journalists. *Journalism, 2*(3), 315-339.

Altheide, D. L. (1984). The media self. In J. A. Kotarba & A. Fontana (Eds.), *The existential self in society* (pp. 476-790). Chicago: The University of Chicago Press.

Altheide, D. L. (2000). Identity and the definition of the situation in a mass-mediated context. *Symbolic Interaction, 23*(1), 1-27.

Alvesson, M., & Robertson, M. (2006). The best and the brightest: The construction significance and effects of elites Identities in consulting firms. *Organization, 13*(2), 195-224.

Alvesson, M. & Willmott, H. (2002). Identity regulation as organizational control: Producing the appropriate individual. *Journal of Management Studies, 39*(5), 619-644.

Anderson, J. (2000). The organizational self and the practices of control and resistance. *Australian Journal of Communication, 27*(1),1-32.

Angoff, W. H. (1988). Validity: An evolving concept. In H. Wainer & H. I. Braun (Eds.), *Test validity* (pp.19-32). Hillsdale, NJ: LEA.

Anthony, P. D. (1977). *The ideology of work.* London: Tavistock.

Argyris, C., & Schon, D. A. (1978). *Organizational learning: A theory of action perspective.* Reading, MA: Addison-Wesley.

Arksey, H., & Knight, P. (1999). *Interviewing for social scientists.* London: Sage.

Ashburner, L. & Fitzgerald, L. (1996). Beleaguered professionals: Clinicians and institutional change in the NHS. In H. Scarbrough (Ed.), *The management of expertise* (pp.190-216). London: Macmillan.

Ashforth, B. E., & Fried, Y. (1988). The mindlessness of organizational behaviors. *Human Relations, 41*(4), 305-329.

Ashforth, B. E., & Kreiner, G. E. (1999). "How can you do it?": Dirty work and the challenge of constructing a positive identity. *Academy of Management Review, 24*(3), 413-434.

Ashforth, B. E., & Mael, F. A. (1996). Organizational identity and strategy as a context for the individual. *Advances in Strategic Management, 13,* 17-62.

Ashforth, B. E., & Mael, F. M. (1998). The power of resistance: Sustaining valued identities. In R. M. Kramer & M. A. Neale (Eds.), *Power and influence in organizations* (pp.89-119). Thousand Oaks: Sage.

Atkinson, P. (1990). *The ethnographic imagination: Textual constructions of reality.* London: Routledge.

Atkinson, P., & Coffey, A. (1997). Analyzing documentary realities. In D. Silverman (Ed.), *Qualitative research: Theory, method and practice* (pp.45-62). London: Sage.

Austrin, T. (1994). Positioning resistance and resisting position: Human resource management and the politics of appraisal and grievance hearings. In J. M. Jermier, W. Nord & D. Knights (Eds.), *Resistance and power in organizations*(pp.199-218). London : Routledge.

Bachmann, R. (2003). Trust and power as means of coordinating the internal relations of the organization: A Conceptual framework. In B. Nooteboom & F. Six (Eds.), *The trust process in organizations* (pp. 58-74). Cheltenham: Edward Erlgar.

Ball, K., & Wilson, D. C. (2000). Power, control and computer-based performance monitoring: Repertoires, resistance and subjectivities. *Organization Studies, 21*(3), 539-565.

Bandura, A. (1982). The self and mechanisms of agency. In T. Suls (Eds.), *Psychological perspectives on the self,* Vol. 1 (pp. 3-39). Hillsdale, N J: LEA.

Bantz, C. R., McCorkle, S., & Baade, R. C. (1980). The news factory. *Communication Research, 7*(1), 45-68.

Barker, J. R. (1993). Tightening the iron cage: Concretive control in self-managing teams. *Administrative Science Quarterly, 38*(3), 408-437.

Bauman, Z. (1988). Is there a postmodern sociology? *Theory, Culture and Society, 5(2-3),* 217-239.

Bauman, Z. (1992). *Intimations of postmodernity* . London: Routledge.

Bauman, Z. (1995). *Life in fragments: Essays in postmodern morality.* Oxford: Blackwell.

Bauman, Z. (1998). *Work, consumerism and the new poor.* Philadelphia, PA: Open University Press.

Bazerman, C. (1987). Codifying the social scientific style: The APA publication manual as a behaviorist rhetoric. In J. S. Nelson, A. Megill & D. N. McCloskey (Eds.), *The rhetoric of the human science: Language and argument in scholarship and public affaire* (pp.125-144). Madison, Wisconsin: The University of Wisconsin Press.

Becker, H. S. (1996). The epistemology of qualitative research. In R. Jessor, A. Colby & R. A. Shweder (Eds,). *Ethnography and human development context and meaning in social inquiry* (pp.53-71). Chicago: University of Chicago Press.

Benveniste, G. (1987). *Professionaling the organization: Reducing bureaucracy to enhance effectiveness.* San Francisco: Jossey-Bass.

Berkowitz, D. B. (1992). Non-routine news and newswork : Exploring a What-a-story. *Journal of Communication, 42*(1), 82-94.

Besanko, D., Dranove, D., & Shanley, M. (1996). *Economics of strategy.* New York: John Wiley &Sons.

Bessant, J. R. (2003). *High-involvement innovation: Building and sustaining competitive advantage through continuous change.* Hoboken, NJ: J. Wiley.

Bian, A. (2005). Constructing an artistic identity. *Work, Employment and Society*, *19*(1), 25-46.

Blackler, F. (1995). Knowledge, knowledge work and organizations: An overview and interpretation. *Organization Studies,16*(6), 1021-1046.

Blaikie, N. (1993). *Approaches to social enquiry.* Cambridge: Polity.

Blau, P. M., & Scott, W. R. (1962). The concept of formal organization. In J. M. Shafritz & J. S. Ott (Eds.), *Classics of organization theory* (pp.66-79).Orlando, Fl: Harcourt Brace College Publishers.

Bogart, L. (1995). *Commercial culture : The media system and the public interest.* New York: Oxford University Press.

Boguslaw, R. & Vickers, G. R. (1977). *Prologue to sociology.* Santa Monica, CA: Goodyear.

Bolman, L. G., & Deal, T. E. (1991). *Reframing organizations: Artistry, choice, and leadership.* San-Francisco: Jossey-Bass.

Borden, L. S. (2000). A model for evaluating journalist resistance to business constraints. *Journal of Mass Media Ethics, 15*(3), 149-166.

Bourdieu, P. (1990). *The logic of practice* (R. Nice, Trans.). Standford, CA: Standford University Press.(Original work published 1980)

Bowman, C. (1994). Stuck in the old routines. *European Management Journal, 12*(1), 76-82.

Braverman, H. (1974). *Labor and monopoly capital.* New York: Monthly Review.

Breed, W. (1955). Social control in the newsroom. *Social Force, 33,* 326-355.

Briggs, C. L. (1986). *Learning how to ask : A sociolinguistic appraisal of the role of the interview in social science research.* Cambridge: Cambridge University Press.

Bromley, M. (1997). The end of journalism? Changes in the workplace practices in the press and broadcasting in the 1990s. In M. Bromley & T. O'Malley (Eds.), *A journalism reader* (pp.330-350). London: Routledge.

Brooke, M. Z. (1984). *Centralization and autonomy: A study in organization behavior.* London: Holt, Rinehart and Winston.

Brown, R. H. (1987). Reason as rhetorical. In J. S. Nelson, A. Megill & D.N. McCloskey (Eds.), *The rhetoric of the human sciences: Language and argument in scholarship and public affairs* (pp.184-197). Madison, Wisconsin: The University of Wisconsin Press.

Brown, R., & Capozza, R. (2000). Social identity theory in retrospect and prospect. In D. Capozza & R. Brown (Eds.), *Social identity process: Trends in theory and research* (pp. vii–xv). London: Sage.

Bruins, J. (1999). Social power and influence tactics: A theoretical introduction. *Journal of Social Issues, 55*(1), 7-14.

Burawoy, M. (1979). *Manufacturing consent.* Chicago: University of Chicago Press.

Burawoy, M. (1985). *The politics of production.* London: Verso.

Burrell, G. (1998). Modernism, postmodernism and organizational analysis: The contribution of Michel Foucault. In A. McKinlay & K. Starkey (Eds.), *Foucault, management and organization theory* (pp.14-28). London: Sage.

Byerly, C. M., & Warren, C. A. (1996). At the margins of center: Organized protest in the newsroom. *Critical Studies in Mass Communication, 13*(1), 1-23.

Calás, M. B. (1993). Deconstructing charismatic leadership: Re-reading Weber from the darker side. *Leadership Quarterly, 4*(3/4), 305-328.

Callero, P. L. (2003). The sociology of the self. *Annual Review of Sociology,* 29, 115-133.

Cantor, M. (1971). *The Hollywood TV producer.* New York: Basic Books.

Cerulo, K. A. (1997). Identity construction: New issues, new directions. *Annual Reviews Sociology, 23,* 385-409.

Chacko, H. E. (1990). Methods of upward influence, motivational needs, and administrators' perceptions of their supervisors' leadership styles. *Group & Organization Studies, 15*(3), *253-265.*

Chalaby, J. K. (1996). Journalism as an Anglo-American invention. *European Journal of Communication, 11*(3), 303-326.

Child, J. (1985). Managerial strategies, new technology and the labour process. In D. Knight , H. Willmott & D. Collinson (Eds.), *Job redesign* (pp. 107-141). Aldershot: Gower.

Chomsky, D. (1999). The mechanisms of management control at the New York Times. *Media, Culture & Society, 21,* 579-599.

Christians, C. G. (2000). Ethics and politics in qualitative research. In N. K. Denzin & Y. S. Lincoln (Eds.), *Handbook of qualitative research* (pp.133-155).Thousand Oaks: Sage.

Chung, W. W., Tsang, K. J., Chen, P. L., & Chen, S.H. (1998). *Journalistic expertise: Proposal for a research program.* Paper presented to the ICA Convention, Jerusalem, Israel.

Clayman, S. E., & Reisner, A. (1998). Gatekeeping in action: Editorial conferences and assessments of newsworthiness. *American Sociological Review, 63,* 178-199.

Clegg, S. R. (1975). *Power, rule and domination: A critical and empirical understanding of power in sociological theory and organizational life.* London: Routledge & Kegan Paul.

Clegg, S. R. (1989). Radical revisions: Power, discipline and organizations. *Organization Studies, 10*(1), 97-115.

Clegg, S. R. (1990). *Modern organizations: Organization studies in postmodern world.* London: Sage.

Clegg, S.R. (1994). Power and institutions in the theory of organizations. In J. Hassard & M. Parker (Eds.), *Towards a new theory of organizations* (pp.24-49). London: Sage.

Clegg, S. (1998). Foucault, power & organizations. In A. McKinlay, & K. Starkey (Eds.), *Foucault, management and organization theory* (pp.19-48). London: Sage.

Clifford, J., & Marcus, G. E. (Eds.) (1986). *Writing culture: The poetics and politics of ethnography.* Berkeley: University of California Press.

Coates, G. (1995). Is this the end? Organising identity as a post-modern means to a modernist end. *Sociological Review, 43*(4):828-855.

Cohen, L. & Musson, G. (2000). Entrepreneurial identities: Reflections from two case studies. *Organization, 7*(1), 31-48.

Cohen, M. D., & Bacdayan, P. (1994). Organizational routines are stored as procedural memory. *Organization Science, 5*(4), 554-568.

Cohen, S., & Taylor, L. (1992). *Escape attempts: The theory and practice of resistance to everyday life.* London: Routledge.

Coleridge, H. (1994). *Paper tiger: The latest, greatest newspaper tycoons and how they won the world.* Mandarin: London.

Collinson, D. (1994). Strategies of resistance: Power, knowledge and subjectivity in the workplace. In J. M. Jermier, W. Nord & D. Knights (Eds.), *Resistance and power in organizations* (pp.25-68). London : Routledge.

Collinson, D. L. (2003). Identities and insecurities: Selves at work. *Organization, 10*(3), 195-224.

Converse, J. M., & Schuman, H. (1974). *Conversations at Random: Survey research as interviewers see it.* New York: Wiley.

Cooley, C. H. (1902). *Human nature and social order.* New York: Scriber.

Coombs, R. (1985). Automation, management strategies, and labour-process change. In D. Knight , H. Willmott & D. Collinson (Eds.), *Job redesign* (pp. 142-170). Aldershot: Gower.

Courpasson, D. (2000). Managerial strategies of domination. Power in soft bureaucracies. *Organization Studies, 21*(1), 141-161.

Cybert, R. M., & March, J. G. (1963). *A behavioral theory of the firm.* Englewood Cliffs, NJ: Prentice-Hall.

Daft, R. L. (1992). *Organization theory and design.* New York: West.

Dahl, R. A. (1957). The concept of power. *Behavior Science, 2,* 201-215.

Davidson, J. O.(1993). The sources and limits of resistance in a privatized public utility. In J. M. Jermier, W. Nord & Knights, D (Eds.), *Resistance and power in organizations* (pp. 69-101). London : Routledge.

Davis, D. S. (1984). Good people doing dirty work: A study of social isolation. *Symbolic Interaction, 7*(2), 233-247.

Deaux, K. (2000). Models, meanings and motivations. In D. Capozza & R. Brown (Eds.), *Social identity process: Trends in theory and research* (pp. 1-14). London: Sage.

Deetz, S. (1998). Discursive formations, strategized subordination and self-surveillance. In A. McKinlay, & K. Starkey (Eds.), *Foucault, management and organization theory* (pp.151-172). London: Sage.

Delanty, G. (2001). The university in the knowledge society. *Organization*, 8(2), 149-153.

Dent, M. (1993). Professionalism, educated labor and the state: Hospital medicine and the new managerialism. *Sociological Review, 41*(2), 244-273.

Denzin, N. K. (1991). *Images of postmodern society: Social theory and contemporary cinema.* London: Sage.

Denzin, N. K., & Lincoln, Y. S. (2000). Introduction: The discipline and practice of qualitative research. In N. K. Denzin & Y. S. Lincoln (Eds.), *Handbook of qualitative research* (pp.1-28). Thousand Oaks: Sage.

Denzin, N. K. (2001). The reflexive interview and a performative social science. *Qualitative Research, 1*(1), 23-46.

Deschamps, J., & Devos, T. (1998). Regarding the relationship between social identity and personal identity. In S. Worchel, J. F. Morales, D. Páez & J. Deschamps (Eds.), *Social identity: International perspectives* (PP. 1-12). London: Sage.

DeVault, M. (1990). Talking and listening from women's standpoint: feminist strategies for interviewing analysis. *Social Problems, 37,* 710-721.

Dickens, D. R., & Fontana, A. (1994). Postmodernism in the social sciences. In D. R. Dickens & A. Fontana (Eds.), *Postmodernism and social inquiry* (pp.1-22). London : UCL Press

Diesing, P. (1991). *How does social science work? : Reflections on practice.* Pittsburgh: University of Pittsburgh Press.

Dietrich, M. (1994). *Transaction cost economics and beyond.* London: Routledge.

Dillard, A. (1982). *Living by fiction.* New York: Harper & Row.

Dodd, N. (1999). *Social theory and modernity.* Malden, Mass: Polity Press.

Doise, J. J. (1997). Work values: An integrative framework and illustrative application to organizational socialization. *Journal of Occupational and Organizational Psych*ology, 70, 219-240.

Doolin, B. (2002). Enterprise discourse, professional identity and the organizational control of hospital clinicians. *Organization Studies,* 23(3), 369-390.

Douglas, J. D. (1985). *Creative interviewing.* Beverly Hills, CA: Sage.

Douma, S. & Schreuder, H. (1992). *Economic approach to organizations.* New York: Prince Hall.

Downs, A. (1967). *Inside bureaucracy.* Glenview, IL: Scott, Foresman and Company.

Dunsire, A. (1978). *Control in a bureaucracy.* Oxford: Martin Robertson.

Ebaugh, H. R. F. (1984). Leaving the convent: The experience of role exit and self-transformation. In J. A. Kotarba & A. Fontana (Eds.), *The existential self in society* (pp. 156-176). Chicago: The University of Chicago Press.

Ellis, J. M. (1993). *Language, thought, and logic.* Evanston, Illinois: Northwestern University Press.

Ekström, M. (2000). Information, storytelling and attractions: TV journalism in three modes of communication. *Media, Culture & Society, 22,* 465-492.

Emerson, R. M. (1962). Power-dependence relations. *American Sociological Review, 27,* 31-41.

Engwall, L. (1978). *Newspapers as organizations.* Hampshire: Gower.

Epstein, E.J. (1973). *News from nowhere.* New York: Random House.

Erez, M. & Earley, P. C. (1993). *Culture, self-identity and work.* New York: Oxford University Press.

Erickson, K. (2004). To incest or detach? Coping strategies and workplace culture in service work. *Symbolic Interaction, 27*(4), 549-572.

Erickson, R. J. (1995). The importance of authenticity for self and society. *Symbolic Interaction, 18*(2), 121-144.

Erikson, K. (1990). On work and alienation. In K. Erikson & S. P. Uallas(Eds.), *The nature of work: Sociological perspectives* (pp.19-35). New Haven: Yale University Press.

Ettema, J. S., Whitney, D. C., & Wackman, D. B. (1987). Professional mass communicator. In C. H. Berger & S. H. Chaffee (Eds.), *Handbook of communication science* (pp.747-780). London: Sage.

Etzioni, A. (1964). *Modern Organizations*. Englewood Cliffs, NJ: Prentice Hall.

Ezzy, D. (1998). Theorizing narrative identity: Symbolic interactionism and hermeneutics. *The Sociological Quarterly, 39*(2), 239-252.

Fayol, H. (1949). *General and industrial management* (C. Storrs, Trans.). London: Pitman. (Original work published 1946.)

Feij, J.A. (1998). Work socialization of young people. In P. J. D. Drenth, H. Thierry, & C.J. de Wolff (Eds.), *Handbook of work and organizational psychology, Vol 3: Personal Psychology* (pp.207-256). East Sussex: Psychology Press.

Feldman, M. S. (2000). Organizational routines as a source of continuous change. *Organization Science, 11*(6), 611-629.

Findlay, P., & Newton, T. (1998). Re-framing Foucault: The case of performance appraisal. In A. McKinlay, & K. Starkey (Eds.), *Foucault, management and organization theory* (pp.211-229). London: Sage.

Fine, G. A. (1996). Justifying work: Occupational rhetorics as resources in restaurant kitchens. *Administrative Science Quarterly, 41*, 90-115.

Fink, G. (1995). *Media ethics*. Boston: Allyn and Bacon.

Fishman, M. (1980).*Manufacturing the news*. Austin: University of Texas Press.

Fiske, S. T., & Taylor, S. (1991).*Social cognition*. New York: McGraw-Hill.

Fleming, P., & Spicer, A. (2003). Working at a cynical distance: Implications for power, subjectivity and resistance. *Organization, 10*(1), 157-179.

Fontana, A. (1984). Introduction: Existential sociology and the self. In J. A. Kotarba & A. Fontana (Eds.), *The existential self in society* (pp.3-17). Chicago: The University of Chicago Press.

Form, W. (1987). On the degradation of skills. *Annual Review of Sociology, 13*,29-47.

Foucault, M. (1979). *Discipline and punish: The birth of the prison.*(A. Sheridan, Trans.). New York: Pantheon. (Original work published 1977.)

Foucault, M. (1980). *Power/Knowledge: Selected interviews and others writing: 1972-1977.* (C. Gordon, Ed.). New York: Pantheon.

Foucault, M. (1982). The subject and power. In H. L. Dreyfus & P. Rabinow. *Michel Foucault: Beyond structuralism and hermeneutics* (pp.218-233). London: Harvester Wheatsheaf.

French, J. R .P., & Raven, B. (1959). The base of social power. In D. P. Cartwright (Ed.), *Studies in social power* (pp.150-167). Ann Arbor, MI: The University of Michigan.

Fuller, J. (1996). *News values: Ideas for information age*. Chicago: University of Chicago Press.

Furnham, A. (1988). *Lay theories: Everyday understanding of problems in the social sciences*. Oxford: Pergamon Press.

Gallagher, M. (1982). Negotiation of control in media organizations and occupations. In M. Gurevitch, T., Bennett, J. Curran & J. Woollacott (Eds.), *Culture, society and the media* (pp.151-173). London: Methuen.

Gans, H. J. (1979). *Deciding what's news: A study of CBS Evening News, NBC Nightly News, Newsweek, and Time*. New York: Pantheon Books.

Gardner, H., Csikszentmihalyi, M., & Damon, W.(2001). *Good Work: When excellence and ethics meet*. New York: Basic Books.

Garfinkel, H.(1967). *Studies in ethnomethodology*. Englewood Cliffs, NJ : Prentice Hall.

Garson, B. (1988).*The electronic sweatshop: How computers are transforming the office of the future into the factory of the past*. New York: Penguin Books.

du Gay, P. (1996). Organizing identity: Entrepreneurial governance and public management. In S. Hall & P. du Gay (Eds.), *Questions of culture: Identity* (pp. 151-169). London: Sage.

Gaziano, C., & Coulson, D.C. (1998). Effect of newsroom management styles on journalists: A case study. *Journalism Quarterly, 65*(4), 867-880.

Gecas, V. (1982). The self-concept. *Annual Review of Sociology, 8*, 1-33.

Geertz, C. (1973). *The interpretation of culture*. New York: Basic Books.

Gephart, Jr. R.P. (1996). Management, social issues and the postmodern era. In D. M. Boje, R. P. Gephart, jr., & T. J. Thatchenkery (Eds.), *Postmodern management and organization theory* (pp.21-44). Thousand Oaks: Sage.

Gergen, K, J. & Semin, G. R. (1990). Everyday understanding in science and daily life. In G. R. Semin & K. J. Gergen (Eds.), *Everyday understanding : Social and scientific implications* (pp.1-18). London: Sage.

Gergen, K. J. (1991). *The saturated self*. New York: Basic Books.

Gergen, K. J. (1996). Technology and the self: From the essential to the sublime. In D. Grodin & T. R. Lindlof (Eds.), *Constructing the self in mediated world* (pp. 127-140) Thousand Oaks: Sage.

Giber, W., & Johnson, W. (1961). *The city hall beat: A study of reporters and sources roles*. Norwood, NJ: Ablex.

Giddens, A. (1984). *The constitution of society.* Cambridge: Polity Press.

Giddens, A. (1991). *Modernity and self-identity: Self and society in the late modern age.* Cambridge: Polity Press.

Glaser, R., & Chi, M. T. H. (1988). Overview. In M. T. H. Chi, R. Glaser, & M. T. Farr (Eds.), *The nature of expertise* (pp. xv-xxviii). Hillsdale, New Jersey: LEA.

Glaser, B. G., & Strauss, A. L. (1967). *The discovery of grounded theory: Strategies for qualitative research.* Chicago: Aldine.

Glasser, T. L. (1992). Objectivity and news bias. In E. Cohen (Ed.), *Philosophical Issues in Journalism* (pp. 176-185). New York: Oxford University Press.

Goffman, E. (1959). *The presentation of self in everyday life.* New York: Doubleday.

Goffman, E. (1963). *Stigma: Notes on the management of spoiled identity.* Englewood Cliffs, NJ: Prentice-Hall.

Goldsmiths Media Group. (2000). Media organization in society. In J. Curran (Ed.), *Media organizations in society* (pp.19-65). London: Arnold.

Goldthorpe, J. H., Lockwood, D., Bechhofer, F. & Platt, J. (1968). *The affluent worker: Attitudes and behavior.* Cambridge: Cambridge University Press.

Goody, J. (1977). *The domestication of the savage mind.* Cambridge: Cambridge University Press.

Gouldner, A. W. (1960). The norm of reciprocity: A preliminary statement. *American Sociology Review, 25*(2), 161-178.

Grey, C. (1994). Career as a project of the self and lobour process discipline. *Sociology,* 28(2), 479-497.

Grey, C., & Garsten, C. (2001). Trust, control and post-bureaucracy. *Organization Studies, 22*(2), 229-250.

Grint, K. (1991). *The sociology of work.* Cambridge: Polity Press.

Grodin, D., & Lindlof, T. R. (1996). The self and mediated communication . In D. Grodin & T. R. Lindlof (Eds.), *Constructing the self in mediated world* (pp.3-12) Thousand Oaks: Sage.

Guba, E. G., & Lincoln, Y. S. (1994). Competing paradigms in qualitative research. In N. K. Denzin & Y. S. Lincoln(Eds.), *Handbook of qualitative research* (pp.105-117). Thousand Oaks: Sage.

Gubrium , J. F., & Holstein, J. A. (1994). Grounding the postmodern self. *The Sociological Quarterly, 4*, 685-703.

Gulick, L. (1996). Notes on the theory of organization. In J. M. Shafritz & J. S. Ott (Eds.), *Classics of organization theory* (pp.86-95). Orlando, Fl: Harcourt Brace College Publishers.

Gustafsson, A., & Johnson, M. D. (2003). *Competing in a service economy: How to create a competitive advantage through service development and innovation.* San Francisco: Jossey-Bass.

Hackett, R.A. (1991). *News and dissent.* Norwood, NJ: Ablex.

Halford, S., & Leonard, P. (1999). New identities? Professionalism, managerialism and the construction of self. In M. Exworthy & S. Halford (Eds.), *Professionals and the new managerialism in the public sector* (pp. 102-120). Buckingham: Open University.

Hall, S. (1996). Who needs 'identity'?. In S. Hall & P. du Gay (Eds.), *Questions of culture: Identity* (pp. 1-17). London: Sage.

Hallin, D. (1992). The passing of the "high modernism" of American journalism. *Journalism, 42*(3): 14-25.

Harding, S. (1986). *The science question in feminism.* Milton Keynes: Open University Press.

Hardt, H. (1996). The end of journalism. *Javnost/ The Public, 3*(3), 21-42.

Harpaz, I., & Fu, X. (2002). The structure of the meaning of work: A relative stability amidst change. *Human Relations, 55*(6), 639-667.

Hassard, J. (1993). *Sociology and organization theory.* Cambridge: Cambridge University Press.

Hatch, M. J. (1997). *Organization theory: Modern symbolic and postmodern perspective.* Oxford: Oxford University Press.

Hayano, D. M. (1977). The professional poker player: Career identification and the problem of respectability. *Social Problem, 24*, 556-564.

Heckscher, D. C. (1994). Defining the post-bureaucratic. In C. Heckscher & A. Donnellon(Eds.), *The post-bureaucratic organization: New perspectives on organizational change* (pp. 14-62). Thousand Oaks: Sage.

Herzberg, F. (1968). One more time: how do you motivate employees?. *Harvard Business Review*, 46 (1), 53–62.

Hickson, D. J., & McCullough, A. F. (1980). Power in organizations. In G. Salaman, & K. Thompson (Eds.), *Control and ideology in organizations* (pp.27-55). Milton Keynes: The Open University Press.

Hirsch, P. M. (1977). Occupational, organizational and institutional models in mass research: Toward an integrated framework. In P. M. Hirsch, P. V. Miller & F. G. Kline (Eds.), *Strategies for communication research* (pp. 13-42). Beverly Hills: Sage.

Hochschild, A.R. (1983). *The managed heart: Commercialization of human feeling*. Berkeley: University of California Press.

Holstein, J. A., & Gubrium, J. F. (1995). *The active interviewing*. Thousand Oaks, CA: Sage.

Holstein, J. A., & Gubrium, J. F. (1997). Active interviewing. In D. Silverman(Ed.), *Qualitative research: Theory, method and practice* (pp.113-129). London: Sage.

Holstein, J. A., & Gubrium, J. F. (2000). *The self we live by: Narrative identity in a postmodern world*. New York: Oxford University Press.

Hong, L. K. & Duff, R. W. (1977). Becoming a Taxi-dancer. *Sociology of Work and Occupations*, 4(3), 327-342.

Hopper, T., & Macintosh, N. (1998). Management accounting numbers: Freedom or prison. In A. McKinlay & K. Starkey (Eds.), *Foucault, management and organization theory* (pp.127-150). London: Sage.

Howard, J. A. (2000). Social psychology of identities. *Annual Reviews Sociology,* 26, 367-393.

Hughes, E. C. (1951). Work and the self. In J. H. Rohrer & M. Sherif (Eds.), *Social Psychology at the Crossroad* (pp. 313-323). New York: Harper & Brothers.

Hughes, E. C. (1962). Good people and dirty work. *Social Problem, 10,* 3-11.

Hughes, J. A. (1990). *The philosophy of social research.* London: Longman.

Hummel, R. P. (1994). *The bureaucratic experience: A critique of life in the modern organization.* New York: St. Martin's Press.

Hyman, H. H., Cobb, W. J., Feldman, J. J., Hart, C. W. & Stember, C. H. (1975). *Interviewing in social research.* Chicago: University of Chicago Press.

Ibarra, H. (1999). Provisional selves: Experimenting with image and identity in professional adaptation. *Administrative Science Quarterly, 44,*764-791.

Jackall, R. (1988). *Moral mazes: The world of corporate managers.* New York: Oxford University Press.

Jackson, N., & Carter, P. (1998). Labour as dressage. In A. McKinlay, & K. Starkey (Eds.), *Foucault, management and organization theory* (pp.47-64). London: Sage.

Janowitz, M. (1975). Professional models in journalism: The gatekeeper and the advocate. *Journalism Quarterly, 52,*618-626.

Jaspers, K. (1957). *Man in the modern age.* New York: Anchor Books.

Jenkins, R. (1996). *Social identity.* London: Sage.

Jermier, J. M., Knights, D., & Nord, W. R. (1994). Introduction: Agency, subjectivity and the labour process. In J. M. Jermier, W. Nord & D. Knights (Eds.), *Resistance and power in organizations* (pp. 11-24). London: Routledge.

Johnson, P., & Gill, J. (1993). *Management control and organizational behavior.* London: Paul Chapman.

Johnstone, J. W. C., Slawski, E. J., & Bowman, W. W. (1972). The professional values of American newsmen. *Public Opinion Quarterly, 26,*522-540.

Johnstone, J. C., Slawski, E. J., & Bowman, W. W. (1976). *The news people.* Urbana, Chicago: University of Illinois Press.

Jones, O., & Craven, M. (2001). Beyond the routine: Innovation management and the teaching company scheme. *Technovation, 21*(5), 267-279.

Jordan, A. B. (2006). Make yourself at home: The social construction of research roles in family studies. *Qualitative Research. 6*(2), 169-185.

Kaplan, A. (1964). *The conduct of inquiry: Methodology for behavioral science.* San Francisco : Chandler.

Kärreman, D., & Alvesson, M. (2004). Cages in tandem: Management control, social identities and Identification in a knowledge-intensive firm. *Organization, 11*(1), 149-175.

Katovich, M. A., & Reese, W. A. (1993). Postmodern though in symbolic interaction: Reconstructing social inquiry in light of late-modern concerns. *The Sociological Quarterly, 34*(3), 391-411.

Kelley, M. (2002). The meanings of professional life: Teaching across the health professions. *Journal of Medicine and Philosophy, 27*(4), 475-491.

Kipnis, D. (1976). *The powerholders.* Chicago: University of Chicago Press.

Kipnis, D., Schmidt, S. M., & Wilkinson, I. (1980). Intraorganizational influence tactics: Explorations in getting one's way. *Journal of Applied Psychology, 65,* 440-452.

Kipnis, A. B. (1996). Trust and technology. In R. M. Kramer & T. T. Tyler (Eds.), *Trust in organization: Frontiers of theory and research* (pp.39-50). Thousnad Oaks,CA: Sage.

Kitchener, M. (2002). Mobilizing the logic of managerialism in professional fields : The case of academic health centre mergers. *Organization Studies, 23*(3), 391-420.

Knights, D. (1990). Subjectivity, power and the labour process. In D. Knights & H. Willmott(Eds.), *Labour process theory* (pp.297-335). Hampshire : Macmillan.

Knights, D. (2002). Writing organizational analysis into Foucault. *Organization, 9*(4), 575-593.

Knights, D., & Murray, F. (1994) *Managers divided: Organisation politics and nation technology management*. Chichester,UK: Wiley.

Knights, D., & Willmott, H. (1989). Power and subjectivity at work: From degradation to subjugation in social relations. *Sociology, 23*(4), 535-558.

Knights, D. & Vurdubakis, T. (1994). Foucault, power, resistance and all that. In J. M. Jermier, W. Nord & D. Knights (Eds.), *Resistance and power in organizations* (pp. 167-198). London : Routledge.

Knights, D., & McCabe, D. (1999). 'Are there no limits to authority?': TQM and organizational power. *Organization Studies, 20*(2), 197-224.

Koch, T. (1991). *Journalism for the 21th century: Online information, electronic database and the news*. New York: Prager.

Korczyndki, M. (2003). Communities of coping: Collective emotional lobour in service work. *Organization, 10*(1), 55-79.

Kotter, J. P. (1977). Power, dependence, and effective management. *Harvard Business Review, 55*, 425-454.

Kovach, B., & Rosenstiel, T. (2001). *Elements of journalism: What newspeople should know and the public should expect*. New York: Crown Publishers.

Koza, M. P., & Thoening, J. (2003). Rethinking the firm: Organizational approaches. *Organization Studies, 24*(8), 1219-1229.

Krieg, A. (1987). *Spiked: How chain management corrupted American's oldest newspaper*. Old Saybrook, CT: Peregrine Press.

Kuhn, T. (1970). *The structure of scientific revolutions*. Chicago: University of Chicago Press.

Kunda, G. (1992). *Engineering culture*. Philadelphia: Temple University Press.

Kunelius, R. (2006). Good journalism: On the evaluation criteria of some interested and experiences actors. *Journalism Studies, 7*(5): 621-690.

Kvale, S. (1995). The social construction of validity. *Qualitative Inquiry, 1*(1), 19-40.

Kvale, S. (1996). *InterViews: An introduction to qualitative research interviewing.* Thousand Oaks: Sage.

Lacy, S., Cohn, A. B., & Wicks, J. L. (1993). *Media management: A casebook approach.* Hillsadale, NJ: LEA.

Lähteenmäki, M(2003). On rules and rule-following: Obeying rules blindly. *Language & Communication, 23,* 45-61.

Langman, L. (1998). Identity, hegemony, and social reproduction. *Current Perspectives in Social Theory, 18,* 185-226.

LaNuez, D., & Jermier, J. M.（1993）. Sabotage by managers and technocrats : neglected patterns of resistance as work. In J. M. Jermier, W. Nord & D. Knights (Eds.), *Resistance and power in organizations* (pp. 219-251). London : Routledge.

LeCompte, M. D., & Preissle, J. (1994). Qualitative research: What it is, what it isn't. and how it's done. In B. Thompson. (Ed.), *Advances in social science methodology, Vol. 3* (pp. 141-163).Greenwich, CT: JAI.

Leflaive, X. (1996). Organizations as structures of domination. *Organization Studies, 17*(1), 23-47.

Leidner, R. (1993). *Fast food, fast talk: Service work and the routinization of everyday life.* Berkeley: University of California Press.

Leonard-Barton, D. (1995). *Wellsprings of Knowledge.* Boston : Harvard Business School Press.

Lester, E. (1995). Discursive strategies of exclusion: The ideological construction of newsworkers. In H. Hardt & B. Brennen (Eds.), *Newsworker: Toward a history of the rank and file.* (pp.30-47). Minneapolis: University of Minnesota Press.

Lester, M. (1984). Self: Sociological portraits. In J. A. Kotarba & A. Fontana (Eds.), *The existential self in society* (pp.39-56). Chicago: The University of Chicago Press.

Levi, K. (1981). Becoming a hit man: Neutralization in a very deviant career. *Urban Life, 10,* 47-63.

Levin, J., & Arluke, A. (1987). *Gossip: the inside scoop.* New York: Plenum.

Lewicki, R. J., & Bunker, B. B. (1996). Developing and maintaining trust in work relationships. In R. M. Kramer & T. T. Tyler (Eds.), *Trust in organization: Frontiers of theory and research* (pp. 114-139). Thousnad Oaks,CA: Sage.

Lifton, R. J. (1993). *The protean self: Human resilience in an age of fragmentation*. New York: Happer & Row.

Linstead, S., & Brewis, J. (2007). Passion, knowledge and motivation: Ontologies of desire. *Organization, 14*(3), 351-371.

Littler, C., & Salaman, G. (1982). Bravermanian and beyond: recent theories of the labour process. *Sociology, 16*, 201-269.

Littler, C. (1985). Taylorism, Fordism and job design. D. Knight , H. Willmott & D. Collinson (Eds.), *Job redesign* (pp. 11-29). Aldershot: Gower.

Longino, H. E. (1990). *Science as social knowledge*. Princeton, NJ: Princeton University Press.

Løwendahl, B. R. (1997). *Strategic management of professional service firms*. Copenhagen: Handelshøjskolens Forlag.

Luhmann, N. (1979). *Trust and power*. Chichester, UK: John Wiley & Son.

Lyles, M., von Krogh, G., Roos, J., & Kleine, D. (1996). The impact of individual and organizational learning on formation and management of organizational cooperation. In G. von Krigh & J. Roos (Eds.), *Managing knowledge: Perspectives on cooperation and competition*. London: Sage.

Lyotard, J. F. (1984). *The postmodern condition: A report on knowledge*. Minneapolis: University of Minnesota Press.

Lyotard, J. F., & Thébaud, J. L. (1985). *Just gaming*. Manchester: Manchester University Press.

Macdonald, I. (2006). Teaching journalists to save the profession: A critical assessment of recent debates on the future of US and Canadian journalism education. *Journalism Studies, 7*(5), 745-764.

Maingueneau, D. (2002). Analysis of an academic genre. *Discourse Studies, 4*(3), 319-342.

Manning, P. L. (1967). Problems in interpreting interview data. *Sociology and Social Research, 51*,301-316.

Manning, P. K. (1970). Talking and becoming: A view of organizational socialization. In J. D. Douglas (Eds.), *Understanding everyday life: Forward the reconstruction of sociological knowledge* . Chicago: Aldine.

March, J. G., & Simon, H. A. (1958). *Organizations*. New York: John Wiley & Son.

Marsh, C. (1984). Problems with surveys : Method or epistemology? In M. Bulmer(Ed.), *Sociological research methods*. New Brunswick: Transaction Books.

Maslow, A. H. (1943). A theory of human motivation. *Psychological Review, 50*, 370-396.

Mayer, R. C., Davis, J. H., & Schoorman, F. D. (1995). An integrative model of organizational trust. *Academy of Management Review, 20*(3), 709-734.

McIntyre, L. J. (1987).*The public defender: The practice of law in the shadows of repute*, Chicago: University of Chicago Press.

McKinlay, A. (2002). 'Dead selves': The birth of the modern career. *Organization, 9*(4), 595-614.

McKinlay, A., & Taylor, P. (1998). Through the looking glass: Foucault and the politics of production. In A. McKinlay, & K. Starkey (Eds.), *Foucault, management and organization theory* (pp.173-190). London: Sage.

McKinlay, A., & Starkey, K. (1998a). Managing Foucault: Foucault, management and organization theory. In A. McKinlay & K. Starkey (Eds.), *Foucault, management and organization theory* (pp.1-13). London: Sage.

McKinlay, A., & Starkey, K. (1998b). The "velvety grip": Managing managers in the modern corporation. In A. McKinlay & K. Starkey (Eds.), *Foucault, management and organization theory* (pp.111-125). London: Sage.

McManus, J. H. (1994). *Market-driven journalism: Let the citizen beware?* Thousand Oaks: Sage.

McNair, B. (1998). *The Sociology of journalism.* London: Arnold.

McQuail, D. (1992). *Media performance: Mass communication and the public interest.* London: Sage.

Mead, G. H. (1934). *Mind, self, and society.* Chicago: University of Chicago Press.

Meara, H. (1974). Honor in dirty work: The case of American meat cutters and Turkish butchers. *Sociology of Work and Occupations, 1*(3), 259-283.

Mechanic, D. (1962). Sources of power of lower participants in complex organizations. *Administrative Science Quarterly, 7*(3), 403-412.

Meijer, I. C. (2003). What is quality the television news? A plea for extending the professional repertoire of newsmakers. *Journalism Studies, 4*(1), 15-29.

Merrill, D. C., Reiser, B. J., Merrill, S. K. & Landes, S. (1995). Tutoring: Guided learning by doing. *Cognition and Instruction, 13*(3), 315-372.

Messick, S. (1988). The once and future issues of validity: Assessing the meaning and consequences of measurement. In H. Wainer & H. I. Braun (Eds.), *Test validity* (pp. 33-45). Hillsdale, NJ: LEA.

Miller, G. (1978). *Odd jobs: The world of deviant work.* Englewood Cliffs, NJ: Prentice-Hall.

Miller, P., & O'Leary, T. (1987). Accounting and the construction of governable person. *Organization and Society, 12*(3), 235-265.

Mintzberg, H. (1973). *The nature of managerial work.* New York: Harper & Row.

Mintzberg, H. (1979). *The structuring of organization: A synthesis of the research.* Englewood Cliffs, NJ: Prince-Hall.

Mintzberg, H. (1983). *Power in and around organization.* Englewood Cliffs, NJ : Prentice-Hall.

Mintzberg, H. (1989). *Mintzberg on management.* New York: The Free Press.

Mirando, J. A .(2001). Embracing objectivity early on: Journalism textbooks of the 1980s. *Journal of Mass Media Ethics, 16*(1), 23-32.

Mishler, E. G. (1986). *Research interviewing.* Cambridge, MA: Harvard University Press.

Mishra, A. D. (1996). Organizational responses to crisis: The centrality of trust. In R. M. Kramer & T. T. Tyler (Eds.), *Trust in organization: Frontiers of theory and research* (pp. 261-287). Thousand Oaks, CA: Sage.

Misztal, B.A. (2001). Normality and trust in Goffman's theory of interaction order. *Sociological Theory,19*(3). 312-324.

Morgan, G. (1986). *Images of organization.* Beverly Hills: Sage.

Murdock, G. (1982). Large corporations and the control of the communications industries. In M. Gurevitch, T. Bennett, J. Curran & J. Woollacott (Eds.), *Culture, society and the media* (pp.118-150). London: Methuen.

Newton, T. (1998). Theorizing subjectivity in organization: The failure of Foucauldian studies? *Organization Studies, 19*(3), 415-447.

Noble, D. (1979). Social choice in machine design: the case of automatically controlled machine tools. In Zimbalist, A. (Eds.), *Case Studies on the Labour Process* (pp. 18-50). New York: Monthly Review Press.

Nonaka, I., & Takeuchi, H. (1995). *The knowledge-creating company.* New York: Oxford University Press.

Noon, M., & Blyton, P. (1997). *The realities of work.* London: MacMillan.

Nord, W. R., Brief, A. P.,Atieh, J. M. & Doherty, E. M. (1988). Work Values and the Conduct of Organizational Behavior. *Research in Organizational Behavior, 10*, 1-42.

Novak, M. (1970). *The experience of nothingness.* New York: Harper Colophon.

Ochs, E., & Capps, L. (1996). Narrating the self. *Annual Reviewing Anthropology, 25*, 19-43.

O'Neill, J. (1995). *The poverty of postmodernism*. London: Routledge.

Palmer, C. E. (1978). Dog catchers: A descriptive study. *Qualitative Sociology, 1*, 79-107.

Parker, M. (1992). Post-modern organizations or postmodern organization theory? *Organization Studies, 13*(1), 1-17.

Patka, F. (1962). *Existentialist thinkers and thought*. New York: Philosophical Library.

Pavalko, R. M. (1988). *Sociology of occupations and professions*. Itasca, IL: Peacock.

Pentland, B. T., & Rueter, H. H. (1994). Organizational routines as grammars of action. *Administrative Science Quarterly, 39*, 484-510.

Pentland, B. T. (1995). Grammatical models of organizational processes. *Organization Science, 6*(5), 541-556.

Pfeffer, J. (1981). *Power in organization*. Cambridge, MA: Ballinger.

Pfeffer, J. (1992).Understanding power in organizations. *California Management Review, Winter,* 29-50.

Pfeffer, J. (1997). *New directions for organization theory*. New York: Oxford University Press.

Pollard, G. (1995). Job satisfaction among newsworkers: The influence of professionalism. Perceptions of organizational structure, and social attributes. *Journalism & Mass Communication Quarterly, 72*(3), 682-697.

Porter, R. (1997). Introduction. In R, Porter (Ed.), *Rewriting the self: Histories from the Renaissance to present* (pp.1-14). London: Routledge.

Pratt, M. G. (1998). To be or not to be? Central questions in organizational identification. In D. A. Whetten & P. C. Godfrey (Eds.), *Identity in organizations: Building theory through conversations* (pp. 171-207). Thousand Oaks, CA: Sage.

Pugh, D. S., Hickson, D. J. , Hinings, C. R., MacDonald, K. M., Turner, C., & Lupton, T. (1963). A conceptual scheme of organizational analysis. *Administrative Science Quarterly, 8*, 289-315.

Raelin, J. A. (1997). A model of work-based learning. *Organization Science,8*(6), 563-578.

Rao, H. (2003). Institutional change in toque ville: Nouvelle cuisine as an identity movement in French gastronomy. *American Journal of Sociology, 108*(4), 795-843.

Rapley, T. J. (2001). The art (fullness) of open-ended interviewing: Some considerations on analyzing interviews. *Qualitative Research, 1*(3), 303-323.

Raven, B. H. (1992). A power/ interaction model of interpersonal influence: French and Raven thirty years later. *Journal of Social behavior and Personality, 7*, 217-244.

Ray, L. J., & Reed, M. (1994). Weber, organizations and modernity: An introduction. In L. J. Ray, & M. Reed (Eds.), *Organizing modernity: New Weberian perspectives on work, organization and society* (pp.1-15). London: Routledge.

Reed, M. I. (1996).Expert power and control in late modernity: An empirical review and theoretical synthesis. *Organization Studies, 17*(4), 573-597.

Reed, M. I. (2001). Organization, trust and control: A realist analysis. *Organization Studies, 22*(2), 201-228.

Richardson, L. (1996). Ethnographic trouble. *Qualitative Inquiry, 2*(2), 227-229.

Robbins, S. P. (1996). *Organizational behavior: Concept, controversies, and applications.* Englewood Cliffs, NJ: Prentice Hall.

Robinson, K. (2003). The passion and pleasure: Foucault's art of not being oneself. *Theory, Culture & Society, 20*(2),119-1443.

Rodrigues, S. B., & Collinson, D. L. (1995). 'Having fun'?: Humour as resistance in Brazil. *Organization Studies, 16*(5), 739-768.

Rorty, R. (1989). *Contingency, irony and solidarity.* Cambridge: Cambridge University Press.

Rose, N. (1992). Governing the enterprising self. In P. Heelas & P. Morris (Eds.), The values of the enterprise culture: *The moral debate* (pp. 141-164). London: Routledge.

Rosenau, P. M. (1992). *Postmodernism and the social sciences*. Princeton, NJ: Princeton University Press.

Rosenberg, M. (1979). *Conceiving the self.* Florida: Krieger.

Rosenberg, A. (1995). Philosophy of social science. Boulder, CO: Westview Press.

Rumelhart, D. E., & Ortony, A. (1977). The representation of knowledge in memory. In R. C. Anderson, R. J. Spiro & W.E. Montague (Eds.), *Schooling and the acquisition of knowledge* (pp.99-136). Hillsdale, NJ: Erlbaum.

Ryan, M. (2001). Journalistic ethics, objectivity, existential journalism, standpoint epistemology, and public journalism. *Journal of Mass Media Ethics, 16*(1),2-22.

Salancik, G. R., & Pfeffer, J. (1977) Who gets power and how they hold on to it: A strategic-contingency model of power. *Organizational Dynamics, 5,* 3-21.

Salcetti, M. (1995). The emergence of the reporter: Mechanization and the devaluation of editorial workers. In H. Hardt & B. Brennen (Eds.), *Newsworkers: Toward a history of the rank and file.* Minneapolis: University of Minnesota Press.

Savage, M. (1998). Discipline, surveillance and the career employment on the Great Western Railway 1833-1914. In A. McKinlay & K. Starkey (Eds.), *Foucault, management and organization theory* (pp.95-92). London: Sage.

Scheurich, J. J. (1997). *Research method in the postmodern.* London: The Falmer Press.

Schudson, M. (1978). *Discovering the news.* New York: Basic Books.

Schudson, M. (2001). The objectivity norm in American journalism. *Journalism, 2*(2), 149-170.

Schwandt, T. A. (2000). The epistemological stances for qualitative inquiry. In N. K. Denzin & Y. S. Lincoln (Eds.), *Handbook of qualitative research* (pp.1-28). Thousand Oaks: Sage.

Seale, C. (1999). *The quality of qualitative research*. London: Sage.

Selznick, P. (1948). Foundations of the theory of organization. *Sociological Review, 13*, 25-35.

Sewell, G., & Wilkinson, B. (1992). 'Someone to watch over me': Surveillance, discipline and the just-in-time labour process. *Sociology, 26*(2), 271-289.

Shoemaker, P. J., & Reese, S.D.(1991). *Mediating the Message*. New York: Longman.

Siebert, F. S., Peterson, T. & Schramm, W. L. (1956). *Four Theories of the Press : the authoritarian, libertarian, social responsibility, and Soviet communist concepts of what the press should be and do.* Urbana: University of Illinois Press.

Simon, H. A., Kozmetsky, G., Guetzkow, H., & Tyndall, G. (1954). *Centralization VS. Decentralization in organizing the controller's department.* Huston, TX: Scholar Book.

Singleton, Jr. R., Straits, B. C., Straits, M. M., & McAllister, R.J. (1988). *Approaches to Social Research.* New York: Oxford University Press.

Slife, B. D., & Williams, R. N. (1996). *What's behind the research? : Discovering hidden assumptions in the behavioral sciences.* Thousand Oaks, CA: Sage.

Smart, B. (1983). *Foucault, Marxism and critique*. London: Routledge.

Smith, R.W. (1984). An existential view of organizations: Is the member condemned to be free? In J. A. Kotarba & A. Fontana (Eds), *The existential self in society* (pp.100-118). Chicago: The University of Chicago Press.

Smith, M. J. (1998). *Social science in question*. London: Sage.

Solomon, W. S. (1995). The site of newsroom labor: The division of editorial practices. In H. Hardt & B. Brennen (Eds.), *Newsworkers:*

Toward a history of the rank and file (pp. 110-134). Minneapolis: University of Minnesota Press.

Somekh, B. (2006). *Action research : A methodology for change and development.Maidenhead*, Berkshire : Open University Press.

Spink, P. (2001). On houses, villages and knowledge. *Organization, 8*(2), 219-226.

Starkey, K., & Hatchuel, A. (2002). The long detour: Foucault's history of desire and pleasure. *Organization, 9*(4), 641-666.

Starkey, K., & McKinlay, A. (1998). Afterword: Deconstructing organization: Discipline and desire. In A. McKinlay, & K. Starkey (Eds.), *Foucault, management and organization theory* (pp.230-241). London: Sage.

Stoker, K. (1995). Existential objectivity: Freeing journalists to be ethical. *Journal of Media Ethics, 10*(1), 5-22.

Storey, J. (1983). *Managerial prerogative and the question of control.* London : Routledge.

Svejenova, S. (2005). The Path with the Heart: Creating the Authentic Career. *Journal of Management Studies, 42*(5), 947-974.

Sykes, G. M., & Matza, D. (1957). Techniques of neutralization: A theory of delinquency. *American Sociological Review,* 22(6), 664-670.

Symon, G. (2005). Exploring resistance from a rhetorical perspective. *Organization Studies, 26*(11), 1641-1663.

Tajfel, H., & Turner, J. C. (1986). The social identity theory of intergroup behavior. In S. Worchel & W. G. Austin (Eds.), *Psychology of intergroup relations* (pp, 7-24). Chicago: Nelson-Hall.

Taylor, F. W. (1996). The principles of scientific management. In J. M. Shafritz & J. S. Ott (Eds.), *Classics of organization theory* (pp.66-79). Orlando, Fl: Harcourt Brace College Publishers.

Taylor, P., & Bain, P. (2003). 'Subterranean worksick blues': Humour as subversion in two call centers. *Organization Studies, 24*(9), 1487-1509.

Thiétart, R., & Forgues, B. (1997). Action, structure and chaos. *Organization Studies, 18*(1), 119-143.

Thompson, D. (1983). *The nature of the work.* London : Macmillan.

Thompson, K. (1980). The organization society. In G. Salaman, & K. Thompson (Eds.), *Control and ideology in organizations* (pp.3-23). Milton Keynes: The Open University Press.

Thompson, W. E., & Harres, J. L. (1992). Topless dancers: managing stigma in a deviant occupation. *Deviant Behavior, 13*, 329-311.

Townley, B. (1993). Foucault, power/knowledge, and its relevance for human resource management. *Academy of Management Review, 18*(3), 518-545.

Townley, B. (1994). *Reframing human resource management: Power, ethics and the subject at work.* London: Sage.

Townley, B. (1998). Beyond good and evil: Depth and division in the management of human resources. In A. McKinlay, & K. Starkey (Eds.), *Foucault, management and organization theory* (pp.191-210). London: Sage.

Tracy, S. J. (2000). Becoming a character for commerce: Emotion labor, self subordination, and discursive construction of identity in a total institution. *Management Communication Quarterly, 14*(1), 90-128.

Tracy, S. J. (2002). Altered practice – altered stories – altered lives: Three considerations for translating organizational communication scholarship into practice. *Management Communication Quarterly, 16*(1), 85-91.

Tracy, S. J., & Trethewey, A. (2005). Fracturing the real-self/fake-self dichotomy: Moving toward ''crystallized'' organizational discourses and identities. *Communication Theory, 15*, 168-195.

Trethewey, A. (1997). Resistance, identity, and empowerment: A postmodern feminist analysis of clients in a human service organization. *Communication Monograph, 64*, 281-301.

Trice, H. M., & Beyer, J. M. (1993). *The cultures of work organizations.* Englewood Cliffs, NJ: Prentice-Hall.

Tuchman, G. (1973). Making news by doing work: Routinizing the unexpected. *American Journal of Sociology, 79*, 110-131.

Tuchman, G. (1978). *Making News: A study in the construction of reality.*New York: The Free Press

Tunstall, J. (1972). News organization goals and specialist newsgathering journalists. In D. McQuail(Ed.), *Sociology of mass communications* (pp. 259-280). Harmondsworth: Penguin.

Turow, J. (1992). *Media systems in society.* New York: Longman.

Ulin, R.C. (2002). Work as cultural production: Labour and self-identity among southwest French win-growers. *Journal of the Royal Anthropological Institute, 8*(4),691-712.

Underwood, D. (1993). *When MBAs rule the newsroom.* New York: Columbia Press.

Van Maanen, J. (1988).*Tales of the field: On writing ethnography.* Chicago: University of Chicago Press.

Watson, T. (1993). *Sociology, work & industry.* London: Roultedge.

Weaver, D. & Wilhoit, C. G. (1986). *The American journalist: A portrait of U. S. news people and their work.* Bloomington: Indiana University Press.

Weaver, D., & Wilhoit, C. G. (1996). *The American journalist in the 1990s: US news people at the end of an era.* Mahwah, NJ: Lawrence Erlbaum.

Weber, M. (1946). *Essays in sociology* (H. Gerth & C. W. Mills, Trans.).Oxford: Oxford University Press. (Original work published 1919-1921.)

Westwood, R. (1997). Harmony and patriarchy: The culture basis for 'paternalistic headship' among the oversea Chinese. *Organization studies, 18*(3), 445-480.

Wiley, M. G. & Alexander, C. N. Jr. (1987). From situated activity to self attribution: The impact of social structural schemata. In K. Yardley & T. Honess (Eds.), *Self and identity: Psychosocial perspectives* (pp. 105-117). Chichester: Wiley.

Willis, J., & Willis, D. B. (1993). *New directions in media management.* Boston: Ally and Bacon.

Whitley, R. (1995). Academic knowledge and work jurisdiction in management. *Organization Studies, 16*(1), 91-105.

Whyte, W. F. (1996). Qualitative sociology and deconstructionism. *Qualitative Inquiry*, 2(2), 220-226.

Wollack, S., Goodale, J. G., Wijting, J. P., & Smith, P. C. (1971). Development of the survey of work values. *Journal of Applies Psychology, 55,* 331-338.

Ziman, J. (1984). *An introduction to science studies: the philosophical and social aspects of science and technology.* Cambridge: Cambridge University Press

Zimmerman, D. H. (1970). The practicalities of rule use. In J. D. Douglas (Ed.), *Understanding everyday life: Forward the reconstruction of sociological knowledge* (pp.221-237). Chicago: Aldine.

國家圖書館出版品預行編目

新聞工作者與媒體組織的互動 / 張文強著. --
一版. -- 臺北市：秀威資訊科技, 2009. 01
　　面 ； 公分. -- (社會科學類；AF0102)
BOD 版
參考書目:面
ISBN 978-986-221-135-9(平裝)

1. 新聞從業人員 2. 新聞業 3. 新聞媒體

895.1　　　　　　　　　　　　97023829

 社會科學類　AF0102

新聞工作者與媒體組織的互動

作　　者 / 張文強
發 行 人 / 宋政坤
執行編輯 / 藍志成
圖文排版 / 姚宜婷
封面設計 / 莊芯媚
數位轉譯 / 徐真玉　沈裕閔
圖書銷售 / 林怡君
法律顧問 / 毛國樑　律師
出版發行 / 秀威資訊科技股份有限公司
　　　　　台北市內湖區瑞光路 583 巷 25 號 1 樓
　　　　　電話：02-2657-9211　　　傳真：02-2657-9106
　　　　　E-mail：service@showwe.com.tw

2009 年 1 月 BOD 一版
定價：490 元

讀 者 回 函 卡

感謝您購買本書,為提升服務品質,請填妥以下資料,將讀者回函卡直接寄回或傳真本公司,收到您的寶貴意見後,我們會收藏記錄及檢討,謝謝! 如您需要了解本公司最新出版書目、購書優惠或企劃活動,歡迎您上網查詢或下載相關資料:http:// www.showwe.com.tw

您購買的書名:＿＿＿＿＿＿＿＿＿＿＿＿＿＿＿＿＿＿＿＿＿

出生日期:＿＿＿＿年＿＿＿＿月＿＿＿＿日

學歷:□高中 (含) 以下　　□大專　　□研究所 (含) 以上

職業:□製造業　□金融業　□資訊業　□軍警　□傳播業　□自由業
　　　□服務業　□公務員　□教職　　□學生　□家管　□其它＿＿＿

購書地點:□網路書店　□實體書店　□書展　□郵購　□贈閱　□其他

您從何得知本書的消息?

　　□網路書店　□實體書店　□網路搜尋　□電子報　□書訊　□雜誌
　　□傳播媒體　□親友推薦　□網站推薦　□部落格　□其他＿＿＿＿＿

您對本書的評價:(請填代號　1.非常滿意　2.滿意　3.尚可　4.再改進)

　　封面設計＿＿＿　版面編排＿＿＿　內容＿＿＿　文／譯筆＿＿＿　價格＿＿＿

讀完書後您覺得:

　　□很有收穫　□有收穫　□收穫不多　□沒收穫

對我們的建議:＿＿＿＿＿＿＿＿＿＿＿＿＿＿＿＿＿＿＿＿＿

＿＿＿＿＿＿＿＿＿＿＿＿＿＿＿＿＿＿＿＿＿＿＿＿＿＿＿＿＿

＿＿＿＿＿＿＿＿＿＿＿＿＿＿＿＿＿＿＿＿＿＿＿＿＿＿＿＿＿

＿＿＿＿＿＿＿＿＿＿＿＿＿＿＿＿＿＿＿＿＿＿＿＿＿＿＿＿＿

11466
台北市內湖區瑞光路 76 巷 65 號 1 樓

秀威資訊科技股份有限公司　　　收

BOD 數位出版事業部

....

（請沿線對折寄回，謝謝！）

姓　　名：＿＿＿＿＿＿＿＿＿　年齡：＿＿＿＿　性別：□女　□男

郵遞區號：□□□□□

地　　址：＿＿＿＿＿＿＿＿＿＿＿＿＿＿＿＿＿＿＿＿

聯絡電話：(日) ＿＿＿＿＿＿＿＿　(夜) ＿＿＿＿＿＿＿＿＿

E-mail：＿＿＿＿＿＿＿＿＿＿＿＿＿＿＿＿＿＿＿＿